# DER VERLOGENE HERZOG

## DIE UNBERÜHRBAREN
### BOOK NEUN

## DARCY BURKE

Translated by
### PETRA GORSCHBOTH

Zealous Quill Press

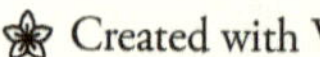 Created with Vellum

# DER VERLOGENE HERZOG

Verity Beaumont hat die meiste Zeit ihres Lebens unter herrschsüchtigen Männern gelitten, zuerst unter ihrem Vater und dann unter ihrem Ehemann. Von beiden befreit, hat sie endlich Frieden gefunden. Sie hat sogar einen netten und hart arbeitenden Gentleman kennengelernt, der ihrem kleinen Sohn der perfekte Vater sein könnte, den er so dringend braucht. Doch als sie gerade einen zaghaften Blick in die Zukunft wagt, wird ihre wohlgeordnete Welt durch die Rückkehr ihres tot geglaubten Ehemannes erschüttert.

Rufus Beaumont, der Herzog von Blackburn, kehrt nach sechs Jahren Abwesenheit zurück, um seinen Platz einzufordern und seine Familie zu schützen. Das Leben, das er nun vorfindet, ist allerdings nicht das Leben, das er verlassen hat, und er muss seine Gattin überzeugen, dass ihre Ehe es wert ist, dafür zu kämpfen und er nicht mehr der Mann ist, der er einmal war. Als die Wahrheit über sein Schicksal durchsickert, muss er beweisen, dass nicht alles über ihn, insbesondere seine Liebe zu ihr, eine Lüge ist.

# CHAPTER 1

*Blackburn, England, April 1818*

Als Verity Beaumont, Herzogin von Blackburn, ihren sechsjährigen Sohn beobachtete, wie er das junge Zicklein liebkoste, fragte sie sich, ob sie es bald in ihre Menagerie aufnehmen müssten. Sie war hierhergekommen, um hoffentlich einen Verwalter zu finden, und nicht noch ein Tier. Doch wenn Beau sie bat, würde sie schwerlich nein sagen können. Er war ihr Ein und Alles, und sie schämte sich nicht, das zuzugeben.

»Er scheint einen Freund gefunden zu haben.«

Verity wandte sich an den ehemaligen Verwalter von Beaumont Tower, Percival Entwhistle, der auch den weitaus weniger formellen Namen Whist trug, und blickte ihn flehend an. »Bitte bieten Sie ihm kein neues Haustier an. Ich kann nicht noch ein Tier gutheißen, bei all den Hunden, Katzen, Kaninchen und neuerdings dem Eichhörnchen, die wir bereits haben.«

Whist lachte und hielt die Hand hoch. »Ich gebe Euch mein Wort, Euer Gnaden.« Er drehte den Kopf zum Stallhof, wo sein Enkel vom Pferd stieg. »Ah, da ist Thomas.«

Als Verity sich straffte, betastete sie ihren Hinterkopf. Sie kannte Thomas als Whists Enkel gut, aber seit er als Verwalter auf einem benachbarten Anwesen arbeitete, sah sie ihn seltener. Seitdem hatte sie ihn einige Male getroffen, unter anderem bei der Versammlung letzte Woche. Sie war von den Kenntnissen beeindruckt, die er von seinem Großvater erlernt hatte, und von seiner, in den letzten vier Jahren als Verwalter gesammelten Erfahrung. Wenn sie ehrlich war, war sie auch von seinem freundlichen Gebaren und seinen Tanzkünsten angetan. Aber da sie die letzten sechseinhalb Jahre allein verbracht hatte, war sie möglicherweise leicht zu beeindrucken.

Nachdem er sein Pferd versorgt hatte, schritt Thomas auf sie zu und sein Mund war dabei zu einem herzlichen Lächeln geformt. Er riss den Hut von seinem dunklen Schopf und verneigte sich vor Verity, wobei sich seine schlanke Figur schwungvoll beugte. »Euer Gnaden, es ist mir eine Freude, Euch zu sehen.«

»Gleichfalls, Mr. Entwhistle.«

»Sollen wir hineingehen, um unsere Geschäfte abzuwickeln?«, fragte Whist und zeigte zu seinem kleinen Häuschen auf dem Anwesen von Beaumont Tower. Verity hatte ihm das Haus bei seiner Pensionierung vor fast sieben Jahren überlassen.

Sie warf einen Blick auf Beaus Kindermädchen, das ganz in der Nähe stand. Das Kindermädchen nickte und wandte ihre volle Konzentration wieder ihrem Schützling zu. Verity drehte sich Whist und Thomas zu. »Ja, gehen wir hinein.«

Whist bedeutete ihr, ihm vorauszugehen und folgte ihr in das Häuschen. Sie nahm auf einem Stuhl Platz, der einen Blick auf ihren Sohn durch das Fenster ermöglichte. Whist und Thomas setzten sich ebenfalls und sahen sie erwartungsvoll an.

»Ich weiß es zu schätzen, dass Sie sich heute mit mir treffen«, eröffnete Verity das Gespräch und fühlte sich plötzlich nervös. Obwohl sie seit fast sieben Jahren die Herzogin war, hatte sie sich noch nicht vollständig in die Rolle eingelebt. Der Verwalter, Cuddy, führte das Anwesen fast ganz ohne ihre Beteiligung, und obwohl sie den Haushalt leitete, war das Personal so effizient, dass sie praktisch nicht benötigt wurde. Nur selten hatte sie Gäste, und die meiste Zeit kümmerten sich die Bediensteten nur um sie und ihren Sohn. Insgesamt gesehen war es eine schlichte Existenz, für die Verity dankbar war, da sie ihr eine relative Unabhängigkeit bot. Allerdings galt dies mit der Einschränkung relativ, denn noch immer unternahm ihr Vater gelegentliche Versuche, seinen Einfluss geltend zu machen.

Nach dem Verschwinden von Veritys Ehemann Rufus hatte er ganze Arbeit geleistet, um die Kontrolle zu übernehmen und Verity hatte seine Einmischung eine ganze Weile ertragen, bevor sie ihn – ganz nachdrücklich – darum gebeten hatte, es zu unterlassen. Sie vermutete jedoch, dass er durch Cuddy noch immer die Hände im Spiel hatte. Als Whist sich zur Ruhe gesetzt hatte, war Cuddy von ihrem Vater an Rufus empfohlen worden und es hatte den Anschein, als sei Cuddy noch immer der Mann ihres Vaters. Sie konnte sich diesbezüglich eventuell irren, aber in einer Sache irrte sie sich nicht – Cuddy war nicht *ihr* Mann.

Verity straffte ihr Rückgrat, als sie zu Beau hinaussah, der vor dem Häuschen hinter einem Kaninchen herjagte. Sie unterdrückte ein Lächeln und konzentrierte sich auf die vor ihr liegenden Angelegenheiten.

»Ich habe darum gebeten, mit Ihnen beiden zusammenzukommen, weil ich eine Veränderung auf Beaumont Tower vornehmen möchte.«

Whist neigte den Kopf. »Und welche wäre das?«

»Ich glaube, es ist höchste Zeit, dass ich meinen eigenen Verwalter einstelle – jemanden, den ich ausgesucht habe und dem ich vertrauen kann, die Dinge so zu handhaben, wie ich es für richtig halte.«

»Wie Ihr seht ...« Whists Stimmer erstarb und er hustete. »Soll ich das so verstehen, dass Ihr an der Verwaltung des Anwesens teilhaben wollt?«

»Ich bin die Herzogin«, erklärte sie. »Und in Abwesenheit des Herzogs ist es meine Pflicht, das zu tun. In nur wenigen Monaten wird mein Ehemann wahrscheinlich für tot erklärt werden und mein Sohn wird den Titel erben. Ich schulde es ihm, dafür Sorge zu tragen, dass das Anwesen reibungslos funktioniert.«

Thomas hob besorgt die Augenbraue. »Habt Ihr Anlass zu der Annahme, dass dem nicht so ist?«

»Ich bin nicht sicher. Wenn ich Cuddy bitte, die Bücher mit mir durchzusehen oder mich zu informieren, wie es den Pächtern ergeht, verspricht er immer, dies bald zu tun. Es ist nur so, dass es niemals dazu kommt. Und wenn ich die Pächter auf eigene Faust besuche, ist es offensichtlich, dass Cuddy nicht viel Zeit mit ihnen verbringt.«

Die Furchen auf Thomas gerunzelter Stirn vertieften sich noch, als er einen Blick mit seinem Großvater wechselte. »Habt Ihr darauf bestanden, dass er Euch die Geschäftsbücher vorlegt?«

Jetzt fühlte sie sich leicht verlegen. »Ich habe nicht darauf *bestanden*, nein.«

Thomas blinzelte und seine Augenlider mit den dunklen Wimpern sanken kurz über die strahlend blauen Augen herab. »Ich hatte nicht die Absicht, anzudeuten, dass Ihr das tun solltet. Ich bitte Euch um Entschuldigung. Ich habe nur den Tonfall Eurer Kommunikation mit ihm feststellen wollen. Er hätte Euch die Bücher auf Eure erste Anfrage hin vorlegen sollen.« Er presste die Lippen zu einem festen Strich zusammen.

Whist schnaubte. »Er hätte sie Euch ohne Aufforderung vorlegen sollen.« Er blickte Verity freundlich und verständnisvoll an. »Was wollt Ihr unternehmen?«

»Ich würde ihn gern ersetzen.« Sie wandte ihre Aufmerksamkeit allein dem Mann ihr gegenüber zu. »Durch Sie, Thomas.«

Whist zog die Lippen zu einem breiten Lächeln auseinander. »Das ist mein Junge. Ihr habt eine exzellente Entscheidung getroffen, Euer Gnaden.«

Auf Thomas' Wangen zeigte sich ein wenig Farbe. »Ich bin … ich weiß nicht genau, was ich sagen soll. Danke für Euer Vertrauen, Euer Gnaden.«

»Ich weiß, dass Ihr Großvater Sie gut ausgebildet hat, und obwohl ich es verabscheue, Sie von Bleven House abzuwerben, brauche ich Sie mehr, als Sie dort gebraucht werden.« Sie hatte keine Ahnung, ob das stimmte, aber sie *brauchte* ihn. Verzweifelt. Es war höchste Zeit, dass sie die Kontrolle übernahm. Whist drehte sich zu seinem Enkel. »Du hast dort ausgezeichnete Arbeit geleistet, aber dies hier ist eine außerordentliche Gelegenheit. Die Entwhistles sind seit über einhundert Jahren schon Verwalter auf Beaumont Tower.«

Der einzige Grund, warum ein Entwhistle zurzeit kein Verwalter war, bestand darin, das Whist von Rufus ermuntert worden war, sich zur Ruhe zu setzen. Whist hatte gezögert, aber letztendlich hatte Rufus ihm keine Chance gelassen. Dann hatte er auf das Betreiben ihres Vaters Cuddy eingestellt.

Thomas richtete seinen ehrerbietigen Blick auf Verity. »Ich fühle mich geehrt, diese Position anzunehmen. Natürlich werde ich meinen derzeitigen Arbeitgeber informieren müssen und ich würde nicht sofort aufhören wollen.«

Whist nickte. »Sicherlich nicht. In der Zwischenzeit kann ich in die Bresche springen.« Er sah zu Verity. »Natürlich nur, wenn Ihr das von mir wünscht.«

Verity lächelte herzlich, als ein Teil der Anspannung aus ihren Schultern wich. »Nichts wäre mir lieber. Aber nur, wenn Sie das Gefühl haben, dem gewachsen zu sein.«

Er stieß ein leises Lachen aus. »Ich kann übernehmen, was zu erledigen ist, während Thomas seine Angelegenheiten ordnet. Wann plant Ihr, Cuddy zu entlassen?«

Das gerade gewichene Unbehagen übermannte Veritys Körper abermals mit zerstörerischer Macht. Sie sollte sich nicht davor fürchten, ihre Autorität als Herzogin auszuüben, aber sie war nervös, dem Mann zu erklären, dass er nicht mehr auf dem Anwesen beschäftigt sein würde. Es war nicht nur seine Körpergröße – und Cuddy war ein Hüne von einem Mann mit mehr als nur ein paar Muskeln – sondern sein Betragen. Er war stets zuvorkommend und ehrerbietig und dennoch hatte Verity sich in seiner Gegenwart nie wohlgefühlt. Er besaß eine nervöse Energie, die sie beunruhigte. Sie nahm an, dass dies nur sie betraf, doch jetzt fand sie den Mut, das Thema anzuschneiden.

»Wie, glauben Sie, wird er es aufnehmen?«

»Auf eine professionelle Art«, antwortete Whist. »So wie er sollte. Warum? Habt Ihr einen Grund, anzunehmen, er könnte sich anderweitig benehmen?«

Damit *war* es also nur sie. Aber sie hatte auch weit mehr mit ihm zu tun gehabt als Whist. »Nicht wirklich«, entgegnete sie und beschloss, nicht weiter zu verfolgen, was wahrscheinlich nur dumme Befürchtungen waren. Sie war die letzten Jahre über auf Beaumont Tower isoliert gewesen … zufrieden, sich auf ihren Sohn zu konzentrieren. Doch nun war sie begierig, sich aus ihren Abhängigkeiten zu befreien und ihre Pflicht – und Macht – als Herzogin auszuüben. Das schuldete sie ihrem Sohn und sich selbst.

Thomas sah sie mit ernstem Blick an. »Wenn Cuddy Euch irgendwelchen Ärger bereitet, hoffe ich, dass Ihr uns sofort informiert.«

»Das werde ich. Vielen Dank.« Sie erhob sich und die beiden standen mit ihr zusammen auf. »Ich habe vor, morgen früh mit ihm zu sprechen. Also Thomas, ich werde es Ihnen überlassen, aber wenn Sie Ihren Arbeitgeber vielleicht morgen informieren möchten.«

Thomas verneigte sich. »Ich bin tief geehrt und dankbar für die Gelegenheit, Euch und dem prachtvollen Anwesen von Beaumont Tower zu dienen, Euer Gnaden.«

»Ich bin es, die geehrt und dankbar ist«, entgegnete Verity mit einem Lächeln. »Jetzt hören Sie aber damit auf, denn ich habe Unterwürfigkeit noch nie geschätzt.«

Ihr neuer Verwalter grinste, als er sich streckte. »Ich werde mich bemühen, das nicht zu vergessen.«

Sie mochte sein Lächeln. Es vermittelte ihr das Gefühl, den kommenden Veränderungen ein wenig unbesorgter entgegensehen zu können. »Ich sollte Sie darüber informieren, dass ich vorhabe, mich sehr an der Leitung des Anwesens zu beteiligen – ebenso, wie mein Ehemann es getan hätte, wenn er hier wäre.«

»Ich halte das für ein bewundernswürdiges Unterfangen«, entgegnete Thomas mit einem Funkeln in seinem Blick. »Ich werde sicherstellen, dass Ihr die Rolle erfüllt, die Euch zusteht.«

»Ist es wirklich beinahe sieben Jahre her, seit Seine Gnaden verschwunden ist?«, fragte Whist.

»Das ist es im August, ja.« Es schien ein ganzes Leben und sie dachte, dass dem auch so war – es war die Lebenszeit ihres Sohnes. Rufus hatte seinen Sohn nicht nur niemals kennengelernt, sondern er hatte niemals auch nur gewusst, dass sie schwanger war. Er war nach London gereist, um dem König seine Ehre zu erbieten, und nicht zurückgekehrt.

Whist betrachtete sie mit einem fürsorglichen Blick, der an Mitleid grenzte, und das war etwas, woran sie gewöhnt war … und bestrebt, es beiseite zu schieben. »Das kann nicht leicht gewesen sein, aber Ihr werdet sicher bald vergessen und loslassen können.«

Oh, sie hatte ihn bereits vor einiger Zeit losgelassen. Es war nicht lange nach seinem Weggang, um ehrlich zu sein. Sie war sicher, dass die Heirat von ihrem Vater inszeniert worden war. Ein Mann, den sie hasste, hatte sie mit einem Mann verheiratet, für den sie Abscheu empfand. Glücklicherweise hatte sie Rufus nur für wenig mehr als drei Monate ertragen müssen, bevor er verschwunden war. Sie dankte Gott für jeden einzelnen Tag und fühlte sich absolut schrecklich deswegen.

Das milde Lächeln, das sie im Laufe der vergangenen sechseinhalb Jahre perfektioniert hatte, zeigte sich mühelos auf ihren Lippen. »Vielen Dank. Ich bin recht bemüht, voranzukommen und dies bringt mich auf den richtigen Weg.« Sie sah zu Thomas. »Ich werde eine Nachricht schicken und das Datum von Cuddys Weggang bestätigen.«

Thomas nickte. »Darf ich Euch jetzt nach draußen begleiten?«

»Natürlich.«

Das Trio verließ Whists Häuschen und Beau rannte direkt auf Verity zu, um sich an ihre Röcke zu klammern. »Mama, können wir das kleine Zicklein mit nach Hause nehmen?«

Sie sah Whist in einem stummen Appell aus großen Augen an.

Der ehemalige Verwalter hüstelte. »Ich fürchte nein.«

Thomas hockte sich nieder zu Beau. »Wenn du das Zicklein mitnimmst, wäre es und seine Mutter sehr traurig. Es wäre, als ob du deine Mutter verlassen würdest. Das würdest du nicht wollen, oder?«

Beau sah zu Verity auf und seine grünen Augen weiteten sich. »Nein, das würde ich mir überhaupt nicht wünschen.« Er legte seine kleine Hand in die ihre und liebevoll drückte sie seine Finger.

Der Junge ließ den Kopf zu Thomas zurückschnellen. »Dann soll seine Mama auch mit uns kommen.«

Thomas war für einen Augenblick still, ehe er einen nachdenklichen Ausdruck aufsetzte und Beaus ernstes Gesicht betrachtete. »Das würde ganz bestimmt ein Problem lösen, aber ich glaube, es würde ein anderes verursachen.« Er sah zu Whist hinüber. »Weißt du, das sind die Ziegen meines Großvaters und er liebt sie innig. Er wäre traurig, wenn sie gingen. Vielleicht könntest du kommen und sie besuchen?«

Beau stieß einen Atemzug aus und sah sehnlich zu dem Ziegenpferch. »Das könnte ich.« Er drehte den Kopf und sah Verity an. »Kann ich, Mama?«

»Natürlich.« Und weil ihr Sohn ihr Herz wie kein anderer erweichen konnte, schlug sie vor: »Vielleicht sollten wir überlegen, näher an der Burg eine Ziegenherde zu halten. Dann könntest du helfen, die Zicklein zu versorgen.«

Beaus Augen leuchteten auf und seine Lippen formten sich zu einem breiten, glücklichen Lächeln. »Oh ja! Lass uns Cuddy sagen, dass er das gleich machen soll.«

Verity lachte über seine Aufregung, während sie gleichzeitig erfreut über die Tatsache war, dass sie schon bald nichts anderes mehr zu »Cuddy sagen« müsste, als zu gehen. Und sie hoffte, dass dies ohne Verärgerung vonstattengehen würde. »*Ich* sorge dafür, dass dies geschieht, mein Liebling.« Sie sah auf Thomas herab, der ihr mit einem entschlossenen Nicken antwortete.

Ihr neuer Verwalter grinste Beau an. »Es scheint, dass wir zu einer ausgezeichneten Lösung für alle gekommen sind.«

Beau nickte. »Danke, dass Sie mir geholfen haben, dieses

Problem zu lösen. Mama sagt, dass Probleme zu lösen zu den wichtigsten Dingen gehört, die wir lernen müssen.«

Thomas hob das Gesicht zu Verity. »Deine Mama hat recht, und was für ein Glück du hast, sie zu haben.« Sein Blick war voller Respekt und vielleicht noch etwas anderem, das Verity veranlasste, ihn in einem anderen Licht zu sehen – als einen Gentleman und nicht nur ihren neuen Angestellten. Nun, das würde nicht gehen.

Ehe sie sagen konnte, dass es Zeit war, zu gehen, fragte Beau: »Wo ist Ihre Mama, Thomas?«

»Oh, sie ist vor einiger Zeit gestorben.« Seine Stimme war von einem Anflug von Traurigkeit unterlegt.

»Mein Papa ist vielleicht tot«, erklärte Beau eher nüchtern. »Aber ich denke, er wird irgendwann nach Hause kommen.« Er beugte sich näher zu Thomas und senkte die Stimme soweit, dass er zu flüstern glaubte, aber er sprach kaum leiser als in seinem normalen Tonfall. »Ich weiß, dass er entführt wurde. Eines Tages, wenn ich groß bin, werde ich ihn retten und nach Hause bringen.«

Es waren genau diese Momente, die an Veritys Emotionen zerrten. Sie hatte niemals auch nur angedeutet, dass Beaus Vater schrecklich gewesen war und die Bediensteten hatten das auch nicht. Sie mussten von der Grausamkeit Kenntnis haben, mit der er Verity behandelt hatte, aber sie hatten nie offen darüber gesprochen. Sie konnte sich nur vorstellen, was für eine Art von Vater er für Beau gewesen wäre. Das war der Hauptgrund für ihre Dankbarkeit über sein Verschwinden – sie hätte es gehasst, mitzuerleben, wie er ihren Sohn misshandelte. Tatsächlich war sie gar nicht sicher, ob sie es hätte ertragen können.

Obwohl sie also anerkannte, dass Beau seinen Vater irgendwie romantisieren musste, verhielt sie sich gewissermaßen neutral. Erst im vergangenen Jahr hatte sie angefangen, ihren Sohn auf die Möglichkeit vorzubereiten, dass sein

Vater nicht zurückkehren würde. Schon bald würde sie ihm erklären müssen, dass Rufus tot war, und dass er – Beau – der Herzog sein würde. Dies war keine Unterhaltung, der sie freudig entgegensah.

»Ich habe keinen Zweifel, dass du ihn retten wirst«, entgegnete Thomas ernsthaft. »Und was für ein Glück dein Vater hat, dich als seinen Helden zu haben.«

Beau ließ Veritys Hand los, um die Hände in die Hüften zu stemmen. »Ja, ich bin sein Held. Wie ein Ritter! Ich spiele gerne Ritter.«

Thomas schmunzelte. »Das mache ich auch. Hast du ein Holzschwert?«

Beau bedachte Verity mit einem rebellischen Blick. »Nein, Mama erlaubt es mir nicht, weil ich immer damit durch das Wohnzimmer gerannt bin.«

»Nun, wir müssen auf unsere Mütter hören.« Thomas sah sie mit einem entschuldigenden Blick an.

Es war höchste Zeit, den liebenswürdigen Thomas vor ihrem Sohn zu retten. Verity konnte nicht anders, als beeindruckt darüber zu sein, wie er mit Beau umging, und sie freute sich darauf, ihn hier auf ihrem Besitz zu haben. Vielleicht würde er Beau einiges der väterlichen Führung bieten, an der es ihm mangelte. »Komm, Beau. Wir sollten uns auf den Weg machen. Es ist fast Zeit für dein Mittagessen und dann für den Nachmittagsunterricht mit Mr. Deacon.«

Sein Kindermädchen ging auf die Kutsche zu und nickte zur Tür. »Kommt, Euer Lordschaft.«

Beau winkte den Entwhistles. »Auf Wiedersehen!« Er verharrte kurz am Ziegenpferch, ehe er mit Hilfe des Kindermädchens in die Kutsche kletterte.

Verity wandte sich an Thomas, der sich zu normaler Größe aufgerichtet hatte und das war etwas mehr als ihre ein Meter dreiundsiebzig. »Vielen Dank für Ihre Freundlichkeit gegenüber meinem Sohn. Ich wage zu sagen, dass ich es genießen werde, Sie hier auf dem Besitz zu haben.«

»Es wird mir ein Vergnügen sein. Er ist ein bezaubernder Junge.«

»Mit Bedarf an einer Vaterfigur«, warf Whist ein, als er mit einem halben Lächeln zwischen den beiden hin und her sah.

Thomas warf seinem Großvater einen entsetzten Blick zu. »Ich würde nicht wagen, mir das anzumaßen.«

»Ihr Großvater hat zum Ausdruck gebracht, was ich gedacht habe«, antwortete Verity. »Beau braucht jemanden, der ihm manche Dinge zeigt, wie man sich beispielsweise um ein Zicklein kümmert. Verschiedene Mitglieder meines Haushalts helfen nach besten Kräften.« Sie dachte an ihren Butler Kirwin, der Beau ergeben war. »Ich wäre säumig, wenn ich Ihnen nicht sagen würde, dass Ihre Arbeit wahrscheinlich zum Teil auch darin besteht, Beau in die Abläufe auf dem Besitz zu unterweisen.« Sie hatte dies Cuddy gegenüber erwähnt, als Beau im Januar sechs Jahre alt geworden war und sie Mr. Deacon, seinen Tutor, eingestellt hatte, doch der Verwalter hatte einfach getan, was er immer tat – er hatte sie abgewimmelt.

»Es wäre mir eine Ehre, ihn zu unterweisen«, erklärte Thomas. »Und wie Ihr wisst, habe ich beim Besten gelernt.« Er warf einen Blick auf seinen Großvater, der lachte, eher er vortrat, um seinem Enkel auf den Rücken zu klopfen.

»Du warst ein guter Schüler, mein Junge. Wirklich, Euer Gnaden, der Besitz könnte nicht in besseren Händen sein.«

»Das denke ich ebenfalls.« Sie nickte den beiden zu. »Ich werde Sie beide dann wohl sehr bald sehen.«

Sie ging auf die Kutsche zu, wo ihr der Kutscher beim Einsteigen half und einen Augenblick später waren sie unterwegs.

Beau rutschte dicht an ihre Seite und sein warmer Körper

schmiegte sich an ihren. »Mama, kann ich morgen wiederkommen und die Ziegen besuchen?«

»Ich bin nicht sicher, ob es morgen geht, aber bald schon. Und ich werde dafür sorgen, dass du näher am Haus eine Ziegenherde bekommst.«

»Das wäre so schön«, entgegnete Beau mit einem Seufzen. »Ich werde eines Tages ein guter Herzog sein, Mama, weil ich wissen werde, wie man sich um all diese Tiere und all die Menschen in Beaumont Tower kümmert.«

Sie gab ihm einen Kuss aufs Haupt und atmete den süßen Duft ihres Jungen ein. »Ja, das wirst du. Du wirst der beste Herzog sein, den Beaumont je gehabt hat.«

Die Burg – Beaumont Tower selbst – stand auf einem Hügel mit einem höher und einem tiefer gelegenen Innenhof, die beide vom Burgring umschlossen waren. Der Hauptteil der Burg, der ihre Wohnräume beherbergte, umschloss den oberen Innenhof. Die Anlage war einmal eine mittelalterliche Festung gewesen und in dem Bemühen, sie zu modernisieren, war sie mehrere Male umgebaut worden. Sie war groß, zugig und wunderschön. Für sie war es ihr Heim. Ein paar Minuten später fuhr die Kutsche durch den Torhausturm in den unteren Hof, wo sie am Fuße der Treppe anhielt, die zur oberen Hälfte der Burg führte. Als sie ausgestiegen waren, beugte Verity sich herab, um Beau zu umarmen und ihm einen Kuss zu geben. »Ich sehe dich nach dem Unterricht.«

»Aber zuerst zum Mittagessen«, bemerkte das Kindermädchen. »Ich bin ausgehungert. Sollen wir die Stufen hinaufrennen? Vorsichtig«, fügte sie mit einem Blick auf Verity hinzu.

Beau rannte bereits auf die untere Pforte der Burg zu. »Versuch, mich zu fangen!«

Verity sah lächelnd hinter ihnen her, als die Frühlingssonne ihr das Haupt und die Schultern wärmte. Mit geschlossenen Augen legte sie den Kopf in den Nacken und sonnte sich in den Strahlen, die auf sie herabschienen, und sie mit dem Versprechen auf einen Neuanfang erfüllten.

Seit ihre liebe Cousine Diana vor fünf Monaten zu Besuch gekommen war, hatte Verity sich unruhig gefühlt. Diana war mit ihrem Ehemann gekommen, wobei sie damals allerdings noch nicht verheiratet waren – und Verity hatte die Ehre, ihrer Eheschließung in Gretna Green beizuwohnen. Es war das romantischste Ereignis gewesen, an dem sie je teilgenommen hatte. Ihre Liebe und Leidenschaft füreinander war beinahe spürbar und Verity hätte für ihren Lieblingsmenschen nicht glücklicher sein können.

Und dennoch hatte diese Episode nur dazu geführt, ihr deutlich zu machen, dass sie einsam war, dass sie ohne Liebe oder Leidenschaft war. Oh, sie hatte Beau und für ihn war sie unendlich dankbar. Sechs Jahre lang hatte sie sich überzeugt, dass sie nichts weiter brauchte. Bis ihr aufging, dass dem doch so war.

Vielleicht würde sie nicht die Liebe oder Leidenschaft finden, aber sie würde etwas unternehmen, und sie würde es für sich möglich machen, diese Dinge *zu finden*, wenn sie Glück hatte. Aber sie hatte bereits Glück, rief sie sich in Erinnerung. Sie hatte Beau und sie hatte Rufus nicht. Das Schicksal war recht gütig gewesen und sie hatte keinen Grund, sich zu beklagen.

Nicht, dass sie sich *beklagen* würde ... Sie schüttelte den Kopf, als sie die Stufen zu dem breiten Weg hinaufschritt und nach rechts in den Garten bog, der beide Seiten des gepflasterten Weges flankierte. Wie sie die Gärten – es gab drei von ihnen – auf Beaumont Tower liebte. Dies waren die Orte, an denen sie regierte und sie enttäuschten sie nie darin, ihre Stimmung zu heben. Sie war nun auf der Suche nach dem Mut, den sie brauchte, um den nächsten Schritt zu tun, Cuddy zu entlassen, und Beau an die Vorstellung zu gewöhnen, dass sein Vater vielleicht nicht nach Hause kommen würde.

Sie hatte sich herabgebeugt, um an der knospenden Blüte ihrer Lieblingsrose zu riechen, als das Getrappel eines in den Hof kommenden Pferdes sie dazu veranlasste, den Kopf zu wenden. Der einzelne Reiter war groß, breitschultrig und sein Gesicht war von einem Hut verdeckt.

Verity trat wieder auf den Pfad und kehrte den gleichen Weg zur Treppe zurück, den sie gekommen war. Der Reiter parierte das Pferd am Fuße der Treppe und schwang sich vom Rücken des Tieres. Veritys Nackenhaar richtete sich auf und plötzlich schien ihr der warme Frühlingstag kalt.

Der Mann stellte einen Fuß auf die erste Treppenstufe, während er den Hut absetzte. Auf das schwache Erkennen folgte rasch das Entsetzen, als sein Blick mit ihrem zusammentraf.

»Ich bin wieder da.«

# CHAPTER 2

Verity starrte den Mann – ihr Ehemann anscheinend – an und verspürte einen überwältigenden Drang, ins Haus zu laufen und die Tür vor ihm zu verriegeln. Konnte er tatsächlich hier sein? Nach all dieser Zeit?

Ein Knecht eilte herbei und befreite sie von der Notwendigkeit, etwas zu sagen. So oder so war sie sich nicht sicher, ob sie imstande dazu war.

Rufus wandte sich dem herannahenden Diener zu, der, einige Schritte entfernt, zu einem abrupten Halt kam. Sogar auf diese Entfernung konnte Verity den Schock erkennen, der sich im Gesichtsausdruck des Knechts spiegelte, wobei er die Augen aufriss und ihm der Kiefer herunterklappte.

Der Knecht brachte eine Verbeugung zustande. »Euer Gnaden.« Er klang ebenso ungläubig, wie Verity sich fühlte.

»Würde es Ihnen, ähm, etwas ausmachen, sich um mein Pferd zu kümmern?« Rufus klang unsicher. Und ganz und gar nicht wie der Mann, an den sie sich erinnerte. Erinnerte sie sich? Es waren so viele Jahre vergangen und schon vor langer Zeit war die Kadenz seiner Stimme, ganz zu schweigen von seinen Gesichtszügen in Vergessenheit geraten. »Und lassen Sie die Satteltaschen bitte ins Haus bringen.« *Bitte?*

Der Knecht nickte und dann führte er das Pferd zu den Ställen. Rufus sah dem Tier hinterher, wie es sich entfernte, ehe er sich zu der Stelle umwandte, wo sie nahe dem oberen Treppenabsatz stand. Dann stieg er langsam zu ihr hinauf und jeder Schritt wurde von einem hörbaren Klicken seines Stiefelabsatzes gegen die Steinstufen begleitet.

Als er sich dem oberen Treppenabsatz näherte, wich Verity einen Schritt zurück. Dann noch einen. Als er ankam, musste sie den Blick zu seinem Gesicht heben. War er größer als sie sich erinnerte? Wieder war sie sich nicht sicher, ob sie sich überhaupt auf ihre Erinnerung verlassen konnte und dennoch war das alles, was sie besaß.

An was erinnerte sie sich? An sein hellbraunes Haar, seine stechenden haselnussbraunen Augen, sein kantiges, manchmal brutales Kinn, seine schmale, aristokratische Nase, seine breiten Schultern und seine langen Finger – ja, sie erinnerte sich an sie, wie sie sich in ihre Haut gruben, wenn er sie packte.

Sie erschauderte und die Luft um sie herum kühlte noch weiter ab. »Wo bist du gewesen?« Es war das Einzige, was ihr einfiel. Und die Frage kam leise und gepresst über ihre Lippen.

Er trat einen weiteren Schritt auf sie zu und sie wich noch einmal zurück. »Wie bitte?«, fragte er in einem freundlichen Ton, den sie sich bei ihm nie hätte vorstellen können.

Sie räusperte sich und zwang sich, mutig zu sein. »Wo bist du gewesen?«

»Das ist, ähm, eine lange Geschichte, wie du dir wahrscheinlich denken kannst. Können wir hineingehen?« Er sah an ihr vorbei auf die Burg und der Ausdruck in seinen Augen war sehnsüchtig und vielleicht … ungläubig.

Nun, das war etwas, was sie gemeinsam hatten. Du lieber Himmel, ihr Ehemann stand vor ihr.

Er bat darum, hineinzugehen. Sie wollte nein schreien und ihm sagen, dass er nicht hereinkommen konnte …, dass er nicht in Beaus Nähe kommen durfte, aber sie tat es nicht. Sie konnte es nicht. Das war sein Haus. Die Tatsache, dass er sie fragte, war … sonderbar. Der Rufus, den sie geheiratet hatte, wäre an ihr vorbeigestampft und hätte von ihr erwartet, hinter ihm herzulaufen. Wenn nicht, wäre er einfach umgekehrt, hätte ihren Arm gepackt und sie mit sich gezerrt.

Sie verschränkte die Arme vor der Brust und legte die Hände um ihre Oberarme, als könne sie seinen Griff damit abwenden, falls er versuchen sollte, ihn an ihr anzuwenden. »Natürlich.« Sie drehte sich um und ging den Weg entlang, der zum oberen Tor führte. Ihr Rücken kribbelte, als würde sie erwarten, dass er etwas Unvorhergesehenes tun würde – als würde er einen erniedrigenden Kommentar abgeben oder sich ihrer auf irgendeine andere Weise bemächtigen. Aber sie schaffte es den ganzen Weg bis zum oberen Tor, wo sie innehielt und sich nach ihm umblickte. Er war mehrere Schritte hinter ihr und bewegte sich ziemlich langsam, wobei es schien, als würde er jede Einzelheit seiner Umgebung in sich aufnehmen, während er den Kopf von einer Seite zur anderen bewegte. Es musste sich ziemlich befremdlich anfühlen, nach all dieser Zeit nach Hause zurückzukehren.

Wo *war* er gewesen? Zum ersten Mal, seit sie seiner ansichtig geworden war, beschlich sie eine Emotion, die von Schock und Furcht abwich: Neugier.

Sie setzte ihren Weg durch das obere Torhaus und den oberen Innenhof bis zur Hinterseite der Burg fort. Sie erklomm einige wenige Treppenstufen und öffnete die Tür zur Königshalle. Mit dem Familienwappen, das über dem enormen Kamin hing, war dieser Raum der formellste der Burg. Rüstungen waren in den Nischen aufgestellt und eine eindrucksvolle Sammlung mittelalterlicher Waffen hing inmitten von Portraits der Beaumonts aus früheren Zeiten an den Wänden.

Es gab kein formelles Portrait von Rufus, sondern nur ein kleines Gemälde, das in Beaus Zimmer hing. Nach ihrer Hochzeit war es zusammen mit einem Abbild ihrer selbst in Auftrag gegeben und erst nach Rufus' Verschwinden fertig geworden. Deshalb hatte sie es nie für eine naturgetreue Abbildung gehalten. Der Künstler hatte ihn weitaus liebenswürdiger dargestellt, als er tatsächlich gewesen war.

Sie trat an die Fenster, die auf den hinteren Rasen hinausführten. Er ging direkt auf das Portrait eines früheren Herzogs – seinem Onkel – zu und sah zu Augustus auf, nach dem Beau benannt war, der in seinen Dreißigern porträtiert worden war. Sie hatte es vorher nicht bemerkt oder vielleicht vergessen, aber Rufus besaß eine verblüffende Ähnlichkeit mit dem Mann.

Außer, dass Rufus größer war. Tatsächlich erschien er ihr größer als vor sieben Jahren und damals hatte seine Größe ihr Angst eingejagt. Jetzt allerdings waren seine Schultern breiter und er *war* größer als sie sich erinnerte. Aber vielleicht war ihre Erinnerung fehlerhaft.

Als er sich endlich von dem Portrait abwandte, wanderte sein Blick durch den Raum und es sah ein bisschen so aus, als hätte er ihn nie zuvor gesehen. Aber das war absurd. Vielleicht war seine Erinnerung nur ein bisschen vernebelt.

»Möchtest du eine Erfrischung?«, fragte sie. »Ich weiß nicht, wie lange du unterwegs gewesen bist.«

»Du hast verdient, zu erfahren, wo ich war. Willst du dich setzen?« Er deutete auf einen Sitzbereich vor dem Kamin.

Wieder stellte er seine Frage mit aller Freundlichkeit. Früher hätte sie sich, ohne nachzudenken, seinen Anweisungen gefügt, aber das war lange Zeit her. Dennoch konnte sie das angstvolle Kribbeln nicht unterdrücken, das über ihre Haut tanzte.

Sie beschwor einen Funken Mut herauf und ging auf den Sessel zu, der am nächsten zu ihr stand und einen Blick auf den hinteren Rasen bot. Sie nahm auf der Kante des Polsters Platz und wartete ab, was er tun würde.

Er ging langsam auf sie zu und setzte sich in den Sessel, der zu ihrer Rechten stand. Den Hut legte er auf die Sessellehne. »Du siehst gut aus.«

»Danke.« Sie sollte ihm das Gleiche sagen, aber es war schwer, eine oberflächliche Konversation mit jemandem zu betreiben, den sie als Ungeheuer betrachtete. »Du ebenfalls«, brachte sie als Antwort zustande. Was ihre Fantasie nur noch anfachte. Warum war er jetzt zurückgekommen? Warum hatte er nicht wegbleiben können? Ihr Inneres krampfte sich von einer Verzweiflung zusammen, die so innbrünstig war, dass sie an Schmerz grenzte. Was würde sie nicht darum geben, wenn er wieder verschwinden würde. Alles war so perfekt gewesen –

Er unterbrach ihre Gedanken. »Du wirst wahrscheinlich Einzelheiten erfahren wollen, aber die werde ich nicht preisgeben. Ich bevorzuge es, zu vergessen, was geschehen ist.« Das klang schon mehr nach dem autoritären Mann, den sie kannte.

Verity bereitete sich vor. Sie verschränkte die Hände und presste sie in ihrem Schoß zusammen.

»Ich bin von einer Bande Zwangsrekrutierer entführt und auf ein Kaperschiff gezwungen worden.«

Die in ihr pulsierende Spannung ließ nach, als sie zu begreifen versuchte, was er gesagt hatte. »Du bist entführt worden?«

»Das ist eine andere Art, es auszudrücken.«

»Aber du bist ein Herzog.« Wer würde einen Herzog entführen?

»Das habe ich ihnen bei jeder sich bietenden Gelegenheit erklärt, aber sie haben sich einen Dreck darum geschert«, entgegnete er ironisch. Er beeilte sich hinzuzufügen: »Entschuldige bitte meine Ausdrucksweise.«

Wer war dieser Mann? Dieser Anflug von Humor – sowohl in seinem Ton als auch den gebogenen Mundwinkeln – war vielleicht schockierender als seine Enthüllung. Und dann bat er sie obendrein, *seine Ausdrucksweise zu entschuldigen?* Er hatte in ihrer Gegenwart weitaus Schlimmeres gesagt. Er hatte sie mit viel schlimmeren Namen *betitelt.*

Sie bemühte sich, tief Luft zu holen, als die Angst wieder zurückschwappte. »Du hast die vergangenen sechseinhalb Jahre auf einem Schiff verbracht?«

»Zum größten Teil. Ich habe im Krieg mit Amerika gekämpft. Es war grauenvoll. Ich würde es vorziehen, nicht auf die Einzelheiten einzugehen, wenn es dir nichts ausmacht.«

Und wieder behandelte er sie mit einer Rücksichtnahme, die sie nie erwartet hätte. Ihre Augen verengten sich, als sie ihn eindringlich ansah. Er sah wie ihr Ehemann aus. Größtenteils. Abgesehen von seiner Größe. Er besaß das gleiche kräftige, kantige Kinn und das gleiche sandbraune Haar, obwohl sie bemerkte, dass es jetzt ein bisschen heller war, was sich wahrscheinlich auf die viele Zeit zurückführen ließ, die er im Freien auf einem Schiff verbracht hatte. Und die gleiche Nase – so dachte sie zumindest. Verdammt, aber es war schwierig, ein genaues Bild von ihm aus ihrer Erinnerung heraufzubeschwören. Wenn er sie angeschrien oder wütend die Zähne gebleckt hätte, dann würde sie es mit Sicherheit wissen …

Sie erstarrte für einen Augenblick. Glaubte sie etwa, dass er nicht ihr Ehemann war? Das war mehr als absurd.

»Nein«, antwortete sie endlich und rief sich in Erinnerung, dass sie eigentlich eine Unterhaltung führen sollten, wie bizarr auch immer dies nach dieser langen Trennung war. »Ich würde auch lieber keine Einzelheiten erfahren. Aber wie kommt es, dass du jetzt hier bist? Hast du deinen Häschern entkommen können?«

»Ja. Das Schiff war in Brand geraten, sodass mir die Flucht gelungen ist und ich mich hierher durchschlagen konnte.« Wieder sah er sich um und nahm seine Umgebung gierig mit Blicken auf, als ob sie Wasser wäre und er vor Durst stürbe. »Nach Hause.«

»Du scheinst es nicht ganz glauben zu können.« Sobald diese Worte über ihre Lippen waren, wollte sie sie auch schon zurücknehmen. Sie sagten solche Dinge nicht zueinander. Er war nicht ... amüsant oder, Gott verhüte, *charmant,* und sie war nicht unterhaltsam.

»Das kann ich tatsächlich nicht. Ich habe mir nie vorgestellt, dass ich nach Beaumont Tower zurückkehren würde.« Er sagte nichts von ihr. Oder Beau.

Beau.

Veritys Herzschlag wurde immer schneller, bis sie befürchtete, dass es ihr aus der Brust katapultiert würde. Was sollte sie ihm sagen? Was würde Rufus sagen? Wusste er es überhaupt? Sie sollte es ihm mitteilen, aber sie konnte sich nicht durchringen, die Worte zu formulieren. Sie war nicht sicher, ob sie ihren Sohn diesem Ungeheuer aussetzen konnte.

»Ich erkenne, dass dies ... seltsam oder befremdlich oder beides ist. Und vielleicht viele andere Dinge«, erklärte er, wieder mit diesem halben Lächeln, das ihn ebenso attraktiv erscheinen ließ, wie an dem Tag, an dem sie ihn auf einer Hausparty hier kennenlernte, die sie mit gerade neunzehn Jahren zusammen mit ihrem Vater besuchte. So attraktiv, wie sie ihn bis zu ihrer Hochzeitsnacht sechs Monate später betrachtet hatte.

Sie schloss kurz die Augen und lenkte ihre Aufmerksamkeit dem Fenster und dem Rasen zu, der sich vom Gebäude aus erstreckte. »Es sind viele Dinge, ja«, sagte sie leise. »Ich weiß nicht, was ich sagen oder wie ich reagieren soll. Ich bin … schockiert.«

»Das kann ich mir gut vorstellen. Es ist ein bisschen wie ein Schock für mich, hier zu sein. Und eine Erleichterung.«

Sie hörte es in seiner Stimme. Er klang beinahe verletzlich. Sie drehte den Kopf zu ihm zurück. »Was ist dir zugestoßen?«

»Ich habe dir gesagt —«

»Ja, und ich verstehe, dass du nicht über die Einzelheiten reden willst, aber du bist vollkommen anders.«

Er legte den Kopf schief und nahm sich für seine Antwort Zeit. »In welcher Weise?«

»In jeder Hinsicht.« Sie nahm sich zurück, ehe sie noch seine Verbesserungen aufzählen würde.

*Verbesserungen?* Sie konnte so nicht denken. Er war noch immer Rufus Beaumont, der Herzog der schwarzen Seele, wie sie ihn so gern in ihren Gedanken nannte. »Dies ist mehr als seltsam oder fremd. Ich habe die vergangenen sechseinhalb Jahre damit verbracht, um dich zu trauern.« Diese Lüge kam ihr leicht über die Lippen. »Und mein Leben weitergelebt.«

»Du kannst dir keinen Ehemann genommen haben?«, fragte er.

»Nein, aber ich bin auch nicht bereit, dich als solchen willkommen zu heißen. Ich kann nicht …« Sie hatte Angst, in Worte zu fassen, was sie sagen wollte, aber es musste gesagt werden. »Die Dinge können nicht wieder so werden, wie sie einmal gewesen sind.« Sie meinte das in jeder Hinsicht, und bereitete sich auf seinen Wutausbruch vor. Aber er kam nicht.

Er nickte leicht. »Ich verstehe. Vollkommen. Ich möchte dich zu nichts zwingen. Ich freue mich darauf, mich wieder mit dem Besitz vertraut zu machen. Gibt es einen neuen Verwalter? Ich würde ihn gern kennenlernen.«

»Nein, es ist immer noch Cuddy.« *Gott, er ist hier.* Sie konnte es immer noch nicht glauben und vermutete, dass es einige Zeit dauern würde, bis sie dazu in der Lage wäre. »Natürlich kannst du dich mit ihm treffen.« Außer, dass sie im Begriff gewesen war, ihn hinauszuwerfen. Ihre Pläne gingen in Flammen auf! Warum musste er zurückkehren?

Abrupt stand sie auf, denn sie musste sich bewegen, damit die nervöse Energie in ihr ein Ventil fand. Als sie auf den Kamin zuschritt, ignorierte sie das Prickeln der Angst, das über ihren Nacken tanzte. Würde sie ihm niemals den Rücken zuwenden können, ohne ein bedrohliches Gefühl zu verspüren?

Am Kamin angelangt drehte sie sich um und erkannte, dass sie guten Grund zur Besorgnis hatte. Er hatte sich aus seinem Sessel erhoben und kam auf leisen Sohlen auf sie zu. Auch das war anders. Sie hatte ihn immer kommen hören, seine Füße in den schweren Stiefeln waren unheilschwanger über die Bodenbretter getrampelt.

Er blieb ein paar Schritte von ihr entfernt, mit besorgt gerunzelter Stirn, stehen. Besorgt! »Es tut mir leid deshalb — dafür, was du empfinden musst. Ich kann mir gar nicht vorstellen, wie schwierig dies sein muss.«

Sie wusste absolut nicht, was sie mit dieser Fürsorge anfangen sollte. Es war, als wäre er eine vollkommen andere Person. Sie kam immer wieder auf diesen Gedanken zurück. Denn was würde sonst seine totale Veränderung erklären? Sie blinzelte ihn an. »Bist du verletzt worden?«

»Viele Male.« Er sagte dies ohne besondere Betonung und sie fragte sich, wie er verletzt worden war und in welchem Ausmaß.

Sie schüttelte ihre Neugierde ab, denn sie wollte sich

nicht dafür interessieren, was ihm zugestoßen war. Sie wollte ihn nicht einmal *kennen*.

Und dennoch musste sie das. Er war ihr Ehemann, dem Gesetz nach, und er war hier. Er konnte seine ehelichen Rechte einfordern und sie hätte keinen Einwand dagegen vorzubringen. Sie konnte versuchen, ihn zu einer Scheidung zu bewegen … ein beinahe hysterisches Lachen brodelte in ihrer Kehle und sie zwang sich, es herunterzuschlucken.

Er tat einen weiteren Schritt auf sie zu und sie wich zurück. Er streckte die Hände aus. »Ich wollte dich nicht erschrecken. Du brauchst Zeit, um dich daran zu gewöhnen. Ich verstehe das. Ich tue das auch.«

Die Anspannung zwischen ihnen war spürbar – ihre Angst und seine … Überraschung? Sicher würde er wissen, wie sie auf ihn reagierte. Es hatte ihn gefreut, sie einzuschüchtern, sie in einen Zustand der Besorgnis, wenn nicht sogar echter Angst, zu versetzen. Er hatte es genossen, zu beobachten, wie sie zitterte.

Aber dieser Rufus – denn es war *nicht* derselbe – schien sich ebenfalls in einem Zustand der Besorgnis zu befinden … als wäre er nicht sicher, was er von *ihr* zu erwarten hätte. Vielleicht hatte er all das vergessen und eventuell hatte sein Schicksal ihn genügend verändert, um … Um was? Ihn erträglich zu machen? Sie konnte nicht glauben, dass das möglich war.

Gott sei Dank wurden sie von der Ankunft des Butlers, Kirwin unterbrochen. Er riss die blassblauen Augen auf, als er Rufus ansichtig wurde. »Euer Gnaden.« Die Worte kamen ihm halb überrascht und halb fragend über die Lippen. Er war so verdutzt, dass er offensichtlich vergaß, sich zu verbeugen.

»Kirwin, es ist so schön, Sie zu sehen.«

Verity blinkte ihren Ehemann an – es würde einige

Gewöhnung brauchen. Hatte er wirklich gerade gesagt, es wäre *schön* jemanden zu sehen?

»Gleichfalls, Euer Gnaden. Eure Taschen sind vom Stall gebracht worden und man sagte mir, dass sie Euer Gnaden gehören, aber ich habe es nicht glauben können.«

»Und warum sollten Sie auch?«, entgegnete Rufus mit einem beinahe charmanten Lächeln. »Ich bin aus dem Nichts wiederaufgetaucht. Nun, nicht wirklich aus dem Nichts, aber es hätte ebenso gut so sein können. Es reicht zu sagen, dass ich gegen meinen Willen entführt wurde und ich lange gebraucht habe, um nach Hause zurückzukehren.«

Kirwin sah zu Verity hinüber und sie konnte erkennen, dass er sich noch immer in einem schockartigen Zustand befand. So wie es ihnen allen wahrscheinlich für einige Zeit ergehen würde. »Willkommen zuhause, Sir. Ich werde Eure Taschen nach oben bringen lassen …« Seine Stimme erstarb, als sein Blick zu Verity zurückschwenkte.

»Ich kann meine Sachen aus dem herzoglichen Schlafzimmer räumen.« Sie hielt den Blick von Rufus abgewandt. »Ich habe vor einigen Jahren das größere Schlafzimmer bezogen.«

»Das ist durchaus sinnvoll und ich werde dich nicht bitten, es zu räumen. Kirwin, bringen Sie meine Sachen dort unter, wo immer Sie es für richtig halten.« Rufus sah zu Verity. »Es sei denn, du hast eine Präferenz?«

Er fragte sie nach einer *Präferenz?* Oh, dies brauchte mehr als nur Gewöhnung. Dies würde eine komplette Umstellung ihres Verhaltens und ihrer Denkweise erfordern. *Wenn* er so blieb. Sobald er sich einmal in seine Gewohnheiten eingefunden hatte, würde er vielleicht wieder zu dem Ungeheuer werden, das sie geheiratet hatte.

Sowohl Kirwin als auch Rufus beobachteten sie erwartungsvoll. »Das blaue Zimmer.« Das war das Schlafzimmer neben dem Wohnzimmer und am weitesten von ihrem Schlafzimmer entfernt.

Kirwin nickte, ehe er seine Aufmerksamkeit wieder Rufus zuwandte. »Wünscht Ihr etwas, Euer Gnaden?«

»Ein Bad wäre schön. Wenn es nicht zu viel Mühe macht.«

»Ganz und gar nicht. Ich werde es umgehend vorbereiten lassen.« Kirwin wandte sich ab, um zu gehen, doch dann schwenkte er herum und sah Verity mit hochgezogenen Augenbrauen an. »Eure Lordschaft wird oben im Guinee-Stübchen sein«, bemerkte er leise.

Verity nickte dem Butler zu. »Danke Kirwin.«

Der Butler ging und sie tat einen tiefen, stärkenden Atemzug.

Rufus sah sie fragend an. »Seine Lordschaft?«

»Der Earl von Preston.« Als er darauf unbeeindruckt schien, sagte sie: »Dein Sohn.«

Er nickte knapp. »Natürlich, ich hatte vergessen, dass er den Höflichkeitstitel halten würde.« Er wischte sich mit einer Hand über die Stirn. »Ich war nachlässig. Ich hätte mich umgehend nach ihm erkundigen sollen. Wie ich bereits sagte, ist dies alles so fremd.«

»Du weißt, dass du einen Sohn hast?« Er war verschwunden, bevor sie ihm von ihrer Schwangerschaft erzählt hatte.

»Ich habe … es gehört.«

Sie nahm an, dass das einen Sinn ergab. »Wo bist du hergekommen? Ich meine, bist du durch ganz England gereist?«

»Nein, ich bin vor zwei Wochen in Liverpool eingetroffen. Ich wäre früher gekommen, aber ich war nicht … in der besten Verfassung.«

Wieder wollte sie erfahren, was er erlitten hatte. Ein grausamer Teil ihrer Selbst war froh, dass er gelitten hatte. Sie konnte sich niemand anderen vorstellen, der das mehr verdient hätte. Doch bei diesen Gedanken fühlte sie sich klein und erbärmlich.

Sie konzentrierte sich wieder auf Beau – außer ihm war nichts von Bedeutung. »Also hast du auf deinem Weg hierher von Beau erfahren.«

»Beau?«

»So nennen wir ihn. Sein Name ist Augustus Christopher Beaumont.«

Vor Überraschung machte er große Augen. »Christopher?«

»Das war der Name seines Urgroßvaters. Hast du das vergessen?«

»Überhaupt nicht. Ich bin nur überrascht. Ich hätte Archibald als einen seiner Namen erwartet.«

Sie wurde vollkommen still und rechnete damit, dass er auf sie losgehen würde, weil sie nicht den Namen seines Vaters gewählt hatte. Augustus war allerdings derjenige gewesen, der freundlich zu ihr gewesen war. Wenn er nur nicht einen Monat nach ihrer Heirat mit Rufus gestorben wäre. Seine Anwesenheit hatte Rufus davon abgehalten, sich voll und ganz in einen Schurken zu verwandeln und sobald er dahingeschieden war, hatten sich die Dinge für sie zum Schlimmeren entwickelt.

»Das gefällt mir sehr gut«, sagte er leise und das überraschte sie mehr als alles andere heute. Und das wollte schon etwas heißen. Würde es nun so sein? Würde sie ihn ungläubig anstarren, während er sich vollkommen anders benahm, und sie innerlich obendrein in Erwartung auf das Überschnappen seines Temperaments in Aufruhr befand.

»Er ist ein sehr guter Junge«, bemerkte sie vorsichtig. »Ich muss mit ihm sprechen, um ihn vorzubereiten, ehe du ihn sehen kannst.«

»Ich hätte nichts anderes erwartet. Ich werde dir die Entscheidung überlassen, wann und wo dies sein wird.«

»Deine Freundlichkeit und Verständnis ist mehr, als ich mir erhoffen kann. Ich werde nach seinem Unterricht mit ihm reden. Wenn alles gut geht, kannst du ihn heute Abend sehen.«

»Das würde mir sehr gefallen, danke. Und jetzt werde ich, glaube ich, dieses Bad nehmen.« Er drehte sich zur Treppe um, die sich an der entfernten Wand des Saales emporschwang, und sie beobachtete, wie sich sein Profil bei seinem Stirnrunzeln in Falten legte.

»Das blaue Zimmer hat sich nicht verändert«, erklärte sie. »Erinnerst du dich, wo es ist?«

Er sah sie verwirrt an. »Ich fürchte, das tue ich nicht.« Ein leises Lachen erklang aus seiner Brust. Lächelnd und lachend. Sie konnte die Male an einer Hand abzählen, dass er das getan hatte. »Die Treppe hinauf und durch das Wohnzimmer, die erste Tür links.«

Er schaute sie einen Augenblick an und ihr wurde leicht unbehaglich, aber nicht aus den Gründen, mit denen sie gerechnet hätte. Er sah sie auf eine Weise an, wie noch nie zuvor – neugierig. »Ich möchte sicherstellen, dass du verstehst, dass ich keine Erwartung habe, unsere Ehe so fortzusetzen, wie sie einmal war.«

*Wie sie einmal war …* Versuchte er damit zu sagen, dass er ein besserer Mann sein wollte? Sie konnte sich nicht überwinden, ihn zu fragen. Die Leiden, die er ihr zugefügt hatte, diese grauenvolle, finstere Zeit – das war etwas, worüber sie nicht redete. Es war etwas, woran sie nicht *dachte*. Und wie er über seine Zeit in Abwesenheit bemerkt hatte, bevorzugte sie, dies Vergangenheit sein zu lassen.

»Du scheinst … verändert. Vielleicht sollten wir uns so benehmen, als hätten wir uns gerade erst kennengelernt.« Sie machte dieses Angebot, aber sie war nicht sicher, ob sie vergessen konnte, was er getan hatte, wer er war. Oder wer er einmal gewesen war, wenn er sich wirklich geändert hatte.

»Das scheint ein kluger Einfall.« Er nickte kurz. »Lass mich wissen, was du wegen des Jungen unternehmen willst. Ich werde deine Anweisung abwarten. Bis später dann.« Er neigte den Kopf, ehe er auf die Treppe zumarschierte und in das Obergeschoss hinaufstieg. Sie sah ihm zu, wie er im Wohnzimmer verschwand und stieß den Atem aus, den sie angehalten hatte, ohne es zu bemerken.

Ihr Körper wollte zusammenbrechen, aber sie kämpfte den Erguss durch die Anspannung und Furcht zurück, die sie aufzuweichen drohten. Stattdessen wandte sie sich um und marschierte von der Königshalle durch die Große Halle auf die Treppe zu, die zu ihren Privatgemächern auf der gegenüberliegenden Seite des Wohnzimmers führte.

Sie ging in das Boudoir hinauf, das an das herzogliche Schlafzimmer angrenzte, und strebte direkt auf ihren Schreibtisch zu, wo sie einen kurzen Brief an ihre Cousine Diana verfasste und sie um ihr sofortiges Kommen bat.

Veritys Hand zitterte, als sie den Brief beendet hatte. Sie brauchte ihre Cousine, die Person, die ihr auf der Welt am nächsten stand, die Person, die ihr helfen würde, sich dem Unvermeidlichen zu stellen.

Rufus war *daheim*.

Ihre Pläne, Anspruch auf ihre Zukunft und einen Weg für sich und Beau zu schmieden, hatten sich in Luft aufgelöst. Kaum eine Stunde zuvor war sie von Hoffnung und Aufregung erfüllt gewesen, als sie die Veränderungen geplant hatte, die ihr erlauben würden, ihre Rolle als Herzogin wahrzunehmen und dafür zu sorgen, dass ihr Sohn zu dem Herzog heranwuchs, wie sie es sich für ihn wünschte.

Nun musste sie wieder einmal ihrem Ehemann gehorchen. Ein Mann, der mit mehr Wut und Brutalität angefüllt war, als eine einzige Person zu empfinden imstande sein sollte. Und dennoch war der Mann, der heute hier eingetroffen war, nicht er.

Möglicherweise war er etwas Schlimmeres. Ein Unbekannter, der ihr jede Freiheit nehmen könnte, die sie derzeit genoss. Oder noch schlimmer: Ihren Sohn.

Nein, sie würde nicht zerbrechen. Sie würde stark bleiben – für Beau. Sie erhob sich, um den Brief mit nach unten zu nehmen und gelobte, sich ihr Leben nicht von Rufus ruinieren zu lassen. Sie würde Beau und sich selbst um jeden Preis beschützen.

# CHAPTER 3

Der Dampf vom Bad hatte sich längst gelegt und das Wasser war lau geworden. Er stand auf und das Wasser schwappte über den Rand der Wanne, als er nach dem Handtuch griff, das auf einem nahegelegenen Tisch lag.

Er stieg aus der Wanne, trocknete sich ab und hängte das Handtuch über die Rückenlehne eines Stuhls, der unter einen breiten Tisch geschoben war. Er tappte in das kleine Ankleidezimmer, das sich an das Schlafzimmer anschloss und fand seine dürftigen Habseligkeiten verstaut.

Es war nicht viel, was er zur Auswahl hatte, aber er fand etwas Passendes, das er tragen konnte. Morgen würde er einen Schneider finden müssen, der Maß an ihm nahm und neue Bekleidung anfertigte. Es sei denn ... Hatte die Herzogin einen Teil seiner Garderobe aufbewahrt? Sollte er fragen?

Verdammt, sie war nervös gewesen. Aber was erwartete er auch nach beinahe sieben Jahren Abwesenheit.

Er wandte sich dem Spiegel zu, um seine Krawatte zu binden, und hielt bei dem Spiegelbild inne, das ihm entgegenstarrte. Er sah nicht wie ein Herzog aus.

Wahrscheinlich, weil er keiner war.

Christopher Powell blinzelte. Was um alles in der Welt tat er nur? Wenn er das durchziehen würde … Er schnaubte. Zu spät. Er hatte sich bereits festgelegt.

Die Krawatte band sich beinahe wie von selbst, als seine Finger die Seide verflochten. Es war nicht das Gleiche, wie das Knöpfen der Taue auf seinem Schiff, aber er war in beidem gut. Er vermutete, dass ein Herzog einen Kammerdiener brauchte, doch er nicht.

Zufrieden mit seiner Handarbeit, drehte sich Kit vom Spiegel weg und schloss die letzten Knöpfe seiner Weste, während er angesichts des ausgeblichenen Stoffes die Stirn runzelte. Ja, neue Kleidung wäre erforderlich, da das Feuer beinahe seinen gesamten Besitz einschließlich seiner Garderobe zerstört hatte.

Er griff nach seinem dunkelblauen Frack und zog ihn an, ehe er sein Haar aus seinem Gesicht zurückstrich. Und was jetzt? Er konnte sein Zimmer nicht verlassen, aus Furcht, dem Jungen in die Arme zu laufen.

Großer Gott, er hatte einen Sohn. Oder er müsste so tun, als hätte er einen. Als die Herzogin ihn erwähnte, hatte er versucht zu vertuschen, dass er nicht direkt nach ihm gefragt hatte. Aber andererseits hatte es den Anschein gehabt, als hätte sie überhaupt nicht erwartet, dass er es wüsste, also musste er auch das verschleiern. Verflucht, er musste ziemlich auf der Hut sein.

Zumindest hatte der Junge ihn nicht gekannt – Kit konnte bei ihm vielleicht entspannt sein. Nein, das konnte er nicht. Verdammt, er wusste nicht einmal, was er zu ihm sagen sollte. Möglicherweise sollte er das zuerst einmal bedenken.

Er drehte sich wieder zum Spiegel um und lächelte. »Beau, ich bin dein Vater.«

Er zuckte zusammen und versuchte es noch einmal.

»Schau einmal an, was für ein großer Junge du bist. Ich freue mich, dich kennenzulernen. Ich bin dein Vater.«

Mürrisch drehte er sich abermals vom Spiegel weg und schimpfte noch einmal mit sich selbst. Das war nicht sein Plan gewesen. Er hatte *geplant,* sich irgendwie auf den Besitz und in die Burg zu schleichen, wo er etwas Wertvolles hatte entwenden wollen, das allerdings von geringer Bedeutung war und kaum vermisst werden würde. Das Gebäude musste voller kostspieliger Kunstgegenstände sein, die ihm die fehlenden Mittel für den Ersatz seines Schiffes und das Anheuern einer neuen Mannschaft verschaffen würden. Er bezweifelte, dass er einige seiner alten Männer anheuern konnte, aber er würde es versuchen. Sie hatten nach der Havarie von Kits Schiff weiterziehen müssen.

Nein, ein Herzog zu werden war nicht sein Plan gewesen, aber er hatte es verabscheut, die sich bietenden Gelegenheit auszuschlagen. Also hatte er es nicht getan.

Und hier war er, der Herzog von Blackburn und er wäre verdammt, wenn er es bedauern würde.

Ein Klopfen an der Tür riss ihn aus seinen Gedanken. Dankbar für die Unterbrechung durchquerte er das Zimmer und fand Kirwin im Korridor stehend. Er erinnerte sich an Kirwin und hatte einen furchtsamen Augenblick durchlitten, als er darauf wartete, dass der Butler ihn im Gegenzug wiedererkannte. Was er nicht tat. Was hatte Kit erwartet? Er hatte diesen Mann vor beinahe zwei Jahrzehnten getroffen.

»Euer Gnaden«, setzte der Butler an. Noch immer zeigte sich der Anflug von Überraschung in seinen hellblauen Augen. »Ihre Gnaden hat gebeten, sie und Seine Lordschaft in einer Viertelstunde im Wohnzimmer zu treffen.«

Ein Anfall von Angst brach über Kit herein und Schweiß benetzte seinen Nacken. »Vielen Dank, Kirwin.«

»Darf ich bemerken, Sir, dass Ihr ein bisschen anders zu sein scheint, aber Ihr wart ja auch lange Zeit fort. Ihre

Gnaden hat erklärt, was passiert ist, und ich muss Euch mein Mitgefühl aussprechen für das, was Ihr sicher durchlitten habt.«

Kit fühlte sich grauenvoll, diesen freundlichen Mann anzulügen, aber dies war notwendig, um seine Ziele zu erreichen – Ziele, die keinen dieser Menschen in irgendeiner Weise negativ beeinträchtigen würden. »Ich weiß das zu würdigen, Kirwin.«

Der Butler verbeugte sich leicht, eher er hinzufügte. »Das Dinner wird um sechs im kleinen Speisezimmer serviert.« Dann ging er davon.

Kit schloss die Tür und stieß einen aufgestauten Atemzug aus. Was zum Teufel hatte er sich nur gedacht? Natürlich könnte dies diese Menschen negativ beeinträchtigen. Er war im Begriff, einem Jungen, der nicht sein Sohn war, zu erklären, dass er sein Vater sei.

Verdammt.

Er sollte gehen. Sofort. Ehe irgendwelcher Schaden angerichtet wäre.

Wenn sie sich allerdings in einer Viertelstunde treffen sollten, hatte die Herzogin es dem Jungen wahrscheinlich bereits erzählt.

*Reiß dich zusammen.* Die Stimme in seinem Hinterkopf war ernst und eindringlich. Er nahm sich nur das, was ihm ohnehin hätte gehören sollen. Und nach der Reaktion der Herzogin zu urteilen, würde sie ihn nicht vermissen, wenn er ging. Er würde im Gegenteil sein neues Schiff verwetten, dass sie froh über seinen Fortgang wäre.

Er holte tief Luft und zügelte seine Gedanken. Er konnte dies zu Wege bringen. Er hatte weitaus Schlimmeres getrotzt und bezwungen, als … Grundgütiger, er wusste nicht einmal ihren Namen. *Die Herzogin von Blackburn.* Er würde sie nicht beim Namen nennen *müssen,* da er keine Absichten hatte, so vertraut zu werden.

Er strich mit den Händen glättend über das Revers seines Fracks, während er auf die Tür zuging und aus dem Zimmer trat. Das Wohnzimmer lag direkt zu seiner Rechten. Er erinnerte sich gut daran, da es der wichtigste Aufenthaltsbereich der Burg war. Einige der anderen Räume – wie das kleine Speisezimmer – würden schwieriger zu finden sein. Wenn er beim Umherirren ertappt würde, könnte er dies leicht damit erklären, dass er sich wieder mit seinem Zuhause vertraut machte, indem er jedes einzelne Zimmer erkundete.

Ja, das Wohnzimmer sah größtenteils genauso aus wie damals, obwohl die Möbel ausgetauscht worden waren. Es gab noch immer einen mit Büchern vollgestopften Schrank in der Ecke und über dem großen Kamin hing das Gemälde eines Herzogs und seiner Herzogin aus früheren Zeiten, wie sie in der Königshalle saßen und ihren Leibeigenen eine Audienz gewährten. Eine gerahmte Karte des Anwesens aus der Zeit des Mittelalters hing an der Wand gegenüber dem Kamin.

Kit hatte diese Karte während seines einzigen Besuchs endlos studiert und jeden Zentimeter darauf mit seinem Blick überquert. Als er den Raum durchquerte und darauf zuging, fiel sein Blick auf einen Tisch, der darunter stand. Auf der Tischplatte verstreut lag eine Ansammlung von Spielzeugsoldaten und erinnerte ihn daran, was er sich selbst aufgeladen hatte …

»Papa!«

Der Ruf erschreckte ihn, als er sich wieder zu dem Korridor umdrehte, der zu seinem Schlafzimmer führte. Ein kleiner, dunkelhaariger Junge rannte auf ihn zu und schlang die Arme um seine Beine. Er hatte erwartet, dass der Junge, wie seine Mutter, zurückhaltend und auf der Hut wäre. Auf keinen Fall hatte er sich diesen herzlichen Empfang vorgestellt – oder den Ausbruch von Wärme, den er im Gegenzug empfand.

Kit tätschelte dem Jungen das Haupt und trat dann einen Schritt zurück. »Lass mich dich anschauen.«

Beau – der wie ein Beau aussah, wenn überhaupt jemand wirklich wie ein Name aussehen konnte, war ein recht hübsches Kind mit strahlenden Augen und einem kräftigen Kinn – nahm eine aufrechte Haltung an und streckte stolz seine Brust heraus. »Ich bin sechs.«

»Natürlich bist du das. Obwohl du leicht für sieben durchgehen könntest.«

Ein Grinsen breitete sich über die Züge des Jungen und ließ seine grünen Augen aufleuchten. *Grün.* Wie seine. Nun, das war schon etwas, dachte er.

Beau nahm Kit an der Hand und obwohl es eine kleine einfache Geste war, spürte er sie bis zu seinen Zehen hinab, als der Junge ihn zum Sofa zog. »Berichte mir, wo du gewesen bist, Papa. Mama sagt, dass es eine schreckliche Tortur war und du nicht darüber reden willst, aber ich habe ihr gesagt, du würdest es mir erzählen.«

Er ließ Kits Hand los und setzte sich auf das Sofa. Sobald Kit sich neben ihm niederließ, rückte er so dicht an ihn heran, wie er nur konnte. »Ich habe Mama immer gesagt, dass du entführt worden bist und gefangen gehalten wirst. Warum wärst du sonst nicht nach Hause gekommen?«

In der Tat, warum sonst? »Hat sie dir erzählt, dass ich viel Zeit außer Landes auf einem Schiff verbracht habe?«

Er warf einen Blick zur Tür, wo die Herzogin weiterhin verharrte. Sie war groß und besaß eine schlanke, elegante Figur. Beinahe schwarzes Haar umrahmte ihr herzförmiges Gesicht, das von einer kleinen, schlanken Nase und kecken, rosa Lippen betont wurde. Ihre von langen Wimpern umkränzten Augen waren dunkel, und er vermutete, dass sie verführerisch sein konnten, wenn sie es darauf anlegte. Sie hatte die Arme vor der Brust gekreuzt und trug den gleichen Ausdruck wachsamer Skepsis, den sie seit seiner Ankunft aufgesetzt hatte. Das war weit von Verführerisch entfernt und er musste sich fragen, warum er überhaupt daran gedacht hatte.

»Nein«, antwortete Beau. »Kannst du ein Schiff segeln, Papa?«

Kit wandte seine Aufmerksamkeit Beau zu. »Ja. Vielleicht lehre ich es dich eines Tages.« Wissend, dass es nie dazu kommen würde, zuckte er innerlich zusammen. Verdammt nochmal, das war eine grauenvolle Idee.

Beaus grüne Augen leuchteten vor Aufregung auf. »Oh ja! Aber zuerst musst du mir das Schießen beibringen und wie man mit einem Schwert kämpft. Ich habe schon reiten gelernt, obwohl Mama sagt, dass ich noch viel üben muss.«

»Du solltest immer auf deine Mutter hören.« Wieder sah er zu ihr hinüber und nahm die aufblitzende Überraschung in ihrem Blick wahr. Allmächtiger Himmel, was für eine Art von Bastard war der Herzog bloß gewesen? In Anbetracht ihres Verhaltens konnte Kit sich nur einen überaus verabscheuungswürdigen Kerl vorstellen.

»Das hat mir Thomas heute auch gesagt«, entgegnete Beau. Wer war Thomas? »Mama weiß alles.«

Kit konnte sein Lachen nicht unterdrücken. Seine Mutter – obwohl sie gestorben war, als er erst acht Jahre alt war - hatte auch alles gewusst. Sie hatte ihren Haushalt mit strikter Präzision geleitet und war sowohl für ihn als auch seinen Vater ein Quell der Liebe gewesen. Ihr Tod hatte ihre winzige Familie dezimiert und das Ende von Kits kindischer Einfalt herbeigeführt. »Ja, Mütter tun das normalerweise«, stimmte er zu.

Beaus Blick wurde bittend, als er zu Kit aufsah. »Erzähl mir mehr über die bösen Männer, die dich entführt haben, Papa. Musstest du sie umbringen?«

»Beau!« Die scharfe, feminine Stimme seiner Mutter drang durch den Raum und veranlasste sowohl ihn als auch das Kind, die Köpfe in ihre Richtung zu schwenken. Sie löste sich vom Türbogen und kam nun mit tief herabgezogenen Brauen auf sie zu. »Das ist eine schreckliche Frage. Er hat niemanden umgebracht. Und selbst wenn er es getan hätte, bist du viel zu jung, um dir solche gräulichen Geschichten anzuhören.«

In Wahrheit hatte Kit viele Männer getötet. Sein Lebensunterhalt – der ihn in den Krieg geführt hatte – hatte das verlangt. Aber das würde er nicht sagen. Er konnte nicht bestreiten, dass Beau von solchem Horror nichts erfahren sollte.

Kit wandte sich dem Jungen zu und sah ihm in die Augen. »Wenn du alt genug bist, werde ich dir etwas über meine Reisen erzählen, einverstanden? Aber im Augenblick würde ich mich viel lieber darauf konzentrieren, hier mit dir zu Hause zu sein. Und mit deiner Mutter.«

Wieder warf er ihr einen Blick zu und nahm gerade noch den verwunderten Ausdruck in ihren Augen wahr, ehe sie ihn tarnte. Ja, der Herzog musste ein erbärmlicher Mistkerl gewesen sein und er wollte wissen, auf welche Weise und warum. Aus irgendeinem unbekannten Grund verspürte er einen wilden Drang, den Jungen neben sich und seine Mutter zu beschützen, die in der Nähe über ihn wachte.

Und er beschützte nichts außer sich selbst und sein Schiff. Bei Letzterem hatte er versagt. Abscheu stieg in seiner Kehle auf, aber er schluckte die Empfindung herunter. Bald würde er ein neues Schiff haben. Ein *besseres* Schiff. In der Zwischenzeit würde er Herzog spielen. Und Vater. Und Ehemann. Abermals schweifte sein Blick zu ihr und er nahm ihre kaum verhohlene Missachtung wahr. Nun, dann eben nicht Ehemann.

Was in Ordnung war. Er war nicht hergekommen, um eine Ehefrau zu hofieren oder einen Sohn zu verhätscheln. Er würde tun, was er musste, um seine Verluste auszugleichen, und er würde es mit dem tun, was er verdient hatte. Was ihm versprochen worden war.

Beau schlang seine Arme um Kits Taille und drückte. »Ich bin so froh, dass du zuhause bist. Ich wusste, dass dieser Tag kommen würde, auch wenn Mama es nicht gewusst hat.«

Kits Inneres krampfte sich zusammen und er kämpfte gegen das Schuldgefühl an, das die Bewunderung des Jungen in ihm hervorrief. Noch einmal sah er zur Herzogin hinüber. Ihre Lippen waren geschürzt und die Brauen zusammengezogen. Sie fand wirklich keinen Gefallen an dieser ganzen Situation.

Mit einem zärtlichen Klaps auf den Rücken des Jungen befreite Kit sich aus der Umarmung und sah das Kind mit einem halben Lächeln an. »Womit solltest du dich jetzt gerade eigentlich beschäftigen? Sicherlich habe ich für ein Chaos in deinem Tagesablauf gesorgt.«

»Er hat den Unterricht heute früher beendet«, antwortete die Herzogin. »Aber er sollte gehen und sich für das Abendessen fertig machen.«

Kit blinzelte sie an. »Er speist mit dir?« Das war in solchen Häusern nicht üblich, zumindest nicht nach seinen geringen Kenntnissen.

»Ja. Schließlich sind wir nur zu zweit. Oder das waren wir jedenfalls.« Der Anflug von Bitterkeit in ihrem Tonfall war unmissverständlich. Sie verabscheute diese Situation förmlich. Kits Schuld verdoppelte sich.

»Muss ich gehen, Mama?«, fragte Beau bittend. »Kann ich bei Papa bleiben?«

Kit zerzauste dem Jungen das Haar. »Deine Mutter und ich müssen einige Dinge besprechen. Dinge, die dich bestimmt langweilen werden. Erinnerst du dich daran, wie ich dir gesagt habe, dass du immer auf deine Mutter hören sollst?« Wie auch dieser Thomas, wer immer das auch war.

»Ja, Papa.« Beau glitt vom Sofa. »Nach dem Abendessen zeige ich dir all meine Soldaten.«

»Das würde mir gefallen«, entgegnete Kit. Er hatte nie Spielzeugsoldaten besessen. Er hatte einen Berg Bücher gehabt. Und mangels anderer Dinge hatte er sie verschlungen. Wieder und immer wieder.

Beau schlang die Arme um Kits Hals und drücke ihn ein letztes Mal. Kit hielt ihn dicht an sich, als der Duft von Gras und des Jungen über ihn hinwegstrich. Als Beau Abstand nahm, legte er die Hände an Kits Gesicht. »Du siehst aus wie ich.«

Kit brachte ein Lachen zustande. »Wie wer sollte ich sonst aussehen?«

Beau grinste. »Niemand, nur wie ich. Weil du *mein* Papa bist.« Er wandte sich um und hopste aus dem Zimmer, bis er sich im Türbogen umdrehte und seine Mutter alarmiert ansah. »Wo schläft Papa?«

Die Herzogin zeigte auf die Wand, die das Wohnzimmer von Kits Schlafzimmer trennte. »Im blauen Zimmer.«

»Kann er nicht neben meines umsiedeln? Es würde mir gefallen, wenn er in der Nähe schläft.« Er sah Kit an. »Du kannst sogar in meinem Zimmer schlafen, wenn du willst.«

Kit unterdrückte ein Lächeln und wartete darauf, dass die Herzogin dies regelte.

»Das blaue Zimmer ist viel größer und komfortabler«, erwiderte sie.

»Hast du vorher auch dort geschlafen, Papa?«

»Ähm …« Er sah die Herzogin fragend an.

Sie wandte sich mit einem Lächeln an ihren Sohn. »Lass mich mit deinem Vater darüber sprechen, wo er schlafen will.«

Kit war es gleich, solange es ein Bett war und keine schwingende Hängematte unter Deck.

»Ja, Mama. Aber sorge dafür, dass es neben meinem

Zimmer ist.« Er grinste die beiden an, eher er sich herumdrehte und in den Korridor entschwand.

Die Herzogin sah Kit unverwandt an und stieß die Luft aus, als hätte sie gerade eine schwierige Aufgabe gemeistert. Das hatte sie wohl, nahm er an.

»Mir ist es wirklich gleichgültig, wo ich schlafe«, erklärte er.

»Dann solltest du vielleicht das Zimmer neben Beau nehmen. Wenn das in Ordnung ist?« Obwohl er gerade versichert hatte, dass es ihm gleichgültig war, sah sie ihn mit vorsichtiger Erwartung an. Er musste der Sache auf den Grund gehen, was mit ihr nicht stimmte. Oder ihm. Oder ihnen beiden.

Er zeigte auf einen Sessel gegenüber dem Sofa. »Nimm Platz. Bitte.«

Bereitwillig sank sie in den Sessel und dann blinzelte sie, als sie die Lippen schürzte. Er dachte, dass sie vielleicht etwas sagen würde, doch sie rang lediglich ihre Hände im Schoß. Ihre Anspannung war spürbar.

Er suchte nach den richtigen Worten. »Ich spüre dein Unbehagen, und ich würde gern zerstreuen, was deine …« Er war drauf und dran gewesen, Angst zu sagen, aber er entschied, dass es zu harsch wäre. »Befürchtungen verursacht. Ich bitte dich, vollkommen ehrlich zu sein.«

Ihre Brauen schossen in die Höhe und er konnte beinahe sehen, wie ihr der Kopf schwirrte, als sie die Hände aneinanderpresste und die Wangen einsog. Es kostete sie einen weiteren Augenblick, ihre Gedanken zu sammeln – so schien es zumindest. »Wirklich? Du willst meine Ehrlichkeit.«

Er sah sie mit einem friedlichen Lächeln an. »Ohne Vorbehalte.«

»Ich kenne dich überhaupt nicht wieder.«

Es war ein schwerer Schlag in die Magengrube, aber nicht unerwartet. Obwohl er wusste, dass er dem Herzog ähnlich sah, waren ihre Ähnlichkeiten nicht identisch. »Ich bin lange Zeit fort gewesen«, gab er vorsichtig zu bedenken.

»Ja.« Sie legte die Hände flach auf ihren Rock und bog die Finger. »Es ist nicht so, dass du anders aussiehst – obwohl du das tust. Ein bisschen jedenfalls.« Sie blinzelte ihn an. »Sind deine Augen grün?«

»Ja. Wie Beaus.« Er hatte keine Ahnung, welche Augenfarbe der Herzog besaß.

»Ich erinnere mich, dass sie haselnussbraun waren.«

»Manchmal, je nachdem, wie das Licht fällt, ist ein bisschen braun darin.« Das war eine weitere glatte Lüge, aber er würde sich daran gewöhnen müssen, Lügen zu erzählen.

Sie neigte den Kopf zur Seite und kniff die Augen leicht zusammen. Dann straffte sie sich und fuhr fort: »Wie ich gesagt habe, ist es nicht nur so, dass du anders aussiehst. Dein Verhalten ist … Nun, es ist vollkommen fremd. Recht einfach ausgedrückt bist du nicht der Rufus, den ich geheiratet habe.«

Hier war seine Chance. Wenn auch nicht, um die Barrieren ihrer Befürchtungen ihm gegenüber zu durchbrechen, dann vielleicht, um ihre Bedenken zu beschwichtigen. »Ist das schlecht?«

Für einen winzigen Moment erstarrte sie. »Nein«, antwortete sie leise. »Und darin liegt das Problem. Tatsächlich ist es eine überaus gute Sache. Aber ist es … echt?« Die Worte strömten aus ihrem Mund, wie Blütenblätter, die zur Erde schwebten – weich und verhalten, ehe sie sich endgültig um ihn herum niederließen.

»Ich bin echt.« Nur das konnte er gerade hervorbringen. Nur das wollte er gerade sagen.

»Du hast mich gebeten, ehrlich zu sein. Ich muss wissen, ob ich dir vertrauen kann, diese andere Person zu sein.«

Wie gern würde er sie fragen, was für eine Art Mensch er früher gewesen war. Kein guter, soviel stand fest. Was für ein großer Mistkerl war sein verdammter Verwandter nur? Kit würde es herausfinden. Irgendjemand würde es ihm erzählen.

»Ich habe Erschütterndes erlitten«, erklärte er. »Und ich war lange Zeit fort gewesen – lange genug, um mich erheblich zu ändern.« Zumindest das stimmte. Er hatte England als fünfzehnjähriger Junge verlassen und war ein halbes Leben später zurückgekehrt.

»Ich kann dir vertrauen, dass du … uns wohlgesonnen bist.«

Er stöhnte innerlich und gelobte, den Herzog zu verprügeln, sollten sich ihre Wege je kreuzen. Was höchst unwahrscheinlich schien. »Bei meiner Ehre.« Ihm ging auf, dass seine Ehre ein unbekannter Wert für sie war. »Wie wäre es damit: Du sollst die Macht haben, zu tun und zu sagen, was immer du für notwendig hältst. Ich werde schlafen, wo immer du mir sagst, mit Beau verkehren, wie auch immer du anordnest, und mit dir kommunizieren, wie auch immer du es bevorzugst. Das Einzige, was ich einfordere, ist Handlungsfreiheit, den Besitz so zu führen, wie es meine Pflicht ist.«

Seine Pflicht.

Seine Gedanken schweiften zu jenem Sommer vor siebzehn Jahren zurück, als sein Vater – sein wahrer Vater – ihn hierhergebracht und ihm das Leben gezeigt hatte, das seines hätte sein sollen. *Wenn* er legitim gewesen wäre. Er hatte jeden Augenblick geliebt, nach dem Unmöglichen gehungert, dass er das Herzogtum eines Tages erben würde. Aber dies war, so hatte er zumindest gedacht, unerreichbar gewesen.

Bis jetzt.

Er brauchte Geld – das sein Vater ihm versprochen hatte – um ein neues Schiff zu kaufen. Aber er *wollte* diese Stellung und diesen Ort … zumindest für eine kleine Weile.

»Das ist recht großzügig von dir, danke.« Sie erweckte immer noch den Eindruck, als würde sie ihm nicht glauben.

Er beugte sich vor und zuckte zusammen, als sie in ihrem

Sessel zurückwich. Gott, *er* war kein Ungeheuer, aber er wollte den Mann erdrosseln, der ihr das angetan hatte. »Du musst mir jetzt noch nicht vertrauen. Du wirst sehen, dass die Dinge ... besser als vorher sein werden.« Er hasste, was sie von ihm halten musste, aber es war nicht so, dass er ihr die Wahrheit sagen konnte. Verdammt, er könnte eine beliebige Anzahl von Dingen aus dem Haus entwenden und morgen wieder unterwegs sein. Vielleicht sollte er genau das tun ...

»Wie es der Zufall will, *könntest* du mir in einer Angelegenheit behilflich sein.«

Er entgegnete ihren Blick. »Du musst es mir nur sagen.«

»Du hast versprochen, dass ich dir vertrauen kann? Dass du nicht wütend wirst?« Die Ängstlichkeit in ihrem Blick löste ein Brennen in seinem Brustkorb aus.

»Ich habe dir beides versprochen. Bitte sag mir, wie ich dir helfen kann.«

»Nachdem du verschwunden warst, war mein Vater hergekommen, um mir zu *helfen*.« Die Art ihrer Betonung legte nahe, dass es sich um das genaue Gegenteil handelte. »Er arbeitete eng mit Cuddy zusammen, was ich für sinnvoll hielt, da er dich ermutigt hatte, ihn einzustellen. Ihre Beziehung zueinander scheint eng geblieben zu sein. Obwohl ich die Herzogin bin, glaube ich, dass Cuddy ihm noch immer Bericht erstattet.« Sie zog die Nase kraus, als sie in offensichtlicher Abscheu über die beiden sprach. Verdammt, gab es außer Beau irgendwelche Männer in ihrem Leben, die einen Pfifferling wert waren? »Heute habe ich entschieden, ihn zu entlassen. Ich möchte ihn durch Whists Enkel ersetzen.«

Kit erinnerte sich an Whist, den früheren Verwalter, von der kurzen Zeit, die er hier verbracht hatte. Er war erleichtert gewesen zu hören, dass Whist nicht länger in dieser Funktion diente, für den Fall, dass dieser sich an den unehelichen Bastard erinnerte, der einen Sommer auf dem Anwesen verbracht hatte. Aber das war lange her und Kit sah inzwischen natürlich ganz anders aus. Er sah auch mehr wie sein Cousin aus, weshalb diese Farce nun gerade so erfolgreich war. Bisher.

»Stimmt etwas mit diesem Cuddy nicht? Oder ist es bloß so, dass er deinem Vater Bericht erstattet anstatt dir?« Das sollte ausreichen, um Cuddy in Misskredit zu bringen, und für Kit war dem so.

Sie hob die Schulter, als sie den Blick von ihm abwandte. »Ja, das ist es. Er begrüßt meine Beteiligung an der Leitung des Besitzes nicht. In deiner Abwesenheit dachte ich, es sei wichtig für mich, diese Rolle stärker zu erfüllen, vor allem, da Beau heranwächst.«

Dem konnte er nicht widersprechen. »Nun, er wird jetzt tun, was immer ich ihm sage. Es tut mir leid, dass er so schwierig war.«

Ihr Blick schweifte zurück zu ihm und die dunkeln Augen bohrten sich mit aller Intensität in ihn. »Dann wirst du ihn behalten?«

»Das ist zweifelhaft. Ich mag Leute nicht, die ihren Respekt nicht erweisen, wenn es geboten ist, und die Herzogin des Besitzes hat diesen Respekt und mehr verdient. Wo wohnt dieser Geselle?«

Wieder einmal war ihr Unglauben der Verwunderung gewichen, doch dieses Mal war sie keineswegs mehr flüchtig. Möglicherweise machte er endlich Fortschritte. »Im südöstlichen Turm«, antwortete sie. »Sein Büro ist im Erdgeschoss und seine Wohnräume liegen darüber.«

»Ausgezeichnet. Ich werde mich morgen mit ihm treffen. Würdest du mich gern begleiten?«

Sie machte große Augen. »Ich, ähm, ja. Wenn es dir nichts ausmacht.«

»Ich hätte dich nicht eingeladen, wenn es mich stören würde. Als ich sagte, Handlungsfreiheit zu wollen, hatte ich damit nicht den Eindruck erwecken wollen, dass du ausgeschlossen wärst. Ich werde dich an allem beteiligen, was du nur begehrst.« Diese Worte beschworen etwas in ihm herauf. Es waren nicht einfach die Worte, sondern der Umstand, sie in ihrer Gegenwart auszusprechen. Sie war sehr zu seinem Leidwesen eine atemberaubend schöne Frau.

Leidwesen?

Ja, denn obwohl sie seine »Ehefrau« war, würde er sich nicht anmaßen, sich ihr auf irgendeine intime Art zu nähern. Ihre Ehe, so kurz sie auch sein mochte, wäre gänzlich platonischer Natur.

Sie erhob sich und er spürte, dass sie eine Erholungspause von seiner Gegenwart brauchte. »Vielen Dank. Ich weiß, ich wiederhole mich, aber ich bin für diese Änderung deines Betragens unbeschreiblich dankbar. Ich hoffe, es hält an.«

Fast hätte er bei den Gedanken aufgelacht, die er nur einen Moment zuvor gehegt hatte. Er würde sich über Intimität mit der Herzogin keine Gedanken machen müssen. Er bezweifelte, dass sie ihren Ehemann je wieder anrührte, zumindest nicht absichtlich. Und das war auch gut so. Es war auch besser so, dass er ihren Namen nicht kannte. Trotzdem würde er ihn gern erfahren.

Er erhob sich. »Ich stehe zu deinen Diensten. Soll ich dir und Beau dann beim Abendessen Gesellschaft leisten?«

»Ich denke, du musst. Er ist über deine Heimkehr ganz aus dem Häuschen. Ich flehe dich an, was immer du tust, bitte enttäusche ihn nicht.«

Kits Entschlossenheit geriet ins Wanken. Er hatte nichts von dem Jungen gewusst, als er diese Gelegenheit ergriffen hatte. Und er wusste aus Erfahrung, wie es war, jung zu sein, und Verlust und Enttäuschung zu erleben.

*Verdammt.*

Eine Stimme in seinem Kopf brüllte, die Sache abzublasen. Beau hatte nie einen Vater gekannt, und soweit Kit es beurteilen konnte, war dieser Mann ein wahrer Hurensohn. Kit würde Beau zeigen, was ein guter Vater sein konnte, und wenn er auch nur für kurze Zeit einen hätte, wäre das besser, als nie einen gehabt zu haben, oder etwa nicht?

»Ich werde das Zimmer neben seinem nehmen«, erklärte Kit. »Ich werde mit Kirwin sprechen.«

»Noch einmal, danke.« Sie lächelte nicht und das erwartete er auch nicht von ihr. Das bedeutete nicht, dass er ihr Lächeln nicht sehen wollte. Er stellte sich ihr Gesicht vor, wie es vor Freude erstrahlte, und entschied, dass es wert sein würde, das zu erstreben.

# CHAPTER 4

ls Verity am nächsten Morgen erwachte, wunderte sie sich, ob Rufus' Heimkehr ein Traum gewesen war. Doch dann kam ihr das begeisterte Gesicht ihres Sohnes wieder in den Sinn und sie wusste, dass dem nicht so war. Beau war einfach von seinem Vater in Bann geschlagen, und daraus konnte Verity ihm soweit keinen Vorwurf machen. Rufus war charmant, aufmerksam und genau die Art von Vater, die sie sich für Beau wünschte.

Was absolut keinen Sinn ergab.

Liebend gern würde sie ihn fragen, warum er so verändert war. Hatte er in den vergangenen sechseinhalb Jahren einfach genügend Leid ertragen, um sich von dem Ungeheuer, das er einmal war, zu verwandeln? Sie hielt das für möglich, aber es gab ihr auch zu denken. Wenn er sich so sehr geändert haben konnte, könnte er sich ebenso gut wieder zurückverwandeln. Oh. Bis sie sich entspannen konnte, was ihn anbelangte, würde es eine ganze Weile brauchen, falls sie das überhaupt tatsächlich irgendwann einmal fertigbringen sollte.

Heute Morgen hatte sie mit Beau am Tisch in ihrem

Arbeitszimmer gefrühstückt, so wie sie es normalerweise taten. Beau hatte sich erkundigt, warum sein Vater nicht anwesend war, und Verity hatte einfach geantwortet, dass sie eine Weile brauchen würden, um einen neuen Tagesablauf zu etablieren. In Wahrheit hatte sie ihn nicht eingeladen. Es war nicht so, dass sie nicht daran gedacht hätte, sondern eher, dass sie nicht gewollt hatte.

Und sie fühlte sich furchtbar deshalb.

Sie dachte an Beau, der sich bereits mit seinem Kindermädchen in das Guinee-Stübchen begeben hatte, und ihr Herz krampfte sich zusammen. Obwohl sie froh war, ihn so glücklich mit seinem Vater zu sehen, wollte ein Teil von ihr ihn nicht teilen. Vor allem nicht mit Rufus.

Oh, sie war schrecklich. Rufus war zurück, zum Besseren oder Schlechteren und dies war in der Tat Bestandteil ihres Ehevertrags. Sie sollte ihn unterstützen – oder zumindest tolerieren – um Beaus Willen.

Gestern Abend war er ausgesprochen wundervoll gewesen. Nach dem Abendessen hatte er mit Beau Soldaten gespielt und versprochen, ihm ein Spielzeugschiff zu beschaffen. Er hatte behauptet, dass ein Junge ein Schiff brauchte. In diesem Punkt hatte er sich recht leidenschaftlich gezeigt, sodass sie sich fragte, ob er während seiner Abwesenheit das Segeln liebgewonnen hatte. Wäre es schwierig für ihn, wieder an Land zu sein? Er hatte sich in anderen Dingen dermaßen geändert, dass sie nicht überrascht wäre, wenn es ihm hier nicht gefallen würde. Oder vielleicht hoffte sie bloß darauf.

Wieder blitzte der Selbsthass in ihr auf, als sie die Treppe zum Korridor neben der Küche hinabging und in den oberen Innenhof hinaustrat. Rufus stand nahe des oberen Turmhauses, das sie als Treffpunkt vereinbart hatten, ehe sie Cuddy gemeinsam aufsuchen würden.

Er wandte sich um, denn wahrscheinlich hatte er das Zufallen der Tür gehört, bevor sie die Stufen in den Hof hinabschritt. Als sie näherkam, sah er zu der Uhr auf, die hoch oben am Mauerwerk befestigt war. »Wie lange ist sie bereits kaputt?«, fragte er.

Sie trat zu ihm und spähte zu den unbeweglichen Zeigern hinauf. »Etwa zwei Jahre, denke ich. Cuddy behauptet immer wieder, sie reparieren zu lassen.«

»Und warum hat er das nicht getan?«

»Wenn ich frage, sagt er, dass er niemanden gefunden hätte, der sie reparieren könnte.«

»Ich kann sie wahrscheinlich in Ordnung bringen.«, erklärte Rufus, womit er sie überraschte.

Sie hatte nie von seiner Neigung zu Mechanik gewusst. Er war ein guter Reiter, Jäger, Trinker und wenig anderes. Sie dachte, dass er sich wohl ebenfalls darin hervortat, grausam zu sein. Oder jedenfalls war er einmal gut darin gewesen.

Sie sah zu ihm hinüber und ihr Blick verweilte auf seinem Profil, ehe sie seinen Anzug in Augenschein nahm. Er trug die gleiche Garderobe wie gestern und sie fragte sich, ob das alles war, was er besaß. Seine Kleidung war hier irgendwo verstaut – sie würde Kirwin bitten, sie hervorzuholen.

»Sollen wir uns zum Verwalter auf den Weg machen?«, fragte Rufus.

»Ja.« Ihr Puls beschleunigte sich. Lag dies an ihrer Befürchtung, dass Rufus ihr seinen Arm anbieten könnte? Oder war sie einfach nervös, mit Cuddy zusammenzutreffen?

Glücklicherweise bot Rufus ihr nicht den Arm. Er bedeutete ihr lediglich, ihn zu begleiten, als sie durch das obere Tor gingen.

»Die Gärten sind wunderschön. Sind da mehr Rosen?«, fragte er. »Oder ist meine Erinnerung trügerisch?«

Seine Anläufe zu unverfänglichen Gesprächen verblüfften Verity noch immer, doch so war er ihr lieber als der Mann, der er vorher gewesen war. »Nein, deine Erinnerung ist richtig. Über die Jahre hinweg habe ich mehr Rosen angepflanzt. Ich habe ein besonderes Interesse an den Gärten entwickelt.«

»Ich freue mich darauf, die anderen zu erkunden.«

Beinahe glaubte sie ihm. Sie musste nur noch herausfinden, ob er mit einer bestimmten Absicht so nett war oder ob das einfach der neue und gebesserte Rufus war. Die eine wie die andere Alternative ließ ihr den Kopf schwirren.

Sie schlugen den Weg durch den Garten ein, der zum unteren Innenhof führte, wo sie ihn gestern bei seiner wundersamen Rückkehr angetroffen hatte. Ja, das war eine zutreffende Beschreibung. Ihn nach so langer Zeit zu Hause zu haben – einmal abgesehen davon, in welchem Umfang er sich gebessert hatte – stand einem Wunder in nichts nach. Und es war eines, für das sie nicht gebetet hatte.

Sie überquerten den Innenhof in einer Diagonalen, um zu Cuddys Büro zu gelangen. Nach dem gestrigen Abendessen hatte er erklärt, dass er Cuddy eine Nachricht geschickt hatte, um diese Besprechung festzusetzen. Verity fragte sich, was der Verwalter dachte. Er hatte sie erfolgreich auf Distanz gehalten, was sie jetzt schrecklich wurmte, aber mit Rufus konnte er nicht auf die gleiche Weise verfahren.

Die Tür zu Cuddys Büro war angelehnt, aber Rufus klopfte an das Holz, ehe er sie weiter aufstieß. »Guten Morgen«, sagte er und bedeutete Verity, ihm voranzugehen.

Sie trat in das dämmrige Innere. Das helle, gräuliche Frühlingslicht drang durch die hoch angesetzten Fenster und wurde noch von zwei brennenden Laternen – eine an der Wand und die andere auf Cuddys weitem Schreibtisch – verstärkt.

Der Verwalter erhob sich und kam um das Möbelstück herum auf sie zu. Er verbeugte sich vor Rufus. »Guten Morgen, Euer Gnaden. Ihr seht sehr gut aus.« Dann verneigte er sich vor Verity. »Euer Gnaden.«

»Sollen wir uns setzen?«, fragte Rufus.

»Was immer Ihr bevorzugt«, antwortete Cuddy.

Als Cuddy wieder hinter seinen Schreibtisch trat, wartete Rufus, bis Verity Platz genommen hatte. Sie wählte einen der beiden Stühle, die dem Verwalter zugewandt waren. Rufus setzte sich neben sie und verlor keinen Augenblick Zeit, das Geschäftliche zur Sprache zu bringen.

»Ich würde gern die Geschäftsbücher sehen.«

Cuddy nickte. »Natürlich. Ich werde sie heute, zu einem späteren Zeitpunkt zum Haus bringen lassen.«

»Tatsächlich möchte ich sie jetzt gleich sehen, bitte.« Rufus´ Stimme war freundlich, aber fest. Der alte Rufus hätte geschrien: *»Gib die gottverdammten Hauptbücher heraus!«*

»Aber sicher.« Cuddy zögerte einen Augenblick und erwiderte Rufus´ Blick, ehe er eine Schublade seines Schreibtischs aufzog. Er nahm ein ledergebundenes Buch heraus und schob es über die Holzplatte zu Rufus. »Das ist das aktuelle und das vergangene Jahr. Den Rest kann ich zum Haus schicken lassen. Sie befinden sich in meinem Lagerraum.« Er drehte den Kopf ein wenig und sein Blick schnellte nach rechts. Der kleine Lagerraum befand sich hinter dem Büro.

»Vielen Dank«, antwortete Rufus. Er schlug das Notizbuch auf und überflog ein paar Seiten, ehe er es mit einem milden Lächeln wieder zuschlug. »Ich freue mich darauf, es gründlich zu studieren. Ich muss Sie fragen, warum Sie es Ihrer Gnaden nicht vorgelegt haben.«

Cuddy riss kurz die Augen auf, als er den Blick zu Verity herumschnellen ließ. Ein kurzes Aufblitzen von Böswilligkeit verfinsterte die bereits dunkelbraunen Augen, ehe er seinen Fokus wieder Rufus zuwandte. »Sie hat nicht darum gebeten.«

Rufus sah sie nicht einmal an, ehe er antwortete. »Sie hat darum gebeten mit Ihnen zu sprechen und stärker an der Leitung des Besitzes beteiligt zu sein. Als die Herzogin ist das ihr Recht. Ich würde behaupten, dass es ihre Pflicht ist, vor allem in meiner Abwesenheit. Es gefällt mir nicht, dass Sie ihre Anfragen ignoriert haben. Aus diesem Grund habe ich entschieden, Ihre Anstellung hier mit sofortiger Wirkung zu beenden.«

Cuddy riss die Augen nun so weit auf, dass Verity befürchtete, sie würden ihm aus dem Kopf fallen. Er war ein großer, muskulöser Mann, aber seine Gesichtszüge waren ihr immer schwach vorgekommen – von den Augen mit ihren schweren Lidern, einem dünnlippigen Mund bis zu dem praktisch nicht vorhandenen Kinn. »Euer Gnaden, bitte erlaubt mir, diesen Fehler zu berichtigen.«

»Es tut mir leid, aber das wird nicht akzeptabel sein, Cuddy. Wir haben bereits einen Ersatz gefunden und möchten, dass er so bald wie möglich anfängt.«

»Aber Ihr seid erst gestern heimgekehrt«, stotterte er hervor.

Verity beobachtete das boshafte Grinsen, das Rufus' Mund umspielte. »Ich arbeite sehr effizient. Manche würden sogar behaupten, ich sei erbarmungslos.«

Ein eisiger Schauder lief über Veritys Rückgrat. Das war der Rufus, den sie kannte. Und dennoch … nein. Er wäre in seiner Schmähung nie so elegant gewesen. Nicht, dass seine derzeitige Handlungsweise als Schmähung bezeichnet werden könnte. Nein, denn was er gerade tat, nannte sich Einfordern von Gerechtigkeit, und sie konnte nicht glücklicher sein.

Und das veranlasste sie, alles in Frage zu stellen.

Wie konnte sie Freude über diesen Mann empfinden? Weil er ihrer Bitte nachgekommen war, indem er Cuddy kündigte? Es war nicht nur, dass er diesen Mann entließ. Er hatte dabei seinen Standpunkt deutlich zum Ausdruck gebracht – dass Cuddys Benehmen ihr gegenüber intolerabel sei. Außerdem würde er diesem Mann keine Chance geben, sein Betragen wiedergutzumachen.

Verity starrte ihren Ehemann an und versuchte, ihre Gefühle von Wut und Groll heraufzubeschwören. Doch im Augenblick empfand sie nur Dankbarkeit und vielleicht einen Anflug von Bewunderung.

Ein Gefühl der Verärgerung stieg in ihr auf. Nein, sie würde ihn nicht bewundern.

Cuddy legte die Hände flach auf den Schreibtisch und Verity konnte ein leichtes Zittern seiner Finger wahrnehmen. »Aber Euer Gnaden, ich kann nirgendwo hin.«

»Sie dürfen noch einige Tage hierbleiben. Ich bezahle Ihnen zudem das Gehalt für drei Monate und stelle Ihnen eine Empfehlung aus – vorausgesetzt, ich finde die Bücher ordnungsgemäß vor. Ich schlage vor, dass Sie anfangen, sich nach einer neuen Stellung umzusehen. Ich gehe davon aus, dass Sie auf die Butterseite fallen. Männer wie Sie tun das normalerweise.« Wieder setzte er dieses angedeutete, leicht bösartige Lächeln auf, ehe er den Kopf zu Verity umwandte. »Sollen wir gehen?«

Sie sah ihn in fortgesetzter Verwirrung an. »Ja.« Als sie sich erhob, sah sie zu Cuddy, der einen Augenblick brauchte, bis er aufgestanden war. Die Muskeln in seinem Kiefer waren angespannt und kleine Fältchen fächerten sich um seinen Mund.

Der Verwalter neigte den Kopf in Rufus' Richtung. »Vielen Dank für Ihre *Großzügigkeit,* Euer Gnaden.« Er sprach das Wort Großzügigkeit aus, als wäre eine Pistole auf seinen Kopf gerichtet, die ihn zwang, entweder das Wort auszusprechen oder den Tod zu wählen.

Rufus raffte das Buch vom Tisch. »Einer unserer Pferdewagen wird Sie hinbringen, wo immer Sie wollen, sollten Sie darum bitten. Schicken Sie bitte Nachricht, wann Sie Ihre Abreise planen. Vielen Dank für Ihre Dienste, Cuddy.« Er wandte sich Verity zu und hielt eine Hand zur Tür ausgestreckt.

Sie wandte sich, ohne ein Wort an den Verwalter zu richten, zum Gehen und ging Rufus voraus in das helle, trübe Sonnenlicht. Nun, es war nicht vollkommen trüb, erkannte sie, als sie zum Himmel hinaufspähte. Ein Teil der Wolkendecke brach auf.

Rufus ging neben ihr her, als sie über den unteren Innenhof zurückliefen, und sie waren bereits an der Treppe angelangt, ehe sie zu sprechen wagte. Sie warf einen Blick zum Turm zurück und sah, wie Cuddy in der Tür stand und sie anstarrte. »Er beobachtet uns«, bemerkte sie.

»Das überrascht mich nicht. Vielleicht schmiedet er ein Mordkomplott«, meinte er leise.

Sie riss den Blick zu seinem Profil herum. »Das glaubst du nicht wirklich?«

»Nein, nein. Er ist viel zu feige dafür.«

»Wie kannst du das wissen?« Verity rief sich seinen Kommentar in Erinnerung, den er im Büro hatte fallenlassen …, dass Männer wie Cuddy normalerweise auf die Butterseite fielen. »Du scheinst eine ganze Menge über ihn zu wissen, obwohl er bei deinem Verschwinden gerade erst neu hier angefangen hatte.«

»Das tue ich nicht wirklich, aber ich kann es mir denken. Mir hat sein Zögern mit dem Hauptbuch nicht gefallen und in Anbetracht dessen, was du mir über sein Verhalten dir gegenüber erzählt hast, habe ich Grund, seine Authentizität anzuzweifeln.«

Sie passierten das obere Tor, womit sie aus Cuddys Sichtfeld verschwanden und Verity entspannte sich ein bisschen. »Bist du sicher, dass er wirklich nichts Schreckliches tun wird?«

»Nicht ganz, aber ich habe vor, ihn im Auge zu behalten. Deshalb habe ich ihm einen unserer Pferdewagen angeboten, um ihn zu seinem Ziel zu bringen.« Er blieb im oberen Innenhof stehen und drehte sich zu ihr um. »Wir haben genügend Wagen, um das zu tun, oder? Vermutlich hätte ich mich dessen zuerst versichern sollen.«

Verity blinzelte bei dem Anflug von Verletzlichkeit in seinem Blick. »Ja, wir haben mehrere Wagen – eine Kutsche, einen geschlossenen Einspänner, einen Leiterwagen und einen Einspänner mit Halbverdeck. Unser Bestand an Pferden wird dich andererseits nicht beeindrucken. Ich habe den Ställen nicht sehr viel Aufmerksamkeit zukommen lassen.« Sie hatte gestern Abend daran gedacht, als sie um Schlaf kämpfte und im Geiste all die Dinge durchgegangen war, die er bemängeln – und für die er sie beschuldigen und bestrafen könnte.

»Das hätte ich auch nicht von dir erwartet. Warum sollte dies ohnehin notwendig sein? Hast du genügend Pferde für die Wagen? Beau hat mir alles über sein Pony erzählt – und deine Stute. Es klingt ganz danach, als hättest du diese Angelegenheit gut geregelt.«

»Wir haben dein Pferd verkauft«, platzte sie heraus und war prompt über sich selbst entsetzt, ihm dies auf diese Weise kundzutun. Sie hatte sich davor gefürchtet, aber das Tier war für alle anderen schwierig zu reiten gewesen, also hatten sie das nicht getan. Und das Pferd war daraufhin sogar noch schwieriger geworden, also hatte Cuddy es verkauft. »Es war Cuddys Idee.« Sie hasste, wie das klang, als ob sie die Verantwortung abwälzte, aber es war die Wahrheit.

Er legte den Kopf schief und sein Blick bohrte sich in ihren. »Du dachtest, ich würde wütend werden?«

»Ja, es war deine liebste … Kreatur.« Sie war im Begriff gewesen, Person zu sagen, aber das ergab natürlich keinen Sinn. Und trotzdem hatte er dieses Tier besser behandelt als irgendjemanden sonst auf dem Besitz. Seine Hunde waren dicht darauf an zweiter Stelle gefolgt. Verity hatte im Laufe des ersten Jahres nach seinem Verschwinden für sie alle ein neues Zuhause bei den verschiedenen Pächtern gefunden.

Für alle, mit Ausnahme des kleinsten Hundes – Falstaff – der seit dem Moment an ihren Röcken geklebt hatte, als Rufus nach London aufgebrochen war. Bis zum Zeitpunkt von Beaus Geburt hatten sie eine starke Bindung aufgebaut und dann hatte der Hund seine Ergebenheit auch auf das Baby übertragen. Sehr zu Beaus und ihrem Kummer war er im vergangenen Jahr gestorben. Doch in der Zwischenzeit hatten seine Nachkommen beinahe die gesamte Burg in Beschlag genommen. Zusammen mit den Katzen, Kaninchen und dem Eichhörnchen. Und bald schon den Ziegen.

»Wo wir schon von Kreaturen sprechen«, bemerkte sie. »Ich habe Beau gestern versprochen, mich darum zu kümmern, eine Ziegenherde näher an der Burg unterzubringen. Er war von Whists Zicklein sehr ergriffen.«

»Junge Zicklein sind unglaublich entzückend. Gibt es mehrere Ziegenherden auf dem Besitz?«

»Ja, aber ich dachte, ich würde Mr. Maynard fragen. Seine Herde ist die größte und vielleicht macht es ihm nichts aus, einige Tiere zu entbehren.«

»Ich werde ihn heute Nachmittag fragen, wenn ich mit meiner Tour über den Besitz beginne«, antwortete Rufus. »Würdest du mich gern begleiten? In Abwesenheit eines Verwalters würde ich mich über einen Führer freuen.«

Sie blinzelte ihn an und einmal mehr war sie angesichts dieser zweiten, umsichtigen Einladung um Worte verlegen.

»Ich habe dich schon wieder sprachlos gemacht«, bemerkte er. »Das scheine ich des Öfteren zu tun. Denk darüber nach und gib mir beim Mittagessen Bescheid.« Er hatte Beau versprochen, das Mittagsmahl mit ihm einzunehmen.

»Es ist schon gut. Ich meine, ich kann es dir jetzt sagen. Ja, ich werde dich begleiten.« Sie tat einen tiefen Atemzug, um ihr plötzlich, wie rasend, schlagendes Herz zu beruhigen. »All das ist sehr fremd.«

»Es tut mir leid, dass ich früher kein sehr netter Mensch war.« Er sagte dies, als ob er sich beinahe nicht an die schreckliche Art und Weise erinnerte, wie er sie behandelt hatte. »Ich hoffe, ich benehme mich seit meiner Rückkehr besser.«

Das tat er, aber das bedeutete nicht, dass sie bereit war, ihn in die Arme zu schließen. »Ich meinte, was ich gestern gesagt habe«, bemerkte sie vorsichtig, als ob sie fürchtete, schlafende Hunde zu wecken. »Ich möchte nicht dahin zurückkehren, wie die Dinge waren.«

»Ich auch nicht. Ich dachte, wir würden uns so benehmen, als ob wir uns gerade kennengelernt hätten.«

»Ich bin nicht sicher, ob ich mich irgendwie anders benehmen kann. Nach all dieser Zeit kenne ich dich kaum. Eigentlich fühle ich mich, als ob ich dich überhaupt nicht kennen würde. Und dennoch kann ich nicht vergessen, wer du früher gewesen bist. Ich bin nicht sicher, ob ich das vergessen will.« Ihr ausgeprägter Sinn des Selbstschutzes würde ihr das nicht gestatten.

»Das leuchtet mir absolut ein. Bitte, lass dir gesagt sein, dass ich keinerlei Erwartungen habe. Und ich möchte auch nicht, dass du welche an mich hast.« Er schüttelte kurz den Kopf. »In Wahrheit ist das nicht ganz korrekt. Ich möchte, dass du Freundlichkeit, Respekt und Dankbarkeit für alles, was du in meiner Abwesenheit getan hast, erwartest. Das ist das Mindeste, was du verdient hast.«

»Ich werde … es versuchen.« Sie hatte nicht zögern wollen, aber sie konnte es nicht verhindern. »Es wird mich einige Zeit kosten.«

»Das verstehe ich vollkommen. Und ich bin erfreut, dass du mich auf der Tour begleitest. Sollen wir Beau einladen?«

Vielleicht sollten sie das – er würde es lieben. Aber Verity war noch nicht bereit, ihn Rufus in diesem Ausmaß auszusetzen. Sie wollte zuerst Zeit mit ihm allein verbringen, um sich zu vergewissern, dass er wirklich keine Bedrohung für sie oder ihren Sohn war. »Er hat Unterricht und ich verabscheue es, seinen Tagesablauf durcheinanderzubringen. Und erzähl ihm nichts davon, denn er wird es irgendwie hinkriegen, seinen Willen zu bekommen.«

Rufus lachte leise. »Wie schön wäre es, wieder ein kleiner Junge zu sein und zu glauben, dass alles möglich ist, sogar unsere Mütter umzustimmen.«

Verity fand seinen Gedanken sonderbar. Rufus hatte selten von seiner Kindheit gesprochen und wenn er das getan hatte, dann nur, um seinen Vater zu verfluchen, der kalt und autokratisch gewesen war. Sie musste annehmen, dass Rufus ganz nach ihm geschlagen war. Das führte sie zu der Frage, wie sein Vater und sein Onkel, der frühere Herzog, so unterschiedlich hatten sein können. Augustus war warm und freundlich gewesen, obwohl sie vermutete, dass ihm wegen des Todes seines Sohnes, der auf genau der Hausparty verstorben war, auf der sie Rufus kennengelernt hatte, eine unterschwellige Trauer innewohnte.

»Wo ist dieser Entwhistle Geselle derzeit in Stellung?«, fragte Rufus und riss sie aus ihren Gedanken.

»Auf Bleven House.«

»Ist das weit?«

Sie sah ihn überrascht an. Sicherlich würde er sich an die Lage der Besitzungen ihrer Nachbarn erinnern. »Es grenzt in südlicher Richtung an Beaumont Tower.«

»Richtig.« Er nickte, als er die Lippen zu einem selbstironischen Lächeln formte. »Ich habe so viel vergessen, fürchte ich.«

Aber er erinnerte sich an seine Jugend. Eine Jugend, die sie nicht unbedingt erkannte. Dachte sie noch immer, es bestünde eine Chance, dass er in Wahrheit nicht Rufus war? Das konnte nicht sein. Die Ähnlichkeit war zu stark und er wusste gewisse Dinge.

»Ich sollte Entwhistle nicht auf Bleven House aufsuchen, aber ich würde gern mit ihm sprechen, ehe ich eine endgültige Entscheidung bezüglich seiner Anstellung treffe.«

Sie hatte ihn bereits eingestellt und es war möglich, dass Thomas seinen Arbeitgeber bereits informiert hatte. »Aber du hast Cuddy gesagt, dass du bereits einen Ersatz hättest.«

»Ich wollte ihm unmissverständlich zu verstehen geben, dass meine Entscheidung endgültig ist.«

*Seine* Entscheidung. Er hatte Cuddy entlassen und er wäre es, der Thomas einstellte. Er hatte das nicht so deutlich gesagt, aber sie verstand, was er meinte. »Ich habe Thomas … Entwhistle«, korrigierte sie sich, »die Stellung bereits angeboten.«

»Oh, *er* ist Thomas?« Als Verity ihn mit fragendem Blick ansah, erklärte er: »Beau hat ihn gestern ein paarmal erwähnt. Ich habe mich gefragt, wer er ist.« Er nahm das Hauptbuch in die andere Hand. »Entwhistle muss nur verstehen, dass ich die endgültige Entscheidung treffe.«

Verity sträubte sich. »Er erwartet, hier zu arbeiten.«

»Und das wird er wahrscheinlich«, antwortete Rufus gelassen. »Ich kann deine … Empörung fühlen und ich möchte dich daran erinnern, dass du mir volle Handlungsfreiheit zur Leitung des Besitzes gewährt hast.«

Das hatte sie. Bislang hatte er ausgezeichnete Arbeit geleistet, wenn Cuddys Entlassung als Indikator galt. Es war jedoch der erste Tag.

Es war nicht so, dass sie mit ihm streiten konnte. Seit seiner Ankunft hatte er sich nur respektvoll und bedacht gezeigt. Die Dinge konnten so viel schlimmer sein.

»Entschuldige bitte. Das bedarf meiner Umgewöhnung.«

»Ich verstehe. Und ich weiß dein Vertrauen zu würdigen.«

Beinahe hätte sie gelacht. *Das* besaß er nicht.

Und wahrscheinlich würde er es nie besitzen.

# CHAPTER 5

Das Mittagessen erwies sich als lebhafte Angelegenheit, bei der Beau Kit mit seinem neuen, zahmen Eichhörnchen, Mr. Cheeks, bekannt machte. Seinen Namen verdankte das Tier, wie könnte es anders sein, der Menge Futter, die es in seinen Backentaschen aufnehmen konnte. Offensichtlich hatte Beau die vergangenen Wochen damit verbracht, das Tier immer näher ans Haus zu locken, bis es schließlich hereingekommen war. Jetzt kam es jeden Tag um die Mittagszeit zu Besuch, sehr zum Verdruss der drei, ebenfalls anwesenden, Hunde. Die beiden Katzen waren auch nicht begeistert, als sie auf Abstand gingen und das Eichhörnchen – und auch die Hunde, um bei der Wahrheit zu bleiben – mit kühler Missbilligung anstarrten.

Die Menagerie erinnerte Kit an seine eigene Kindheit im Pfarrhaus. Seine Mutter hatte Katzen geliebt und seines Vaters bester Freund war ein struppiger Terrier gewesen, der nirgendwo sonst glücklicher war, als auf dem Schoß seines Herren. Was nicht bedeutete, dass er nicht auch dankbar dafür war, mit Kit im Garten herumzutollen.

Das waren glückliche Zeiten gewesen. Bevor seine

Mutter bei einer neuerlich fehlgeschlagenen Geburt im Kindbett gestorben war. Bevor sich die Finsternis über sie gesenkt und seinem Vater die Freude gestohlen hatte.

Kit sah hinüber zu Verity, die neben ihm ritt. Sie war eine sehr gut aussehende Frau und sie saß ausgezeichnet im Sattel. Sie sah aus, als wäre sie zum Reiten geboren, und der erdbraune Rock ihrer Reitbekleidung verschmolz beinahe mit den Flanken ihres Pferdes.

Sie war nervös gewesen, als er die Ställe besichtigt hatte, aber andererseits war sie in seiner Nähe fast andauernd nervös. Wenn nicht, war sie irritiert. Oder verwirrt. Oder ganz offen aus dem Konzept.

Er wusste noch immer nicht, was für eine Art von Ungeheuer er für sie gewesen sein musste, aber er hatte fest vor, das herauszufinden. Tatsächlich war er hoffnungsvoll, das ihm dies heute gelingen würde, denn er nahm an, dass die Pächter vielleicht etwas Licht in die Sache bringen konnten. Allerdings hatte er sich selbst überrascht, als er sie eingeladen hatte, ihn zu begleiten. Das würde die Dinge ein wenig schwieriger machen. Sie ritt näher an ihn heran und deutete auf das Häuschen direkt vor ihnen. Dies würde offensichtlich ihr erster Halt sein. Er hatte selbstverständlich nicht erwartet, die gesamten fünfzigtausend Morgen an einem Tag zu besichtigen, aber er hatte gehofft, eine Handvoll der Pächter zu besuchen. Ganz oben auf ihrer Liste stand der Besuch von Mr. Maynard und seiner Ziegenherde.

Als sie in den Hof ritten, trat eine Frau aus dem Häuschen und wischte sich die Hände an ihrer Schürze ab. Ein Mädchen, nicht ganz so jung wie Beau folgte ihr die Stufen hinab.

Kit parierte sein Pferd durch, um abzusitzen, und anschließend wandte er seine Aufmerksamkeit Verity zu, um ihr behilflich zu sein. Er hatte ihr beim Aufsteigen nicht geholfen – das hatte einer der Stallburschen übernommen –

und er fragte sich, wie es wohl für ihn wäre, sie zu berühren. Würde sie zurückweichen? Halb erwartete er dies von ihr. Er streckte die Hände nach ihr aus und fasste sie sanft um die Taille, um ihr in einer flüssigen Bewegung auf den Erdboden zu helfen. Er zog sich sofort von ihr zurück, aber die Verbindung hatte ihm mehrere Dinge mitgeteilt: Ihre Taille war recht stramm, sie verfügte über eine beachtliche Muskulatur und sie mochte es wirklich ganz und gar nicht, von ihm berührt zu werden.

Sobald ihre Füße den Boden berührten, entfernte sie sich so weit wie möglich von ihm. Sie war auch darauf bedacht, den Augenkontakt mit ihm zu vermeiden. Er machte ihr keinen Vorwurf. Er schob die Schuld auf ihren durch und durch schlechten Ehemann.

Kit wandte seine Aufmerksamkeit dem Cottage zu. Das Mädchen, das seiner Mutter nach draußen gefolgt war, strebte nun auf einen angrenzenden Schuppen zu, während die Frau auf sie zukam. Sie trug keine Haube, also hielt sie sich eine Hand an die Stirn, um die Augen abzuschirmen.

Die Herzogin – deren Namen er *immer noch* nicht kannte – lächelte die Frau an. »Guten Tag, Mrs. Maynard.«

»Guten Tag, Euer Gnaden«, brachte Mrs. Maynard mit einem schönen Knicks hervor. Ihr Blick schweifte zu Kit hinüber und ihre Mundwinkel zuckten, was wahrscheinlich einer leichten Nervosität zuzuschreiben war.

»Mrs. Maynard, ich darf Ihnen Seine Gnaden, den Herzog von Blackburn vorstellen.«

Ein kurzer, abrupter Ausbruch von Stolz erfüllte Kits Brust. Würde er müde werden, so vorgestellt zu werden? Wahrscheinlich nicht, denn er hatte nicht vor, so lange hierzubleiben.

Überraschung blitzte in Mrs. Maynards Blick auf, ehe sie in einen tiefen Knicks sank. Sie hob kaum den Blick zu ihm, als sie sich erhob. »Es ist ein Wunder, dass Ihr heimgekehrt seid, Euer Gnaden. Wir haben jeden Tag für Eure sichere Heimkehr gebetet.«

»Haben Sie das? Nun, ich weiß dies zu würdigen. Mein Glück ist zweifellos Ihrer Bedachtsamkeit und Güte zu verdanken.«

Eine hübsche Röte befleckte die Wangen der Frau, als sie Kit endlich ins Gesicht sah. Doch es war nur ein flüchtiger Augenblick, ehe sie den Kopf wieder abwandte. Er ließ den Blick der Richtung ihrer Aufmerksamkeit folgen und sah das Mädchen um das Haus herum zurückkehren. Ein Mann in Arbeitskleidung ging vor ihr her. Ein breitkrempiger Hut schirmte sein Gesicht ab, als er mit entschlossenen Schritten auf sie zukam.

Mrs. Maynard eilte auf ihn zu und sprach kurz mit ihm, ehe er seinen Weg zu Kit und der Herzogin fortsetzte. Es wurde klar, dass Mrs. Maynard ihren Ehemann über die Identität ihrer Gäste aufgeklärt hatte.

Er verbeugte sich ruckartig. »Euer Gnaden, wir sind geehrt, Euch zu Besuch zu haben.« Er verneigte sich auch vor der Herzogin. »Euer Gnaden.«

»Sie sind mein erster Halt auf meiner Runde über den Besitz«, erklärte Kit. »Ich habe erfahren, dass Sie eine beeindruckende Ziegenherde besitzen. Würde es Ihnen etwas ausmachen, sie mir zu zeigen?«

»Es wäre mir eine Ehre. Kommt.« Er führte sie an dem Schuppen, aus dem er gekommen war, vorbei und auf ein großes, eingezäuntes Areal zu. »Dies ist nur einer der Pferche«, erklärte er über die Schulter hinweg, als er sich dem Gatter näherte. »Es gibt noch vier weitere von ähnlicher Größe.«

Kit sah sich unter den grasenden Ziegen um. Er entdeckte eine Handvoll Zicklein und wandte sich zur Herzogin um. »Beau hat sich ein Zicklein gewünscht, stimmt das?«

»Er war ganz hingerissen von einem Zicklein, aber er würde sie alle ganz genauso lieben.«

Mr. Maynard öffnete das Gatter und hielt es auf, während Kit und die Herzogin den Pferch betraten. Mrs. Maynard und ihre Tochter waren ihnen nicht gefolgt.

Als sie alle eingetreten waren, schloss Mr. Maynard das Gatter und führte sie zu einer Gruppe, die in der Nähe stand. »Wir haben in den vergangenen zwei Wochen vier Geburten gehabt und wir erwarten in den nächsten vierzehn Tagen noch ein halbes Dutzend mehr. Der Frühling ist eine geschäftige Zeit!« Er lachte, den Blick auf Kit gerichtet.

»Ich kann es mir vorstellen«, entgegnete Kit. »Wie es der Zufall will, hätten wir gern eine kleine Herde näher an der Burg. Mein Sohn würde gern lernen, wie man Ziegen versorgt.«

Mr. Maynard zog die Augenbrauen hoch. »Würde er das? Das scheint eine sonderbare Ausbildung für einen zukünftigen Herzog, aber eine sehr ehrenhafte.«

Kit wusste, dass der Mann das nicht als Beleidigung gemeint hatte, und in Wahrheit hätte er ihm zugestimmt. Er fragte sich, ob der wahre Herzog Beau erlaubt hätte, sich um Ziegen zu kümmern. Nach allem, was er von seinem Cousin wusste, würde er auf nein tippen. »Ich stimme zu. Sie werden herausfinden, dass ich nicht Ihr typischer Herzog bin.« Er lächelte und konnte sich nicht verkneifen, einen Blick zur Herzogin zu riskieren.

Sie starrte ihn mit einem Ausdruck an, der Erstaunen nahekam. Eines Tages würde er sie nicht mehr schockieren. Vielleicht. Doch andererseits konnte er bereits wieder gegangen sein, bevor das geschah. In diesem Fall hoffte er, dass dem nicht so war. Er wünschte sich, dass sie ihm vertraute. Er war nur nicht sicher, warum. Vielleicht, weil er dachte, dass es gut für sie wäre. Sie sollte wissen, dass ihr derzeitiger Ehemann nicht das grauenvolle Ungeheuer war, an das sie sich erinnerte.

Bis er sie verließ und dann wäre er tatsächlich dieses grauenvolle Ungeheuer.

Allerdings würde ihr dies nichts ausmachen. Sie wäre erleichtert, ihr Leben zurückzuhaben, so wie sie es wollte. Er konnte die Missgunst ausmachen, die unter den abwechselnden Wellen der Befürchtungen, Schock und Verwirrung begraben war.

»Glauben Sie, wir könnten eine kleine Herde bekommen?«, fragte die Herzogin Mr. Maynard.

»Oh, ganz bestimmt. Und ich werde sehr gern kommen und einen Pferch bauen. Ihr werdet auch einen Unterstand brauchen.«

»Ich kann dabei helfen«, bot Kit an. Als sowohl die Herzogin als auch Mr. Maynard ihn überrascht anblickten, ging ihm auf, dass er wieder einmal die normalen Grenzen seiner Rolle überschritten hatte. »Wie ich sagte, bin ich nicht Ihr typischer Herzog. Informieren Sie mich über die Größe und Einzelheiten und ich werde dafür sorgen, dass wir das Bauholz bekommen. Wir wollen die Ziegenherde unbedingt so schnell wie möglich beim Haus haben.«

»Ich freue mich darauf, Euch zu helfen, Euer Gnaden.« Mr. Maynards Blick wanderte zu einer Stelle über Kits rechter Schulter. »Verflucht! Racer hat schon wieder eine Möglichkeit gefunden, durch das Gatter zu entwischen. Ich dachte, ich hätte diesen Riegel in Ordnung gebracht!« Er stürmte auf die Umzäunung des Pferchs zu und Kit, der ihm folgte, erkannte schnell, dass er die entwischte Ziege schneller als Mr. Maynard einfangen konnte.

Mühelos sprang Kit über den Zaun und begann, geschwind loszulaufen. Er holte das Tier ein und riss es hoch. Ein lautes Blöken erfüllte seine Ohren, als er langsamer wurde und zum Pferch umkehrte. »Du bist schon ein lautes

Ding. Bist du enttäuscht, so schnell wieder eingefangen zu sein, wie? Ich wette, du machst Mr. Maynard jede Menge Schwierigkeiten. Vielleicht solltest du mit zur Burg kommen. Ich denke, es würde Beau gefallen, dich umherzujagen.«

Mr. Maynard und die Herzogin warteten außerhalb des Pferchs auf ihn, als Kit die Ziege über den Zaun reichte. »Ich danke Euch sehr, Euer Gnaden. Ich würde immer noch hinter diesem Ausreißer herjagen.«

»Ich bin Ihnen gern zu Diensten, Maynard. Vielleicht sollten Sie – Racer, heißt er, richtig? Ein guter und passender Name, wie es scheint – zur Burg schicken, wenn er Ihnen Schwierigkeiten bereitet.«

Maynard sah ihn zweifelnd an. »Er ist ein bisschen rebellisch. Seid Ihr sicher, dass Ihr ihn dort haben wollt?«

»Ich vertraue auf Sie, zu entscheiden, was das Beste ist. Ich wollte nur das Angebot machen, falls es sich als hilfreich für die Führung Ihrer Herde erweist.«

Sie schlenderten zum Häuschen zurück, wo Maynard ihnen eine Erfrischung anbot. Kit lehnte ab und erklärte, dass sie noch mehrere andere Pächter zu besuchen hätten. Maynard versprach ihnen, den Bauplan für den Pferch und den Schuppen am nächsten Morgen zur Burg zu schicken.

Als Kit und die Herzogin zu ihren Pferden zurückkehrten, bot er ihr seine Hilfe beim Aufsteigen an. Sie antwortete nicht, sondern nickte nur leicht. Er gab sich die größte Mühe, sie nur auf die unvermeidlichste Weise zu berühren und die Verbindung so schnell wie möglich abzubrechen.

Als sie im Sattel saß, sah sie fragend auf ihn herab. »Es schien, als hättest du zu der Ziege gesprochen. Was hast du zu ihr gesagt?«

»Ich habe ihr gesagt, dass sie vorwitzig ist und gefragt, ob sie wütend sei, weil ich sie so rasch eingefangen habe. Dann habe ich sie gefragt, ob sie kommen wollte, um Beaus Haustier zu sein.«

Sie starrte ihn an und dann geschah die wunderschönste Sache: Sie lachte. Ihre Lippen formten sich zu einem Bogen und er war von einer Melodie umfangen, die dem Vogelgesang ähnelte, den er in den Tropen gehört hatte. Er stand unter ihr und sonnte sich im Glanz ihres Humors, und er kam zu dem Schluss, dass dies die wärmste und herrlichste Stelle auf Erden sein musste.

»Das solltest du öfter tun«, bemerkte er leise und dann wollte er seine Worte sofort wieder zurücknehmen, als die Heiterkeit aus ihrem Gesicht schwand. Die unbekümmerte Frau mit dem zauberhaften Lächeln verblasste zu der misstrauischen und distanzierten Herzogin.

»Ich bitte um Entschuldigung. Ich wollte dir nicht zu nahe treten. Setzen wir unseren Weg fort.«

Er bestieg sein Pferd und sie ritten zum nächsten Pächter, der ihnen seine Rinderherde zeigte. Kit hatte wenig Erfahrung auf dem Gebiet der Viehhaltung und freute sich auf die Aussicht, mehr zu lernen. Als er Dutzende von Fragen stellte, konnte er die Stimme seines Vaters sagen hören: *»Kit, du kannst nicht vorhaben, alles auf dieser Welt zu wissen, aber bei Gott, du wirst es versuchen.«* Er erkannte auch, dass er den Rest des Nachmittags hier verbringen könnte, aber sie mussten weiterreiten. Er versprach dem Pächter, schon bald zurückzukehren. Während der gesamten Unterhaltung hatte die Herzogin ihn mit einer Mischung aus Verblüffung und Erstaunen angesehen. Sie hatte ebenfalls Fragen gestellt, was Kit bewundernswürdig fand.

Der dritte Pächter war ein Farmer und inzwischen war Kit so erhitzt, dass er das Angebot des Mannes auf ein Ale annahm. Er lehnte allerdings ab, sich zu setzen und bevorzugte stattdessen einen Rundgang über die Felder, mit dem Krug in der Hand. Die Herzogin war mit der Bauersfrau ins Haus gegangen und Kit fragte sich, ob sie zur Burg zurückkehren sollten. Der Nachmittag war recht warm geworden. Vielleicht könnten sie nur noch einen weiteren Pächter besuchen. Er hatte damit gerechnet, seine Tour interessant zu finden, doch nun fühlte er etwas weitaus Tiefgreifenderes – er war gefesselt.

Kit trank sein Bier aus und gab den geleerten Krug an Mr. Dooley zurück. »Vielen Dank für Ihre großzügige Gastfreundschaft.«

»Vielen Dank für Euren Besuch, Euer Gnaden. Werdet Ihr jetzt zur Burg zurückkreiten?«

»Ich denke, wir werden noch einen weiteren Pächter aufsuchen.«

Dooley nickte. »Ich bin auf dem Weg zu meinem Nachbarn, um ihm bei der Reparatur seines Daches zu helfen, wenn Ihr mitkommen wollt. Nicht um das Dach zu reparieren, natürlich, aber ich kann Euch vorstellen. Bricker kann ein bisschen grantig sein, aber er ist eine gute Seele und von Zeit zu Zeit braucht er Hilfe. Er hat seine Söhne in Frankreich und Spanien verloren.«

Kits Brust zog sich zusammen. Es schien kaum gerecht für Menschen wie seinen Cousin – Edelmänner mit Vermögen und Prestige – von solchen Grauen ausgenommen zu werden, während die Bauernjungen ihr Leben gaben und ihre Familien häufig noch ärmer zurückließen.

»Kommt er zurecht?«, fragte Kit.

»Es geht so. Wir helfen einander aus, Euer Gnaden. Deshalb werde ich gehen und sein Dach reparieren.«

»Ich werde Sie begleiten – um zu helfen« erklärte er bestimmt und machte seine Absicht deutlich.

Dooley schien einen Moment fassungslos, doch er schien zu akzeptieren, dass Kits Angebot ehrlich war. Es war auch nicht verhandelbar. Allerdings erkannte er rasch, dass ein Herzog niemals in Frage gestellt wurde. »Das ist zu freundlich von Euch. Ich werde nur gehen und meine Werkzeuge holen. Ich hatte vor, zu Fuß zu gehen, wenn Ihr schon vorreiten wollt.«

»Die Herzogin und ich werden Euch dort treffen.«

Nachdem Dooley ihm den Weg zu Brickers Haus erklärt hatte, begab sich Kit zum Häuschen und klopfte an die Tür. Mrs. Dooley öffnete mit einem Lächeln und die Herzogin erschien hinter ihr.

»Fertig?«, fragte die Herzogin, als sie das Band ihres Reithutes unter ihrem Kinn zu einer Schleife knüpfte. Es war ein flottes Modell mit einer Pfauenfeder, das in einem kecken Winkel auf ihren dunklen Locken thronte.

»Ja.« Er dankte Mrs. Dooley für ihre Gastfreundschaft und die Herzogin tat es ihm gleich. Draußen erklärte er, dass sie noch einmal haltmachen würden. »Ich hoffe, das ist in deinem Sinne«, fügte er an.

»Sicherlich.«

»Dir ist nicht zu warm und du bist nicht zu erschöpft?«, fragte er.

Ihre Augen verengten sich kurz, als sie ihn ansah. »Ich bin keine typische Herzogin.«

Ob sie nun versuchte, charmant zu sein oder nicht, war er vollkommen in ihren Bann geschlagen und konnte das leise Lachen nicht unterdrücken, das ihm entwischte. »Ich werde mich daran erinnern.«

Das Gesicht von ihrem kecken Hut beschattet, antwortete sie ihm mit hochgezogener Augenbraue. »Was ist mit dir? Bist du erhitzt oder müde?«

Es war eine gerechte Frage und er musste seinen früheren Gedanken revidieren. Es schien, als gäbe es *eine* Person, die mutig genug war, einen Herzog in Frage zu stellen und nach ihrem Benehmen zu urteilen, hätte er sich nie vorgestellt, dass sie es war. Vielleicht machte er einen positiven Eindruck. *Vielleicht* ließ ihr Argwohn nach.

»Mir geht es gut, danke.« Wieder war er ihr beim

Aufsitzen mit aller gebotenen Zurückhaltung behilflich und rasch waren sie auf ihrem Weg zu Mr. Bricker. Ein kurzes Stück den Weg hinunter überholten sie Dooley und er winkte, als sie an ihm vorbeitrabten.

»Ist Mr. Dooley auch auf dem Weg zu Mr. Bricker?«, fragte sie.

»Wir werden sein Dach reparieren. Wenn es so aussieht, als würde es längere Zeit beanspruchen, kann ich mich nach jemandem umsehen, der dich zurück nach Hause begleitet.«

»Das wird nicht notwendig sein. Wie ich sagte, bin ich nicht zu müde, um weiterzureiten.« Sie warf ihm einen raschen Blick zu, als er zufällig das Gleiche in ihre Richtung tat. »Zuerst sagst du, dass du beim Bau des Ziegenpferchs und Unterstands helfen willst, dann fängst du eine Ziege und jetzt hast du vor, ein Dach zu reparieren? Hast du all diese Dinge während deiner Abwesenheit gelernt?« Sie klang einigermaßen ungläubig und jetzt fragte Kit sich, was ihr Ehemann getan hatte, um seine Tage herumzubringen. Reiten, fiel ihm ein, er schien gern geritten zu sein. Wie ... langweilig. Es sei denn, man hatte ein bestimmtes Ziel oder eine bezaubernde Begleiterin. Er warf einen weiteren Blick in ihre Richtung.

»Ist dir Mr. Brickers Situation bekannt?«, fragte er.

»Nein. Sollte ich davon Kenntnis haben?«

»Er hat seine Söhne im Krieg verloren und braucht Hilfe, um sein Haus zu erhalten. Ich habe vor, seine Lebensumstände einzuschätzen und zu sehen, was ich unternehmen kann, um sie zu verbessern.«

»Ich kann das übernehmen, während du das Dach reparierst«, erklärte sie, als sie nun vom Weg abbogen und auf sein Haus zu ritten.

Er parierte sein Pferd durch und saß ab. Als er zu ihrem Pferd ging, um ihr beim Absitzen zu helfen, erklärte er: »Das ist eine ausgezeichnete Idee. Wir werden zusammenarbeiten, um für Mr. Brickers Wohlergehen zu sorgen.«

Sie legte die Hände auf seine Schultern, als er sie auf den Boden schwang und weil er dies bereits mehrere Male getan hatte, wurde er sich bewusst, dass sie dieses Mal einen winzigen Augenblick länger auf seinem Frack lagen als vorher. »Es tut mir leid, dass mir seine Einsamkeit nicht bewusst war, und ich hätte davon wissen sollen. Ich habe Cuddy gestattet, dass er mich aus solchen Dingen heraushält. Ich hätte auf eigene Faust hier hinausreiten sollen, um zu tun, was du tust.«

Er hörte die Selbstkritik in ihrem Tonfall heraus und wollte ihre Reue lindern. »Weise dich nicht selbst zurecht. Es ist nicht so, als seist du tatenlos gewesen. Du hattest Beau und die Aufsicht über die Burg, was mehr als genug ist, um dich zu beschäftigen. Soweit ich das beurteilen kann, hast du dich in meiner Abwesenheit recht gut bewährt.«

»Wie kannst du das sagen? Du bist kaum einen Tag zurück.«

Vielleicht konnte er das nicht wirklich, aber seine Intuition sagte ihm, dass er recht hatte. »Das Personal ist dir ganz klar ergeben und dein Sohn betet dich an. Das ist verdammt erfolgreich, würde ich sagen.« Er zuckte zusammen, als er sich der Übertretung seiner Ausdrucksweise bewusst wurde — und er hatte sich solche Mühe gegeben. »Ich entschuldige mich. Es ist ein bisschen schwierig für mich, das Leben eines Seemanns hinter mir zu lassen.«

»Ja, das wird mir langsam bewusst«, murmelte sie. Ihr Blick bewegte sich an ihm vorbei und sie neigte den Kopf in des Häuschens Richtung. »Hier kommt Mr. Bricker.«

Kit schwenkte herum, als der Mann auf sie zu schlenderte. Er bewegte sich langsam und besaß einen leichten Buckel. Kit wollte dem Mann hier und jetzt den Ruhestand anbieten.

»Guten Tag, Mr. Bricker«, begrüßte Kit ihn. »Ich bin Blackburn.«

Bricker legte den Kopf schief und studierte ihn für einen Augenblick. Je länger der Mann wartete, ehe er etwas sagte, desto stärker machte sich Kits Unbehagen bemerkbar. Hatte er etwas gesehen? Konnte er wissen, dass Kit nicht Rufus Beaumont war? »Ihr seht anders aus, Euer Gnaden. Um ehrlich zu sein, wenn Ihr Euch nicht vorgestellt hättet, würde ich nicht glauben, dass Ihr es seid. Ich gebe zu, dass eine gewisse Ähnlichkeit besteht, also hätte ich mich vielleicht gewundert.« Er sah zur Herzogin hinüber. »Ihr seid sicher, dass er es ist?«

Kit stockte der Atem in der Brust, als Bricker seinen argwöhnischen Blick wieder auf ihn lenkte. Er riskierte einen Blick auf die Herzogin, die ihm den Kopf zugewandt hatte.

»So sicher, wie ich nur sein kann«, antwortete sie.

Es war nicht gerade eine überwältigende Bestätigung, aber es war das Beste, worauf er hoffen konnte. Er war bestrebt, die heikle Situation so schnell wie möglich hinter sich zu lassen. »Ich habe erfahren, dass bei Ihnen eine Dachreparatur ansteht. Mr. Dooley ist auf dem Weg und ich würde gern helfen. Was scheint das Problem zu sein?«

»Ihr wollt mein Dach reparieren?« In der Überraschung des Mannes schwang ein Anflug von Bewunderung mit.

»Das würde ich gern, ja.« Er lenkte den Blick auf den Weg zurück und sah Dooley herannahen. Es war nur gut, dass der Mann in ein paar Minuten hier sein würde, und dann konnten sie an die Arbeit gehen. Kit wandte seine Aufmerksamkeit dem strohgedeckten Dach des Häuschens zu. »Haben Sie ein Leck?«

»Ein bisschen an der Hausecke. Ich werde es Euch zeigen.« Er führte Kit zu der Stelle des kleinen Häuschens und deutete auf die Wasserflecken an der Außenseite. Hier draußen ist es schlimmer, aber es tropft im Inneren ein bisschen, wenn Ihr Euch das einmal anschauen wollt.«

»Natürlich. Deshalb bin ich hier. Sagen Sie uns, Mr. Bricker, was tun Sie hier?«

»Ich halte einige Schafe, Euer Gnaden. Ich habe auch eine kleine Landwirtschaft, aber Dooley und Wallace – er wohnt nördlich von mir – erledigen inzwischen die meiste Arbeit.«

»Nun, das scheint nicht ganz richtig, Mr. Bricker.« Kit wurde sich seines Fehlers bewusst, als sich die buschigen, grauen Augenbrauen des Mannes tiefer über seine Augen senkten. »Ich meine damit nicht, dass Sie nicht Ihre Arbeit machen, sondern dass Sie keine adäquate Hilfe haben.«

»Ich habe adäquate Hilfe«, versicherte Bricker temperamentvoll. »Dooley und Wallace sind mir eine gute Hilfe.«

Ehe Kit darauf antworten konnte, trat die Herzogin näher zu dem alten Mann und sah ihn mit einem herzlichen Lächeln an. »Ich bin sicher, dass sie das sind, Mr. Bricker. Würde es Ihnen etwas ausmachen, mich nach drinnen zu begleiten, wo es wahrscheinlich ein wenig kühler ist? Ich würde sehr gern alles über Ihre Schafe erfahren.« Sie warf Kit einen vielsagenden Blick zu und schob ihren Arm unter den des älteren Mannes. Bricker schien sich aufrechter zu halten, als er sich von Kit abwandte und sie ins Haus führte.

Kit war nicht entgangen, dass Bricker ihn mit keinerlei Art von Ehrerbietung behandelt hatte, wie bislang jede andere Person. Wahrscheinlich, weil er nicht glaubte, dass Kit wirklich der Herzog war.

Nun, das hatte ja passieren müssen, dachte er. Aber würde der Mann ihn in Frage stellen? Kit würde das bezweifeln, doch Bricker schien gegen herzogliche Schicklichkeit schlicht immun.

Das entlockte ihm ein Lächeln.

Dooley schlenderte auf das Häuschen zu. »Ihr habt Bricker also getroffen?«

»Das habe ich. Allerdings fürchte ich, ihm den falschen Eindruck vermittelt zu haben, dass er vielleicht keine Hilfe benötigen sollte.« Kit streifte seinen Frack ab und legte ihn auf die Treppenstufe. Er kümmerte sich nicht groß darum, ob er schmutzig wurde oder kaputtging, oder ob dasselbe mit dem Übrigen seiner Kleidung passierte, die er trug. Morgen würde der Schneider kommen und für seine neue Garderobe Maß nehmen. Er hatte nicht vor, irgendetwas Extravagantes in Auftrag zu geben, aber er war in dringender Verlegenheit von wenigstens *einigen* Kleidungsstücken, die seinem neuen Stand gerecht wurden. Zum Teufel, er wollte nur etwas zusätzliche Garderobe, die nicht alt und abgetragen war.

Dooley legte sein Werkzeug ab und formte die Lippen zu einem Lächeln. »Ich kann mir vorstellen, dass er diesbezüglich ein bisschen schrullig war. Er ist ein alter Griesgram, aber lasst Euch nicht davon täuschen. Wie ich sagte, ist er eine gute Seele. Unter all dieser Brummigkeit«, bemerkte er mit einem Lachen. »Ich gehe nur und hole seine Leiter.« Er begab sich zur anderen Seite des Häuschens und Kit beeilte sich, um ihm zu helfen.

Eine Stunde später hatten sie das Strohdach in Ordnung gebracht. Kit hatte auch seine Weste abgelegt und sein Hemd war praktisch mit Schweiß durchtränkt. Es fühlte sich gut an, zu arbeiten und er freute sich auf den Bau des Ziegenstalls.

Bricker kam nach draußen und trat umgehend auf Kits Frack, was er nicht einmal zu bemerken schien, als er in den Garten kam, um ihre Arbeit zu begutachten.

Die Herzogin zog die Tür hinter sich zu, als sie nach draußen ins Sonnenlicht trat. Beinahe wäre sie ebenfalls auf Kits Kleidungsstück getreten, aber sie bückte sich und hob es mit einem leichten Stirnrunzeln auf. Ihr Blick irrte suchend herum, bis sie Kit entdeckte. Nach den großen Augen, die sie machte, und der leichten Röte auf ihren Wangen zu urteilen, nahm er an, dass sie von seinem Zustand der Entkleidung entsetzt war.

Er sah zu Dooley, der ebenfalls in Hemdsärmeln war. Aber seines war ein Arbeitshemd und von ihm wurde erwartet, sich abzurackern, wohingegen er offensichtlich die Aufsicht führen und sich von Aktivitäten fernhalten sollte.

*Nun, verdammt.*

»Euer Gnaden hat ausgezeichnete Arbeit geleistet«, bemerkte Dooley. »Ich war dankbar, heute seine Hilfe zu haben.« Er nickte Kit zu. »Vielen Dank.«

»Es war mir ein Vergnügen.« Er hatte wirklich jeden Augenblick genossen. »Bitte lassen Sie mich wissen, wenn ich Ihnen wieder behilflich sein kann.« Er entschied, den beiden Männern die Hand zu schütteln, und zwar zuerst Dooley, um Bricker zu zeigen, was er vorhatte, und dann dem älteren Mann, der ihn noch immer mit beträchtlicher Skepsis betrachtete, aber auch einem kleinen Anflug von etwas, das sich als Bewunderung deuten ließ.

»Ich weiß das zu schätzen, Euer Gnaden«, entgegnete Bricker. Er wandte der Herzogin einen freundlichen Blick zu. »Ihre Gnaden sagte, dass Ihr mir gern ein Häuschen für den Ruhestand anbieten würdet. Ich fühle mich sehr verpflichtet, aber ich würde trotzdem lieber meine Schafe behalten.«

»Wir wären erfreut, wenn Sie Ihre Schafe behalten, Mr. Bricker«, entgegnete er. »Ich bin sicher, dass es keinen Besseren für sie gibt.«

Sie verabschiedeten sich und Kit rollte die Hemdsärmel herunter, als er auf die Herzogin zuging. Mit einer hochgezogenen Augenbraue – was wohl eine ihrer liebsten Ausdrucksweisen war, wie er langsam begriff - hielt sie seine Weste hoch.

Er zog das Kleidungsstück an und nahm dann den Frack

von ihr, während sie langsam zu ihren Pferden gingen. »Danke«, sagte er schlicht.

»Ich wollte das nicht so sagen, aber deine Bekleidung ist eine Zumutung. Deine alte Garderobe ist irgendwo in der Burg verstaut – ich werde Kirwin bitten, sie aufzutreiben.«

»Das hat er bereits getan«, antwortete Kit, als er den Frack anzog und sich dann daran machte, die Weste zuzuknöpfen. Er würde alles darum geben, sich seiner Krawatte zu entledigen, aber er entschied, dass ein Herzog nicht so weit gehen sollte.

»Schon?« Sie schüttelte den Kopf. »Ich sollte nicht überrascht sein. Kirwin ist außerordentlich effizient. Du behauptest, ich hätte die Burg gut geführt, aber in Wahrheit haben er und Mrs. Hunsacker alles so gut im Griff, dass ich kaum etwas zu tun habe.«

»Ich finde das schwer zu glauben.« Er stellte fest, dass sie eine Vorliebe hatte, sich selbst herabzuwürdigen und fragte sich, ob ihr lausiger Ehemann dafür verantwortlich zu machen war.

Sie winkte ab, als sie ihre Pferde erreichten. »Nun, es ist wahr.« Sie betrachtete seinen Aufzug. »Wenn Kirwin deine Kleidung gebracht hat, warum trägst du dann immer noch diese hier?«

Weil nichts davon gepasst hatte. Er war offensichtlich einige Zentimeter größer als sein Cousin und besaß erheblich breitere Schultern. Seine Beine waren ebenfalls etwas muskulöser, was das Tragen der Hosen zu einer Unmöglichkeit machte. Er entschied, dies als Entschuldigung anzubringen. »Es scheint, dass die Breite meiner Schultern und der Umfang meiner Oberschenkel durch die Jahre auf See zugenommen hat.« Er lachte und hoffte, dass sie sich Brickers Worte von vorhin nicht in Erinnerung rief.

Sie ließ den Blick nur sehr kurz über ihn wandern und der bezaubernde Hauch von Farbe kehrte in ihre Wangen zurück. »Das kann ich sehen. Du wirst einen Schneider kommen lassen müssen, nehme ich an. Oder hat Kirwin sich bereits darum gekümmert?«

»Das hat er. Der Schneider wird morgen zur Burg kommen.«

Sie nickte mit einem halben Lächeln. Es war nicht so strahlend wie ihr Lächeln von vorhin, aber er stürzte sich darauf wie ein Kind auf eine Süßigkeit zur Weihnachtszeit.

Wieder einmal half Kit ihr beim Aufsitzen und sie winkten Bricker und Dooley, als sie auf dem Weg zurückritten, der zur Burg führte.

In dem Moment, in dem sie in den Stallhof einritten, verspürte Kit eine angespannte Atmosphäre. Er schwang sich vom Pferd, als Kirwin sich zielstrebig auf sie zu bewegte.

Einer der Stallburschen war der Herzogin beim Absitzen behilflich, während Kit sich an den Butler wandte. »Stimmt etwas nicht?«

Angesichts Kirwins zusammengezogener Augenbrauen und der leicht gräulichen Gesichtsfarbe war dem offensichtlich so. »Es ist Seine Lordschaft.« Er wandte seine hauptsächliche Aufmerksamkeit der Herzogin zu, was Kit verständlich fand. Sein Herz fing an zu rasen und er konnte sich nur vorstellen, was sie empfinden musste. »Bitte kommen Sie sofort – zum Ostgarten.«

Kit wäre in einem schnellen Lauf losgestürmt, wenn er sich zum Teufel nochmal erinnern könnte, wo das war. Stattdessen trat er neben die Herzogin, als diese ihre Röcke hob und so schnell sie konnte losrannte. Während der ganzen Zeit betete er, dass Beau nichts passiert war.

# CHAPTER 6

Verity versuchte, nicht in Panik zu geraten, als sie auf den Ostgarten zueilten. »Was stimmt nicht mit Beau?«, fragte sie Kirwin.

»Er ist Whiskers in den Eichenbaum gefolgt – viel höher, als er je zuvor geklettert ist – und ich fürchte, dass er nicht wieder herunterkommen kann.«

Sie überquerten den unteren Innenhof zum Eingangstor und stürmten um die Ecke der Burg zum Ostgarten. Der Eichenbaum war etwa zehn Meter hoch, mit einem Wirrwarr an Ästen zum Klettern und stand in einem entfernten Winkel des Gartens.

»Er ist früher schon auf diesen Baum geklettert?«, fragte Rufus, als sie den Weg entlangeilten.

»Verschiedene Male, aber er weiß, dass er nicht zu hoch klettern darf.« Trotzdem hatte er es oft probiert, wenn ihn die Versuchung überkam. Und das war der Grund, warum er beaufsichtigt werden musste. »Wo ist sein Kindermädchen?«, fragte Verity genau in dem Moment, als sie die Frau händeringend unter dem Baum entdeckte.

Kirwin zeigte mit einer Handbewegung auf sie. »Dort, Euer Gnaden.«

Verity eilte vorwärts. »Was ist passiert?«

Das Kindermädchen begann zu weinen. »Oh, Euer Gnaden, ich habe ihm gesagt, nicht höher zu klettern, aber er hat darauf bestanden, dass Whiskers Hilfe brauchte.«

Ganz klar brauchte die Katze das nicht, da das graue Tier jetzt unter dem Baum saß und den Stamm emporblickte.

»Mama?«

Verity trat an den Stamm und sah in das Geäst hinauf, bis sie Beau entdeckte. Er war verhältnismäßig weit oben. »Ich bin hier, Beau.«

»Entschuldige mich.« Rufus tiefe Stimme klang dicht an ihrem Ohr. Er hatte seinen Frack abgelegt und als sie den Kopf drehte, sah sie, dass Kirwin das Kleidungsstück hielt.

»Hast du vor, ihn herunterzuholen?«, fragte sie.

»Natürlich.« Er erklomm den Stamm und kletterte schnell und mühelos zu Beau hinauf, als wäre er schon immer Bäume hinaufgeklettert.

Sie sah, wie er zu Beau sprach, der den Ast mit beiden Händen umklammert hielt. Sein kleines Gesicht war ängstlich und blass … und Verity sehnte sich danach, ihn eng an sich zu drücken und ihm zu sagen, dass alles gut werden würde.

Anschließend würde sie ihn schelten, weil er nicht auf sein Kindermädchen gehört hatte.

Das, was wie gutes Zureden anmutete, dauerte mehrere Minuten, doch dann bewegte Rufus sich. Er schien von dem Baum zu hangeln und Verity stockte der Atem. Er bot Beau seinen Rücken dar und einen Augenblick später hatte ihr Sohn einen seiner Arme um Rufus' Nacken gelegt. Es dauerte einen weiteren Moment, währenddessen Verity noch immer nicht atmete, bis Beaus anderer Arm dem ersten folgte und sich fest an Rufus klammerte. Beaus Augen waren fest geschlossen und Verity zwang sich, die ihren offen zu behalten. Wenn er ihren Sohn fallen ließ …

Rufus sagte etwas und Beaus Augen öffneten sich. Dann fing Rufus an, den Baum herabzuklettern, und zwar weitaus langsamer, als er hinaufgeklettert war. Verity hatte das Gefühl, dass er den Abstieg in der Hälfte der Zeit geschafft hätte, doch dies wegen seiner wertvollen Fracht nicht tat.

Als er den Hauptstamm erreichte und nur ein kurzes Stück vom Boden entfernt war, atmete sie endlich aus. Rufus Stiefel trafen auf die Erde und Verity trat vor, um Beau von seinem Rücken zu heben. Beau legte seine Arme nun um sie und schlang die Beine fest um ihre Mitte.

»Es tut mir so leid, Mama.« Er wimmerte für einen Augenblick an ihrem Nacken und sie hielt ihn fest an sich gedrückt, als sie die Lippen auf sein dunkles Haupt presste.

»Jetzt bist du in Sicherheit«, erklärte sie. Ihr Blick schweifte zu Rufus, als Kirwin ihm in seinen Frack half. Der Butler bürstete etwas an Rufus' Ärmel ab und sah ihn mit einem Blick an, der an Bewunderung grenzte.

Sie verstand es, denn sie verspürte dies ebenfalls … und sie wusste nicht, was sie deshalb unternehmen sollte. Für so lange Zeit hatte sie ihn gehasst und verachtet.

Beau hob den Kopf von ihrer Schulter und wandte sich zu Rufus um. »Hast du gesehen, was Papa gemacht hat. Er ist der beste Kletterer von allen!«

»Ich habe es gesehen«, murmelte Verity.

»Wegen der ganzen Takelage auf den Schiffen. Er sagt, dass er beim ersten Mal furchtbare Angst gehabt hatte, als er hinaufklettern musste, aber er musste es tun.«

»Genauso, wie du herunterkommen musst«, bemerkte Rufus mit einem halben Lächeln. »Wir müssen lernen unsere Ängste zu bezwingen. Das hast du heute geschafft und ich bin stolz auf dich.«

Beau schien in ihren Armen vor Stolz zu schwellen,

sodass sie die Freude praktisch spüren konnte, mit der die Worte seines Vaters ihn erfüllten. Verity war auch nicht immun. »Danke«, sagte sie, obwohl dies für ihre Verbundenheit viel zu einfach ausgedrückt war. Es war nicht nur so, dass er Beau gerettet hatte, sondern er hatte ihm eine wertvolle Lektion erteilt.

Sie hätte von ihm erwartet, dass er Beau bestrafte. Tatsächlich wartete sie sogar jetzt noch darauf, dass er Beau zurechtwies, weil er sein Kindermädchen ignoriert hatte. Als er das nicht tat, setzte sie ihren Sohn ab und ging in die Hocke, um ihm in die Augen zu sehen.

»Beau, ich bin sehr froh, dass du in Sicherheit bist, und es klingt ganz so, als ob du eine Lektion in Tapferkeit gelernt hättest. Allerdings musst du auch lernen, auf dein Kindermädchen zu hören. Was wäre, wenn Papa nicht hier gewesen wäre, um dich zu retten?« Sie verschluckte sich beinahe an diesen Worten, denn sie hatte sich nie vorgestellt, sie einmal auszusprechen.

Beau schlug den Blick nieder. »Ich würde immer noch in diesem Baum sitzen«, brachte er hervor. »Es tut mir leid, Mama. Ich hätte auf mein Kindermädchen hören sollen.« Er hob seine grünen Augen zu ihren. »Soll ich eine Strafe bekommen?«

Verity erkannte an, dass sie vielleicht zu nachsichtig mit Beau war, aber insgesamt war er ein guter Junge. Sie sah zu Rufus auf, der sie beobachtete. Er deutete ein leichtes Schulterzucken an und überließ diese Angelegenheit ganz klar ihr. Er tat genau, was er gesagt hatte, und mischte sich nicht in die Dinge ein, die nichts mit der Leitung des Besitzes zu tun hatten.

»Das solltest du wahrscheinlich«, antwortete sie, den Blick wieder auf Beau gerichtet. »Kein Bäumeklettern für die nächsten drei Tage.«

Beau machte den Mund auf und wollte wahrscheinlich

protestieren, aber er sah zu seinem Vater hinüber und nickte. »Ja Mama. Aber dann kann Papa mir beibringen, wie ich allein hinauf- und wieder hinunterkomme? Er hat es mir versprochen.«

Hatte er das? Das musste eines der Themen gewesen sein, die sie dort oben im Baum besprochen hatten. Neben Rufus' eigener Angst, in die Takelage eines Schiffs klettern zu müssen. Sie nahm in Bezug auf die Erfahrungen, die diesen Mann verändert hatten, eine gewisse Faszination an sich wahr und es handelte sich um mehr als nur ein bisschen Neugier. Es war zu schade, dass er angekündigt hatte, nicht darüber zu reden. Außer, so schien es, wenn er seinen Sohn überzeugen musste, von einem Baum herunterzuklettern.

Würde es einen Grund geben, dass er das Bedürfnis hätte, sie über die vergangenen sechseinhalb Jahre ins Vertrauen zu ziehen? Sie konnte sich keinen vorstellen, doch im Augenblick akzeptierte sie, dass ihr Leben vollkommen auf den Kopf gestellt war.

»Ich werde mit ihm darüber sprechen«, antwortete Verity und erhob sich. Ein Teil von ihr fürchtete noch immer, Rufus ihren Sohn Beau anzuvertrauen, aber bislang hatte er sich dieser Aufgabe als fähig erwiesen. »Aber jetzt möchte ich, dass du nach oben gehst und deine schmutzigen Kleider wechselst.«

»Ja, Mama.« Beau umarmte sie kurz und dann ging er zu Rufus und umarmte auch ihn – wenngleich einen Moment länger. Oder so schien es zumindest.

Ein Stich der Eifersucht durchbohrte Verity, als sie Beau beobachtete, wie er die Hand seines Kindermädchens ergriff und zurück auf das Haus zuging. Sie wandte sich zu Rufus. »Ich nehme an, wir müssen dankbar für die Zeit sein, die du auf einem Schiff auf hoher See verbracht hast.«

Er zuckte die Schultern. »Ich hätte ihn ohnehin gerettet, vielleicht nur ein bisschen langsamer.«

»Ich vermute, dass du deine Furcht bezwungen hast«, sagte sie, und erinnerte sich, dass sein Widerwille, die Turmspitzen zu besteigen, früher allgemein bekannt gewesen war.

»Ja.« War das ein Aufflackern von Unsicherheit in seinem Blick? »Ich denke, ich sollte hineingehen und mich ebenfalls umziehen«, sagte er. »Und vielleicht ein Bad vor dem Abendessen nehmen.«

Kirwin drehte sich zur Burg um. »Ich werde gehen und das in die Wege leiten, Euer Gnaden.«

Rufus lächelte und hielt die Hand hoch. »Das ist nicht nötig. Ich kann einen Diener damit betrauen.« Er nickte ihnen kurz zu und kehrte zur Burg zurück, womit er Verity mit dem Butler allein ließ.

Stillschweigend sahen sie zu, wie Rufus aus ihrem Blickfeld entschwand, als er durch das Eingangstor zurückging.

Es war Kirwin, der zuerst das Wort ergriff. »Er hat sich sehr verändert, Euer Gnaden. Wenn diese Bemerkung nicht zu verwegen ist.«

»Das ist sie nicht und ich stimme Ihnen zu.« Verity verengte die Augen und sah zu dem Baum zurück, ehe sie anfing, auf das Haus zuzugehen. Kirwin lief neben ihr her. »Er sagt, Sie hätten seine Garderobe gefunden – von früher. Vielen Dank, dass Sie daran gedacht haben.«

»Sie hat nicht gepasst.«

»Das hat er gesagt. Er hat mir auch erzählt, dass Sie den Besuch eines Schneiders arrangiert haben, der morgen kommen soll.«

»Das habe ich. Es war unbedingt notwendig.« Er verstummte während einiger Schritte, ehe er bemerkte: »Ich habe nicht gesehen, wie er sie anprobiert hat, aber ich habe ihn beobachtet, wie er einen Frack hochgehalten hat und auf der Stelle erkannt, dass er niemals passen würde.«

»Ja, er ist kräftiger nach seiner Zeit in der Fremde.« Er war muskulöser, und das hatte er mit all den heute ausgeführten Aktivitäten zur Genüge demonstriert. Jetzt, wo sie ihn vor sich sah, wie er auf den Baum geklettert war, musste sie zugeben, dass er bemerkenswert gut geformt war. Sie erinnerte sich nicht daran, dass er solche Muskeln besessen hatte, aber andererseits war sie auch bestrebt gewesen, ihn so wenig wie möglich zu berühren.

»Er scheint in der Tat ein bisschen größer zu sein«, bemerkte Kirwin. »Und ich habe bemerkt, dass er die Stiefel nicht trägt, die bei seinem Verschwinden praktisch neu gewesen waren. Ich denke, sie passen auch nicht.«

»Meine Schuhgröße hat sich verändert, seit ich Beau bekommen habe«, erklärte Verity. Nicht, dass Rufus ein Kind geboren hatte, das war offensichtlich, aber solche Veränderungen konnten vorkommen. Versuchte sie, Ausreden gegen die Möglichkeit zu finden, dass er in Wahrheit nicht Rufus war? Und dennoch, wie könnte das sein? Er sah so sehr wie er aus und er wusste Dinge, die ein Fremder nicht wissen würde.

Er kannte Kirwin und er hatte gefragt, warum Beaus Name nicht Archibald war. Plötzlich wollte sie weiterbohren und herausfinden, was er noch wusste – oder nicht.

»Ich weiß nicht, was ihn getrieben hat, sich so sehr zu verändern, aber ich bin ziemlich froh darüber«, entgegnete Kirwin. »Um Seiner Lordschaft willen und auch Euretwillen.«

Verity stimmte ihm zu, aber sie sprach es nicht aus.

Als sie den unteren Innenhof überquerten, sah Kirwin zu ihr hinüber. »Mrs. Hunsacker und ich möchten uns für unser Benehmen damals entschuldigen, als Ihr gerade hergekommen wart. Wir wussten, dass er Euch nicht sehr gut behandelte, aber wir hatten zu viel Angst, um etwas zu sagen. Ich denke gern, dass ich es getan hätte, wenn er nicht verschwunden wäre.«

Sie hielt am Fuße der Treppe inne, die zu dem Weg

führte, der im oberen Turmhaus mündete. »Ich bin sicher, dass Sie das getan hätten.«

Rückblickend wusste sie nicht, wie sie es überlebt hätte, mit ihm verheiratet zu sein. Der Missbrauch hatte mit Beleidigungen begonnen und sich zu Herabwürdigungen gesteigert. Dann hatte er angefangen, sie auf eine grobe Weise zu berühren, was zu aufdringlichem Verhalten im Schlafzimmer geführt hatte. Aus Kneifen und Grapschen war Stoßen und Schlagen geworden, aber das war nicht seine bevorzugte Foltermethode. Nein, sie hatte darin bestanden, ihr gewisse Dinge zu verweigern – ihre beste Unterwäsche, Essen und Trinken und schließlich Schlaf.

Zwei Tage vor seinem Verschwinden hatte sie ihn im Bett enttäuscht und er hatte sie gezwungen, die restliche Nacht in der Ecke stehend zu verbringen, während er gedroht hatte, dass sie die Nacht im Freien verbringen müsste, falls er aufwachte und sie schlafend vorfände oder sie sich bewegt hätte. Es hatte in Strömen geregnet. Und weil er dazu neigte, ein- oder zweimal nachts aufzuwachen, um den Nachttopf zu benutzen, war sie dortgeblieben, denn sie war zu verängstigt gewesen, sich zu bewegen.

»Bei unserer ersten Begegnung gestern war ich bestürzt«, sagte sie leise.

»Das waren wir auch.« Kirwins Mitgefühl bedeutete ihr mehr, als er ahnen konnte. »Wir haben sofort gelobt, Euch und Seine Lordschaft zu beschützen – um jeden Preis.«

»Es hat den Anschein, als müssten Sie keine dramatischen Maßnahmen ergreifen. Er wirkt tatsächlich sehr anders.« Sie betete nur, dass er so blieb.

Wahrscheinlich teilte Kirwin ihre Befürchtungen. »Wenn wir den leisesten Verdacht haben, dass er in seine alten Gewohnheiten zurückfällt, werden wir Euch beschützen.«

Sie berührte ihn am Arm und sah ihn mit einem dankbaren Lächeln an. »Danke, Kirwin … und bitte, danken Sie

Mrs. Hunsacker. Aber ich warne Sie, vorsichtig zu sein. Letztendlich ist er der Herzog und neben ihm sind wir alle nichts.« Rufus hatte sie viele Male darauf hingewiesen. Tatsächlich hatte diese gesamte Unterhaltung nur dazu gedient, sie daran zu erinnern, wie grauenvoll er einmal gewesen war. Plötzlich wollte sie auch baden, um die Sorglosigkeit abzuwaschen, die sich an diesem Nachmittag um sie gelegt hatte. Sie würde seine Freundlichkeit, seine Fürsorge und seine Berührungen – sogar sie hatten sich drastisch verändert – abschrubben. Als er ihr den ganzen Nachmittag über beim Auf- und Absitzen geholfen hatte, hatte sie sich fast vorgestellt, dass er sie mit Zuneigung berührte.

Fast.

Sie konnte sich den Glauben nicht gestatten, dass er ein anderer als der Teufel war, als den sie ihn kannte.

～

Es vergingen zwei Tage wie im Flug, während Kit eine erhebliche Zeit mit der Planung des neuen Ziegengeheges samt Unterstand verbrachte, weitere Pächter besuchte und die Bücher nach Cuddys endgültigem Weggang am Vortag durchsah. Kit blickte auf das aufgeschlagene Hauptbuch herab, das die Einträge der vergangenen Woche enthielt, und runzelte die Stirn. Er verstand nicht, warum Reparaturen, wie die der Uhr im Innenhof nicht durchgeführt worden waren, oder warum Pferde verkauft worden waren. Der Besitz schien gut in Schuss und dennoch war kein Überschuss verzeichnet.

Er würde die Bücher ein zweites Mal durchsehen müssen. Glücklicherweise war er ein sehr schneller Leser.

Ein Klopfen an der Tür veranlasste Kit, aufzustehen. Beklommenheit machte sich in ihm breit und er rollte die Schultern, um sie abzuschütteln. Er hatte um dieses Treffen gebeten und die Entwhistles hierher eingeladen. Würde Whist ihn erkennen …

»Treten Sie ein«, rief Kit und klang weitaus ruhiger und gesammelter, als er sich fühlte.

Die Tür wurde aufgestoßen und der frühere Verwalter trat ein. Er zog den Hut vom Kopf und enthüllte einen ausgedünnten Kranz grauen Haars. Als ein Mann von durchschnittlicher Größe und Statur wirkte Whist kaum älter als damals vor siebzehn Jahren, als Kit ihn das letzte Mal gesehen hatte. Es gab allerdings ein paar mehr Falten um seine Augen und sein Körper wirkte ein bisschen weniger robust.

Hinter ihm folgte ein größerer Mann mit breiteren Schultern und hellblauen Augen. Dies musste sein Enkel sein, der anscheinend beliebte Thomas Entwhistle, der sowohl die Herzogin als auch Beau bezaubert hatte.

Und über dessen Einstellung Kit sich nicht ganz sicher war. Er verstand den Wunsch der Herzogin gut, ihren selbstgewählten Kandidaten in Stellung zu nehmen, aber er hatte vor, sich das gleiche Recht zu nehmen.

Kit kam um den Schreibtisch herum und streckte die Hand aus. »Whist, es ist schön, Sie wiederzusehen.«

Der ältere Mann starrte einen Augenblick lang auf seine Hand, ehe er sie vorsichtig schüttelte. »Guten Morgen, Euer Gnaden. Erlaubt mir, Euch meinen Enkelsohn, Mr. Thomas Entwhistle vorzustellen.«

Entwhistle verbeugte sich und schien sogar noch zögerlicher, Kit die Hand zu schütteln. Erst dann begriff Kit, dass ein Herzog seinen Untergebenen nicht die Hand schütteln sollte. Verdammt, das hatte er seit seiner Ankunft mit den Pächtern so gehalten, und obwohl sie ebenfalls gezögert hatten, war er nicht darauf gekommen.

Begierig, den heiklen und vielleicht verräterischen Augenblick zu übergehen, ging er wieder um seinen Schreibtisch herum und bedeutete den beiden, sich zu setzen. »Vielen Dank, dass Sie heute gekommen sind. Wie Sie wissen, suchen wir nach einem neuen Verwalter, um ihn in Stellung zu nehmen.«

»Suchen?«, fragte Whist mit überrascht hochgezogenen Augenbrauen. »Ihre Gnaden hat Thomas den Posten angeboten.«

»Dessen bin ich mir bewusst, aber das war vor meiner Rückkehr. Jetzt, da ich hier bin, werde ich die endgültige Entscheidung treffen.«

»Aber Ihr habt Cuddy entlassen?«, fragte Entwhistle.

Kits Einladung zu diesem Treffen hatte die Information enthalten, dass Cuddy nicht mehr als Verwalter arbeitete. Er hatte nicht ausgeführt, warum, aber er stellte sich vor, dass sich diese Art von Klatsch in Windeseile auf dem Besitz verbreiten würde. Und Whist wohnte in einem Häuschen für Ruheständler auf dem Besitz. Dies veranlasste Kit zu bemerken: »Whist, ich habe einen Pächter, der ein Häuschen braucht, wo er sich zur Ruhe setzen und eine kleine Schafherde halten kann. Seine derzeitige Unterkunft ist eine viel zu große Belastung.«

»Bricker? Er hätte wahrscheinlich schon vor einigen Jahren in ein kleineres Haus umziehen sollen.« Whist schüttelte den Kopf. »Ich habe Cuddy gelegentlich meine Hilfe angeboten – als er noch neu in der Position war – aber ich habe es aufgegeben, als er immer wieder abgelehnt hatte. Ich hätte einfach selbst nach diesen Dingen sehen sollen.«

Das kam sicherlich dem Bedauern der Herzogin nahe. »Cuddy hatte den Anschein erweckt, als hätte er effizient gearbeitet und wenn den Geschäftsbüchern auf ihren einstweiligen Aussagewert Glauben geschenkt werden kann, sind die Dinge in exzellenter Ordnung.«

Entwhistle lehnte sich auf seinem Stuhl ein wenig nach vorn. »Ihr klingt nicht überzeugt.«

»Weil ich es nicht bin. Es sollte auf Grundlage dessen, was ich von den Pächtern gehört habe, ein Überschuss vorhanden sein, aber als ich die Bücher gestern Abend und heute Morgen durchgesehen habe, fand ich keinen Beweis dafür.«

Whist beäugte Kit skeptisch und veranlasste ihn, sich anzuspannen. »Vergebt mir, das so auszudrücken, aber Eure Erfahrungen in der Führung des Besitzes ist nicht sehr umfangreich. Thomas und ich könnten die Angelegenheit untersuchen und Euch eine fachmännische Meinung dazu liefern. Aber vielleicht habt Ihr uns heute genau deshalb hierher beordert.«

Erleichterung durchströmte Kit. Bislang schien der Mann ihn als nichts anderes zu erkennen, als er war – der Herzog von Blackburn, ungeachtet Kits Fauxpas beim Händeschütteln. Nachdem diese Befürchtung nun irgendwie beigelegt war, stellte Kit fest, dass er über Whists Urteil leicht verärgert war. Was im Grunde absurd war, da er sein gesamtes Wissen über Grundbesitzverwaltung vor siebzehn Jahren erworben hatte und er sich nie vorgestellt hatte, die Gelegenheit zu bekommen, diese Kenntnisse einmal anzuwenden. »Nicht ausschließlich.« Er hatte die beiden eingeladen, ehe sein Argwohn gewurzelt hatte. »Aber jetzt, da ich die Bücher durchgesehen habe, stelle ich fest, dass ich einige Fragen habe. Es scheint, dass der frühere Herzog – Augustus – über seine Verhältnisse gelebt hatte. Ist das eine akkurate Einschätzung?«

Whist wirkte gequält. »Ich fürchte ja. Er richtete gern Feste aus und stellte seine Macht und Wohlstand zur Schau. Er hatte auch bemerkenswerte Geldbeträge für verschiedene wohltätige Zwecke, vor allem für Waisenjungen, gespendet.«

Kit hatte die Einträge in den Büchern gesehen, die dies belegten, aber es von Whist zu hören, ließ sein Rückgrat frösteln. Er hatte anderen Jungen Geld gegeben, aber über einem gewissen Punkt hinaus nicht seinem eigenen Sohn. Und jetzt, da Kit es brauchte, schien keines mehr vorhanden zu sein. Oder zumindest nicht so viel, wie er sich erhofft hatte. Und hier gab er Geld für ein Ziegengehege samt Unterstand aus. Was zum Teufel stimmte nicht mit ihm? Er hätte das Geld nehmen und gehen sollen. Er musste ein neues Schiff und eine neue Mannschaft finden, anstatt Unterkünfte für Ziegen zu bauen.

Und dennoch war er hier, ohne die geringste Absicht, wieder zu gehen. Zumindest nicht jetzt, wenn es Dinge zu erledigen gab und eine Chance, Beaumont Tower – und seine Bewohner – in besseren Umständen zurückzulassen, als er sie vorgefunden hatte.

»Ich kann erkennen, dass die Herzogin nicht so verschwenderisch ist. In Wahrheit führt sie einen eher spärlichen Haushalt.«

»Sie haben keinen Bedarf an Extravaganzen«, entgegnete Whist ein bisschen defensiv.

»Ich habe nicht behauptet, dass dem so wäre. Wenn der Besitz allerdings ähnlich geführt wurde und die Ausgaben nicht gestiegen sind, warum ist dann kein Überschuss vorhanden?«

Whist und sein Enkel wechselten einen besorgten Blick.

»Wie es scheint«, erklärte Kit, »würde ich Sie gern bitten, die Konten zu prüfen. Vielleicht können Sie mir helfen, herauszufinden, was falsch gelaufen ist.«

Jetzt war Whist von der Überraschung erfasst, die, wie Kit gelernt hatte, ihm von beinahe jedem auf dem verdammten Besitz entgegengebracht wurde. Der Duke war ein Mistkerl gewesen. Whist antwortete vorsichtig. »Wir wären sehr froh, das zu tun, Euer Gnaden. Allerdings würde so eine Überprüfung erfordern, dass wir jeden Pächter befragen und die Aussagen mit den Informationen abgleichen, die in den Büchern verzeichnet sind. Ich muss betonen, dass Thomas noch immer, wenngleich nur noch für eine Weile auf Bleven House angestellt ist. Er verfügt nicht über zusätzliche Zeit, um neben seinen üblichen Verpflichtungen eine Übersicht von Beaumont Tower durchzuführen, vor allem nicht, wenn Ihr nicht vorhabt, ihn einzustellen.«

Was mit anderen Worten hieß, dass die Bedürfnisse – und Wünsche – aller erfüllt werden könnten, wenn er ihn unverzüglich einstellte. Kit sollte den Mann einfach unter Vertrag nehmen. Nach allem, was Kit gehört hatte, war Whist ein verdammt guter Verwalter gewesen und er musste davon ausgehen, dass sein Enkel nicht anders war.

Warum zögerte Kit? Er würde bald fortgehen. Oder etwa nicht? Er wusste es ehrlich gesagt nicht. Er würde kein Geld an sich nehmen, um damit sein Schiff zu finanzieren – nicht, bis er nicht sicher war, dass der Besitz nicht darunter leiden würde.

Kit wandte seine Aufmerksamkeit Entwhistle zu. »Wann können Sie anfangen?«

Der Mann, der etwa fünf Jahre jünger als Kit war, straffte sich. »In ungefähr zwei Wochen. Ich könnte am Sonntag kommen – es ist mein freier Tag – und mit der Prüfung beginnen, wenn das akzeptabel ist.«

»Das ist es, vielen Dank«, entgegnete Kit.

»Ich kann gleich beginnen, wenn Ihr wünscht«, bot Whist an.

»Das wäre sehr hilfreich.« Kit deutete auf einen kleinen Stapel Notizbücher, die auf einer Ecke des Schreibtischs lagen. »Das sind die Einträge für den Zeitraum, seit Sie sich zur Ruhe gesetzt haben.«

»Macht es Euch etwas aus, wenn ich mich hierhersetze und sie überprüfe?«, fragte Whist.

»Überhaupt nicht. Ich habe andere Dinge zu tun, die meine Aufmerksamkeit erfordern. Ich werde mit dem Bau eines Ziegengeheges samt Unterstand nicht weit von den Ställen beginnen.«

Whist zog die Mundwinkel nach oben. »Für Beau?« Er zuckte zusammen. »Es tut mir leid, für Seine Lordschaft?«

Die Vertrautheit des Mannes irritierte Kit nicht. Er fragte sich allerdings, wie vertraut der jüngere Entwhistle mit Beau – und mit der Herzogin – war.

»Ja. Ich denke, ich habe die Auslösung seiner Leidenschaft für Ziegen Ihnen zu verdanken.«

Whist lachte leise. »Der Junge liebt Tiere aller Art.«

»Ich sollte nach Bleven House zurückkehren«, bemerkte Entwhistle, der sich erhob. Er sah Kit mit einem ernsten Blick an. »Vielen Dank für die Chance. Ich freue mich, Euch und Beaumont Tower nach meinen besten Kräften zu dienen.«

Kit erhob sich und nickte dem jüngeren Mann zu. »Ich bin zuversichtlich, dass Sie das tun werden.«

Entwhistle entfernte sich und ließ Kit mit Whist allein, der ihn nun mit einem dubiosen Blick betrachtete. Die Beklommenheit kehrte zurück und Kit fragte sich, ob jetzt der Moment gekommen war, in dem jemand seine Täuschung durchschauen würde. Er setzte sich, aber er hockte sich lediglich auf die Stuhlkante, für den Fall, dass er das Bedürfnis verspüren sollte, auf der Stelle die Flucht zu ergreifen.

»Ihr habt Euch erheblich verändert, wenn ich das so sagen darf«, erklärte Whist.

»Alle sagen das.« Kit hatte keinen Grund, etwas anderes vorzutäuschen. Er wusste, dass die Leute darüber sprachen. Inzwischen hatte er bereits mehrere Male einen Raum oder die Stallungen betreten, nur um festzustellen, dass die Bediensteten umgehend verstummten. Seiner Vermutung nach konnte dies einfach daran liegen, dass er der Herzog war, aber er wusste es besser. Sie sahen ihn mit einer

Mischung aus Angst und Misstrauen an. Er wollte das unbedingt ändern. Früher oder später würde Beau zu hören bekommen, was für eine Art von Mann sein Vater gewesen war. Er könnte diesen herben Schlag in der Zeit seines Hierseins vielleicht abschwächen, indem er ein Mann war, auf den Beau stolz sein konnte.

»Wie?«, fragte Whist und lenkte Kits Aufmerksamkeit auf seine Frage zurück. »Wo seid Ihr die ganze Zeit gewesen?«

»Auf hoher See. Ich wurde verschleppt.«

Whist zog die Brauen hoch. »Tatsächlich? Ich kann mir Euch nicht auf einem Schiff vorstellen. Habt Ihr es genossen?« Er winkte mit der Hand ab, als sein Mund sich zu einem selbstkritischen Lächeln formte. »Natürlich habt Ihr das nicht getan. Ihr seid ein Herzog und zu harter Arbeit gezwungen worden.« Seine Augen wurden schmal, als er Kit für einen Moment kritisch betrachtete. »Vermutlich habt Ihr Euch deshalb verändert. Oder so scheint es zumindest.«

Kits Körper wurde von einem angstvollen Zittern erfasst. »Unterstellen Sie, dass ich irgendwie unehrlich bin?«

Whist zuckte die Schultern. »Die Veränderung ist sehr groß. Wer sagt, dass Ihr Euch nicht wieder in den Mann zurückverwandelt, der Ihr einmal gewesen seid? Ich habe keine Vorbehalte, Euch zu sagen, dass ich mir unter Eurer Führung Sorgen um den Besitz machte. Aber andererseits hättet Ihr Euch nie die Muße für ein Treffen wie dieses genommen, ganz zu schweigen davon, dass Ihr mich und meinen Enkelsohn hierher eingeladen hättet.«

Kit zuckte innerlich zusammen. Es war nicht so, als hätte er dies nicht bereits geahnt, doch allmählich lastete es auf ihm, es wieder und wieder zu hören. Vielleicht fühlte er sich deshalb so verpflichtet, dafür zu sorgen, dass vor seinem Fortgang alles mit Recht und Ordnung zuging.

Die Luft im Zimmer schien ein bisschen dünner, als Kits Unbehagen wuchs. Noch einmal erhob er sich, begierig, dem kleinen Raum zu entkommen. »Ich bin ein vollkommen anderer Mensch, als ich vor meinem Verschwinden war. Man könnte sogar sagen, *dass dieser* Rufus tot ist.«

Whist starrte zu ihm auf, sein Blick dunkel und steinhart in dem Licht, das durch das Fenster hoch oben in der Steinmauer fiel. »Ich hoffe das, denn es gibt viele unter uns, die dafür sorgen werden, dass die Herzogin und ihr Sohn vor dem Mann geschützt sind, den zu kennen wir gedacht haben.«

Kit konnte das Schuldgefühl des Mannes neben seiner rechtschaffenen Überzeugung heraushören. »Niemand wünscht sich das mehr als ich.« Er kam um den Schreibtisch herum und sah den alten Mann demonstrativ an. »*Niemand.* Lassen Sie sich hier so viel Zeit, wie Sie brauchen. Wenn Sie es für richtig halten, werden wir heute Nachmittag einige der Pächter besuchen.«

Ohne eine Antwort abzuwarten, verließ Kit das Büro und zog die Tür hinter sich zu, als er in den wolkenverhangenen Frühlingstag hinaustrat.

Er stieß die Luft aus, die er angehalten hatte. Eines Tages würde ihn irgendjemand direkt mit dieser Scharade konfrontieren. Er wäre gut beraten, wieder verschwunden zu sein, ehe das passieren würde. Vielleicht sollte er jetzt gehen.

Ohne das Geld, das er brauchte?

Es mangelte ihm nicht nur an einem Ort, wo er hingehen konnte – und auf dem Schiff eines anderen Besitzers zu arbeiten stand außer Frage –, sondern er konnte sich jetzt auch nicht aus dem Staub machen … nicht, wenn er den Verdacht hatte, das Cuddy sich als wenig ehrenhafter Verwalter entpuppen würde. Falls der Mann das Besitztum bestohlen hatte und Kit wäre nicht überrascht, wenn er erfahren würde, dass dem so war, würde er ihn ausfindig machen und zwingen, das Gestohlene zurückzuerstatten.

Eine Stimme in Kits Hinterkopf fragte: *Aber hattest du nicht vor, das Besitztum zu bestehlen?*

Es war kein Stehlen, wenn der Vater es einem versprochen und sich nicht an die Abmachung gehalten hatte.

Und er würde sein Bestes tun, um auf Beaumont Tower – und jeden seiner Bewohner hier – einen positiven Eindruck zu hinterlassen. Er würde ein Herzog sein, den man nicht vergaß, um seiner selbst Willen und auch um ihretwillen, wenn auch nur für kurze Zeit.

# CHAPTER 7

Im Laufe der vergangenen zehn Tage hatte Verity mit einem Fremden gelebt. Rufus sah wie ihr Ehemann aus und klang wie er – soweit sie sich erinnern konnte; denn es war schwierig zu sagen, da er vollkommen anders mit ihr sprach. Seine Handlungen und sein Benehmen ließen sie allerdings fortgesetzt daran zweifeln, ob er tatsächlich Rufus war.

Und dennoch kam sie mit jedem weiteren dahingehenden Tag zu einer immer eingehenderen Erkenntnis: Sie wollte, dass er es war.

Nicht für sie. Nein, sie hatte kein Interesse an ihm. Aber für Beau, denn ihm gegenüber hatte er sich als liebevoll und fürsorglich erwiesen und er zeigte sich recht engagiert an der Erziehung seines Sohnes. Er hatte ein Spielzeugboot beschafft und Beau über die Karibik mit seinen Inseln und auch den Küsten von Amerika unterrichtet. Beau hatte an jedem Wort seines Vaters gehangen und das Verhältnis zu beobachten, das sich zwischen den beiden entspannte, war mehr, als Verity sich je hätte wünschen können.

Obwohl es sie gleichzeitig eifersüchtig machte.

Weil er sich so hilfsbereit und bescheiden verhielt, war es schwierig, auf Rufus ärgerlich zu sein, und dennoch vermisste Verity ihre Unabhängigkeit. Nicht, dass Rufus es kümmerte, was sie tat. Obwohl sie ein Zuhause und einen Sohn teilten, war ihre Beziehung wirklich strikt ... Was war sie genau?

Sie beobachtete ihn, wie er am Gatter des neuen Ziegengeheges stand, während Beau an seiner Seite aufgeregt von einem Fuß auf den anderen hüpfte, als die Ziegen ankamen. Mr. Maynard führte sie in das Gehege. Es waren elf Tiere, einschließlich eines sehr kleinen Zickleins, das erst eine Woche alt war. Beau ging direkt zu diesem Zicklein und Verity lächelte, als er das Tier liebkoste, während die Ziege leise zur Antwort meckerte.

Verity stand außerhalb des Geheges und blickte über den Zaun, den Rufus zusammen mit einem eindrucksvollen Stall gebaut hatte. Mr. Dooley hatte seine Hilfe angeboten und auch Mr. Maynard. Die drei hatten mit Unterstützung zweier Knechte das ganze Gebilde innerhalb der vergangenen paar Tage zusammengebaut. Dass Rufus zu körperlicher Arbeit fähig war, ganz zu schweigen von der Leitung des Projekts, war mehr als erstaunlich. Verity konnte es immer noch nicht so ganz glauben.

Und darin lag ihr einziges Problem mit ihm. Sie konnte ihm nicht ganz glauben. Sie *wollte* ihm glauben. Wer würde schon den Mann, der er früher war, dem vorziehen, der er jetzt war?

Doch Vorlieben waren nicht das Problem. Sie war sich einfach nicht sicher, dass er wirklich Rufus war. Und wenn er es nicht war, wer war er dann? Ein Hochstapler, der herzoglicher auftrat als der wahre Herzog.

In seiner neuen Garderobe wirkte er bedeutsam und zugänglich, und vor allem war er ganz fürchterlich gutaussehend. Als sie ihn damals zum ersten Mal auf der Hausparty erblickt hatte, war er ihr attraktiv vorgekommen. Sie hatten zusammen getanzt und beim Dinner nebeneinandergesessen. Er war charmant und liebenswürdig gewesen ... sogar noch nach dem tragischen Tod von Augustus' Sohn, der in den Teich gefallen und ertrunken war. Tatsächlich war Rufus derjenige gewesen, der ihn gefunden hatte und er hatte den Tod des Jungen recht schwergenommen. Er hatte sich auch Augustus gegenüber unterstützend und tröstend gezeigt – ein Betragen, das Verity beeindruckt hatte und das war der Grund gewesen, warum sie seinen Heiratsantrag angenommen hatte, ehe sie mit ihrem Vater abgereist war.

Sechs Monate später waren sie zurückgekehrt, sodass sie und Rufus heiraten konnten, und in der gleichen Nacht hatte sie den wahren Mann kennengelernt, der sich hinter der Fassade verbarg. Damals hatte sie erkannt, dass die äußerliche Erscheinung überhaupt nichts bedeutete.

Und das war der Grund, warum er jetzt, da sich sein Charakter so drastisch gebessert hatte, weitaus attraktiver für sie war. Aber hatte er sich in ausreichendem Maße geändert? Wofür? In welcher Weise wünschte oder erwartete sie eine Veränderung ihrer Ehe? Bei diesem Gedanken erschauderte sie.

Sie blinzelte, als sie erkannte, dass er auf sie zukam, den Hut tief in die Stirn gezogen, um die Sonne abzuschirmen.

»Kommst du nicht herein, um die Ziegen anzuschauen?«, fragte er.

»Das habe ich vor, ja. Ich habe nur Beau beobachtet.« *Und dich.* Aber das sagte sie nicht.

Seine grünen Augen – noch immer konnte sie sich nicht erinnern, dass sie je diese Farbe gehabt hatten – funkelten im Nachmittagslicht. »Er ist recht begeistert.«

»Das ist er in der Tat. Vielen Dank hierfür.« Sie meinte es ehrlich so. Seine Rückkehr hatte so viel für Beau bedeutet ... und ihn eine aktive Rolle im Leben ihres Sohnes spielen zu sehen, war staunenswert. Und es war mehr, als die meisten Väter tun würden.

Rufus' Blick richtete sich auf einen Punkt irgendwo hinter ihr. »Ah, hier kommen die Entwhistles.«

Verity sah über ihre Schulter und entdeckte Thomas, der einen Wagen lenkte. Sein Großvater saß neben ihm. »Hast du sie eingeladen?«

»Das habe ich. Dies ist letzten Endes indirekt Whists Verschulden.«

Verity lächelte. Sie gewöhnte sich immer mehr an seinen Sinn für Humor, doch manchmal war sie dennoch überrascht. »Das ist es vermutlich. Es ist liebenswürdig von dir, sie einzuladen.«

»Ich musste es, wirklich. Whist verbringt eine Menge Zeit hier und ich fürchte, er hätte sich selbst eingeladen, wenn ich es nicht getan hätte.«

»Hätte es dir etwas ausgemacht?«

»Meine Güte nein. Er ist mehr als willkommen. Er ist praktisch Familie.«

Verity bemerkte, dass er seine Sprechweise seit seiner Ankunft ein bisschen verändert hatte. In den ersten Tagen hätte er »verdammt nein« gesagt, aber jetzt hatte er verdammt durch »meine Güte« ersetzt. Es hatte den Anschein, als müsse er von Neuem lernen, ein Herzog zu sein. Oder dies im Grund überhaupt lernen, weil sie nicht glaubte, dass er diese Rolle vor seinem Verschwinden besonders gut gemeistert hatte. »Es fühlt sich ganz bestimmt so an, wenn man bedenkt, wie viel Zeit er hier wegen der Prüfung der Bücher verbracht hat.«

»Stimmt. Aber das wird abnehmen, wenn Thomas hier in einigen Tagen übernimmt.«

Thomas hatte seinem Arbeitgeber bei der Suche nach einem neuen Verwalter geholfen und unterstützte den neuen Mann derzeit bei der Einarbeitung. »Ich bin überrascht, dass er Zeit gefunden hat, heute hier zu sein«, bemerkte sie. »Ich würde annehmen, dass er auf Bleven House zu beschäftigt ist.«

»Es ist Sonntag, sein freier Tag«, merkte Rufus an.

Thomas und Whist kamen auf sie zu und während Whist direkt auf das Ziegengehege zustrebte, um Beau zu begrüßen, schlenderte Thomas zu der Stelle hinüber, wo Verity außerhalb des Zauns stand. Er sah zu Rufus und verbeugte sich leicht. »Vielen Dank, dass Ihr uns heute eingeladen habt, Euer Gnaden.«

»Es schien passend, da Beau sich offensichtlich in die Ziegen Ihres Großvaters verliebt hatte.«

»Das stimmt«, entgegnete Thomas mit einem Lachen. »Und wisst Ihr, ich denke, er wird Beau anbieten, ihm diese Ziege zum Geschenk zu machen, da Beau nun einen Platz hat, wo er sie halten kann.«

»Das ist zu großzügig von ihm«, bemerkte Verity. »Ich dachte, er wäre seinen Ziegen sehr zugetan.«

»Das ist er, aber Ihr müsst wissen, dass er Beau noch zugetaner ist.«

»Papa! Papa!«, scholl Beaus fröhliche Stimme zu ihnen.

Mit einem Grinsen schwenkte Rufus herum. »Es klingt, als wäre dieses Angebot gerade unterbreitet worden.«

Verity konnte ihr Lächeln nicht unterdrücken, als sie zusah, wie Beau die Hand seines Vaters ergriff und aufgeregt redete, während er auf Whist zeigte.

»Ihr seht glücklich aus«, stellte Thomas fest und lenkte damit ihre Aufmerksamkeit auf ihn.

Sie betrachtete sich als glücklichen Menschen – im Allgemeinen. Doch die Art, wie er diese Feststellung traf, ließ es so klingen, als wäre dies eine Besonderheit. »Das bin ich.«

»Ich war nicht sicher, ob Ihr es sein würdet, aber Großvater sagte, dass Seine Gnaden liebenswürdig und umsichtig ist und scheinbar von allen gemocht wird, vor allem von den Pächtern.«

»Ja, ich denke, das tun sie.« Das sollten sie, weil er den größten Teil seiner Zeit mit ihnen verbrachte. Und wenn er sie nicht besuchte und ihnen half und sie um ihre Hilfe bei der Prüfung der Bücher bat, verbrachte er seine Zeit mit Beau. Oder er baute dieses Ziegengehege für Beau.

Thomas legte eine Hand auf den Zaun und drehte sich zum Gehege anstatt zu ihr. »Ich freue mich für Euch.« Der Anflug von Bedauern in seinem Tonfall sagte etwas anderes, aber sie war nicht sicher, was sie darauf sagen sollte.

Sie rief sich Rufus Rückkehr in Erinnerung. Am gleichen Tag hatte sie Thomas die Stelle als Verwalter angeboten und sie hatte angefangen, in ihm vielleicht etwas anderes zu sehen als nur jemanden, der den Besitz führen würde. Seit ihre Cousine Diana sie letzten Dezember besucht – und ihren Ehemann geheiratet hatte –, hatte Verity begonnen, Männer mit anderen Augen zu betrachten, und zwar auf eine Weise, wie sie es nie zuvor getan hatte. Es war nur so, dass sie nicht sehr vielen begegnete, die unverheiratet oder im passenden Alter waren. Thomas allerdings war fast in ihrem Alter, attraktiv, intelligent und unverheiratet. Außerdem mochte ihr Sohn ihn und er war gut zu Beau.

Sie hatte nicht wirklich erwogen, sich von ihm hofieren zu lassen, aber die Möglichkeit *war* ihr in den Sinn gekommen. Doch dann war Rufus zurückgekehrt und jetzt war all dies hinfällig. Thomas´ Benehmen schien darauf hinzudeuten, dass ihm diese Möglichkeit vielleicht auch in den Sinn gekommen war.

»Freuen Sie sich immer noch darauf, hier zu arbeiten?«, erkundigte sie sich und fragte sich im Stillen, ob dies nun heikel wäre.

Er sah sie an. »Natürlich. Es ist eine außergewöhnliche Gelegenheit und ich denke, ich werde es genießen, für Seine

Gnaden zu arbeiten.« Er sagte dies mit einem Anflug der Überraschung, die auch sie immer noch tagtäglich verspürte. Man sollte meinen, dass sie sich in den vergangenen zwei Wochen an Rufus' Wandel gewöhnt hatte, aber die Veränderung war schlichtweg so überaus drastisch.

»Mama! Thomas!«, rief Beau. »Warum steht ihr da draußen?«

»Ich habe keine Ahnung«, murmelte Thomas mit einem Grinsen. »Ich werde hereinkommen.« Er sah zu ihr hinüber. »Werdet Ihr kommen?«

»Wie kann ich ablehnen?«

Mit einer großartigen Geste hielt er das Gatter für sie auf. Sie knickste vor ihm und lachte, als sie an ihm vorbeischritt. Ihr Blick schweifte zu Beau und nahm dabei ein anderes grünes Augenpaar wahr, das sie genau beobachtete.

Rufus' Gesichtsausdruck war unergründlich, ehe er sich von ihr abwandte, doch nicht bevor sie plötzlich eine starke Hitze an ihrem Rückgrat aufflammen spürte, die sie dem warmen Nachmittag zuschrieb.

Beau berichtete ihr aufgeregt über Whists Angebot, ihm das kleine Zicklein zu schenken, und Verity dankte ihm überschwänglich für seine Großzügigkeit.

»Es ist mir ein Vergnügen, Euren Sohn so erfreut zu sehen. Und er hat mir versprochen, dass ich zu Besuch kommen kann, wann immer ich möchte. Weil ich Familie bin, wisst Ihr.« Er zwinkerte Beau zu, der darauf lachte, ehe er losstürmte, um Racer nachzurennen. Es schien, als hätte die Ziege Gefallen an der Verfolgungsjagd und Beau war mehr als bereit, diesem Wunsch nachzukommen.

Das Rattern einer in den Stallhof einfahrenden Kutsche riss alle Aufmerksamkeit auf sich. Sobald sich die Tür öffnete und ihre liebe Cousine zum Vorschein kam, sog Verity die Luft ein. »Diana!« Sie fühlte sich ebenso überglücklich wie

Beau mit seinen Ziegen, während sie eilig aus dem Gehege lief.

Diana und Simon waren aus der Kutsche gestiegen, als Verity beim Hof ankam. Und Verity wusste sofort, dass etwas anders war. Etwas Wundervolles. Aber sie sagte kein Wort. Noch nicht. Es würde genug Zeit für sie beide geben, ausgiebig zu plaudern.

Sie umschlangen einander in einer innigen Umarmung und dann schloss Verity Simon als Nächstes in die Arme. »Ich bin so froh, dass ihr gekommen seid«, erklärte sie.

»So schnell wir konnten.« Diana richtete den Blick an Verity vorbei auf das Ziegengehege. »Ist er das?«

Verity wandte sich um. Obwohl dort drei Männer standen, war klar, wer »er« war.

»Ja.«

»Und du sagst, er sei nach sechseinhalb Jahren einfach auf einem Pferd hier angeritten gekommen?« Simon schüttelte den Kopf. »Ich hoffe, er hatte einen guten Grund für seine Abwesenheit.« Er sagte diese Worte mit Humor.

»Er war entführt und zum Marinedienst gepresst worden«, erklärte Verity. »Aber darüber hinaus gibt er nichts preis. Er ist ein vollkommen anderer Mensch als der Mann, den ich geheiratet habe.«

»Das meinst du nicht buchstäblich?«, fragte Diana.

Tat sie das? Manchmal war sie sicher, dass er jemand anderer sein musste. Und andere Male überzeugte sie sich selbst, dass er Rufus war. Wie könnte er das auch nicht sein? »Nein.« Sie klang nicht überzeugt, weil sie es nicht war. Und dennoch konnte sie sich nicht ganz überwinden, ihre Befürchtung auszusprechen. Denn wenn er nicht Rufus war …

Simon schien leicht alarmiert. »Ist das schlecht?«

»Im Gegenteil, es ist sehr gut. Er hat sich sehr gebessert.« Diana lächelte sie an. »Ich bin so froh.«

»Vermutlich sollten wir ihn kennenlernen«, entgegnete Simon. »Deshalb sind wir den ganzen Weg hierhergekommen.«

Diana stieß ihn sanft mit dem Ellbogen an und warf ihm einen Blick liebevoller Empörung zu. »Und um Verity und Beau zu besuchen. Und unsere Neuigkeiten persönlich zu überbringen.« Sie wandte ihr strahlendes Gesicht Verity zu, was ihren Verdacht bestätigte. »Simon und ich erwarten im Herbst die Geburt eines Kindes. Ich hoffe, dass du seine Patin sein wirst.«

»*Ihre* Patin«, korrigierte Simon.

Schmunzelnd verdrehte Diana die Augen. »Ich habe dir bereits gesagt, dass es ein Junge sein wird.«

»Wie kannst du das nur so sicher wissen?« Simon sah zu Verity. »Hast du es gewusst?«

Verity dachte zurück. Sie war so verängstigt gewesen, dass Rufus zurückkehren und zu ihrem Kind ebenso grauenvoll sein würde wie zu ihr. Sie hatte einfach nur gebetet, dass ihrem Kind nichts zustoßen würde, und keinen Gedanken an sein Geschlecht verschwendet.

Das stimmte nicht ganz. Als ihr ihre Schwangerschaft zum ersten Mal bewusst geworden war, hatte sie gehofft, dass es ein Junge wäre, weil es Rufus glücklich gemacht hätte. Er hatte ihr deutlich klargemacht, dass er von ihr erwartete, so schnell wie möglich schwanger zu werden und er ihre hauptsächliche Rolle in ihrer Ehe darin sähe, einen Erben und mindestens noch einen weiteren als Ersatz hervorzubringen.

»Ich wusste es nicht«, antwortete Verity leise. »Aber das heißt nicht, dass Diana es nicht weiß.« Und das glaubte sie wirklich. Dianas Situation unterschied sich erheblich von Veritys. Allein beim Anblick der beiden zusammen war ihre Liebe spürbar. Simons Hand hatte sich nicht von Dianas Rücken gelöst und sie standen so dicht zusammen, dass ihre Schulter seine Brust berührte.

»Nun, wir werden sehen«, gab Simon zurück und klang ziemlich skeptisch. »Lass uns nun gehen und deinen Ehemann kennenlernen.«

Verity verkrampfte sich. Sie hatte Diana von Rufus erzählt, allerdings nur in allgemeiner Form. Niemand wusste über die Einzelheiten ihrer Ehe Bescheid und sie war nicht sicher, ob sie sie je preisgeben würde. Vor allem nicht jetzt, wenn er so … sympathisch war. Jemand, der ihn vorher nicht gekannt hatte, würde niemals glauben, dass er zu solcher Grausamkeit fähig war.

Sie schlenderten zum Ziegengehege und Verity ging ein Stück weit voraus, während Diana und Simon ihr Arm in Arm folgten. Verity hatte Rufus erzählt, dass ihre Cousine sie bald zusammen mit ihrem Ehemann besuchen würde.

Rufus erwartete sie am Gatter und öffnete es. »Willkommen, Herzog, Herzogin.« Er nickte ihnen beiden zu.

Simon bot ihm die Hand. »Nennen Sie mich bitte Romsey.«

»Sehr gern. Ich hoffe, Sie werden mich Blackburn nennen.«

»Blackburn … So ein ruchloser Name. Das klingt ganz wie ein Pirat.«

Rufus lachte. Und lachte. Und dann lachte er noch ein bisschen mehr. Er wischte sich mit einer Hand unter den Augen entlang, während er um seine Beherrschung kämpfte. »Ich bitte um Entschuldigung. Ich bin nicht ganz sicher, warum, aber das ist unbeschreiblich lustig. Finden Sie nicht?«

Verity unterdrückte ein Lächeln. Zweifelsohne, weil er auf einem Kaperschiff gewesen war.

Beau rannte ausgelassen auf sie zu. »Was finden, Papa?« Ehe er noch eine Antwort abwartete, hatte er schon Diana umarmt. »Ich bin so froh, dass du hier bist, Tante Diana. Möchtest du meine Ziegen sehen?«

»Das will ich ganz bestimmt«, antwortete sie mit einem Lächeln. »Erinnerst du dich an Onkel Simon?«

»Ja, aber da war er noch nicht mein Onkel.« Er war jetzt eigentlich auch nicht sein Onkel und Diana war nicht seine Tante, doch dies schienen die besten Titel für die beiden, vor allem, weil Diana sich für Verity wie eine Schwester anfühlte. Beau vollführte eine formelle Verbeugung vor Simon und sagte: »Wie geht es Ihnen?«, in einem tieferen Tonfall als seine normale Stimme.

Verity konnte bei der Posse ihres Sohnes ein Kichern nicht unterdrücken. Er war sehr gut und wenn das Funkeln in seinen grünen Augen als Zeichen gelten konnte, dann wusste er das auch.

»Sehr gut gemacht, Beau«, lobte Rufus mit einem Zwinkern. Es schien, als hätte er mit ihrem Sohn geübt. Obwohl sie dies angesichts des Interesses, das er an Beau zeigte, nicht überraschte, war es nichtsdestotrotz herzerwärmend.

»Danke, Papa«, erklärte Beau mit Stolz. »Jetzt müsst ihr alle kommen und meine Ziegen kennenlernen. Ich wollte das Baby Seemann nennen, weil Papa ein Seemann war, aber weil Whist mir *noch* ein Baby geschenkt hat, glaube ich, dass ich stattdessen vielleicht das erste nach ihm benennen sollte.«

»Warum nennst du die Ziege, die Whist dir geschenkt hat, nicht nach ihm?«, fragte Simon.

»Sie ist ein Mädchen!«, erklärte Beau mit einem Kichern. »Außerdem hat sie schon einen Namen – Agnes.«

»Ich verstehe«, entgegnete Simon nachdenklich. »Du möchtest, dass wir dir helfen, zwischen Seemann und Whist – nicht wahr – zu entscheiden?«

Beau nickte.

»Nun, wir werden dieses gute Tier kennenlernen müssen, bevor wir das entscheiden können. Führe den Weg an, mein Junge.«

Sie alle folgten Beau, der sie – genauso, wie er es gernhatte – ganz in der Hand hatte. Zum ersten Mal in ihrem Leben war Verity sich des Gefühls von Familie um sie herum bewusst. Und das bedeutete nicht nur Menschen, die mit ihr oder ihrem Jungen durch Heirat verwandt oder blutsverwandt waren. Es war weit mehr als das. Es war ein Gefühl von Zugehörigkeit … von Verbundenheit. Sicherlich lag es daran, Beau, Diana und Simon hier versammelt zu haben.

Dann fiel ihr Blick auf Rufus' Rücken. Er ging neben ihrem Sohn vor ihr her. *Ihrem* Sohn. Ob es ihr gefiel oder nicht, war Rufus ihre Familie und wegen Beau waren sie unwiderruflich miteinander verbunden.

Ob es ihr nun gefiel oder nicht, erkannte sie, dass sie diesen Gedanken nicht länger hasste. Was eine erschreckende Aussicht war.

~

Nach einer Viertelstunde ihres Besuches bei den Ziegen, wandte sich die Herzogin von Romsey mit einem ermüdeten Lächeln an ihre Cousine. »Verity, würde es dir etwas ausmachen, wenn ich mich vor dem Abendessen ein wenig erhole?«

Verity! Endlich kannte er ihren Namen!

Kit bemühte sich, nicht über die Ironie zu lachen, denn ihr Name bedeutete Wahrheit. Es war eine amüsante Antithese zu der totalen Lüge, von Kits gesamter Anwesenheit hier. Aber auch ernüchternd.

Es war auch ein sehr passender Name, weil Wahrheit für ihn Schönheit bedeutete, und soweit er auch gereist war, hatte er nie eine Frau getroffen, die schöner war als sie.

Verity.

Er konnte ihren Namen einfach wieder und wieder für den Rest des Tages in seinen Gedanken wiederholen. Verdammt, er war von ihr bezaubert. Und wer konnte ihm schon einen Vorwurf daraus machen? Abgesehen von ihrer Schönheit war sie eine ausgezeichnete Mutter, eine respektierte Herzogin und sie besaß eine eindrucksvolle Intelligenz, die er freudig ermutigte. Sie hatte sich bei der Buchprüfung als fähige Assistentin bewiesen und ihn an den Tagen zu den Besuchen bei den Pächtern begleitet, an denen Whist eine Pause gebraucht hatte. Sie war genau die Art von Gefährtin, die sich ein Mann nur erhoffen konnte.

Wenn er nach einer Gefährtin suchen würde, was Kit nie getan hatte.

Piraten heirateten selten, weil nur wenige Frauen sie auf See begleiten wollten. Und die Alternative war mit einer Ehe gleichbedeutend, bei der sie die meiste Zeit getrennt wären, was Kit ganz und gar nicht verlockend fand. Moment, fand er überhaupt irgendetwas an einer Ehe verlockend? Er hatte nie einen zweiten Gedanken daran verschwendet.

In letzter Zeit hatte er einen dritten und vierten Gedanken daran verschwendet. Wie konnte er auch nicht, wo er doch, wenngleich zu Unrecht, im Besitz einer Ehefrau war?

Im Besitz … Das Wort rührte etwas in seinem Inneren auf, und dieses Etwas verstärkte sich, wenn er Verity anblickte. Er dachte nicht, dass er sie besitzen konnte, und wollte das auch gar nicht. Nein. Er zog die Idee vor, dass sie ihn besaß. Er war für so lange Zeit allein und ungebunden gewesen, dass die Vorstellung, von jemandem gewollt und erobert zu werden, und zwar nicht nur in rein sexuellem Sinne, überaus verlockend war. Jesus, er musste aufhören, über so etwas nachzudenken, weil seine sexuellen Sinne langsam Oberhand gewannen und wenn er nicht vorsichtig war, würde seine Männlichkeit sich versteifen.

So wie es während der vergangenen Nächte geschehen war, wenn er an sie gedacht hatte. Verity.

*Verity.*

Inmitten seiner Tagträume gefangen, hatte er die sich entspinnende Unterhaltung versäumt, aber irgendwie strebten die Frauen zusammen mit Beau auf das Haus zu und Thomas und Whist verabschiedeten sich.

»Bis morgen«, rief Whist mit einem Winken.

Kit winkte zurück. »Ja, morgen.«

»Und ich werde Mittwoch hier sein«, bemerkte Thomas mit einem Nicken.

»Ich freue mich darauf.« Kit sah ihnen nach, als sie sich umwandten, um zu ihrem Wagen zu schlendern, und ihm fiel ein, Thomas vorhin mit Verity beobachtet zu haben. Es schien, als ob da etwas zwischen ihnen gewesen war, aber Kit war sich nicht ganz sicher und er konnte schlecht danach fragen. Wie würde das im Einzelnen ablaufen? *Sag mir, ob ihr beide euch auf romantische Weise zueinander hingezogen fühlt, denn ich werde in einigen Wochen fortgehen, also lasst euch von mir nicht aufhalten.*

Es waren so viele Dinge, die Kit daran verrückt machten. Erstens wusste er nicht, wann er gehen würde und er wollte wirklich nicht darüber nachsinnen. Zweitens konnte er so etwas natürlich nicht sagen, nicht ohne das Ausmaß seiner Unaufrichtigkeit preiszugeben. Drittens, die Vorstellung von Verity und Thomas – verdammt, von Verity und *irgendjemandem* – einander auf romantische Weise zugetan, irritierte ihn.

Ja, er war verflucht vernarrt und das war eine verdammte Schande. Denn er konnte nichts daran ändern.

»Ist etwas nicht in Ordnung?«, fragte Romsey und riss Kit aus seiner Eifersucht.

»Nein, nein«, erklärte Kit kopfschüttelnd. »Sollen wir hineingehen?«

»Ja, ich möchte nach Diana sehen. Sie erwartet unser erstes Kind im Herbst.« Es klang nonchalant, aber es war nicht unbedingt ein Thema, das Männer untereinander besprachen, vor allem nicht, wenn sie sich gerade erst kennengelernt hatten. Doch der Stolz und die Aufregung in der Stimme des Mannes waren unmissverständlich. Er war hocherfreut und wollte, dass es alle erfuhren.

Kit konnte das respektieren. Und beneiden, wenn er ehrlich war. So wie er nie eine Ehe erwogen hatte, hatte er auch nie über Vaterschaft nachgedacht. Aber von dem Moment an, als Beau sich am ersten Tag auf dem Sofa an ihn geschmiegt hatte, war er verloren gewesen. In Wahrheit verursachte die Vorstellung, wieder fortzugehen, Schmerzen in seiner Brust und drehte ihm den Magen um. Einmal abgesehen von Verity und seiner Zuneigung zu ihr war er keineswegs sicher, ob er Beau verlassen konnte.

»Ich gratuliere Ihnen«, entgegnete Kit und fragte sich, ob seine Stimme so dünn klang, wie sie sich anfühlte. So sehr er Beau auch mochte, gehörte der Junge nicht zu ihm und würde es auch nie tun. Und wahrscheinlich würde er nie einen Sohn sein Eigen nennen können. War es selbstsüchtig von ihm, Beau für sich einzunehmen? Vor allem, wenn der Junge überglücklich war, endlich seinen Vater zu haben?

Kit trat an das Gatter und hielt es für Romsey auf. Racer setzte zu einem Spurt auf die Öffnung an, doch Kit ließ es zuschnappen, bevor er es hindurch geschafft hatte. Mit einem enttäuschten Meckern kehrte Racer zu seiner Gruppe zurück. Kit kontrollierte den Riegel, um sich zu vergewissern, dass er standhalten würde. In Anbetracht von Racers Vorliebe für Ausbrüche hatte er ihn besonders stabil gebaut.

»Es scheint, als hätten Sie mit seinem Ausbruchsversuch gerechnet«, beobachtete Romsey.

»Immer. Aber er besitzt eine gute Persönlichkeit.«

Romsey schwenkte den Kopf herum und sah Kit ungläubig an. »Eine Ziege hat eine Persönlichkeit?«

»Ebenso wie ein Hund oder eine Katze oder ein Pferd.«

»Das ergibt vermutlich einen Sinn, obwohl ich bei den

Katzen nicht ganz überzeugt bin. Sie *haben* Persönlichkeiten, aber sie sind verdammt enigmatisch.«

»Das können sie sein«, stimmte Kit zu. »Whiskers ist ziemlich lustig. Er spielt sogar Fangen mit Beau.«

»Tatsächlich? Das muss ich sehen, um es zu glauben. Dieser Junge besitzt eine beachtliche Menagerie. Sind Sie sicher, dass noch Platz für Gäste ist?«

Kit lachte. »Im Augenblick schon, aber er scheint, dass er Tiere in alarmierender Geschwindigkeit um sich schart. Er besitzt ein sehr gütiges und wissbegieriges Herz. Er lernt, wie die Ziegen versorgt werden. Morgen werde ich ihm zeigen, wie man eine melkt.«

»*Sie* werden ihm das zeigen?«, fragte Romsey. »Sie wissen, wie man eine Ziege melkt?«

Kit nickte, während sie in den unteren Innenhof eintraten.

Romsey sah ihn aus zusammengekniffenen Augen an. »Und Sie haben das Gehege und den Stall gebaut.« Whist hatte dem Herzog und der Herzogin vorhin darüber berichtet.

»Das habe ich.« Kit war recht gut an den Schock der Leute gewöhnt, obwohl die Pächter inzwischen keine Überraschung mehr zeigten. Sie hatten ihn so akzeptiert, wie er war. Besser ausgedrückt, wer zu sein er vorgab. Allerdings war derjenige – oder zumindest sein Charakter – sein wahres Ich.

Was für ein verdammter Wirrwarr.

»Haben Sie all das vor Ihrem Verschwinden gewusst oder haben Sie die letzten sechseinhalb Jahre mit Ziegenhüten zugebracht?«

Kit sah zu ihm hinüber, um herauszufinden, ob er im Scherz sprach. Er war sich nicht ganz sicher. »Ich habe den Großteil der letzten sechseinhalb Jahre auf einem Schiff verbracht.«

»Das habe ich gehört. Ich habe das mit den Ziegen als

Scherz gemeint. Ich gehe davon aus, dass Sie vor Ihrem Verschwinden mit der Leitung des Besitzes beschäftigt waren.«

»In Wahrheit habe ich mir mein Wissen über Ziegen seit meiner Rückkehr angeeignet. Beau hatte ein gehöriges Interesse an ihnen entwickelt.« Kit verspürte nicht gerade das Bedürfnis, sich zu verteidigen, doch ebenso wenig wollte er, dass Romsey heikle Fragen stellte. Es war am besten, die Neugier des Mannes zu beschwichtigen und Kit hoffte, dass es sich nur darum handelte.

»Nun, es ist verdammt beindruckend«, stellte Romsey fest, als sie auf die Treppen zum oberen Torhaus zu schlenderten. »Ich kann mir vorstellen, dass es eigenartig sein muss, wieder zurück zu sein.«

Eigenartig, herausfordernd, wundervoll. »Gewöhnungsbedürftig.«

»Waren Sie überrascht, bei Ihrer Rückkehr einen Sohn vorzufinden? Diana sagte, dass Sie verschwunden waren, bevor Verity von ihrer Schwangerschaft gewusst hatte.«

Kit ließ den Blick zu Romsey schnellen. Er hatte sie Verity genannt? Kit wollte sie Verity nennen. Jetzt, da er ihren Namen kannte. Aber er würde nicht fragen. Die Parameter ihrer Beziehung waren klar und solche Vertrautheiten gehörten nicht dazu. Stattdessen konzentrierte er seine Gedanken auf die Beziehung, die keine Grenzen kannte, und ihn auf eine Weise überwältigte, wie er es nie erwartet hatte. »Zu Beau nach Hause zu kommen ist eine wahre Freude gewesen«, erklärte er und meinte jedes Wort dabei.

Romsey schielte zu ihm hinüber, als sie das obere Tor durchquerten. »Ist es schmerzlich, an die Jahre zu denken, die Sie mit ihm versäumt haben? Ich kann mir vorstellen, dass dem so ist.« Das Verständnis, mit dem er dies zum Ausdruck brachte, ließ Kit glauben, dass dieser Mann etwas von Verlust wusste.

»Ich bemühe mich, nicht daran zu denken«, antwortete Kit. In Wahrheit versuchte er, nicht an die Jahre zu denken, die er versäumen würde, wenn er ginge. In kaum zwei Wochen war ihm der Junge sehr ans Herz gewachsen und er war nicht bereit, darüber nachzudenken, ihn zu verlassen.

»Das ist wahrscheinlich zum Besten. Es hilft nichts, sich auf die Vergangenheit zu konzentrieren. Und dennoch sind sechseinhalb Jahre eine lange Zeit. Verity sagt, dass Sie auf ein Schiff verschleppt worden sind. Wie haben Sie das überlebt? Nicht einfach überlebt, sondern offensichtlich auch noch besser daraus hervorgegangen.«

Er wusste also bereits, dass Kits Benehmen anders war? Hatte Verity den beiden über ihn geschrieben oder es ihnen im Stallhof erzählt? Kit hatte ihre Unterhaltung beobachtet und anhand der Art, wie ihre Blicke immer wieder in seine Richtung gewandert waren, hatte er gewusst, dass sie über ihn sprachen.

Als sie den oberen Innenhof, auf die Rückseite der Burg zu, überquerten, widerstand Kit dem Drang, Romseys Frage zu ignorieren. »Man … überlebt einfach.«

Sie blieben vor der breiten Tür stehen, die zur Königshalle führte, und Romsey nickte verständnisvoll. »Das tut man. Und vielleicht kommt man, wenn man Glück hat, hinterher als besserer Mensch aus der Sache heraus. Es scheint, als wäre das mit Ihnen geschehen. Das ist ganz bestimmt mir so ergangen – und ich danke Diana dafür.«

Kit erkannte die Gelegenheit, den Fokus ihrer Unterhaltung auf ein anderes Thema zu lenken. »Was haben Sie überlebt?« Er öffnete die Tür und bedeutete Romsey, ihm voran zu gehen.

Romsey zog eine Grimasse. »Es ist ein ziemlich deprimierendes Thema. Ich war vorher verheiratet und meine Gattin ist gestorben. Es war eine Tragödie und ich fürchtete, mich nie davon zu erholen.«

»Und doch haben Sie das getan.« Kit hatte auch bemerkt, wie dicht Romsey bei seiner Frau stand und wie häufig er sie mit Zuneigung und … Liebe berührte.

»Dank Diana. Sie hat mich in jeder Hinsicht gerettet, in der man einen Menschen retten kann.« Er neigte den Kopf zu Kit. »Ich kann mir nur vorstellen, welche Wunden nach solch einem erschütternden Erlebnis in Ihrer Seele zurückgeblieben sein müssen, aber vielleicht wird Verity helfen, sie zu heilen. Und jetzt muss ich gehen, um nach meiner Frau zu sehen. Wir sehen uns beim Abendessen.« Mit einem Nicken drehte er sich um und stieg die Stufen hinauf.

Kit hatte die Absicht, ebenfalls nach oben zu gehen, aber er folgte ihm nicht sofort. Romseys Worte hüllten ihn in Unbehagen. Wunden in seiner Seele? Grauenhafte Erlebnisse? Er hatte sich im Alter von fünfzehn Jahren entschieden, zur See zu gehen und nie zurückgeblickt. Bestimmt hatte er seinen Vater gelegentlich vermisst, aber das Leben, das er geführt hatte, war aufregend und bereichernd, wenngleich ein bisschen einsam gewesen. Etwaige Wunden, die er vielleicht besitzen könnte, stammten aus der Zeit, bevor er zur See gegangen war … hinterlassen vom Tod seiner Mutter, dem allgegenwärtigen Kummer seines Vaters und der Wahrheit, wer er wirklich war – und auch, wer er nie sein konnte.

Außer, dass er jetzt genau diese Person war. Zumindest für eine kurze Zeit.

*Oder für immer.*

Wenn er wollte.

Nein, er konnte diese Finte nicht unendlich fortsetzen. Irgendjemand würde zwangsläufig die Wahrheit enthüllen. Er musste längst fort sein, bevor das passierte.

# CHAPTER 8

»**D**u bist ein sehr müder Junge«, bemerkte Verity, als sie an diesem Abend auf Beaus Bettkante saß.

Er gähnte ausgiebig, obwohl er gleichzeitig versuchte, den Kopf zu schütteln. »Ich bin gar nicht *so* müde, Mama. Papa wird mir *Robinson Crusoe* vorlesen.« Trotz seiner offensichtlichen Erschöpfung glänzten seine Augen vor Aufregung.

»Ich habe nicht gewusst, dass wir dieses Buch haben.« Die Büchersammlung der im Erdgeschoss befindlichen Bibliothek enthielt nicht gerade viele Romane und diejenigen, die Verity in den vergangenen paar Jahren erworben hatte, befanden sich in ihrem Boudoir.

»Das hatten wir nicht. Papa hat mir letzte Woche davon erzählt und heute ist die Ausgabe angekommen, die er bestellt hat.«

»In der Tat, das ist es«, bestätigte Rufus und erschreckte Verity ein wenig, als er in Beaus Zimmer trat.

»Er ist schrecklich müde«, stellte sie fest, als sie zu Rufus aufsah. »Vielleicht solltest du das auf morgen verschieben.«

»Nein, Mama! Ich kann mit meinen geschlossenen Augen zuhören, wenn ich muss.«

»Wir werden einfach nur ein halbes Kapitel lesen.« Rufus beäugte sie vorsichtig. »Wenn du einverstanden bist.« Er sah zu Beau herunter, der sich unter seine Bettdecke gekuschelt hatte. »Erinnere dich, dass wir immer auf deine Mutter hören.«

Beau stieß die Luft aus. »Ja, Papa.« Seinem Gesichtsausdruck nach zu urteilen, schien er allerdings nicht einverstanden zu sein.

Verity strich ihrem Sohn liebevoll über die Brust und für einen Moment ließ sie die Hand auf ihm liegen. »Ich wüsste nicht, was falsch daran sein sollte, wenn du zuhörst, und falls du einschläfst, wird dein Vater dir die Seiten einfach noch einmal vorlesen müssen.«

Mit einem Grinsen zu seinem Vater erklärte Beau: »Es wird ihm nichts ausmachen. Es ist seine Lieblingsgeschichte!«

Verity sah Rufus an. »Ist sie das tatsächlich? Ich hatte keine Ahnung.« Sie erwartete keine Antwort von ihm und er gab auch keine. Obwohl er sich freundlich und charmant zeigte, war er oft verschlossen, sodass er ihr als noch größeres Mysterium erschien. Er war nicht der Mann, an den sie sich erinnerte und sie fand sich bei dem Gedanken, dass sie einfach wissen wollte, *wer* er war.

Sie beugte sich vor und küsste Beau auf die Wange. »Schlaf schön mein süßer Junge.«

Beau küsste sie auf die Wange und presste seine Arme um ihren Nacken. »Schlaf gut, Mama.«

Sie erhob sich und ging mit einem gemurmelten »Gute Nacht« an Rufus vorbei.

Er neigte den Kopf, als er ihr auf gleiche Weise antwortete, und seine tiefe Stimme glitt wie der Stoff eines seidigen Nachthemdes über sie hinweg. Sie ging zur Tür und drehte sich noch einmal um, bevor sie das Zimmer verließ. Rufus hatte sich neben Beau gesetzt und den Rücken an den Kopfteil seines Bettes gelehnt. Er schlug das Buch auf und fing an zu lesen. Sie verweilte einen Moment und ließ sich von dem vollen Bariton seiner Stimme in ein Gefühl von Wärme und Frieden und … Richtigkeit einlullen.

Mit einem Ruck stieß sie sich von der Tür ab und trat in den Korridor. Ehe sie sich zu ihrem Zimmer umwenden konnte, entdeckte sie Diana, die um die Ecke herum und auf sie zukam. Sie hatten vor, sich heute Abend in Veritys Boudoir zu treffen, um sich allein zu unterhalten.

Verity wartete, während Diana den Korridor durchquerte. »Ich habe nur Beau gute Nacht gewünscht.«

Diana warf einen Blick in Beaus Zimmer, als sie daran vorbeiging und Verity sah, wie ihr Gesicht weicher wurde.

Verity, die auf dem Weg zu ihrem Schlafzimmer vorangegangen war, blieb stehen und schloss die Tür, nachdem ihre Cousine eingetreten war.

»Liest er Beau jeden Abend vor?«, fragte Diana. »Es ist so süß.«

»Fast. Heute Abend fängt er mit *Robinson Crusoe* an. Offenbar ist es sein Favorit.« Verity zog zweifelnd eine Augenbraue hoch, ehe sie das Schlafzimmer auf dem Weg zum angrenzenden Boudoir durchquerte. Dies war ihr privater Bereich, wo sie sich voll und ganz zurückziehen konnte. Sie hatte diesen Raum, wie auch das Schlafzimmer zwei Jahre nach Rufus´ Verschwinden übernommen und mit der Zeit waren die Anzeichen von Rufus´ Präsenz gänzlich verschwunden. In warmem Gold und Rosa gehalten, war das Zimmer hell und weiblich und erinnerte daran, wie froh sie über sein Verschwinden gewesen war.

»Du klingst skeptisch«, stellte Diana fest, die sich auf einer Chaiselongue am Fenster niederließ. Sie legte die Füße hoch und zog ihren Morgenrock über den Beinen zurecht.

Verity setzte sich in ihren bevorzugten Ohrensessel, der

zwischen einem der Fenster und dem Kamin stand und legte die Füße auf einen Schemel. »Ich hatte keine Ahnung, dass er überhaupt ein Lieblingsbuch hatte. »In den Monaten, die ich ihn vor seinem Verschwinden kannte, hatte ich gar nicht gewusst, dass er überhaupt etwas las.«

»Nicht einmal die Geschäftsbücher des Besitzes?«

»Meine Güte, nein.«

»*Konnte* er lesen?«, fragte Diana.

Verity dachte für einen Moment nach und dann wallte das Gelächter in ihrer Brust auf. »Ich weiß es ehrlich gesagt nicht. Das muss er wohl.«

»Ich weiß, dass du ihn nicht gemocht hast«, erklärte Diana langsam. »Aber ich muss sagen, dass er ziemlich charmant wirkt. Ich denke, Simon mag ihn.«

»Alle mögen ihn.« Verity konnte die Verwunderung in ihrem Tonfall nicht unterdrücken. »Es ist mehr als eigenartig, Diana. Er ist einfach nicht der Mann, den ich geheiratet habe. Es ist, als wäre seine gesamte Persönlichkeit wie vom Meer fortgespült und durch die eines anderen ersetzt worden.«

Diana legte den Kopf schief, während sie die Arme in ihrem Schoß verschränkte. »In welcher Weise ist er anders?«

Verity lehnte sich in den Sessel zurück und versuchte, die verschiedenen Formen seiner Andersartigkeit einzuordnen. »Das ist schwierig, weil er es wirklich auf jede einzelne Art ist. Er ist weitaus liebenswürdiger, sanfter, geduldiger, sehr viel mehr am Besitz interessiert und er weiß Dinge, die er vorher nicht gewusst hatte, wie beispielsweise etwas zu bauen oder er ist begierig, es zu lernen. Ehrlich gesagt ist sein Wissensdurst verblüffend. Er hat sich dem Besitz seit seiner Rückkehr voll und ganz verschrieben.«

»Das klingt alles sehr gut und positiv. Bist du darüber unglücklich?«

»Nein, es ist nur sonderbar.« Verity erlag dem Bedürfnis,

all die Verdächtigungen auszusprechen, die sich in den letzten beiden Wochen in ihren Gedanken angesammelt hatten. »Da sind auch andere Dinge. Ihm passt nichts mehr von seiner früheren Garderobe. Er behauptete, dass es mit seiner Arbeit auf dem Schiff zusammenhinge, die ihn körperlich verändert hätte, aber Kirwin glaubt, dass er ein bisschen größer ist und ich muss zustimmen.«

Diana runzelte die Stirn. »Du weißt das nicht sicher? Ich könnte dir Simons Größe mit meiner Hand über dem Kopf genau sagen.«

»Ja, nun, deine und Simons Ehe unterscheidet sich weit von meiner.«

Diana zuckte zusammen. »Ich weiß. Es tut mir leid. Das hätte ich nicht sagen sollen.«

Verity setzte sich vor und sah sie mit ernstem Blick an. »Bitte fühle dich nicht schlecht. Es ist nicht dein Fehler. Es freut mich so sehr, dich glücklich zu sehen.«

»Vielen Dank.« Diana errötete. »I- ich bin glücklich. Mehr als ich je für möglich gehalten habe.«

»Und du hast es verdient, nach allem, was du durchgemacht hast.« Sie waren von schrecklichen Männern aufgezogen worden ... zwei Brüder mit einer Neigung zu Herabwürdigungen und anderem Missbrauch, obwohl Dianas Vater weit schlimmer als Veritys war. Beide Männer präsentierten der Außenwelt ein angenehmes und sympathisches Gesicht, doch ihren Familien gegenüber waren sie gnadenlos.

»So wie du. Manchmal denke ich, dass deine Zeit mit Rufus, obwohl sie kurz war, noch schlimmer gewesen ist als der Missbrauch, den ich durch meinen Vater erlitten habe. Aber du hast nie Genaueres verraten.« Dianas Blick war voller Mitgefühl. »Und ich werde dich auch nicht darum bitten.«

Verity war dankbar dafür. Diana war die einzige Person,

der sie dies erzählen könnte, aber sie brachte es nicht fertig, jemandem ihre Scham anzuvertrauen. Stattdessen kehrte sie zu den Facetten von Rufus' Andersartigkeit zurück. »Seine Stiefel passen auch nicht. Ich würde vermuten, dass seine Füße zu groß sind.« Unzählige Male hatte sie auf seine Füße geblickt, seit Kirwin ihr erzählt hatte, dass er seine beinahe neuen Schuhe nicht trug.

»Das ist merkwürdig. Man kann einen Muskelzuwachs mit der Arbeit auf einem Schiff erklären, aber eine Veränderung der Körperhöhe oder der Schuhgröße scheint unerklärlich.«

»Ich würde sagen, dass meine Füße ein bisschen größer geworden sind, seit ich Beau bekommen habe. Ich denke, das sollte ich dir angesichts deines Zustands sagen.«

Diana strich mit einer Hand über ihren Bauch. »Faszinierend. Mein Körper wird sich in vielerlei Hinsicht verändern, vermute ich. Ich hoffe nur, dass Simon mich immer noch attraktiv finden wird.«

»Ich denke, du könntest dich in ein verwelktes, altes Weib verwandeln, und er würde dich nur noch mehr anbeten.«

Diana lachte. »Vielleicht. Er scheint in mich verliebt zu sein, aber nicht mehr als ich in ihn. Meine Güte, es ist ein bisschen widerlich, oder nicht?«

Nein, es war wundervoll. Neid brannte in Veritys Brust, als sie um eine Antwort kämpfte. »Überhaupt nicht.«

Ernüchtert faltete Diana die Hände und legte sie auf ihren Bauch. »Also, was glaubst du, was all das bedeutet? Könnte es einfach sein, dass er sich geändert hat? Simon hat ihn heute Nachmittag danach gefragt.«

»Hat er das?«, fragte Verity scharf.

»Ja, ist das schlecht? Er hat lediglich gefragt, was passiert war, um seine Gesinnung zu ändern. Oder so etwas in der Art.«

»Rufus scheint nicht gern über seine Zeit in der Fremde zu sprechen.«

»Fürchtest du, dass er wütend werden könnte? Er erweckte nicht den Anschein. Er hat Simon erzählt, dass es ein erschütterndes Erlebnis war und dass solche Dinge einen Mann verändern würden. Oder so etwas in der Art.« Sie schüttelte den Kopf. »Seit ich schwanger bin, ist meine Erinnerung für die Details nicht mehr das, was sie einmal war.«

Verity lächelte wissend. »Das wird nicht andauern. Du wirst all deine fünf Sinne wieder beisammenhaben, wenn das Baby geboren ist, und dein Körper wird das wissen. Oder jedenfalls war das bei mir so.« Beaus Geburt war ein Aufwachen nach Monaten der Unsicherheit und Angstzuständen, die durch Rufus' Verschwinden ausgelöst worden waren. Beau hatte ihr alles gegeben, was sie vermisst hatte – eine Bestimmung und Liebe.

»Ich bin froh, dass er nicht wütend war«, fügte Verity hinzu und dann runzelte sie die Stirn. »Eigentlich scheint er nicht wütend zu werden. Nicht mehr.«

»Er klingt wirklich danach, als sei er ein anderer Mensch«, antwortete Diana.

»Ich denke, das könnte er sein«, entgegnete Verity leise und sprach endlich den Verdacht aus, der ihr seit seiner Rückkehr im Kopf herumgespukt war.

Diana riss ihre blauen Augen weit auf, als sie sich aufsetzte. »Du denkst, er ist ein Hochstapler?«

»Ich weiß es nicht. Ich glaube einfach nicht, dass er der Mann ist, den ich geheiratet habe.«

»Aber er sieht wie er aus, oder etwa nicht?«

»Zum größten Teil. Ich würde sagen, dass sein Auftritt anders ist, aber ich habe den Verdacht, dass viel davon mit seinem Verhalten zusammenhängt. Er ist weitaus entspannter. Er lächelt und lacht. All das verändert die Struktur seines Gesichts.« Sie sah auf ihren Schoß hinab und strich einen

Fussel von ihrem Morgenrock. Ruckartig wandte sie ihre Aufmerksamkeit wieder Diana zu. »Und seine Augen sind grün.«

»Welche Farbe hatten sie vorher?«

»Haselnussbraun. Als ich den Unterschied zur Sprache brachte, behauptete er, dass sie abhängig vom Licht unterschiedlich aussähen. Ich habe seit seiner Rückkehr bislang noch keine andere Tönung außer Grün gesehen.«

»Sind Beaus Augen nicht grün?«, fragte Diana und ließ sich in die Chaiselongue zurücksinken.

»Ja. Ich würde tatsächlich sagen, dass ihre Augen ziemlich ähnlich sind.« Brüsk schüttelte Verity den Kopf und starrte aus dem Fenster in die Dunkelheit. »Genau das ist so sonderbar. Ich würde die Behauptung wagen, dass er nicht Rufus ist und doch muss er es sein.« Sie wandte ihren Blick wieder zu Diana zurück. »Wer sonst sollte er sein?«

»Diana stieß die Luft aus. »Das ist eine sehr gute Frage. Da eine Ähnlichkeit vorliegt, könnte er vielleicht ein Verwandter sein?«

»Ich wüsste keinen. Rufus war der einzige noch lebende, männliche Nachkomme der Familie, als Augustus – der frühere Herzog – starb. Der einzige Sohn des Herzogs war mit sieben oder acht Jahren verstorben.«

»Was den Sohn seines jüngeren Bruders als Erben übrigließ. Und Rufus hatte keine Geschwister.«

»Er hatte einen Bruder und eine Schwester, aber sein Bruder ist 1809 in Spanien gestorben und seine Schwester an Fieber, als sie zwölf war.« Sie kannte so wenige Details über ihren Ehemann und die Dinge, die sie wusste, hatte Augustus ihr erzählt. Sonst hätte sie vielleicht nie von Rufus' Geschwistern gewusst. Sie hatte nicht daran gedacht, ihn über sie zu fragen. Vielleicht sollte sie das tun.

Allerdings wäre dies gleichbedeutend mit der Unterstellung, dass sie ihn für einen Hochstapler hielt und das wollte sie nicht tun. Wenn er *nicht* Rufus wäre, dann könnte ihr wahrer Ehemann noch irgendwo dort draußen sein. Ein schwaches Schaudern ließ ihren Körper erzittern.

Glaubte sie das wirklich? Sie hatte ihn schon längst für tot gehalten. Nein, sie hatte *gehofft*, dass er tot war. Das war ein Unterschied, und er wurde bei Rufus' Rückkehr scharf hervorgehoben. Alles war möglich und sie würde nichts für selbstverständlich nehmen. Im Augenblick war diese Version von Rufus weitaus besser als die vorige und sie wollte keinerlei Störung provozieren.

Hatte sie immer noch Angst vor ihm? Ja, obwohl ihre Besorgnis abgenommen hatte. Was sie mehr als alles andere erschreckte. Sie musste wachsam bleiben und vorbereitet sein, wenn er zu seinem früheren Selbst zurückfand.

Allerdings glaubte sie nicht, dass er sein früheres Selbst war, oder doch? Verity stützte einen Ellbogen auf die Sessellehne und legte die Stirn in ihre Handfläche.

Das Gefühl von Dianas Hand auf ihrem Haupt veranlasste sie, zu ihrer Cousine aufzusehen. Diana blickte voller Mitgefühl auf sie herab. »Was kann ich tun?«

Verity hob den Kopf und zog die Füße vom Schemel, sodass Diana sich setzen konnte. »Ich weiß, dass es nichts gibt, was irgendjemand tun kann. Er ist mein Ehemann.«

»Oder nicht. Du könntest ihn in Frage stellen, ihn zwingen, nach London zu reisen, um als der Herzog anerkannt zu werden.«

»Das könnte ich tun?«

Diana zuckte die Schultern. »Ich bin nicht sicher, aber würde er nicht mit einer Verfügung beordert, wenn er nicht erscheint?«

»Das war nach seiner Erbschaft vor sieben Jahren so und damals war er ihr nachgekommen. Ich habe keine Ahnung, was in diesem Fall zu erwarten ist.«

»Ich kann mit Simon sprechen. Er könnte es wissen.«

Das würde bedeuten, dass sie ihren Verdacht mit einer anderen Person teilte. Sie war nicht sicher, ob sie das tun wollte. Ihr Zögern musste offensichtlich gewesen sein, denn Diana erklärte: »Er ist ebenso unbedingt vertrauenswürdig, wie ich es bin. Ich hätte dir das sagen sollten, ehe du dich mir anvertraut hast, aber Simon und ich haben keine Geheimnisse voreinander. Ich würde mich nicht wohlfühlen, wenn ich es ihm nicht erzählte.«

Verity verstand dies und war aber auch neidisch darauf. »Eure Ehe ist wirklich etwas, wonach man streben sollte.«

»Besteht die Chance, dass du das haben könntest – oder etwas, was dem nahekommt – mit Rufus? Oder besser, wer auch immer deinem Sohn vorliest?«

Verity riss die Augen auf und ihr Rückgrat versteifte sich. Wenn man es so betrachtete, war ihr Sohn mit einem Fremden allein. Was für eine Mutter war sie nur, dass sie das zuließ?

Wieder las Diana in ihrem Gesicht und griff hinüber, um Veritys Hand zu nehmen. »Er ist *in Ordnung*. Er hat sich in den vergangen zwei Wochen um Beau gekümmert und das ist gut gegangen, oder?«

»Besser als ich mir das hätte vorstellen können.« Die Emotion wallte in Veritys Brust auf. Ihre Kehle war wie zugeschnürt und sie musste einen Augenblick warten, ehe sie sprechen konnte. »Ich war immer so froh, dass er fort war, dass Beau nie erfahren müsste –« Sie verstummte, kurz bevor sie gesagt hätte, was für ein Monster sein Vater gewesen war. Aber wenn das nicht Rufus war, wenn dies wirklich jemand anderer war, jemand der gütig und fürsorglich war und der ihren Sohn zu lieben schien … vielleicht könnte sie dann wieder Frieden finden.

Mit einem Fremden, der den Titel beanspruchte und sich ihre Position als Vorstehende des Besitzes aneignete.

»Wenn er nicht Rufus ist, sollte ich ihn auffordern zu

gehen«, sagte Verity. »Ich bin die Verwalterin des Besitzes und ich bin Beaus Vormund. Das bedeutet, dass mein Wort hier Gesetz ist und nicht seins.« Und dennoch hatte er ihr Wort bislang als Gesetz *gelten* lassen, ohne eine Andeutung darauf, dass sich das ändern würde. Vielleicht war es Zeit, ihn ein bisschen unter Druck zu setzen und die Ehrhaftigkeit seines Wortes auf die Probe zu stellen.

Dianas Augen verengten sich leicht. »Du scheinst etwas zu denken.«

Verity formte die Lippen zu einem kleinen Lächeln. »Du kennst mich zu gut. Ich habe gerade gedacht, dass ich den Mann gern ein bisschen besser kennenlernen möchte, um herauszufinden, ob er wirklich Rufus ist.«

»Und wenn er das nicht ist?«

»Wenn er besser als Rufus ist und mir gestattet, die Kontrolle über den Besitz zu behalten, sollte ich ihn vielleicht bleiben lassen. Dann, falls Rufus zurückkehren sollte, könnte er nicht so leicht den Titel beanspruchen – vorausgesetzt, der Mann, der sich als Rufus ausgibt, wird vom House of Lords als Duke of Blackburn anerkannt.« Diese Aussicht beschied ihr den ersten Augenblick wahrer Erleichterung, seit Rufus – oder wer immer er war – angekommen war.

»Es klingt, als hättest du einen Plan. Während wir hier sind, werden wir unser Bestes tun, um den wahren Charakter des Mannes auszuloten. Auf keinen Fall werden Simon und ich dich mit jemandem zurücklassen, der gefährlich ist.« Ihr Blick wurde traurig. »Gehe ich richtig in der Annahme, dass Rufus – der alte Rufus – dir Leid zugefügt hatte?«

»Ja, aber bitte, dränge mich nicht, es auszuführen. Es war gnädigerweise ein kurzes Kapitel, das ich lieber in der Vergangenheit belassen will.«

»Ich verstehe. Soll ich heute Abend hier bei dir bleiben? Simon würde das verstehen.«

Verity lachte leise. »Das ist nicht erforderlich. Ich bin ganz gut zurechtgekommen.«

»Liegt sein Zimmer wirklich direkt neben Beaus?«, fragte Diana.

»Ja, auf Beaus Bitte hin. Es ist in Ordnung. Wir haben eine angenehme Arbeitsgemeinschaft in Bezug auf den Besitz und auf Beau etabliert.«

»Also besteht keine Aussicht, dass eure Ehe etwas mehr sein könnte?«, Diana holte tief Luft und schüttelte den Kopf. »Vergiss meine Frage. Ich versuche, romantisch zu sein. Ich möchte nur, dass du ebenso glücklich bist wie ich.« Sie drückte Veritys Hand, ehe sie sie losließ. »Aber wenn du unter den Bedingungen wie jetzt mit ihm verheiratet bleiben könntest … nun, ich glaube, es gäbe Schlimmeres.«

Ja, wie beispielsweise die Ehe, die sie bereits erduldet hatte. »Vielen Dank, dass du heute gekommen bist. Ich fühle mich viel besser, mich einmal ausgesprochen zu haben.« Verity erhob sich und Diana stand mit ihr auf.

Diana lächelte. »Genau das tun wir füreinander. Ohne dich wären Simon und ich vielleicht nicht verheiratet.«

»Unsinn. Ihr hättet euren Weg zum Altar gefunden. Ich habe euch bloß einen Schubs gegeben. Wie du dich erinnerst, war die Zeit ein wichtiger Faktor.« Weil Dianas Vater auf dem Weg gewesen war, um sie vor ihrem »Entführer« zu retten.

»Das war sie tatsächlich«, erklärte Diana mit einem Schimmer von Erleichterung in ihrem Blick. Sie umarmten sich, ehe Diana das Zimmer verließ.

Als Verity kurze Zeit später im Bett lag, stellte sie fest, dass sie sich wirklich besser fühlte. Es hatte sie mit Energie erfüllt, ihre Zweifel über seine Identität anzuerkennen. Wenn er Rufus war, konnten sie dann einen Weg zu einer echten Ehe finden? Sie erwartete nicht, was Diana und Simon verband, aber sie vermochte sich ihrer Fantasien nicht zu erwehren.

Dieser Rufus war sehr charmant. Und gutherzig. Und hilfsbereit. Und ein wundervoller Vater für Beau. Sie dachte an die beiden, wie sie sich zusammengekuschelt hatten, während er *Robinson Crusoe* las und konnte ein Lächeln nicht unterdrücken. Wenn er nicht Rufus war und sie ihn bitten würde, zu gehen, dann wäre Beau darüber am Boden zerstört.

Sie drehte den Kopf zur Seite und schloss die Augen. Als sie in den Schlaf wegdämmerte, träumte sie von einem gesichtslosen Mann auf einem Schiff in der Fremde. Die Meeresbrise wirbelte ihr Haar auf, als er sie in seine starken Arme schwang. Sie fühlte sich sicher und glücklich. Zufrieden.

Bis sie einige Zeit später mit einem Ruck aufwachte. Der Mann hatte ein Gesicht bekommen – die gnadenlose Visage von Rufus, der irgendwie anders als der Mann aussah, der zurückgekehrt war. Die Zornesfurchen auf seiner Stirn und der grobe Zug um seinen Mund verrieten ihn, und nie war sie sich sicherer gewesen, dass sie zwei unterschiedliche Männer waren.

Mitten in der dunklen Nacht, während ihr Herz in ihrer Brust pochte, war das leicht zu glauben. Aber vielleicht war es nur ein Traum – alles davon. Vielleicht war dieser Mann wirklich Rufus und würde sich wieder in das Ungeheuer verwandeln, das er einst war.

Nein, das würde sie nicht zulassen. Sie würde ihn vorher umbringen.

~

Obwohl es in den letzten Tagen geregnet hatte, hatte Simon Kit auf seinen Besuchen bei den Pächtern begleitet. Sie hatten auf eine gewisse Weise Freundschaft geschlossen, doch da war noch immer ein Gefühl von Unverbundenheit zu spüren. Oder vielleicht war das für Kit so, weil er so sehr darauf achten musste, was er preisgab.

Heute war Thomas' erster Tag als Verwalter. Er war gestern Abend angekommen und hatte seine neue Unterkunft im Turm bezogen. Heute Morgen hatten sie alle – Verity, Kit, Diana, Simon, Thomas und Beau – gemeinsam gefrühstückt und als sie das Speisezimmer verließen, verabschiedete sich Beau widerwillig von allen, um nach oben zum Unterricht zu gehen. Verity und Diana hatten vor, nach Blackburn zu fahren, um Stoffe für Dianas und Simons Baby von einem bestimmten Weber zu kaufen.

Kit wünschte, er könnte sie in den Ort begleiten, um einige der Spinnereien zu besichtigen.

Obwohl verschiedene Weber auf dem Besitz ansässig waren, gab es keine Spinnerei. Er hatte vor, das zu ändern.

Sie alle verließen die Burg über den oberen Innenhof und Simon küsste seine Frau auf die Wange, als sie und Verity sich für die Abfahrt bereitmachten. Kit fühlte sich einen Augenblick verlegen, als ob von ihm erwartet würde, das Gleiche zu tun. Das würde er natürlich nicht, aber er ertappte sich bei der Überlegung, wie es sich anfühlen würde. Ein heißer Stoß durchfuhr ihn und er beschloss, dass er besser nicht weiter darüber nachdenken sollte.

»Ich wünsche Euch eine gute Fahrt«, erklärte Thomas mit einem Lächeln, als sie davonfuhren und das Trio der Männer im Hof zurückließen. Er wandte sich an Kit. »Wo sollen wir anfangen?«

»Romsey und ich haben die Prüfung fast beendet. Wir haben nur noch einige weitere Pächter, mit denen wir heute sprechen müssen.« Kit sah zu dem dunkel werdenden Himmel auf. »Im Regen, wie es scheint.«

»Ihr könntet es verschieben«, schlug Thomas vor.

Kit fing an, auf das obere Tor zuzugehen und die anderen beiden Männer folgten ihm. »Ich möchte es so bald wie möglich hinter mich bringen. Wir sind ganz kurz davor. Ich würde Sie einladen, uns zu begleiten, aber ich würde es vorziehen, wenn Sie die letzten Einträge in den Büchern überprüfen. Ich habe sie vor dem Frühstück auf Ihren Schreibtisch gelegt.«

»Vielen Dank, Euer Gnaden. Ich werde sie sofort in Augenschein nehmen.«

Kit nickte. »Wir können später darüber sprechen. Bis dann.« Er zog seinen Hut tiefer in die Stirn und führte Simon zum Stallhof.

Sobald sie auf ihren Pferden saßen, begann es zu nieseln. Kit war froh, dass die Pächter, die sie noch zu besuchen hatten, relativ nahe wohnten.

»Bist du dir des neuen Verwalters sicher?«, fragte Simon als sie auf ihrem Weg entlangritten.

»Ich weiß, dass sein Großvater sehr angesehen war und ich rechne damit, dass er anständige Arbeit leistet. Bleven hatte nur Lobenswertes über ihn zu berichten und es tat ihm leid, ihn zu verlieren.«

Simon zog eine Grimasse. »War das nicht peinlich?«

»Nicht besonders. Bleven verstand, dass dies eine Verbesserung für Entwhistle war und nahm ihm seinen Aufstieg nicht übel.«

Sie waren einen Augenblick lang still, doch Kit hatte das Gefühl, dass Simon noch etwas sagen wollte. Kit sah zu ihm hinüber. »Gestern Abend beim Abendessen hast du gesagt, dass du mittendrin wärst, einen neuen Verwalter zu finden, weil deiner sich zur Ruhe setzen will. Spielst du mit dem Gedanken, meinen abzuwerben?«

»Gott, nein«, widersprach Simon vehement. »Ich bin nicht solch ein Grobian, trotz diesem grauenhaften Spitznamen, den die Leute mir verliehen haben.«

Kit hatte keine Ahnung, worüber er sprach. »Und der wäre?«

»Natürlich weißt du das nicht. Wie wohltuend. Einige Gentlemen der feinen Gesellschaft haben beschreibende Spitznamen erhalten.«

»In welcher Weise beschreibend?«

»Sie sind zur Beschreibung ihrer Persönlichkeit oder ihrem traurigen Ruhm gedacht. Ich wurde seit dem Tode meiner Frau als der ruinierte Herzog bezeichnet. Es ist eine ziemlich lange und grässliche Geschichte, aber es reicht zu sagen, dass ich diesen Spitznamen bis vor kurzem verdient hatte. Bis ich Diana geheiratet habe. Mein bester Freund ist der eisige Herzog. Er ist ein bisschen, ähm, kühl. Oder er war es, bis er die Liebe seines Lebens geheiratet hat.«

»Ich erahne hier ein Motto – Ehefrauen bringen alles in Ordnung?«

Simon lachte bellend. »In unseren Fällen, ja.«

Kit dachte sofort an Verity, obwohl sie nicht wirklich seine Frau war. Wenn sie die Chance bekäme, wäre sie dann in der Lage, seine Nöte zu beheben? Und welche wären das? Soweit er das beurteilen konnte, brauchte er keine Rettung. Er brauchte nur Geld und ein Schiff.

Allerdings war nichts davon mehr so einfach und er wusste das. Gleichzeitig mit dem Deckmantel des Herzogs hatte er Verantwortungen übernommen, denen er nur widerwillig den Rücken kehren würde. Der Besitz. Die Pächter. Beau. Ihm wurde die Brust eng. Verity.

»Zurück zu deiner Frage«, bemerkte Simon. »Ich will Entwhistle nicht abwerben. Im Gegenteil, ich wollte wissen, ob er der Aufgabe gewachsen ist oder ob es einen anderen Grund gab, warum er diesen Posten wollte.«

Kit runzelte die Stirn. »Was bedeutet das?«

»Ich, ähm, vielleicht sollte ich nichts sagen. Verzeih mir.« Simon legte an Tempo zu, aber Kit war schnell wieder auf gleicher Höhe mit ihm.

»Sprich aus, was du sagen wolltest.«

»Entwhistle sieht deine Frau auf eine bestimmte Weise an.«

»Und welche Weise ist das?« Kit war nicht begriffsstutzig; er wollte seinen Verdacht bestätigt wissen.

»Auf eine Art, die ich nicht gestatten würde, wenn er Diana so ansähe«, entgegnete Simon schief.

An dem Tag, als die Ziegen angekommen waren, hatte Kit sich gefragt, ob vielleicht etwas zwischen Verity und dem Verwalter war. Sie hatte ihn unbedingt einstellen wollen. Und ja, er hatte bemerkt, wie Thomas seine Frau – Verity, angesehen hatte.

»Du glaubst, er begehrt die Herzogin.«

Simon zuckte die Schultern. »Vielleicht. Vielleicht auch nicht. Ich würde die Sache im Auge behalten, wenn ich du wäre.« Er warf Kit einen Blick zu. »Wenn es dich kümmert. Wenn nicht, dann vergiss, dass ich etwas gesagt habe. Die Ehe eines anderen Mannes geht mich nichts an.«

»Und dennoch mischst du dich hier ein«, murmelte Kit.

»Es tut mir leid.«

»Das muss es nicht. Ich weiß dein Vertrauen zu schätzen.« Ja, es war ganz so, als wären sie Freunde. Das erinnerte Kit an die Kameradschaft, die er auf den Schiffen genossen hatte, und ihm wurde bewusst, dass er sie vermisste, wenngleich es allerdings etwas anderes war. Die Männer auf einem Schiff konnten kommen und gehen. Hier an Land war es einfacher, Beziehungen aufrecht zu erhalten. So dachte er zumindest. Er konnte es nicht genau sagen, weil er sein halbes Leben auf hoher See verbracht hatte.

»Nun denn, dann kann ich mich auch einmischen«,

erklärte Simon. »Ich weiß, dass deine Ehe derzeit nur dem Namen nach besteht. Noch einmal bitte ich um Entschuldigung, aber Diana und ich haben keine Geheimnisse voreinander.«

»Es ist kein großes Geheimnis. Wir haben getrennte Schlafzimmer.« Getrennte Leben größtenteils. Wenn nicht wegen Beau, hätte Kit das Gefühl, jederzeit gehen zu können, ohne vermisst zu werden.

»Ich kann mir vorstellen, dass es schwierig ist, nach sechseinhalb Jahren Abwesenheit neu zu beginnen.«

*Insbesondere, wenn du ein absolutes Ungeheuer gewesen bist.*

Abermals zuckte Simon zusammen. »Es tut mir leid. Es geht mich wirklich nichts an. Es ist nur so, dass mir Verity sehr teuer ist. Sie ist meiner Frau der liebste Mensch auf Erden – abgesehen von mir, denke ich – und sie war eine gute Freundin und Stütze, als wir es am meisten brauchten.«

»Sie ist eine gute Frau«, erklärte Kit. Die beste, der er je begegnet ist.

»Du klingst, als ob du vielleicht die Umstände eurer Ehe ändern möchtest.« Simon sagte dies ganz langsam, als wolle er ausloten, ob er sich wieder entschuldigen müsste, wenn er seinen Gedanken aussprach.

»Wie du sagst, ist es schwierig, sich wieder anzupassen. Abgesehen von der Leitung des Besitzes oder wegen Beau, verbringen wir nicht viel Zeit miteinander.«

»Vielleicht solltet ihr das tun.«

Es war eine schlichte Behauptung, aber überaus machtvoll. Sie wiederholte sich in Kits Kopf, bis sie zu einem Crescendo anschwoll und in einer klaren Erkenntnis gipfelte. Ja, vielleicht sollte er das.

Vielleicht würde sie ihn in die Stadt begleiten, um eine Spinnerei aufzusuchen. Oder die Eanam Brauerei. Verdammt, es war unwichtig, wohin. Oder vielleicht sollte er einfach damit anfangen, nach Möglichkeiten zu suchen, hier

Zeit mit ihr zu verbringen. Es war nicht so, dass sie keine gemeinsamen Interessen teilen würden – der Besitz, Beau. Wenn Kit seine Vorsicht ein bisschen mehr außer Acht ließe, konnte er vielleicht herausfinden, dass sie sogar noch mehr Gemeinsamkeiten hatten.

Sie kamen beim ersten Pächter an und erledigten ihre Geschäfte in weniger als einer Stunde. Der zweite Pächter nahm ein wenig länger in Anspruch und der dritte lud sie zum Mittagessen ein, was sie dankbar annahmen.

Als sie zur Burg zurückritten, sprach Kit endgültig aus, was er nun schon seit einer ganzen Weile wusste. »Cuddy hat gestohlen. Jeder einzelne Pächter meldet andere Zahlungsbeträge als die, die in den Hauptbüchern eingetragen sind.«

»Was hast du vor?«

»Ich bin nicht sicher. Ich denke, er ist immer noch in Blackburn.« Einer der Stallknechte hatte ihn zu einer Unterkunft am Ortsrand gefahren.

»Diana und ich hatten unsere Abreise für übermorgen geplant, aber wenn du möchtest, dass ich hierbleibe, werde ich das tun.«

»Ich weiß das sehr zu schätzen, aber es ist nicht nötig«, entgegnete Kit. »Ich weiß, dass du nach London zurückkehren musst.«

»Hast du vor, zu fahren? Als die Nachricht über deine Rückkehr im House of Lords bekannt wurde, hat dies eine beachtliche Aufregung ausgelöst.« Simon hatte dies beim Dinner an ihrem ersten Abend auf Beaumont Tower zur Sprache gebracht, doch Kit hatte die Unterhaltung mit meisterhaftem Geschick in eine andere Richtung gelenkt. Er wollte nicht nach London gehen. Er wollte zur See zurückkehren, ehe jemand die Wahrheit enthüllte. Er war sich einerseits nicht ganz sicher, was mit jemandem passierte, der einen Herzog verkörperte, doch andererseits wollte er das auch nicht herausfinden.

»Derzeit nicht, und auch nicht während dieser Sitzungs-
periode.«

»Es ist erst Ende April. Sie wird wohl bis Juli andauern,
was verflucht höllisch ist. Ich muss zugeben, dass ich meine
Pflichten in den vergangenen Jahren nicht gut erfüllt habe.
Ich versuche, das jetzt wieder gut zu machen.«

Simon schielte zu ihm hinüber, als sie sich der Burg
näherten. »Man könnte dir eine Vorladung schicken und
dann wirst du gehen müssen.«

»Tu mir einen Gefallen und verhüte das.«

Simon schmunzelte. »Ich werde es versuchen.«

Sie ritten in den Stallhof, wo ein Knecht ihre Pferde
übernahm und gingen dann zur Burg zurück. Die Frauen
waren heimgekehrt und Simon war ganz offensichtlich
erpicht darauf, seine Frau zu sehen. Eilig begab er sich nach
drinnen, während Kit sich auf die Suche nach Thomas
machte.

Der Mann, der möglicherweise seine Frau begehrte.

Seine nicht-Frau. Verity. Die Frau, die Kit wollte.

Tat er das?

*Ja.*

Die Erkenntnis traf ihn hart und mitten im Innenhof
bremste er seine Schritte auf dem Weg zu Thomas' Turm. Er
konnte nicht daran denken. Er musste sich auf Cuddy
konzentrieren und sich das verfluchte House of Lords vom
Leibe halten.

Außer, dass er vermeintlich der Herzog von Blackburn
war und es seine Pflicht war, in dem verdammten Parlament
zu sitzen. Falls sie ihn vorluden, würde er gehen müssen.
Oder auf der Stelle verschwinden. Und obwohl das sein
eigentliches Ziel war, schmerzte ihn der Gedanke mehr, als er
in Worte fassen konnte.

*Cuddy. Konzentriere dich auf diesen diebischen Schurken.*

Was hatte Kit vor? Er wollte herausfinden, wie Veritys

Vater dazu gekommen war, Cuddy für den Posten zu begünstigen. Aber weil Kit – als Rufus – zu der Zeit hier gewesen sein musste, und die Einstellung vermutlich selbst übernommen hatte, würde er vorsichtig zu Werke gehen müssen.

Verity hatte behauptet, dass Cuddy und ihr Vater im Laufe der vergangenen sechseinhalb Jahre eine enge Verbindung gehalten hatten. Schloss das eine direkte Aufsicht über Cuddy ein? Wenn dem so war, sollte Veritys Vater sicherlich bemerkt haben, dass der Mann Geld unterschlug. Es sei denn, dass diese Summen klein genug gewesen waren, um keinen Verdacht zu wecken, aber dennoch reichten sie aus, um mit der Zeit eine beträchtliche Summe anzuhäufen.

Wo war diese Summe jetzt? Wenn Kit sie zurückgewinnen würde – und das hatte er vor – hätte er genügend, um sein Schiff zu erwerben und dem Besitz dennoch einen Teil zurückzuerstatten. Allerdings machte ihn das nicht besser als Cuddy. Von einem Dieb zu stehlen galt immer noch als stehlen, vor allem, wenn Kit wusste, woher das Geld stammte. Er musste mit Verity über Cuddy reden und auch über die Rolle ihres Vaters. Dies war die perfekte Gelegenheit, Romseys Rat anzunehmen. Ja, er würde sie bitten, sich mit ihm zu treffen, und versuchen, aus dieser Gelegenheit etwas Angenehmes und Ergreifendes für sie beide zu machen.

Vorfreude durchströmte ihn, als er auf Thomas' Turm zuschritt, bis eine weitere Erkenntnis ihm ins Gesicht schlug. Wenn er einen Spitznamen hätte, wäre es der verlogene Herzog. Er belog sie alle. Wie konnte er nur hoffen, darauf eine Beziehung aufzubauen?

# CHAPTER 9

Verity stand vor Beaus Zimmer und lauschte, wie Rufus das Ende eines Kapitels von *Robinson Crusoe* vorlas. Abend für Abend wollte sie ihn fragen, ob sie sich zu ihnen setzen durfte, und jeden Abend blieben ihr die Worte in der Kehle stecken. Je mehr sie sich in Rufus' Gegenwart entspannte und ihn akzeptierte, desto gereizter wurde sie. Er hatte ihren Zorn oder wenigstens ihre Antipathie verdient.

Aber es ging darum, Zeit mit Beau zu verbringen, überzeugte sie sich.

Sie war allerdings von Rufus' Stimme verzaubert. Er las die Geschichte auf eine warme und einnehmende Art vor. Es war die Stimme eines Mannes, der Abenteuer erlebt hatte, und jeden in seinen Bann schlagen würde, wenn er auch nur annähernd eine Chance bekäme. Sie stellte fest, dass sie voll und ganz bereit war, ihm eine Chance zu geben.

Aber das würde sie nicht tun.

Sie holte tief Luft, reckte das Kinn und trat geschäftig in das Zimmer. »Bist du für deinen Gute-Nacht-Kuss bereit?«

Rufus schlug das Buch zu und erhob sich vom Bett, als Beau kicherte. »Meinst du mich oder Papa?«

Das Erröten setzte an ihrem Hals ein, doch sie gab sich die größte Mühe, um ihre Verlegenheit unter Kontrolle zu behalten. »Dich, du alberner Junge.«

Beau sah zu ihr auf, und seine grünen Augen waren groß und unschuldig, als sein Blick zu Rufus schnellte und wieder zurück. »Warum küsst ihr euch nicht wie Tante Diana und Onkel Simon?«

Verity, der es vollkommen die Sprache verschlagen hatte, kämpfte um ihre Beherrschung, damit sie ihren Sohn nicht mit offenem Mund anstarrte.

Glücklicherweise rettete Rufus die Situation. »Manche Menschen küssen sich nicht gern vor anderen.«

Beau legte die Stirn in Falten, als er wieder zwischen ihnen hin und her sah. »Aber ihr beiden küsst mich die ganze Zeit vor anderen Leuten.«

»Es ist, ähm, etwas anderes mit Kindern«, erklärte Verity schnell. Sie beugte sich vor und gab ihm einen Kuss auf das Haupt, ehe sie ihm das Haar glattstrich und dann die Bettdecke bis zu seinem Kinn hinaufzog. »Jetzt ist es Zeit zum Träumen. Schlaf schön.«

»Ich hab dich lieb, Mama.«

»Ich habe dich auch lieb, Beau.«

»Und ich hab dich lieb, Papa.«

»Und ich habe dich lieb.« Rufus diese Worte zu Beau sagen zu hören, spitzte den bereits angespannten Moment zu etwas beinahe Unerträglichem zu. Während sie hier stand, fühlten sie sich fast wie eine Familie an. Sie konnte sich vorstellen, wie Rufus sie küsste. Das Schlimmste war allerdings, dass sie sich vorstellen konnte, seinen Kuss zu erwidern.

»Oh, und Mama? Du hast immer gesagt, dass das Bild von Papa an meiner Wand gar nicht so sehr wie er aussah.

Ich denke, es sieht genau wie er aus.« Beau gähnte, bevor er die Augen schloss und sich unter seine Bettdecke kuschelte.

Verity sah zu dem Bild an der Wand und murmelte. »Ich muss zustimmen.« Auf dem Bild trug er ein halbes Lächeln zur Schau und seine Augen, wenngleich nicht so grün wie die des Mannes hier im Zimmer, waren vor Belustigung zusammengezogen. Es vermittelte einem das Gefühl, dass der Porträtierte glücklich und charmant war. Also ja, in dieser Hinsicht sah er deutlich eher wie der Mann in diesem Zimmer aus als der Rufus, an den sie sich erinnerte.

»Schlaf schön, Beau.« Rufus blies die Lampe aus, aber er ließ eine andere auf der gegenüberliegenden Seite des Zimmers brennen, denn Beau mochte die völlige Finsternis nicht. Diese Tatsache hatte Verity mit Sorge erfüllt – sie hatte gefürchtet, dass Rufus ihn als Feigling herabwürdigen würde.

Im Gegenteil hatte Rufus absolutes Verständnis und erklärte, dass Licht den Menschen helfen würde, sich ihn ihren Träumen zurechtzufinden. Mit jeder neuen Wendung überraschte und beeindruckte er sie.

*Natürlich kannst du dir vorstellen, ihn zu küssen.*

Sie eilte aus dem Zimmer, erpicht darauf, etwas Abstand zwischen sich und Rufus zu bringen.

Sobald sie beide allerdings im Korridor waren, drehte er sich zu ihr um. »Ich hatte gehofft, dass wir vielleicht zusammen einen Schlummertrunk nehmen und über den Besitz sprechen könnten. Wir haben unsere Prüfung beendet, und ich würde dir gern die Ergebnisse mitteilen und dich auch wegen Cuddy fragen.«

In einem Zustand zwischen Überraschung und Besorgnis gefangen blinzelte sie ihn an. Sie sollte nein sagen und einwenden, dass sie morgen reden könnten, aber sie war auch interessiert daran, zu erfahren, was er ihr mitzuteilen hatte.

»Das könnten wir wohl tun«, antwortete sie langsam.

Er sah sie mit einem schiefen Lächeln an, das eine der

attraktivsten Versionen seines Lächelns war. Ja, er besaß viele Lächeln und sie hatte gelernt, jedes einzelne von ihnen zu mögen. Sie hatte sogar angefangen, vorauszuahnen, was ihn zum Lächeln bringen würde – sein Lieblingskäse auf Toast zum Frühstück, Whiskers, der Mr. Cheeks über den Innenhof jagte, und so ziemlich alles, was Beau tat.

»Ich würde dich in mein Arbeitszimmer einladen, aber ich fürchte, ich habe keines«, erklärte er.

»Das ist ein Problem, oder? Es tut mir leid, dass ich nicht vorher daran gedacht habe.«

»Es ist schon in Ordnung. Ich habe seit Cuddys Weggang das Büro im Turm benutzt, aber jetzt, da Thomas hier ist, muss ich einen anderen Unterschlupf finden.«

»Wie wäre es mit dem Vorzimmer des Rittersaals? Es wird selten genutzt und hat einen herrlichen Ausblick auf den Westgarten und die dahinterliegenden Hügel.«

»Warum gehen wir nicht, um es in Augenschein zu nehmen, und auf dem Weg dorthin können wir uns unterhalten?« Er hatte das genau eingefädelt, aber Verity fühlte sich nicht besonders manipuliert. Sie konnte ihn abwehren, wenn sie wollte und sie wusste, dass er sie gehen lassen würde.

Nach einem zustimmenden Nicken ging sie mit ihm zusammen den Korridor entlang. Sie bogen um die Ecke und kamen an den Gästezimmern vorbei, ehe sie das Wohnzimmer erreichten. Sie passierten den oberen Treppenabsatz, der in den formelleren Rittersaal mündete.

Rufus blieb abrupt stehen. »Ich habe vergessen, unsere Getränke zu holen.« Er sah sie mit einem verlegenen Lächeln an, das ebenfalls zu ihren Favoriten gehörte. Unschuldig, mit einem Anflug von Schalk erinnerte es sie am meisten an Beau. »Was würdest du bevorzugen? Sherry vielleicht?«

»Ja, vielen Dank.«

»Ich bin in einem Augenblick zurück.« Eilig kehrte er in

das Wohnzimmer zurück und sie strich mit den Händen über ihren Morgenrock, denn plötzlich fühlte sie sich nervös.

Es bestand kein Grund dafür, sagte sie zu sich selbst. Na und, sie waren heute Abend allein. Mit alkoholischen Getränken. Nachdem ihr Sohn sie gefragt hatte, warum sie sich nicht küssten.

Ein Gefühl der Hitze überkam ihren Körper und sie fürchtete, dass die Röte, die sie in Beaus Zimmer unterdrückt hatte, ihre Wangen nun in leuchtendem Rot färbte. Sie hob die Hände an ihr Gesicht und trat an die Fenster, wo die hoffentlich kühlere Luft ihre Haut besänftigen würde.

Glücklicherweise fühlte sich ihr Gesicht bei seiner Rückkehr wieder normal an, als er ihr ein Glas überreichte. Obwohl die Hitze abgeklungen war, hatte sich ein eigentümliches Prickeln in ihrem Inneren gehalten.

»Du magst Whiskey immer noch, wie ich sehe.« Sie nahm einen Schluck von ihrem Sherry und hoffte, das Kribbeln damit zu vertreiben.

»Ich habe eine Vorliebe für Rum entwickelt, aber in Ermangelung dessen, geht es auch hiermit.«

»Ich habe Rum nie probiert. Wie ist er?«

»Kräftig und vollmundig und ein bisschen süß. Dekadent. Es gibt alle möglichen Sorten, aber die besten schmecken so. Meiner Meinung nach. Deine kann allerdings etwas abweichen. Ich werde versuchen, ob ich welchen besorgen kann.« Er nahm eine Lampe, ehe er sich zu dem Vorraum umwandte. »Es sieht dunkel dort drin aus.«

»Wir beleuchten oder heizen den Raum nicht, aber wenn du ihn als Arbeitszimmer möchtest, wird sich das natürlich ändern.«

Sie betraten den rechteckigen Raum und er sah sich um. »Das ist eine gute Größe. Ich habe mir den Raum bei meiner Rückkehr angesehen, aber ich habe ihn nicht als Arbeitszimmer vor Augen gehabt. Er ist fast zu groß dafür.« Es klang, als würde er zu vertuschen versuchen, sich nicht an dieses Zimmer erinnert zu haben – oder es vor seiner Ankunft vielleicht noch nie gesehen zu haben.

Wenn er wirklich nicht Rufus war.

Heute Abend wollte sie dieses Spiel nicht mit sich selbst spielen. Sie wusste nur, und nur darauf kam es an, dass er kein Ungeheuer war. Nicht mehr. Niemand, der sich auf solche Weise wie er um ein Kind kümmerte, konnte das sein.

Verity trat auf die innere Wand zu und drehte sich um. »Du könntest hier einen Schreibtisch aufstellen, wenn du nah am Feuer sein willst. Oder auf der gegenüberliegenden Seite, wenn du lieber in der Nähe der Fenster einen Sitzbereich hättest. Dieser Raum ist ein bisschen zugig im Winter, also würde ich Ersteres wählen.«

»Dann werde ich genau das tun«, erklärte er. »Ich weiß deinen Rat sehr zu schätzen.« Der Raum enthielt zwei Sitzbereiche, einen vor dem Kamin und den anderen auf der anderen Seite des Zimmers. »Wo werden wir die überflüssigen Möbel unterbringen?«

»Wir werden einen Platz dafür finden oder wie können sie auch einem Pächter oder mehreren überlassen, je nachdem, was du behalten willst.«

»Tust du das oft?«, fragte er. »Schenkst du den Pächtern oft Sachen?«

»So oft ich kann.« Sie wies auf einen bequemen Sessel in der Nähe eines der Fenster. »Dieser Sessel dort drüben könnte tatsächlich ein hübsches Geschenk für Mr. Brickers neues Häuschen sein.«

Er hob die Lampe zu dieser Seite des Zimmers, um die Stelle besser auszuleuchten. Dann wandte er den Kopf und sah sie einen Augenblick lang nachdenklich an. »Das ist sehr aufmerksam von dir, aber andererseits bin ich von dir auch nichts anderes gewöhnt.«

Irgendetwas schien sich zwischen ihnen anzubahnen, wie

eine unsichtbare Anziehung, die sie mit aller Kraft bekämpfte. Dann führte er sein Glas an die Lippen und der Augenblick verblasste … bis sie anfing, sich auf seinen Mund zu konzentrieren.

Sie wandte sich abrupt ab und kehrte in den Rittersaal zurück, wo ein schwaches Feuer brannte und ausreichend Beleuchtung vorhanden war.

Er stellte die Lampe wieder auf einen Tisch und schlenderte zu dem Sofa vor dem Kamin. »Ich werde ein paar Bücherregale bauen, damit ich eine kleine Bibliothek haben kann.«

»Du scheinst Bücher zu mögen.« Bei verschiedenen Gelegenheiten hatte sie ihn unten in der Bibliothek lesend vorgefunden und Kirwin hatte berichtet, ihn einmal mitten in der Nacht dort auf einem Sofa schlafend mit einem aufgeschlagenen Buch auf der Brust vorgefunden zu haben.

»Das tue ich. Es ist einer der wenigen Zeitvertreibe, die man auf einem Schiff pflegen kann. Aber aufgrund der beschränkten Auswahl ist man gezwungen, immer wieder das Gleiche zu lesen. Ich bin begeistert, wieder eine Auswahl zu haben.«

»Beau sagt, *Robinson Crusoe* sei dein Lieblingsbuch. Das habe ich nie gewusst.« Sie beäugte das Sofa und fragte sich, ob er dort Platz nehmen wollte. Aber natürlich würde er sich überhaupt nicht setzen, bis sie es nicht tat, was bedeutete, dass er die Wahl hatte, sich neben sie zu setzen. Sie würde den Sessel nehmen, aber er stand zwischen ihr und dem Sessel, und die bereits heikle Situation würde gänzlich unbehaglich, wenn sie das täte. Oder das fürchtete sie zumindest.

Letztendlich ließ sie sich an einem Ende des Sofas nieder und ihre Hüfte, die an die Seitenlehne stieß, bewies, dass sie so weit entfernt saß, wie sie nur konnte.

Er setzte sich in den Sessel und sie entspannte sich sofort. »Ich habe diese Geschichte immer geliebt«, erklärte er. »Es tut mir leid, wenn wir über solche Dinge früher nicht gesprochen haben. Ich würde es gern jetzt tun. Welches ist dein Lieblingsbuch?«

»Ich könnte nicht einfach nur eines nennen«, entgegnete sie. »Ich lese gern Theaterstücke. Vielleicht deshalb, weil ich sie gern sehe und nicht oft eine Gelegenheit dazu habe.« Rufus hatte sie nie ins Theater mitgenommen, aber andererseits waren sie auch nicht lange genug verheiratet gewesen, um überhaupt etwas zu unternehmen.

*Denke nicht an diese Zeit. Bleibe in diesem Moment, in dem er keine Bedrohung bedeutet.*

»Was hast du bei deiner Prüfung herausgefunden?« Sie nippte an ihrem Sherry und balancierte das Glas dann auf ihrem Bein, während sie es am Stiel hielt.

»Ich bin sicher, dass Cuddy gestohlen hat, und es tut mir leid.«

Sie konnte ihren finsteren Blick nicht unterdrücken. »Ich fühle mich wie eine Närrin.«

»Schelte dich nicht selbst. Es besteht keine Veranlassung dazu. Er ist sehr klug vorgegangen. Er hat genügend Geld gestohlen, um nach all den Jahren eine anständige Summe anzusammeln, aber es waren immer nur kleine Beträge. Du konntest es nicht wissen, es sei denn, du hättest direkt neben ihm wie ein Verwalter fungiert.«

»Ich hätte eine Prüfung durchführen sollen, so wie du es getan hast.«

»Das ist nicht deine Schuld. Ich werde dir nicht gestatten, dass du dir deshalb selbst Vorwürfe machst.«

Sie sah ihn mit hochgezogener Augenbraue an. »Du wirst es mir nicht gestatten?«

Er setzte ein Grinsen auf und sie dachte, dass *dieses* vielleicht ihr Favorit war. In seinen Augenwinkeln bildeten sich Fältchen und für einen kurzen Augenblick waren seine geraden, weißen Zähne zu sehen. Es war ein ansteckendes

Lächeln und sie ertappte sich, wie sich ihre Lippen wie von selbst zu einem Lächeln formten.

»Vergib mir«, bat er. »Ich wollte nur meinen starken Wunsch ausdrücken, dass du dich nicht selbst tadelst. Bitte.«

»Ich werde es versuchen.«

»Das ist ganz und gar Cuddy zuzuschreiben. Obwohl ich mich gern nach der Beteiligung deines Vaters erkundigen möchte.«

Mit einem Ruck begegnete sie seinem Blick. »Was meinst du?«

»Du sagtest, es hätte den Anschein, als ob Cuddy für ihn arbeiten würde. Warum hast du das gedacht? Lag es daran, dass er mich ermuntert hatte, ihn einzustellen?«

»Zum Teil ja. Mein Vater kommt mindestens einmal pro Jahr zu Besuch und die beiden verbringen eine Menge Zeit miteinander, wenn er hier ist.«

Rufus nickte langsam. »Und erinnerst du dich daran, wie dein Vater von Cuddy erfahren hatte? Es tut mir leid, aber ich erinnere mich nicht mehr an die Verbindung oder ob es eine gegeben hatte.« Er zuckte entschuldigend mit den Schultern.

»Ich erinnere mich nicht. Vor deinem Verschwinden war ich nicht zur Teilnahme an den Geschäften des Besitzes eingeladen. Aber es scheint, dass du dich daran auch nicht erinnerst.«

Er wandte den Blick ab, als für einen kurzen Moment ein Hauch Farbe auf seinen Wangenknochen aufblühte. Sie hätte dies seinem Zorn zugeschrieben, wäre er der alte Rufus gewesen. Allerdings schien die Reaktion mehr wie Verlegenheit.

»Ich muss mich in aller Form für mein Benehmen entschuldigen ... von früher.« Er sah sie wieder an und seine Augen glänzten vor Aufrichtigkeit. »Ich kann dich nicht dazu bringen, es zu vergessen, aber bitte weiß, dass ich sehr hart daran gearbeitet habe. Im Grunde habe ich so gründliche

Arbeit geleistet, dass ich manchmal Schwierigkeiten habe, mich an gewisse Dinge zu erinnern.«

*Oder du bist wirklich nicht Rufus.*

Diese Stimme in ihrem Hinterkopf schwoll immer mehr an, trotz ihres Wunsches, sie zum Schweigen zu bringen – zumindest für den Augenblick. Eines Tages und zwar schon bald wäre sie nicht mehr in der Lage, sie länger zu ignorieren. Allerdings war Verity jetzt gerade zufrieden damit, die Dinge so zu belassen, wie sie waren, ganz besonders wegen seiner Hingabe zu Beau und weil er sich um den Besitz kümmerte. Wozu auch gehörte, Cuddys Diebstahl auf den Grund zu gehen.

»Denkst du, mein Vater war in Cuddys Unterschlagung verwickelt?«, fragte Verity.

»Ich weiß es nicht. Ich möchte nur so viel wie möglich über Cuddy herausfinden.«

»Sollten wir meinen Vater hierher einladen?« Sie konnte sich niemanden vorstellen, den sie weniger gern einladen wollte.

Rufus zog eine sandfarbene Augenbraue hoch. »Du klingst nicht, als ob du das gern tun würdest.«

»Wir haben kein besonders gutes Verhältnis, aber vielleicht erinnerst du dich daran.« Offensichtlich hatte sie heute Abend vor, dieses Spiel zu spielen, denn sie hatte entschieden, ein bisschen Druck auf ihn auszuüben, um herauszufinden, was er vielleicht preisgeben würde.

»In etwa«, entgegnete er und ließ den Blick zum Kamin schweifen. »Es tut mir leid, dass ihr euch nicht nahesteht.«

Sie wollte noch ein bisschen weiter vorstoßen. »Tatsächlich? Es hat dir früher nie etwas ausgemacht. Du und mein Vater, ihr wart euch recht nahe. Ich würde sogar sagen, dass er dich mir vorgezogen hatte, obwohl er dich nur ein paar Monate kannte.«

Als sie das Flattern seiner Nasenflügel und das leichte

Größerwerden seiner Augen wahrnahm, wurde sie einen Moment von Panik erfasst. Sie hatte es übertrieben. War jetzt der Moment gekommen, den sie gefürchtet hatte? Würde er letztendlich den Zorn offen zeigen, den er seit seiner Rückkehr verborgen hatte?

»Ich bin … ich weiß nicht, was ich sagen soll.« Er trank einen großen Schluck Whiskey und leerte das Glas dabei beinahe. Mit stechender Intensität richtete er den Blick auf sie. »Ich weiß, ich sage das immer wieder, aber ich bin nicht der Mann, der ich früher war. Ich kann die Vergangenheit nicht ändern, aber ich schwöre, dass ich mir für dich, Beau und jeden auf Beaumont Tower nur Sicherheit wünsche. Ich werde dafür sorgen, dass dein Vater sich nicht einmischt. Du hast mein Wort darauf.«

Sein Wort. Rufus' Wort hatte nichts bedeutet. Aber das Wort dieses Mannes – und sie war sich sicherer denn je, dass er jemand anderer war – war etwas ganz anderes. Rufus hätte ihren Vater verteidigt. Nein, er wäre sogar noch weiter als das gegangen.

Sie nahm einen großen Schluck von ihrem Sherry, um die Angst zu beruhigen, die in ihrem Inneren zum Leben erwacht war. Wäre sie jemals in der Lage, an ihn zu denken – an den Mann, den sie geheiratet hatte – ohne sich machtlos und angsterfüllt zu fühlen?

Vielleicht, wenn sie wüsste, dass dieser Mann – der Mann, den sie nicht geheiratet hatte – sie beschützen würde. Wozu er imstande wäre, wenn sie es erlauben würde. Oder vielleicht war das gar nicht nötig. Er schien ihre Erlaubnis nicht zu brauchen. Er würde ihr seinen Schutz geben, ob sie es wollte oder nicht.

Ein Gefühl der Wärme erfüllte sie, was sie schnell auf ihren Sherry schob, anstatt auf den Mann, der nah bei ihr saß.

»Wirst du Cuddy der Obrigkeit melden?«, fragte sie.

»Wenn ich muss, aber zuerst werde ich ihm die Chance geben, das Gestohlene zu erstatten.«

»Das müsste einiges sein, nach etwas mehr als sechseinhalb Jahren. Wird er das können?«

Rufus zuckte die Schultern und sein Blick bekam etwas Frostiges, was sie erschaudern ließ. »Es kümmert mich nicht. Er wird auf die eine oder die andere Weise bezahlen.« Er trank seinen Whiskey aus und lenkte seine Aufmerksamkeit erneut auf das ersterbende Feuer.

Seine Äußerung und die unheilvolle Art, mit der er sie hervorgebracht hatte, veranlasste Verity, ihren restlichen Sherry auszutrinken. Plötzlich war sie begierig, diesem Zwischenspiel ein Ende zu machen, trotz der Tatsache, dass sie es genoss. Zum ersten Mal erhaschte sie einen flüchtigen Blick auf die Möglichkeit, dass dieser Mann eine finstere Natur besitzen könnte oder zumindest die Fähigkeit zur Finsternis.

»Feuer ist so verräterisch«, bemerkte er. »Es lockt uns mit Wärme und Schönheit, aber es kann absolute Verheerung anrichten.«

Sie wunderte sich über die Richtung seiner Gedanken, aber sie fragte ihn nicht.

»Wasser ist allerdings schöner. Das Meer hat eine ruhige Kadenz und eine Erhabenheit, die sogar die wildesten Dinge besänftigen kann.« Sein Mundwinkel zuckte. »Das *allerschönste* ist, wenn Feuer und Wasser zusammentreffen – eine perfekt strahlende Sonne, die im weiten, kühlen Meer versinkt.« Er wandte ihr seinen Blick zu und die Intensität in den Tiefen seiner grünen Augen fesselte sie. »Nichts davon ist allerdings mir dir vergleichbar. Du bist überirdisch schön. Du existierst im Bereich fast vollständiger Perfektion – denn nichts ist wirklich vollkommen perfekt – wo Wunder und Glück zusammentreffen.«

Seine Worte verzauberten sie und lösten das Unbehagen

auf, das sie noch einen Augenblick zuvor verspürt hatte. Niemand hatte je zuvor so zu ihr gesprochen. »Du solltest das aufschreiben.« Die Worte kamen leise und sanft über ihre Lippen und es war albern, sie zu sagen, aber sie meinte es so.

»Vielleicht werde ich das tun.« Wieder formten sich seine Lippen zu diesem bezaubernden halben Lächeln und sie war sicher, dass *dies* ihr Favorit war.

Alle waren ihre Favoriten.

»Papa?«

Beim Klang von Beaus Stimme drehten sich beide um.

Verity sprang auf und lief quer durch das Zimmer auf ihn zu. »Was ist mein süßer Junge?«

Rufus trat zu ihnen und hob Beau in seine Arme. »Kannst du nicht schlafen?«

Beau schüttelte den Kopf. »Mein Bauch tut weh.«

Verity wollte ihn Rufus abnehmen, aber Beau hatte den Kopf an die Schulter seines Vaters gelehnt. Sie umrundete ihn hintenherum und strich Beau das Haar aus der Stirn. Seine Temperatur fühlte sich gut an und erleichtert stieß sie die Luft aus. »Willst du bei mir schlafen?«

»Kann ich bei Papa schlafen?« Seine Augenlider waren schwer und obwohl sie ihn bei sich haben wollte, würde sie nicht nein sagen.

»Natürlich.« Ihr Herz krampfte sich zusammen und sie wünschte, sie würde ein Bett mit Rufus teilen. Dann müsste Beau nicht wählen. Nicht, dass es groß nach einer Wahl ausgesehen hätte. Sie verabscheute es, sich von diesem Mann enteignet zu fühlen, der vielleicht nicht einmal von Beaus Blut war. Aber was konnte sie sagen?

In Wahrheit wollte sie gar nichts sagen. Sie konnte sich nicht überwinden, die Verbindung negativ zu belasten, die sich zwischen ihnen entsponnen hatte … nicht wenn Beau so glücklich war. Sein Glück bedeutete ihr alles.

Beaus Augen fielen zu und Rufus' Blick fand den ihren.

»Ich kann ihn in dein Zimmer bringen, wenn dir das lieber ist«, flüsterte er. »Er wird es nicht merken. Er schläft bereits.«

Sie schüttelte den Kopf. »Nein, du nimmst ihn.« Sie lächelte sanft, und war ihm für seine Rücksichtnahme so dankbar. »Vielen Dank.« Für seine Zuneigung zu ihrem Sohn. Für seine Güte. Dafür, ihre Wünsche vorauszuahnen.

Dafür, genau das zu sein, was sie brauchten.

Er erwiderte ihr Lächeln und dann trug er Beau aus dem Zimmer.

Als sie ihre Gläser einsammelte und sie auf die Anrichte im Wohnzimmer stellte, fing sie an zu glauben, dass ihre Zukunft nicht in Gefahr war. Sie wollte das so gern glauben. Also würde sie genau das jetzt in diesem Moment tun.

~

Kit stand mit Verity kurz hinter dem Eingangsturm und winkte der davonfahrenden Kutsche nach, die den Herzog und die Herzogin von Romsey davontrug. Die vergangene Woche war weitaus erfreulicher gewesen, als Kit sich hatte vorstellen können. In Wahrheit hatte sie ihm ein Gefühl von Verbindung und Zugehörigkeit vermittelt, was es verdammt schwer machte, über seinen Fluchtplan nachzudenken. Vor allem nach dem Abend vor zwei Tagen, den Verity und er zusammen verbracht hatten und bei einem Drink sein Arbeitszimmer geplant hatten, war dies besonders entmutigend. Sie waren beide in ihrer Wachsamkeit nachlässiger gewesen und er hatte das Gefühl, als hätte er sie viel besser kennengelernt.

Gleichzeitig konnte er die Katastrophe nicht ignorieren, die wahrscheinlich unausweichlich wäre, wenn er bleiben würde. Er war bedenklich nah dran gewesen, seine eigenen Geheimnisse preiszugeben, als die Rede auf ihren Vater gekommen war. Beinahe hätte er alles verpatzt, indem er absolut nichts über die Beziehungen zwischen ihrem Vater und ihr und auch nicht zu sich selbst gewusst hatte. Offensichtlich hatten sie sich nahegestanden, was verdammt lästig war und wahrscheinlich ein Problem verursachen würde, wenn der Mann beschloss, hier aufzutauchen. Hoffentlich würde er es nicht tun, zumindest nicht, solange Kit noch hier wäre. Er ertappte sich allerdings bei der Frage, warum der Mann nicht wenigstens geschrieben hatte oder gar hergekommen war – wenn sie sich so nahestanden, wie Verity dachte.

In den vergangenen paar Tagen hatte Kit daran gearbeitet – über strategisch geführte Unterhaltungen mit verschiedenen Angehörigen des Personals –, so viele Informationen wie möglich in Erfahrung zu bringen. Er hatte herausgefunden, dass Veritys Mutter vor mindestens einem Jahrzehnt verstorben war, ihr Vater in London lebte und dass der frühere Herzog – Kits wahrer Vater – einen Monat nach der Hochzeit gestorben war. Es ging ihm seit dem Tod seines *legitimen* Sohnes im vorangegangenen Herbst zusehends schlechter und erholte sich nie wieder. Letztendlich hatte Kit herausgefunden, dass Verity und sein Vater sich trotz der Kürze ihrer Bekanntschaft sehr nahegestanden hatten. Er sehnte sich danach, Verity nach ihm zu fragen, aber weil er – als Rufus – dort gewesen sein musste, konnte er das nicht tun. In gewisser Weise war diese Schwindelei ziemlich ermüdend.

Verity stieß ein kleines Geräusch hervor und es klang wie ein bisschen wie ein Seufzen und ein Ausdruck von Bedauern. Winzige Furchen überzogen ihre Stirn und sie hatte die Lippen leicht geschürzt.

»Du wirst sie vermissen«, bemerkte er, wahrscheinlich unnötigerweise. Ihre Enttäuschung war offensichtlich und wahrscheinlich eine Sache, über die sie lieber nicht sprach.

»So sehr. Ich liebe Beaumont Tower, aber manchmal wünschte ich, wir würden weiter im Süden leben.«

Sie hatten versprochen, Lyndhurst später in diesem Sommer zu besuchen, und es war ein Versprechen, von dem Kit wusste, dass er es nicht halten würde. Der Gedanke bohrte sich in seine Brust und verursachte bei ihm eine leichte Unbehaglichkeit. Er war wirklich der verlogene Herzog. Die Lügen entschwebten aus seinem Mund, wie Blüten von den Bäumen trudelten, wenngleich sie nicht so hübsch waren. Mit jeder einzelnen verspürte er eine immer bedrückendere Ahnung des Untergangs, als ob er eine Schlacht verlieren würde. Aber wofür? Moral? Selbstrespekt? Anstand?

Es waren all diese Dinge und noch viel mehr. Dies war mehr als schwierig, weil er Verity und Beau gernhatte. Nein, er *liebte* Beau. Soviel konnte er sich eingestehen. Der Junge hatte sich ihm mit seiner Zuneigung so mühelos und vollkommen anvertraut. Die Liebe eines Kindes war wahrhaftig bedingungslos. Kit wusste allerdings, dass er dem Jungen das Herz in einem einzigen Augenblick brechen konnte, und der Tag würde kommen, wenn er das tun würde.

Der Schmerz bohrte sich in seine Brust und er suchte einen Weg, um diese Qual zu lindern. Vielleicht konnte er auch ihre Melancholie bessern. Er wandte sich ihr zu. »Komm mit mir nach Blackburn. Ich möchte eine Spinnerei besichtigen und dann können wir in einen Pub einkehren. Einer der Stallknechte hat mir erzählt, dass Cuddy im Sheep 's Head verkehrt, und ich möchte herausfinden, ob er noch in der Gegend ist.« Weil einer der Stallknechte ihn in den Ort gefahren hatte, wusste Kit genau, wo Cuddy logierte – und er nahm an, dass er immer noch dort wohnte.

Plötzlich bedauerte er, sie eingeladen zu haben. Was, wenn Cuddy dort war? Er konnte ihn nicht gut vor Verity zur Rede stellen. Wenn die Dinge brenzlig wurden, wollte er sie nicht in der Nähe haben. Aber es war zu spät, sein Angebot zurückzunehmen und außerdem wollte er das auch gar nicht.

Sie schwenkte herum und in ihrem dunklen Blick spiegelte sich Überraschung und ein Anflug von Misstrauen wider. Sie hatte sich fast an ihn gewöhnt – oder so schien es. Vor zwei Abenden hatte er einen flüchtigen Blick darauf erhascht, wie ihre Beziehung hätte verlaufen können. *Wenn* er als der Herzog mit ihr verheiratet gewesen wäre. Vor langer Zeit hatte er sich diesen Titel so sehr gewünscht und war bei der Nachricht, dass dem nie so sein würde, bitter enttäuscht gewesen, doch nun stellte er fest, ihn aus einem vollkommen anderen Grund zu begehren. Für sie.

»Das klingt hervorragend«, antwortete sie. »Ich gehe schnell und mache mich zurecht. Soll ich dich im Stallhof treffen?«

»Ich werde warten.« Er warf ihr ein Lächeln zu, das auf seinen Lippen verblasste, sobald sie ihm den Rücken zudrehte und auf den Innenhof zustrebte.

Oh, dies würde in einer Katastrophe enden. Er sollte jetzt einfach gehen. Aber nein, zuerst musste er Cuddy finden, und zurückholen, was dieser gestohlen hatte. Dann würde er gehen.

Wen zum Teufel wollte er zum Narren halten? Das würde ebenfalls ein Desaster geben. Es gab einfach keine Möglichkeit, wie dies ein gutes Ende nehmen konnte, zumindest nicht für ihn. Verity und Beau würden so weitermachen wie vorher. Sein Hiersein wäre ein kurzes Zwischenspiel, das in ihrer Erinnerung verblassen würde, vor allem, was Beau anbelangte, da er so jung war. Kit war sich nicht ganz sicher, ob er das glaubte, aber er würde dennoch an der Vorstellung festhalten. Er hatte keine andere Wahl. Das konnte nie eine dauerhafte Situation werden. Sogar jetzt sehnte sich sein Körper nach dem Rhythmus des Meeres.

Vielleicht sollte er dorthin gehen, anstatt nach Blackburn. Die Küste war ein Tagesritt entfernt, und er müsste übernachten. Er fürchtete, nicht zurückkehren zu wollen, und doch, das musste er. Es gab Geschäftliches zu erledigen. In Blackburn würde er sich bemühen, Cuddy aufzuspüren und die Spinnerei zu besichtigen. Er war bestrebt, den Besitz in einem besseren Zustand zu verlassen, als er ihn vorgefunden hatte – und das war ein Versprechen, das er halten würde.

Eine Viertelstunde später fuhren sie in der offenen Kutsche mit dem Halbverdeck in Richtung Stadt los. Kit hatte zuvor nie viel Zeit mit dem Kutschieren von Pferden verbracht, doch in den letzten Tagen hatte er sich damit beschäftigt und Simon gebeten, die Zügel zu übernehmen, damit er zusehen und lernen konnte. Es hatte sich als effizientes Lernprogramm erwiesen, denn jetzt konnte er die Kutsche mit genügend Selbstvertrauen lenken, ohne Aufmerksamkeit zu erregen.

Es war nicht leicht, sich als Herzog auszugeben.

Sie erreichten die Spinnerei und ihnen wurde eine Führung gewährt. Es mochte nicht leicht sein, sich als Herzog zu geben, aber es war verdammt praktisch. Die Leute gaben einem, was man wollte, und man wurde mit Ehrfurcht behandelt. Es war ein bisschen so, als wäre man der Kapitän auf einem Schiff, was Kit vermisste. In dieser Hinsicht schätzte er seine gegenwärtige Rolle. Er fand auch die Funktionsweise der Spinnerei faszinierend und fühlte sich inspiriert, eine solche auf dem Besitz zu errichten.

Sie verließen die Spinnerei und er begleitete Verity zu der offenen Kutsche, in die sie mühelos einstieg. Er bedauerte seine Wahl des Vehikels, da er ihr nicht behilflich sein musste. Nur selten hatte er Gelegenheit, sie zu berühren, und er stellte fest, die nächste Gelegenheit dazu sehnsüchtig zu erwarten.

Neulich Abend hatte er neben ihr auf dem Sofa sitzen wollen, aber ihm war das Zögern in ihrem Blick nicht entgangen und er hatte entschieden, dass es zum Besten wäre, ihr kein Unbehagen zu bereiten.

Er bestieg die Kutsche und setzte sich neben sie, um zur Ortsmitte weiterzufahren. Das Pub, das er besuchen wollte, lag direkt vor ihnen, doch nun fragte er sich, ob das Lokal für Verity nicht vielleicht eine Stufe zu despektierlich wäre. »Ich hatte geplant, das The Sheep's Head aufzusuchen, aber ich glaube nicht, dass es der beste Ort für eine Herzogin ist.«

»Ist dies das Lokal, das Cuddy frequentiert?«, fragte sie und betrachtete das heruntergekommene Pub mit prüfendem Blick, als sie sich näherten.

»Ja.« Verdammt, er hätte eine geschlossene Kutsche nehmen sollen, dann hätte er sie dort warten lassen können. »Ich kann an einem anderen Tag wiederkommen.«

»Nein, das ist albern. Ich werde den Tuchhändler aufsuchen. Es ist gleich um die Ecke.« Sie zeigte auf die Straßenseite gegenüber dem Sheep's Head. »Lass mich dort aussteigen und wenn du fertig bist, kannst du mich dort auch wieder abholen.«

Er zögerte, sie allein zu lassen, doch er musste zugeben, dass dies eine Frage des Anstands war, in der er keine Erfahrung hatte. »Bist du sicher?«

»Natürlich«, entgegnete sie fröhlich mit einem Wink ihrer Hand.

Er bog um die Ecke und als der Laden des Tuchhändlers in Sicht kam, brachte er die offene Kutsche davor zum Stehen. »Ich bin so schnell wie möglich zurück.«

»Nimm dir so viel Zeit, wie du brauchst.« Sie stieg aus der Kutsche. »Cuddy ausfindig zu machen, ist überaus wichtig. Ich freue mich auf deinen Bericht.« Ihre Lippen hoben sich zu einem schwachen Lächeln, ehe sie sich umwandte und im Laden verschwand.

Kit fuhr nicht sofort weiter, da er immer noch darüber sinnierte, ob es klug war, sie hier zu lassen. Aber vielleicht war er töricht. Sie sagte, es sei Ordnung, und was wusste er schon tatsächlich?

Er lenkte die Kutsche auf die Straße zum Pub zurück. Er fand einen Abstellplatz, der etwa gleich weit vom Pub und dem Tuchhändler entfernt war. Nachdem er dem Pferd unnötigerweise mitgeteilt hatte, in Kürze wieder zurück zu sein, marschierte er zügigen Schrittes in den Pub.

Als er den schummrigen Gastraum überblickte, erfasste er zehn oder zwölf Gäste, die sich verstreut darin aufhielten. Die Theke befand sich im rückwärtigen Teil des Lokals und hinter dem verschrammten Holzbrett stand ein Barkeeper.

Kit schlenderte darauf zu und begrüßte den Mann mit einem knappen Nicken. »Ich bin auf der Suche nach Mr. Strader. Ich habe gehört, dass er Ihr Etablissement frequentiert.«

»Das tut er. Allerdings ist es etwas früh für ihn.«

Kit holte eine Münze aus seiner Tasche hervor und schob sie dem Barkeeper über das Holz hinweg zu. »Logiert er noch immer am östlichen Ortsrand?«

Der Mann nahm die Münze und schob sie in seine Tasche. »Soweit ich weiß.« Sein Blick legte sich über Kit. »Wollt Ihr ein Bier oder seid Ihr nur neugierig?«

Kit setzte ein Lächeln auf und bot ihm zwei weitere Münzen an. »Kommt er jeden Abend hierher?«

»Ja, zum Abendessen. Dann bleibt er gewöhnlich, bis ich ihn hinauswerfe.« Er zuckte die Achseln. »Er hat immer jede Menge Geld bei sich, also stört es mich nicht.«

»Vielen Dank für Ihre Hilfe.« Kit wandte sich um und trat in den Sonnenschein, der sich hier und da durch die Wolkendecke stahl, und machte sich auf den Weg zum Tuchhändler. Er wagte nicht, an Cuddys Unterkunft vorbeizufahren, nicht mit Verity. Er würde bald an einem Abend zurückkommen. Da er wusste, dass Cuddy seine Abende im Sheep's Head verbrachte, kam ihm die Idee, die Unterkunft des Mannes während seiner Abwesenheit aufzusuchen, um sie zu durchsuchen. Vielleicht konnte er einiges von dem gestohlenen Geld zurückholen. Kit bezweifelte, dass er das ganze Geld retten konnte, nicht nach all der Zeit, zumal es sich so anhörte, als ob Cuddy es gerne ausgab.

Kit betrat den Laden des Tuchhändlers und sein Herz schlug schneller als geboten, während er sich nach Verity umsah. Es war kein überaus großes Geschäft, und sein Puls legte an Tempo zu, als er sie nicht entdeckte. Der Ladenbesitzer, ein schlanker Geselle mit einem breiten Lächeln, kam heran, um ihn zu begrüßen. »Guten Tag.« Sein Blick flackerte vor Überraschung und dann erkannte er ihn. »Euer Gnaden, Ihr müsst nach Ihrer Gnaden suchen. Sie ist gerade im hinteren Salon und sieht sich die Möbel in *Ackermanns Katalog* an.« Er drehte sich um und bedeutete Kit, ihm zu folgen.

Warum hatte der Mann ihn erkannt? Hatte Verity ihn beschrieben oder hatte er sich an Kit – vielmehr an Rufus – nach all den Jahren erinnert? Letzteres war vor einigen Wochen vorgekommen, als er in die Stadt gekommen war, um sich ein Zimmer zu nehmen. Der Gastwirt hatte ihn sofort als den verschwundenen Herzog von Blackburn identifiziert. Kit hatte den Mann einfach nur angestarrt, während die Verleugnung auf seiner Zunge erstarb. Sich als Herzog auszugeben, wäre ein riesiges Wagnis, denn obwohl der Gastwirt ihn zwar erkannt hatte, wäre es sehr gut möglich, dass jeder andere wüsste, dass er ein Betrüger war.

Doch als Kit ihm eine Antwort schuldig geblieben war, hatte der Wirt im Gastraum, in dem sich damals mindestens ein Dutzend Personen aufhielten, verkündet, dass der lange vermisste Herzog zurückgekehrt war. Alle Anwesenden hatten die Köpfe mit betontem Interesse umgewandt und ihre prüfendenden Blicke auf eine äußerst unbequeme und eindringliche Weise auf ihn fixiert. Dann hatte ein Gentleman seine Zustimmung laut herausgerufen und seinen Krug zu einem Toast erhoben. Nur das hatte Kit gebraucht, um die Gelegenheit zu ergreifen, Beaumont Tower mit der Absicht aufzusuchen, dort in Erscheinung zu treten und das Geburtsrecht einzufordern, das für immer außerhalb seiner Reichweite lag.

Kit folgte dem Tuchhändler durch eine Tür in ein kleines Zimmer, das wie ein Wohnzimmer eingerichtet war, aber mit einem langen Tisch, der einer großen Tafel ähnelte. Verity blickte von einer farbigen Abbildung auf, die ein Bücherregal darstellte. »Du bist wieder da.«

»Ich bin wieder da. Was siehst du dir an?«

»Bücherregale. Für dein Arbeitszimmer.«

Sie sah sich Möbel für sein Arbeitszimmer an? Gestern hatten sie Rufus' alten Schreibtisch in einem Lagerraum entdeckt und er würde heute in Kits Büro aufgestellt. Er verabscheute, den Schreibtisch dieses Mistkerls zu benutzen, aber er sah keinen Grund darin, einen zu kaufen, vor allem nicht, weil er ihn nicht lange benutzen würde. Die Anschaffung eines Bücherregals würde er bestimmt nicht gutheißen.

»Ich brauche kein Bücherregal«, erklärte er.

Verwirrt legte sie die Stirn in Falten, woraufhin sie unbeschreiblich entzückend aussah. »Du sagtest, das würdest du.«

Das hatte er wohl vermutlich getan. »Ich kann es bauen, meine ich.«

»Könnt Ihr das, Euer Gnaden?«, fragte der Ladenbesitzer. »Wie außerordentlich.«

Verity erhob sich vom Tisch. »Er ist überaus geschickt mit seinen Händen.« Ihr Blick fiel auf diese Gliedmaßen, die gerade in Handschuhen steckten, welche er sehnlich abstreifen wollte, damit er seine bloßen Fingerspitzen über ihren Kiefer wandern lassen konnte.

Entweder hatte sie die Richtung seiner Gedanken erraten oder ihr war vielleicht die doppelte Bedeutung dessen aufgegangen, was sie gerade gesagt hatte. Was immer auch der Grund war, wurden ihre Wangen von einer bezaubernden Röte erfasst.

Der Ladenbesitzer verharrte, als Verity um den Tisch herum kam und sich neben Kit stellte. »Lasst uns bitte wissen, ob Ihr noch etwas anderes außer Bücherregalen braucht.« Er bedachte sie mit einem hoffnungsvollen Blick.

»Das werden wir ganz bestimmt«, entgegnete Kit mit einem Lächeln. Das Gefühl von Veritys Fingern an seinem Arm ließ ihn zusammenfahren. Er wandte den Kopf und sah sie fragend an. Er brauchte einen Moment, bis er erkannte, dass er ihr seinen Arm anbieten sollte. Verdammt, er war wirklich nicht besonders gut darin, sich als Herzog aufzuführen. Oder immerhin teilweise. Wieder einmal war er sehr dankbar, nicht nach London beordert worden zu sein, und er setzte seine Hoffnung auf Simon, damit dieser dafür sorgte, dass das auch nicht passierte.

Er streckte den angewinkelten Arm zu ihr hin und sie legte ihre Hand um seinen Unterarm. Ihre Haut war durch die Handschuhe, Jackenärmel und einfach zu viel verdammten Stoff getrennt, aber er schwelgte in der Verbindung.

Sie wünschte dem Ladenbesitzer einen guten Tag und er geleitete sie aus dem Geschäft. Die Art, wie sie ihn berührte, war eine schlichte Angelegenheit, aber es schien ein weiterer Schritt in Richtung dessen, was auch immer sich zwischen ihnen anbahnte.

*Bahnte* sich etwas an?

Er sah sie misstrauisch an. Ihr Profil war ebenso atemberaubend, wie der direkte Anblick ihres Gesichts. Der Schwung ihrer Nase beschrieb einen eleganten Bogen und der Vorsprung ihres Kinns mutete sowohl keck als auch kräftig an, während die Form ihrer Lippen weich und verführerisch war. Er bezweifelte, dass er je die Gelegenheit haben würde, sie zu schmecken, aber ein Mann konnte träumen.

Als sie auf die Kutsche zugingen, fragte sie: »Hast du erfahren, was du wissen musstest?«

»Das habe ich. Ich werde Cuddy an einem anderen Tag aufsuchen.«

Sie zog ihren Arm zurück. »Wann?«

Kit wollte ihre Hand zu ihm zurückziehen, aber er tat es nicht. Stattdessen sah er zu, wie sie das Gefährt bestieg. »Ich habe es noch nicht entschieden.« Und wenn er seine Entscheidung fallen würde, war er keineswegs sicher, ob er ihr davon erzählen würde. Ein Mann, der kühn genug war, von einem herzoglichen Besitz zu stehlen, war entweder unglaublich dumm oder verheerend gefährlich.

Er setzte sich neben sie in die Kutsche und lenkte das Pferd auf die Straße. »Vielen Dank, dass du mich heute begleitet hast.«

»Vielen Dank für die Einladung.«

»Sollen wir jetzt in einen Pub gehen?«, fragte er. »In einen angenehmeren, meine ich.«

»Ich denke, ich würde lieber zur Burg zurückkehren. Ich habe Beau versprochen, dass wir die Ziegen zusammen besuchen. Du bist sehr herzlich eingeladen, mit uns zu kommen.«

»Vielen Dank, vielleicht tue ich das.«

Sie verfielen in Schweigen, als er aus dem Ort hinaus auf die Straße fuhr, die zur Burg führte. Er lebte in einer verdammten Burg. Manchmal konnte er das kaum glauben. Zum Teufel, er glaubte es die meiste Zeit nicht. Mit dreizehn Jahren hatte er damals große Augen gemacht, als der Tower zum ersten Mal in Sicht kam. Und als er ihn einige Wochen zuvor erneut erblickt hatte, war er vom gleichen aufrührenden Gefühl der freudigen Erwartung und Erregung erfasst worden. Es war kein Wunder, dass er den Gedanken hasste, fortzugehen.

Aber dieser Ort war nichts im Vergleich mit den Menschen. Wie würde er nur den Mut finden, sie zu verlassen? Auf die gleiche Weise, wie vor all den Jahren, als er sich entschieden hatte, zur See zu fahren. Damals hatte er nicht gewusst, worauf er sich einließ. Jetzt wusste er es. Er würde wieder Kapitän seines eigenen Schiffes sein und wäre niemandem Rechenschaft schuldig. Er wäre vollkommen frei.

Allerdings ging ihm langsam auf, dass es vielleicht gar keine so schlechte Sache war, mit etwas – oder jemandem – verbunden zu sein.

»Ich dachte, wir könnten vielleicht am nächsten sonnigen Tag ein Picknick veranstalten«, bemerkte Verity.

Er sah zu ihr hinüber und stellte fest, dass sie ihn ansah. Ihre dunklen Augen glänzten in der Nachmittagssonne und zum ersten Mal bemerkte er einen schmalen, bernsteinfarbenen Ring um ihre Iris. Ihre schwarzen Wimpern waren lang und üppig und sie schmiegten sich in einem hübschen Bogen an ihre blasse Haut, als sie blinzelte. Ruckartig riss er sich zusammen, ehe er sich noch wie ein Seemann verlieren würde, der einer Sirene erlag.

Er versuchte, in seiner Antwort nicht übereifrig zu klingen, aber er war hocherfreut darüber, dass sie Zeit mit ihm verbringen wollte. »Das würde mir sehr gefallen.«

»Mit Beau natürlich.«

»Natürlich.« Wenngleich er wieder mit ihr allein sein wollte – so wie an jenem Abend – konnte er sich nicht vorstellen, ein Picknick an einem schönen Tag ohne ihren Sohn zu veranstalten.

*Ihren* Sohn.

Nein, es war nicht seiner. Beau würde nie sein Sohn sein und er tat gut daran, das nicht zu vergessen.

# CHAPTER 10

Wie es der Zufall wollte, war der folgende Tag ein sonniger. Verity arrangierte mit der Köchin, dass ein Korb um die Mittagszeit bereit war, und bat Rufus, sich mit ihr und Beau im unteren Innenhof beim Brunnenhaus zu treffen.

Sie ging in der Küche vorbei, um den Korb abzuholen, und dankte der Köchin für das offensichtlich exzellente Picknick. Sie henkelte den Korb mit der rechten Hand und nahm die Decke in die linke, ehe sie zur Tür hinaustrat und am Rande des Rosengartens dicht beim Brunnenhaus an der oberen Ecke des tiefergelegenen Innenhofes stehenblieb.

Nach einer Minute stellte sie den Korb auf den Boden und wartete. Hatte der Tutor die Zeit vergessen? Und wo war Rufus? Vielleicht wurde er irgendwo aufgehalten. Ihr Blick schweifte zu Thomas' Turm in der gegenüberliegenden Ecke. Er war seit seiner Ankunft sehr beschäftigt gewesen und sie hatte ihn außer der wenigen Male, die er mit ihnen zusammen zu Abend gegessen hatte, nicht gesehen.

Die Minuten zogen sich dahin und sie nahm die Decke auf den anderen Arm. Der Tag war warm und hell und sie freute sich darauf, im Freien zu sein. Die Tür, durch die sie getreten war, sprang unvermittelt auf. Beau stürmte hinaus und unmittelbar war der Innenhof von seinem Gelächter erfüllt.

Dicht auf seinen Fersen folgte Rufus, der ihm am Rande des Gartens entlang in Richtung des mittleren Weges nachjagte. Beau bremste nicht ab, als er um die Ecke flitzte und seine Füße gerieten auf dem Kopfsteinpflaster ins Rutschen. Er stürzte und landete auf der Seite.

Verity ließ die Decke fallen und rannte auf ihn zu, aber Rufus kam ihr um einiges zuvor. Erst dann erkannte sie, dass er den Jungen nicht in seiner Höchstgeschwindigkeit verfolgt hatte. Die hatte sie erlebt, als er Racer neulich auf Mr. Maynards Farm gefangen hatte.

Rufus hob Beau auf, stellte ihn auf die Füße und ging vor ihm in die Hocke. »Alles in Ordnung?«

Verity war darauf gefasst gewesen, dass Beau zu weinen anfangen würde und sein Gesicht war ein bisschen blass geworden. Sie bückte sich neben Rufus. »Hast du dich erschreckt?«, fragte sie und streichelte Beaus Arm von der Schulter bis zum Ellbogen und wieder zurück.

Beau nickte. Dann rannte er einen Augenblick später auf die Treppe zu, die in den Innenhof führte. »Komm Papa, fang mich!«

Rufus erhob sich und bot Verity seine Hand, um ihr aufzuhelfen. Sie trug keine Handschuhe und auch er nicht. Zum ersten Mal berührte sich ihre Haut und es war, als wären sie vom Blitz getroffen. Oder so stellte sie es sich vor — elektrisierend und heiß, und es hinterließ einen dauerhaften Eindruck.

»Bitte jage ihn nicht die Treppe hinunter. Er ist schon einmal gefallen.« Sie drehte sich in Beaus Richtung und rief: »Bitte sei vorsichtig.«

»Ich *bin* vorsichtig, Mama. Und mach dir über die

Treppe keine Sorgen. Ich bin die Treppe zum Küchengang hinuntergerannt und nicht gefallen.«

Sie sah zu Rufus hinüber. »Stimmt das?«

Sein Blick schweifte zur Seite und er zögerte einen Moment. »Ähm, ja. Wir haben Ritter und Bösewicht gespielt.«

»Auf welcher Seite warst du?«

»Ich war dran, den Ritter zu spielen.«

Verity runzelte die Stirn und warf Beau einen Blick zu. »Es gefällt mir nicht, mir meinen Jungen als Bösewicht vorzustellen.«

»Es ist nur gespielt«, antwortete Rufus. »Aber wenn du dich damit besser fühlst, hat er nur der Bösewicht sein wollen, weil er sich so gern jagen lässt.«

»Kann der Bösewicht nicht den Ritter jagen?«

Seine Lippen formten sich zu einem schiefen Lächeln und ihr Magen tat einen Satz. Es war, als ob der Blitz wieder zugeschlagen hätte. »Es ist gespielt. Wir können tun, was immer wir wollen.« Er sah zu dem Korb und der Decke auf dem Boden zurück. »Ich werde die Sachen für das Picknick holen.« Er drehte sich um und ging den Weg entlang.

»Ich kann die Decke nehmen«, bot sie an.

Er winkte ab. »Ich habe sie schon.«

Verity trat stattdessen zu Beau. Sie nahm ihn an der Hand und sie stiegen in den Innenhof hinab, wo sie sich nach rechts wandten und auf das Tor zum Stallhof zugingen. »Vielleicht sollte ich Ritter und Bösewicht spielen.« Sie fragte sich, warum sie das nicht früher getan hatten und hatte ein schlechtes Gewissen. Es war eine schonungslose Erinnerung daran, was er alles vermisst hatte, dadurch dass er keinen Vater hatte.

»Aber du bist ein Mädchen.« Beau klang empört.

Rufus trat zu ihnen, als sie das Tor erreichten. »Was ist daran falsch, dass deine Mutter ein Mädchen ist?«

»Sie will Ritter und Bösewicht spielen.« Er zog ein Gesicht, das ganz klar zeigte, was er von dieser Idee hielt.

Verity war zwischen Gelächter und Enttäuschung gefangen.

»Es wäre noch besser, wenn sie mit uns spielen würde«, erklärte Rufus und damit lenkte er Beaus ganze Aufmerksamkeit auf sich. »Ein Ritter braucht eine schöne Maid, die von ihm gerettet werden muss.«

»Dann will ich ganz bestimmt der Bösewicht sein. Ich will kein Mädchen retten.« Er runzelte die Stirn und dann warf er seiner Mutter einen entschuldigenden Blick zu. »Außer, dass ich dich retten will, Mama.«

Verity ergab sich ihrem Gelächter. »Vielen Dank.«

»Aber Papa sollte derjenige sein, der dich rettet. Das macht ein Herzog doch, oder?«

»Das machen *Ehemänner*«, korrigierte Rufus, »ob sie nun Herzog sind oder nicht.«

Verity stolperte beinahe, als sie den Stallhof überquerten. Sie war fast vollkommen überzeugt, dass dieser Mann nicht ihr Ehemann war, und dies war nun der Beweis, den sie gebraucht hatte. Rufus – der wahre Rufus – hätte sie vor ganz und gar nichts gerettet.

*Rufus.* Sie betrachtete sein Profil und versuchte, ein Bild des Mannes heraufzubeschwören, den sie geheiratet hatte. Sie dachte, sein Kinn wäre kleiner gewesen, schwächer, aber sie war nicht sicher, ob sie es noch wusste. Wenn sie an ihren Ehemann dachte, war es dieser Mann, wer immer er auch war, der ihr in den Sinn kam. Und das tat er mit zunehmender Häufigkeit. Seine Gefühle für jemanden, den man verabscheut und gefürchtet hatte, in Bewunderung und Zuneigung übergehen zu sehen, war eine sehr verwirrende und alarmierende Sache.

*Er ist nicht die gleiche Person,* erinnerte sie sich.

Wer war er dann?

Die Neugier brannte in ihrer Brust, aber sie konnte ihn jetzt nicht fragen. Nicht vor Beau. Sollte das bedeuten, dass sie vorhatte, ihn damit zu konfrontieren, ihn nicht für Rufus zu halten? Sie war nicht sicher, ob sie das wollte. Das zuzugeben und es ans Licht zu holen, würde Beaus Freude ein Ende setzen. Sie sah auf ihren Sohn herab, der Rufus′ Hand ergriffen hatte, während Rufus die Decke und den Korb in der anderen Hand jonglierte. Nein, das konnte sie nicht tun.

Sie ließ Beaus Hand los und blieb stehen. »Komm, lass mich die Decke nehmen.«

»Ich schaffe das schon«, beharrte Rufus, als er ebenfalls innehielt.

Sie umrundete Beau und nahm Rufus die Decke mit einem Lächeln ab. Dann kehrte sie an ihren Platz zurück.

Beau schob seine Hand wieder in ihre und schwang seine Arme, als er beide Eltern festhielt. »Es gefällt mir, eine Mama und einen Papa zu haben.« Der Frohsinn in seiner Stimme war spürbar und Verity fürchtete, dass ihr Herz platzen könnte. »Wo werden wir unser Picknick haben?«, fragte er.

»Ich dachte, wir könnten zum Teich gehen«, entgegnete Rufus.

»Oh ja, das machen wir!«, stimmte Beau zu.

Verity erlaubte Beau nicht, ohne sie zum Teich zu gehen. Dort war Augustus Sohn Godwin während der Hausparty ertrunken, auf der sie Rufus kennengelernt hatte. Ihr Blick schweifte zu dem Mann, der behauptete, Rufus zu sein. Er war auf jener Party sehr charmant gewesen Aber dieser Mann war anders.

Der Weg fiel ab, als sie sich dem Teich näherten. Ein Entenpaar glitt über die Wasseroberfläche dahin und Beau rannte sofort auf das Wasser zu.

»Vorsichtig!«, rief Verity und beschleunigte ihr Tempo. »Er kann nicht schwimmen.«

Rufus rannte los und stellte den Korb im Gras ab, ehe er

Beau einholte, ihn in seine Arme hob und herumschwenkte. Beaus Gelächter erfüllte die Luft, als Verity sich dem Korb näherte. Sie breitete die Decke mit einem Lächeln im Gras aus und dann setzte sie den Korb in einer Ecke ab. »Wer hat Hunger?«

Rufus stellte Beau auf die Füße und dann ließ er sich eifrig nieder, während er auf den Platz neben sich klopfte. Sofort setzte Beau sich auf die Decke und die beiden sahen Verity zu, wie sie die Speisen anrichtete.

Nachdem er einen Bissen kalter gerösteter Ente – was angesichts ihrer Gesellschaft auf dem Teich ziemlich gefühllos schien – heruntergeschluckt hatte, nickte Rufus zum Wasser. »Ich denke, ich werde uns ein kleines Boot zum Rudern beschaffen. Was bedeutet, dass ich einen Bootssteg bauen sollte.«

»Kann ich helfen?«, fragte Beau, ehe er einen zu großen Bissen Brot verschlang.

»Nicht so viel auf einmal«, ermahnte Verity und beäugte ihren Sohn.

Er sah sie mit einem kleinlauten Blick an und dann nahm er einen weitaus kleineren Bissen mit erheblich weniger … Elan.

»Wirst du mich lehren, den Bootssteg zu bauen, Papa? Ich möchte Dinge bauen, wie du.«

»Ich denke, das wird eine großartige Sache für dich zum Lernen sein. Zusammen mit schwimmen.«

»Kannst du ihm das beibringen?«, fragte Verity. »Ich würde mich in Bezug auf das Boot besser fühlen, wenn er schwimmen könnte.«

»Das kann ich«, erklärte Rufus.

Beau drehte seinen Körper Rufus zu. »Bist du ein guter Schwimmer, Papa? Das musst du sein, wenn du auf dem Meer warst.«

»Würdest du glauben, dass viele Seeleute nicht

schwimmen können?« Rufus nickte, als Beau und auch Verity ihre Köpfe schüttelten.

»Das scheint eher gefährlich. Und töricht«, erklärte Verity, ehe sie an ihrer Ente knabberte. Sie genoss sie nicht gerade besonders. Sie fühlte sich, als ob das Paar auf dem Teich sie in stillschweigender Anklage anstarren würde. Sie bemerkte, dass Rufus aufgehört hatte, seine Portion zu essen.

»Das kann es sein und deshalb ermutige ich jeden, es zu lernen, ob er nun auf einem Schiff ist oder nicht«, antwortete Rufus. »Man kann nie wissen, wann man diese Fähigkeit einmal brauchen wird.«

Beau drehte den Kopf zu Verity herum. »Kannst du schwimmen?«

»Ich fürchte nein.«

Beaus Gesicht hellte sich auf. »Dann kann Papa es uns beiden beibringen!« Er schob sich einen Bissen Ente in den Mund und war sich offensichtlich der Nähe von genau dieser Spezies, die er verspeiste, nicht bewusst. Gott sei Dank. Angesichts seiner Liebe zu Tieren wunderte sich Verity, ob er sich eines Tages weigern würde, das Rindfleisch oder den Fisch oder die Ente zu verzehren, die auf seinem Teller lag.

Ein Schmetterling flatterte vorbei und Beau sprang auf die Füße, um ihn zu fangen.

Verity neigte den Kopf zu Rufus Teller. »Du magst keine Ente mehr?«

Er zuckte zusammen, als er einen Blick zum Teich warf. »Es scheint … falsch.«

»Ich habe das Gleiche gedacht.« Ihre Blicke trafen sich und sie lachten. Es war ein erstaunlicher Moment, und nie hätte sie sich vorstellen können, dass er sich einmal ereignen würde.

Als sie aufhörten zu lachen, zeigte Rufus auf Beaus Teller. »Es schien ihn nicht gestört zu haben.«

»Nein, aber ich bin nicht sicher, ob er die Verbindung hergestellt hat.«

»Das sollte er. Er muss verstehen, woher die Nahrung stammt.«

»Ja, das sollte er.« Wieder wurde sie an all die Dinge erinnert, die Beau von diesem Mann lernen konnte. »Ich bin froh, dass du zurückgekehrt bist.« Sie hatte das nicht sagen wollen, aber es war die Wahrheit.

Er trank einen Schluck von seinem Ale und ihm schien leicht unbequem zumute zu sein.

Sie schlug den Blick nieder und strich einen Grashalm von ihrem Rock. »Es tut mir leid, ich wollte die Dinge nicht unbehaglich machen.«

»Das hast du nicht. Ich bin … froh, dass du glücklich bist.«

Beau kam zurückgeschlendert. »Kannst du mir jetzt das Schwimmen beibringen, Papa?«

Rufus wischte die Handflächen an seinen Oberschenkeln ab. »Wir brauchen richtige Badeanzüge, vor allem deine Mutter.« Sein Blick schweifte zu ihr ab und unter seiner raschen, aber vielsagenden Aufmerksamkeit wurde ihr heiß. Plötzlich fiel ihr Beaus Frage zu ihrem Versäumnis in Bezug auf das Küssen wieder ein und sie wünschte, sie könnten dies gleich jetzt tun.

Diese Erkenntnis hätte sie schockieren und beschämen sollten, aber sie fachte ihre Begierde nur noch an. Begierde? Sie begehrte ihn? Plötzlich klang ein Bad im Teich wie die perfekte Ablenkung.

Sie lächelte Beau an. »Wir könnten in das Wasser waten, denke ich.«

Beau strahlte, als er sich ins Gras fallen ließ und die Schuhe auszog. Seine Strümpfe folgten schnell hinterher.

»Warte auf mich!« So schnell er konnte, zog Rufus seine

Stiefel und dann seine Strümpfe aus, womit er seine Füße entblößte.

Verity versuchte, nicht hinzusehen, aber es war hoffnungslos. Ihr Blick blieb an seinen langen Zehen und den schwarzen Haarstoppeln hängen, die sich über seine Waden emporzogen. Sie sollten nicht so reizvoll für sie sein – soweit es Körperteile betraf, waren sie eher alltäglich – aber sie musste ihren Blick losreißen.

Glücklicherweise schien er es nicht zu bemerken, da es seine Absicht war, mit Beau zum Wasser zu eilen, wofür sie sehr dankbar war. Er war ein unglaublich aufmerksamer Vater.

Allerdings war er *nicht* Beaus Vater.

Sie verspürte ein brennendes Gefühl in der Brust und fing an, auf sich selbst gereizt zu sein. War das wichtig? Er war ein weitaus besserer Vater als Rufus je gewesen wäre.

Das Geräusch von spritzendem Wasser und männlichem Gelächter provozierten sie zu einem Lächeln, als sie anfing, den Korb einzupacken.

»Mama, kommst du nicht?«

Sie erhob sich von der Decke und trat an das Ufer des Teiches. »Mein Kleid würde nass werden. Dein Vater hat recht – ich brauche einen Badeanzug.«

»Wir haben keine Badeanzüge und schau, meine Kleider sind schon ein bisschen feucht«, wand Beau ein.

»Ja, das kann ich sehen«, stellte Verity mit einem Lächeln fest. »Während die deines Vaters es nicht sind.«

Beau sah zu ihm hinüber und ohne zu zögern zog er eine Hand durch das Wasser und spritzte eine ordentliche Menge über Rufus' Beine. »Jetzt ist er nass!«

Rufus lachte, bevor er Beau aus spielerisch zusammengekniffenen Augen ansah. »Wir werden sehen, wer nass ist.«

Beau watete durch das flache Wasser, in dem Versuch, von

ihm fortzukommen, aber durch seine Bemühungen wurde er nur noch nasser, sodass es ein hoffnungsloses Unterfangen war. Verity kicherte, als sie die beiden bei der albernsten Verfolgungsjagd beobachtete, die sie je gesehen hatte.

Doch plötzlich sank Rufus nach unten und landete mit dem Hintern zuerst im Wasser. Verity eilte los und Beau sah über seine Schulter zurück.

»Geht es dir gut?«, fragte sie besorgt.

»Besser als deinen Schuhen.« Rufus sah auf ihre Füße herab, die an der Wasserkante des Teichs eingetaucht waren.

Sie hatte nicht darauf geachtet, wo das Wasser anfing. Sie war auf ihn konzentriert gewesen. Ihr Blick suchte seinen und sie erkannte, dass er das ebenfalls wusste.

Beau trat neben Rufus und sein kleines Gesicht war sorgengefurcht. »Was ist passiert, Papa?«

»Nun, es war kein Seeungeheuer«, entgegnete er mit einem Augenzwinkern. »Ich bin bloß ausgerutscht.«

Beau machte runde Augen. »Sind da wirklich Seeungeheuer? Warum hast du mir vorher nichts von ihnen erzählt?«

Rufus lachte. »Es gibt keine Seeungeheuer. Es gibt sehr große Fische und Wale und Haie und Oktopusse, aber sie sind keine Monster.«

»Was ist ein … Okto-puss?« Beau zog den letzten Buchstaben in die Länge.

»Ein achtarmiges Meeresgeschöpf.«

Beau legte den Kopf schief und war, wie nicht anders zu erwarten, an allem interessiert, was mit Tieren zu tun hatte. »Wie eine Spinne?«

»Nein. Ich werde dir ein Bild davon zeichnen. Du brauchst ein Buch über Meereswesen«, erklärte Rufus. »Und ich muss aus diesem Teich heraus.«

»Ich helfe dir, Papa.« Beau nahm Rufus' Hand und zog. Verity wusste, dass Rufus aus eigener Kraft aufstand, aber sie musste trotzdem lächeln, als er sich bei Beau bedankte und ihn für seine Kraft lobte.

»Komm, ziehen wir deine Schuhe und Strümpfe an«, verkündete Verity und nahm Beau an die Hand, als er sich vom Wasser entfernte. »Ich werde deine Füße mit der Decke abtrocknen.«

Während sie sich um Beau kümmerte, sorgte Rufus für sich selbst und packte den Korb fertig.

Beau betrachtete Rufus von oben bis unten. »Es tut mir leid, dass du ganz nass geworden bist. Ich habe dich aber nicht zu Fall gebracht, nicht wahr?«

»Wie hättest du das bewerkstelligen können?«

»Weil du mich gejagt hast. Ich bin sehr schnell und du hast versucht, aufzuholen.«

Verity bemerkte das leichte Zucken von Rufus' Lippen, aber er lachte nicht. »Du *bist* sehr schnell«, erklärte er, »aber du bist nicht für meine Tollpatschigkeit verantwortlich.«

Beau sah ihn mit einem zweifelnden Blick an. »Bist du sicher, dass du nicht gefallen bist, nur damit ich mich besser fühle, weil ich vorhin gefallen bin?«

Jetzt lachte Rufus. »Du bist ein misstrauischer Junge, nicht wahr? Nein, ich bin nicht gefallen, damit du dich besser fühlst. Hätte ich das tun sollen?«

»Ich habe mich überhaupt nicht schlecht gefühlt. Ich habe noch nicht einmal geweint.« Der Stolz in seiner Stimme erfüllte auch Verity mit Stolz.

Rufus nahm den Korb und als er versuchte, Verity die gefaltete Decke abzunehmen, schüttelte sie vehement den Kopf. »Du lässt sie mich nicht tragen, weil ich nass bin?«, fragte er.

»Überhaupt nicht. Die Decke ist vom Abtrocknen deiner und Beaus Füßen feucht. Ich trage die Decke, weil du nicht *alles* tun musst.«

»Es gefällt mir, alles zu tun. Du hast so lange *alles* selbst getan. Ich möchte dir deine Last nur erleichtern.«

»Nichts war eine Last gewesen.« *Nicht, seit du verschwunden bist. Und ich dachte, deine Rückkehr würde grauenvoll werden und sie ist es nicht.* Sie fühlte sich wie in einer verkehrten Welt.

»Gut«, murmelte er und sein Blick war warm und intensiv. Eine Wolke zog vor die Sonne und warf einen Schatten über sie, und ein Schaudern ließ seinen Körper erzittern.

»Wir müssen dich aus diesen nassen Kleidern herausbekommen«, erklärte sie fest. »Und in ein warmes Bad.«

»Brauche ich auch ein Bad?«, fragte Beau und wieder nahm er ihrer beiden Hände, als sie anfingen, den Hügel hinaufzusteigen.

»Zumindest die Teile von dir, die in dem Teich waren, denke ich.«

Beau stieß die Luft aus, denn er wusste es besser, als mit ihr über dieses Thema zu streiten. Was nicht heißen sollte, dass er das nicht tun würde, aber im Augenblick hatte er entschieden, es dabei zu belassen und Verity wusste das sehr zu schätzen.

»Solange ich ein Bad nehme, solltest du das auch tun«, erklärte Rufus. »Du kannst schnell sein und weißt du, wie ich das wissen werde?«

»Wie?«

»Weil wir eine Badewanne füllen und du wirst zuerst baden und ich werde dafür sorgen, dass du schnell machst, damit das Wasser immer noch warm genug für mich ist.«

Beau sah zu seinem Vater auf. »Sollen wir rennen?«

Rufus sah auf der Suche nach ihrer Zustimmung zu ihr hinüber und sie nickte. »Du kannst das Badezimmer benutzen, das an mein Schlafzimmer grenzt. »Es ist näher an der Küche, weil die Treppen direkt daneben herabführen – dort bade ich Beau normalerweise.« Sie würde dafür sorgen, weit weg zu bleiben, bis sie sicher sein konnte, dass die beiden fertig waren.

»Wir werden zur Küche rennen«, verkündete Rufus. »Los!« Er ließ Beau vorlaufen und dann warf er Verity ein Grinsen zu, ehe er hinter ihm herrannte und den Korb in der Hand schwenkte. Sie hätte ihm den Korb abnehmen sollen, aber sie hatte nicht einmal daran gedacht, ihm das anzubieten. Sie war zu sehr von dem Gedanken in Bann geschlagen, wie normal sich das anfühlte.

Nein, nicht normal. Es fühlte sich wundervoll an. Es fühlte sich wie eine Familie an. Sie hatte das nie gehabt, nicht über sie und Beau hinaus.

Und sie *waren* eine Familie. Dieser Mann behandelte Beau wie seinen Sohn und er spielte mit ihm, lehrte ihn, *badete* ihn. Sie erwog, das Letztere zu verhüten, aber sie wusste, dass er sich ebenso gut um Beau kümmern würde wie sie. Sie vertraute ihm – mit Beau. Mit sich selbst? Sie war noch nicht bereit, diese Frage anzugehen.

Sie sah den beiden nach, wie sie den Hügel hinaufliefen und auf das Haus zu rannten. Rufus hielt Schritt, aber er überholte Beau nicht. Als sie den Stallhof erreichten, verließen sie ihr Blickfeld und verschwanden im unteren Innenhof. Sie ging direkt in die Küche und erkundigte sich, wer gewonnen hatte. Die Köchin lachte und antwortete, dass es natürlich Beau gewesen sei.

Weil sie nicht in ihr Schlafzimmer oder Boudoir konnte, ging sie in die Bibliothek, um sich die Zeit zu vertreiben. Als sie dachte, dass wahrscheinlich genügend Zeit vergangen war, begab sie sich nach oben in das Guinee-Stübchen, wo Beau seinen Nachmittagsunterricht erhielt. Sie fand ihn dort mit noch immer feuchtem Haar und er erklärte ihr, dass sie beide ihr Bad beendet hätten, und Papa sich gerade anzieht. Sie küsste Beau auf die Stirn, ehe sie den Korridor entlang auf ihr Zimmer am anderen Ende zuging. Das mittlere Zimmer gehörte Rufus und weil die Tür geschlossen war, nahm sie an, dass er drin war.

War er bekleidet oder immer noch nackt?

Der Gedanke trieb ihr eine heiße, plötzliche Röte ins Gesicht und sie eilte durch ihr Schlafzimmer in ihr Boudoir. Sie war so verwirrt! Sie fühlte sich irgendwie zu Rufus hingezogen – oder wer immer er war. Nicht nur, weil er körperlich attraktiv war, denn das war er sehr, sondern aufgrund seines Benehmens und seiner Handlungen. Seinem Charakter.

Mit der Absicht, einen Brief an Diana zu schreiben, in dem sie ihren verstörenden Gedanken freien Lauf lassen konnte, steckte sie den Kopf zuerst in das Badezimmer. Das Personal war noch nicht gekommen, um die Wanne zu leeren. Die Kleidung war allerdings aufgeräumt worden. Hatte Rufus das getan? Und hatte er Beau geholfen, sich anzukleiden? Sie hätte ihren Sohn fragen sollen.

Ihr Blick fiel auf einen Streifen weißen Stoffs, der fast in der Ecke auf dem Boden lag. Sie ging hin und hob ihn auf – es war ein Seidenband. Seine Krawatte. Ihr Blick wanderte zu dem Haken an der Wand, von wo sie sicherlich heruntergefallen war.

Die Seide war weich und glatt zwischen ihren Fingern. Sie stellte sich vor, wie sich die Haut an seinem Hals genauso anfühlen würde – und warm. Außer gegen Ende des Tages, wenn seine Bartstoppeln sprossen. Dann wäre sie nicht ganz glatt und vielleicht nicht so weich. Vielleicht ein bisschen rau und es wäre reizvoll, sie zu berühren.

Sie hob den Stoff an die Nase und atmete ein. Es roch ein wenig nach Kiefern und Gras und noch kräftiger nach Mann. Nicht irgendeinem Mann, sondern nach *ihm*. Nicht, dass sie ihm je nahe genug gewesen war, um ihn zu riechen. Nein, dies war das Nächste, was sie ihm je gekommen war und wahrscheinlich so nahe, wie sie ihm je kommen würde.

Ein leises Husten veranlasste sie, sich umzudrehen.

Ihr Herzschlag stockte für einen Moment, als ihr Blick den seinen traf. Sein Haar war ebenfalls feucht, und sie hatte nun die enttäuschende Antwort auf ihre frühere Frage – er war bekleidet.

Abrupt ließ sie die Krawatte vor ihrem Gesicht sinken und wusste, dass ihre Verlegenheit, ertappt worden zu sein, offensichtlich war. Trotzdem hielt sie den Kopf erhoben und ignorierte die Hitze in ihren Wangen.

»Ich, ähm, habe das vergessen.« Er nickte zu der Krawatte in ihrer Hand.

»Ja, ich habe sie gerade auf dem Fußboden gefunden.« Sie ging auf die Tür zu und hielt sie ihm hin.

Seine Fingerspitzen streiften ihre Handfläche, als er ihr das Accessoire abnahm. »Danke.«

»Danke.« Sie wollte noch mehr sagen, sich weiter auslassen. *Danke, dass du dich um den Besitz kümmerst. Danke, dass du für Beau da bist. Danke, dass du mich respektierst. Danke, dass du nach Hause gekommen bist.*

Allerdings war dies nicht sein Zuhause. Und das hätte sie vor Angst zergehen lassen sollen.

Noch mehr ängstigte sie allerdings, dass dem nicht so war.

Er sah sie mit einem schwachen Lächeln an und entgegnete: »Gern geschehen«, ehe er sich umdrehte und davonging.

Ihre Schultern sackten zusammen, als die Erregung des spannungsgeladenen Augenblicks aus ihrem Körper wich. In ihrem Kielwasser blieb eine latente Hitze zurück, eine lüsterne Neugier, die sie sehnlichst erkunden wollte.

Das machte ihr am meisten Angst.

# CHAPTER 11

Nachdem er mindestens drei Kilometer von der Burg aus hinter sich gebracht hatte, schlich Kid auf Cuddys Unterkunft am Ortsrand zu und war dankbar für den beinahe vollen Mond – und die meistenteils klare Nacht – um seinen Weg zu beleuchten. Gestern Abend hatte er die Mission abblasen müssen, weil die Wolkendecke zu dicht gewesen war. Die Sicht war schrecklich gewesen und dann hatte es zu regnen angefangen. Er war zur Burg zurückgekehrt und hatte die halbe Nacht in Gedanken an Verity versunken seinen Betthimmel angestarrt. Er dachte an die Art, wie sie rot geworden war, als er sie mit seiner Krawatte ertappt hatte. An das leichte Beben, das sie bei der Berührung ihrer Hände erfasst hatte. An das tief in ihrem Blick lodernde Feuer, als sie ihn angesehen hatte – so tief, dass er an seinem Vorhandensein zweifelte, aber nichtsdestotrotz darauf hoffte.

Er verbannte die Gedanken aus seinem Verstand. Er konnte es sich nicht leisten, sich ablenken zu lassen.

Im Erdgeschoss des Hauses, in dem Cuddy logierte, war ein Laden untergebracht. An der einen Seite grenzte ein weiteres Gebäude an, während sich auf der anderen ein offener Bereich auftat. Kit schlich sich zu Rückseite und fand eine verschlossene Tür vor. Glücklicherweise stellte sich dies nicht als Hindernis heraus und Kit knackte das Schloss mühelos.

Während er die Tür vorsichtig hinter sich ins Schloss zog, passten sich seine Augen an das dunklere Licht im Inneren des Hauses an. Durch Fenster zu seiner Rechten schien etwas Mondlicht herein, was hilfreich war. Dies schien der rückwärtige Teil des Ladens zu sein und zu seiner Linken stieg eine Treppe auf.

Bedächtig stellte Kit seinen Fuß auf die erste Stufe und probierte, ob es ein Geräusch geben würde. Das Holz gab ein wenig nach, aber es blieb recht still. Er stieg die Stufen langsam hinauf, bis die Treppe eine Kehrtwende machte und achtete sorgsam darauf, kein unberechenbares Knarren auszulösen. Fast ganz oben traf er letztendlich auf eines und er erstarrte, als das Geräusch die Stille durchschnitt.

Auf leisen Sohlen eilte er zum oberen Treppenabsatz hinauf und fand dort zwei Türen – eine auf der linken und eine auf der rechten Seite. Ihm fiel der Stallknecht ein, der berichtet hatte, dass Cuddy die Aussicht auf den Fluss genossen hätte. Kit mutmaßte, dass sein Zimmer die Tür auf der linken Seite sein müsste, das einen solchen Ausblick bieten würde.

Er bewegte sich leise, als er zur Tür ging und die Klinke behutsam überprüfte. Es war ebenfalls abgeschlossen und auch hier kein Problem. Ehe er das Schloss aufschnappen ließ holte er tief Luft und betete, dass Cuddy noch immer im Sheep's Head war. Er hatte erwogen, dies zuerst zu prüfen, aber dann entschieden, dass es egal war, weil er ohnehin nicht kontrollieren konnte, wann der Mann auftauchen würde. Das wäre mit einem ersten Maat leichter gewesen. Er dachte an Barkley, der ihm in den vergangenen vier Jahren gedient und sich entschieden hatte, nicht mit ihm zusammen nach England zurückzukehren, nachdem sein Schiff verbrannt war. Barkley hätte bei diesem Unterfangen einen ausgezeichneten Komplizen abgegeben.

Das Schloss war geknackt und Kit stieß die Tür langsam auf, bis er bei einem leisen Quietschen zusammenzuckte. Er öffnete sie nur soweit wie nötig, um sich hindurch zu quetschen. Er schlüpfte in die Wohnung und schloss die Tür mit einem leisen Schnappen. Er stand in einem großen Hauptraum und erblickte einen Durchgang, der zu einem anderen Zimmer auf der Vorderseite des Gebäudes führte. Bei näherem Hinsehen kam er zu dem Schluss, dass dies das Schlafzimmer sein musste, und weil der Hauptraum verwaist war, lauschte er eingehend auf etwaige Anzeichen, ob Cuddy im vorderen Zimmer war.

Er wurde von absoluter Stille empfangen.

Er stieß die angehaltene Luft aus und ging auf die Türöffnung zu, um einen Blick hinein zu werfen. Eine Lampe der unter ihm liegenden Straße bot ein spärliches Licht im Zimmer, das mit einem schmalen Bett, einer Kommode und einem heruntergekommenen Stuhl ausgestattet war.

Kit ging sofort auf die Kommode zu und machte sich daran, die Schubladen zu durchwühlen. Er war nicht gänzlich sicher, wonach er suchte, aber er würde alles unter die Lupe nehmen, was irgendwie bedeutsam war. Sie enthielt nichts außer Bekleidung und einer leeren Flasche, bis er die untere Schublade untersuchte. Ein schwarzes, ledergebundenes Notizbuch lag allein in diesem Fach.

Kit nahm das Buch heraus und begab sich zurück in den Hauptraum, wo das Licht dank des Mondscheins besser war. Er trat an das Fenster und klappte das Buch auf. Auf der Stelle erkannte er, dass dort Einträge waren. Seiten über Seiten von Einträgen – von Geldeingängen und Geldausgängen.

Ein Siegesgefühl schwoll in seiner Brust, aber er würde jetzt nicht aufhören. Froh, dass er seinen Mantel ein Stück des Weges vom Haus entfernt zurückgelassen hatte, schob Kit das Notizbuch unter der Weste hinten in seinen Hosenbund. Er ging wieder zurück zum vorderen Zimmer und durchsuchte rasch das Bett, indem er die Matratze anhob und unter das Gestell sah. Zufrieden damit, alles getan zu haben, was er hier hatte tun können, begab er sich zurück in den Hauptraum, während er die ganze Zeit die Ohren gespitzt hatte und auf das kleinste Geräusch lauschte. Er wusste, dass die obere Stufe knarren und die Tür quietschen würde, was ihn in beiden Fällen bei Cuddys Eintreffen warnte.

Er sah aus dem Fenster und entschied, dass der Sprung auf einen Haufen Strauchwerk wahrscheinlich sein leichtester und bester Fluchtweg war.

Ein Schreibtisch in der Ecke weckte Kits Neugier. Er bewegte sich verstohlen durch das Zimmer und erkannte verschiedene Papiere, die darauf lagen. Ein Großteil hatte mit der Suche nach einem neuen Posten als Verwalter zu tun – Anzeigen und Briefe, die Cuddy informierten, dass der Posten besetzt war. Der letzte Brief allerdings stammte von Horatio Kingman, Veritys Vater. Ehe Kit seinen Inhalt lesen konnte, vernahm er das verräterische Quietschen der Tür. Irgendwie hatte er das Knarren der Treppe überhört. Oder Cuddy wusste es zu vermeiden.

Kit legte den Brief auf den Schreibtisch und wandte sich zur Tür, bereit, sich dem Dieb entgegenzustellen. Cuddy trat über die Schwelle und verzog die Lippen zu einem hässlichen Grinsen. »Wie seid Ihr hier hereingekommen?«

»Ich habe mir selbst geholfen«, entgegnete Kit liebenswürdig. »Ebenso, wie Sie sich zu einem Anteil der Profite meines Besitzes verholfen haben. Ich bin hier, um sie einzufordern«

Der Schurke machte große Augen und zog die Tür hinter sich zu, als er eintrat. Als Reaktion darauf spannte Kit sich an.

Cuddy wischte sich mit einer Hand über den Mund. »Seid vorsichtig, wessen Ihr mich beschuldigt.«

»*Ich* soll vorsichtig sein?« Kit schnalzte mit der Zunge. »Ich bin nicht der Kriminelle in diesem Szenario. Ich kann beweisen, dass Ihr mich bestohlen habt.« Er hatte das Notizbuch noch nicht eingehend studiert, aber er rechnete damit, es zu seinem Vorteil nutzen zu können. Er *hoffte,* dazu imstande zu sein.

Er genoss den Anblick, als Cuddys Gesicht einen dumpfen Grauton annahm. »Ich könnte den Konstabler aufsuchen, aber ich würde es vorziehen, wenn Sie mir zurückgeben, was Sie mir schulden, und Blackburn verlassen. Oh, und verraten Sie mir, ob Sie allein arbeiten. Ich vermute, nicht.«

»Ich werde Euch gar nichts erzählen.«

Kit zuckte die Schultern. »Fein. Dann werden Sie ins Gefängnis wandern. Oder vielleicht werden Sie in eine Sträflingskolonie verschickt. Wo ist mein Geld?«

Cuddys Gesicht wechselte von grau zu vollkommen weiß. Doch dies hielt nur einen Augenblick, ehe sich seine Haut in einem Scharlachrot färbte. »Ich habe es nicht. Ich habe alles ausgegeben.«

Kit war sich sehr wohl bewusst, wieviel der Mann im Laufe der vergangenen sechseinhalb Jahre unterschlagen hatte. Er sah sich in dem schäbigen Zimmer mit seiner kargen Möblierung um, die allesamt entweder beschädigt oder abgenutzt war. Wenn Cuddy das Geld ausgegeben hatte, war es so sicher wie die Hölle nicht dazu verwandt worden, um darin zu schwelgen oder sich Bequemlichkeit zu verschaffen. »Ich hoffe, Sie haben irgendwo ein schönes Haus.

Erzählen Sie mir nicht, dass Sie es für Alkohol oder Frauen ausgegeben haben.«

Cuddys dunkle Augen wurden schmal, als er Kit mit Geringschätzung betrachtete. »Es geht Euch nichts an, wie ich es ausgegeben habe.«

Jetzt fühlte Kit sich langsam gereizt. »Es ist ganz und gar meine Angelegenheit. Weil es *mein* Geld ist. Von *meinem* Besitz.«

Cuddy zog die Mundwinkel hoch, als er sich steifbeinig in Bewegung setzte. Er war ein großer Mann mit einem fassartigen Bauch und Schultern, die breiter waren als Kits. Er war allerdings ein bisschen kleiner, mit kurzen Beinen, die den Anschein erweckten, als ob sie nicht sehr weit – oder sehr schnell – rennen könnten. Aber es sah nicht so aus, als ob Cuddy rennen wollte. Und Kit würde ihn sowieso nicht lassen.

Cuddy zog seine Jacke aus und warf sie auf einen Stuhl und dann tat er das Gleiche mit seiner Krawatte, woraufhin er nun noch mit einer einfachen Weste und einem zerknitterten Hemd bekleidet war. Sein dunkles Haar klebte an seinem Schädel und nach seinem Geruch zu urteilen, nahm Kit an, dass er seit einigen Tagen nicht mehr gebadet hatte.

»*Euer* Besitz? Ist das richtig?« Cuddys selbstbewusster Tonfall und der selbstgefällige Ausdruck ließen Kits Haut vor böser Vorahnung kribbeln. »Ich weiß aus sicherer Quelle, dass Ihr nicht wirklich der seid, für den Ihr Euch ausgebt.«

*Verdammt.* Wie zur Hölle hatte dieser Kretin das erfahren? »Jemand hat Sie mit Lügen gefüttert.« Kit musste erfahren, wer derjenige war.

»Vielleicht habe ich mir alles selbst zusammengereimt.« Er tippte mit einer Fingerspitze an seine Schläfe. »Ich bin klug genug, um mir über einen langen Zeitraum eine ansehnliche Summe zu erschwindeln, ohne erwischt zu werden.« Ein tiefes

Lachen stieg aus seiner Kehle auf. »Es scheint, als hätten wir beide Dinge, die wir lieber im Verborgenen halten würden, also warum geht Ihr nicht einfach auf *Eure* Burg zurück und wir werden vergessen, dass diese Unterhaltung je stattgefunden hat.«

Kit bedachte ihn mit dem überheblichen, eiskalten Lächeln, das er dem Kapitän eines gegnerischen Schiffes zugedachte, ehe er seine Güter beschlagnahmte. »Oder Sie werden mir das Geld geben, das Sie gestohlen haben, und ich werde Sie nicht auf die andere Seite der Erdkugel transportieren lassen. Das ist Ihre einzige Chance, Cuddy und Ihnen läuft die Zeit davon, sie zu ergreifen.« Kit hob seine Weste, um einen Blick auf die Pistole preiszugeben, die dort an seiner Hüfte lag.

Cuddy stürzte mit einen schnellen Satz nach vorn und zielte direkt auf Kit ab, der es gerade noch schaffte, die Pistole hervorzuziehen und den Hahn zu spannen. Cuddy duckte sich tief und rammte Kit seine Schulter in die Magengrube, während er die Finger um sein Handgelenk legte und mit aller Macht zudrückte, bis Kit die Pistole fallenließ.

Mit dem Fuß stieß Kit die Pistole beiseite und konzentrierte sich auf den Rohling, dessen Faust auf Kits Wange niederging. Kit stieß ihn heftig und Cuddy schwankte zurück. Aber der Mann fiel nicht.

Kit nutzte den Vorteil der momentanen Atempause und griff in seinem Stiefel nach seinem Messer. Cuddy kam auf ihn zu, ebenfalls eine Klinge schwenkend. Kit schwang die Hand in einem Bogen und schnitt über Cuddys Brust, wobei er etwas Fleisch erwischte, als er seine Kleidung durchtrennte.

Cuddy hob die freie Hand an seine Brust, als er zurücksprang. »Hurensohn.«

Für einen Augenblick umkreisten sie einander, ehe Cuddy wieder einen Vorstoß wagte, und auf Kits Brust zielte, ehe er im letzten Moment die Richtung wechselte. Er hatte die Klinge gehoben, um Kit das Gesicht aufzuschlitzen, aber Kit schaffte es, seine Abwehr zu korrigieren und – größtenteils – auszuweichen. Das Messer streifte seine Haut von der Schläfe bis vor sein Ohr, ehe er sich gänzlich aus der Gefahrenzone retten konnte. Blut rann an seinem Kiefer herab und Cuddys Blick nahm einen animalischen Ausdruck an. Der Mann klaubte eine Flasche vom Tisch und schlug sie gegen das Holz. Mit einem höhnischen Grinsen hielt er den scharfgezackten Flaschenhals hoch erhoben und kam mit beiden Armen bedrohlich kreisend auf Kit zu, während er die Hand mit dem Messer allerdings voranführte. Kit wehrte Cuddys Messerangriff mit seiner eigenen Waffe ab und als die Klingen zusammentrafen, holte Cuddy mit der zerbrochenen Flasche aus. In einer abwehrenden Geste riss Kit die Hand hoch und das Glas bohrte sich in seine Handfläche. Er trat mit dem Fuß aus und traf Cuddy am Oberschenkel anstatt dem anvisierten Ziel – der Leiste. Trotzdem taumelte Cuddy rückwärts und Kit nutzte seinen Vorteil, um noch einmal zuzutreten, dieses Mal nach dem Messer in Cuddys Hand. Sein Stiefel traf auf Cuddys Fleisch und der Mann schrie auf, als ihm das Messer entglitt und über den Boden schlitterte.

Cuddy riss die Hand hoch und packte Kits Handgelenk mit seinen Fingern, wobei er fest zudrückte, während er den gezackten Flaschenhals zu Kits Kopf hob. Kit schlug mit seiner freien Hand fest genug gegen Cuddys Handgelenk, dass dieser das gefährliche Objekt fallen ließ. Während der ganzen Zeit verdrehte Cuddy Kit das Handgelenk erbarmungslos, bis sein Messer aus seinem kraftlosen Griff auf den Boden polterte.

Unbewaffnet griffen sie sich erneut mit Fäusten und Fingern und Ellbogen und Knien an. Sie krachten in einen Stuhl, der schlitternd gegen die Wand schlug. Kit schaffte es kaum, die Balance zu halten, als Cuddy sein Bein packte und versuchte, ihn zu Boden zu zerren.

Angestrengt versuchte Kit, Luft zu holen. »Das muss nicht mit dem Schlimmsten enden.«

»Es wird kein anderes Ende nehmen – für Euch.« Cuddy grinste, als er den Raum mit seinem Blick absuchte, und sich offensichtlich nach einer neuen Waffe umsah. Sein Blick fiel auf Kits Messer und nahm einen mörderischen Ausdruck an. Kit begriff, dass dies ein Kampf war, den er gewinnen *musste*.

Er entdeckte Cuddys Messer nicht weit entfernt. Er machte einen Satz auf die Waffe zu und drehte sie in der Hand, ehe er damit genau in dem Moment auf Cuddys Brust zielte, als der Mann sich zu ihm umdrehte, nachdem er Kits Waffe vom Boden geklaubt hatte.

Cuddy riss die Augen weit auf und sämtliche Farbe wich ihm aus dem Gesicht, ehe er in sich zusammensank und rücklings auf den Fußboden am Rande eines abgetretenen Teppichs fiel.

Verdammt, Kit hatte den Mann nicht umbringen wollen, sondern sich nur davor retten, selbst getötet zu werden. Kit sah Cuddys Umhang an einem Haken an der Tür hängen und er riss ihn an sich, ehe er zur anderen Seite des Mannes eilte. Er presste das Kleidungsstück um das Messer herum auf die Brust. Kit wagte nicht, die Waffe zu entfernen.

Cuddys Grinsen war grässlich und sein Gesicht kreidebleich, als das Blut aus seinem Körper sickerte. »Das müsst Ihr nicht tun. Es ist egal. Ich bin ein toter Mann. Versucht nicht, mir weiszumachen, dass Ihr ein Herzog seid. Ein Herzog kämpft nicht so.«

»Wer hat Ihnen gesagt, dass ich nicht Blackburn bin? Sagen Sie es mir und ich werde einen Arzt rufen.«

Cuddys Grinsen wurde breiter und das Blut drang nun zwischen den Lücken seiner Zähne hindurch. »Das möchtet Ihr wohl gern wissen? Aber nein, ich will mit der Vorstellung ins Grab gehen, wie Ihr für den Rest Eures erbärmlichen Lebens über Eure Schulter seht und Euch fragt, wer Euer

Geheimnis kennt. Ich werde auf der anderen Seite auf Euch warten. Männer wie wir finden keine Ruhe.«

*Männer wie wir.*

Er sei nicht wie Cuddy, wollte Kit einwenden, er sei kein Dieb, was wohl die heuchlerischste Aussage in der Geschichte der Heucheleien war. Kit war ein Lügner und verflucht noch mal, er war ein *bezahlter* und geduldeter Dieb. Nein, Männer wie er würden keine ewige Ruhe finden.

Kit bog seine Finger um das blutbefleckte Revers der Weste des Mannes und knurrte: »Sagen Sie es mir!«

Cuddy grinste nur noch einmal, ehe er erschlaffte und seine Augen sich zum letzten Mal schlossen.

Mit einem Fluch ließ Kit von dem Mann ab und setzte sich mit seinem vollen Gewicht auf den Boden, während er von dem Leichnam abrückte. Was für ein verdammtes Desaster. Er hatte das Geld nicht zurückerlangt. Er hatte nicht herausgefunden, wieso Cuddy gewusst hatte, dass er nicht der Herzog war. Und der Mann war tot.

Und irgendjemand klopfte an die Tür.

»Mr. Strader, geht es Ihnen gut?« Die Stimme war sanft und weiblich.

*Mist.* Kit hustete und senkte seine Stimme zu einem heiseren Krächzen. »Ja, vielen Dank. Gute Nacht!«

Ohne Luft zu holen wartete er auf eine Antwort. Endlich kam ein »Gute Nacht«, und er vernahm das Geräusch der sich entfernenden Schritte.

Er stieß die Luft aus und betrachtete den Körper. Bedauern erfasste ihn. Er hatte den Mann nicht umbringen wollen, aber Cuddy hatte ihm keine Chance gelassen. In Wahrheit hatte Kit ihn unterschätzt. Er hatte Cuddy für einen Dieb gehalten und nicht für jemanden, der zu Gewalttätigkeiten fähig war. Das war Kits Fehler gewesen, von dem er sich wünschte, dass er ganz anders ausgegangen wäre.

Kit erwog, den Körper in den schmuddeligen Teppich

einzurollen und irgendwo zu verstecken, aber der Mann sollte gefunden werden, damit er ein anständiges Begräbnis bekäme. Er sollte den Konstabler informieren, aber das würde die Aufmerksamkeit auf ihn selbst lenken, und er wusste, dass seine Finte nicht viel länger andauern konnte. Vor allem, weil es irgendwo noch jemanden gab, der wusste, dass er nicht der Herzog war.

Nein, er sollte Blackburn eigentlich auf der Stelle verlassen, aber der Gedanke, Verity und Beau den Rücken zu kehren und sie nie wiederzusehen, war schmerzhafter als jede Verletzung, die ihm je beigebracht wurde.

Kit stöhnte und stieß sich vom Fußboden hoch. Ihm tat es durch den Kampf beinahe überall weh und irgendwann war ihm das Notizbuch hinten aus seinem Hosenbund gerutscht. Das Blut auf seinem Gesicht war getrocknet, aber seine Hand blutete noch immer und schmerzte höllisch. Morgen würde er eine hübsche Anzahl von Blutergüssen haben und er fragte sich, was zum Teufel er Beau erzählen sollte.

Durch den Gedanken an diesen unschuldigen Jungen, während ein Mann tot vor ihm lag, fühlte Kit sich gezwungen, die Augen zu schließen. Er holte tief Luft und dachte darüber nach, wie weit er gesunken war und wie anders sein Leben sich nun im Vergleich mit einigen Wochen zuvor gestaltete.

Weil er anders war.

Abgekämpft und schmerzerfüllt schlug er die Augen auf und stieß sich hoch. Er zog sein Messer aus Cuddys Hand und schob es in seinen Stiefel. Dann fand er die Pistole sowie das Notizbuch und schob beides in seinen Hosenbund.

Er ging noch einmal zum Schreibtisch und stecke den Brief von Kingman in seine Weste. Eine rasche Durchsuchung förderte nichts anderes Nennenswertes mehr zutage.

Anstatt im Hinblick auf die anderen Anwesenden im

Haus einen Abgang über den Treppenabsatz und die Treppe zu riskieren, beschloss Kit in die Büsche unter dem Fenster zu springen. Bei der Landung bohrten sich die Äste in seine Haut und zerkratzten ihn, was noch zusätzlich zu seinen Schmerzen beitrug.

Nachdem er seinen Mantel gefunden hatte, hüllte er sich mit einer Grimasse in das Kleidungsstück. Auf seinem Weg zurück zur Burg wurden ihm seine Verletzungen nur noch bewusster. Er bemerkte auch den sinkenden Mond und hoffte, es bis nach Hause zu schaffen, ehe das wegweisende Licht verschwunden wäre.

*Nach Hause.* War es das wirklich? Er hatte angefangen, so zu denken, aber Cuddys Worte hatten ihn heute Abend daran erinnert, dass er ein Hochstapler war … und dies hier ein vorrübergehendes Spiel.

Verdammt, er könnte zur Burg zurückkehren, eine beliebige Anzahl von Wertgegenständen, angefangen beim Silber über die Waffen bis zu Veritys Schmuck nehmen und ohne einen Blick zurück verschwunden sein. Ihm schmerzte die Brust bei diesem Gedanken.

Und dennoch wäre dies genau das Richtige.

Nein, das Richtige wäre, nichts zu stehlen und einfach zu gehen. Eigentlich könnte er seine Richtung jetzt wechseln und zur Küste laufen. Allein der Gedanke an das Wasser, das ans Ufer schwappte, die salzige Luft, die sich auf seine Haut legte, das Geschrei der Seevögel, die ihn riefen … *Das* war zu Hause.

Seine Füße trugen ihn allerdings weiter auf die Burg zu.

Er brauchte für die Heimkehr beinahe doppelt so lange und als er das untere Tor des Innenhofes erreichte, war der Mond inzwischen verschwunden. Er hatte das Hauptturmhaus umgangen, das mit einem Torwächter besetzt war. Beaumont Tower war allerdings als Festung erbaut und es gab nur einen Weg in die Burg. Der unterirdische Fluchtweg war augenscheinlich zusammengebrochen und nie wiederaufgebaut worden. Vielleicht sollte Kit das auf seine Liste der Verbesserungen setzen, sollte er einmal einen heimlichen Ausweg aus der Burg brauchen.

Was der Fall sein könnte.

Er musste herausfinden, wer noch von seinem Geheimnis wusste – oder zumindest den Verdacht hegte.

Vielleicht würde das Notizbuch einen Hinweis liefern.

Er betete, dass er um diese Zeit nicht mit einem der Bediensteten zusammenstieß und hastete über den Innenhof auf das obere Tor zu. Die Tür zum Treppenaufgang, der neben seinem Schlafzimmer mündete, war noch immer genauso unverriegelt, wie er sie hinterlassen hatte. Sobald er drin war, schob er den Riegel vor und stieg die Stufen so schnell hinauf, wie seine schmerzenden Gliedmaßen es erlaubten.

Das Licht von einer Fackel im Korridor ließ ihn blinzeln, als seine Augen sich von der draußen herrschenden Finsternis an die Helligkeit anpassten. Mit einem dumpfen Geräusch streifte er mit seiner Schulter den Türrahmen der Treppe. Einen Augenblick später ließ ihn der Klang einer sich öffnenden Tür erstarren. Es war direkt vor ihm. Nicht seine Tür. Beaus.

*Verdammt.*

Wie würde er dem Jungen all das Blut an ihm erklären?

Aber es war nicht Beau. Verity trat in den Korridor und schloss Beaus Tür hinter sich. Sie ging mit gesenkten Brauen auf ihn zu. Dann riss sie beim Näherkommen die Augen auf. »Rufus?«

»Es tut mir leid, dass ich dich erschreckt habe. Geht es Beau gut?« Er wollte die Aufmerksamkeit von sich ablenken, aber noch mehr wollte er wissen, warum sie zu dieser Stunde in Beaus Zimmer gewesen war.

»Es geht ihm gut. Er ist nur aufgewacht und hat um

Wasser gebeten. Jetzt schläft er.« Sie trat näher und ihr Blick fixierte sich auf den Schnitt in seinem Gesicht. »Was ist dir passiert? Wo bist du gewesen?«

»Es ist unwichtig. Es geht mir gut. Ich werde mich nur ein wenig säubern und dann zu Bett gehen.«

»Komm mit mir.« Sie drehte sich um und ging den Korridor entlang auf ihr Zimmer zu.

»Nein.«

Langsam schwenkte sie herum und sah ihn mit schiefgelegtem Kopf an. »Du brauchst Hilfe. Ich werde sie dir gewähren und du wirst nicht widersprechen. Ich muss dich sauber bekommen. Wenn Beau aufwacht und dich so sieht —«

»Das kann er nicht.« Kit würde alles tun, um das zu verhindern. Eigentlich hätte er in die Küche gehen sollen, um sich dort zu säubern.

Sie zeigte auf sein Schlafzimmer. »Dort hinein. Hast du Wasser?«

Er nickte und trat in sein Zimmer. Sie folgte und schloss die Tür hinter sich.

Das Feuer war zu Glut heruntergebrannt und Kit benutzte einen Holzspan, um die Lampe anzuzünden, die er auf seiner Kommode stehen hatte. Das Zimmer war in weiches, warmes Licht getaucht und plötzlich war er sich bewusst, dass sie bei geschlossener Tür allein waren. Mit einem Bett im gleichen Zimmer. Und sie war kaum bekleidet.

Und in Kürze würde er seine Kleider ablegen. Nein, das würde er mit ihr hier nicht tun. Aber weiß Gott, wie er sich danach sehnte, seinen Frack abzulegen. Auf seinem Rückweg hatte er bereits seine Krawatte ausgezogen und als Verband um seine verletzte Hand gewickelt.

»Mist.«

»Du bist sehr gut im Erteilen von Befehlen«, erklärte er.

»Hast du je darüber nachgedacht, ein Schiff zu kommandieren?«

Sie ging auf die Zimmerecke zu, wo er seine Waschschüssel und einen Wasserkrug auf einem schmalen Schrank stehen hatte. »Wo sind deine Waschlappen?«

Er setzte sich auf einen Stuhl neben der Kommode, damit sie genug Licht hatte. »In der oberen Schublade.«

Sie goss etwas Wasser in das Becken und nahm einige Waschlappen aus dem Schrank. »Ich würde seekrank werden«, erklärte sie.

»Wie kannst du das wissen?« Er beugte sich vor, um seine Stiefel auszuziehen und sein wunder Körper protestierte bei den Bewegungen. »Bist du schon einmal gesegelt?«

Sie kam mit ihren Utensilien auf ihn zu und stellte sie auf der Kommode ab. »Nein, aber wenn ich zu lange in einer Kutsche unterwegs bin, wird mir übel. Ich denke, das Schaukeln eines Schiffes auf dem Meer könnte weitaus schlimmer sein.«

»Das kann es, aber du gewöhnst dich daran.« Er hatte sich wochenlang erbrochen, als er zum ersten Mal mit einem Schiff unterwegs gewesen war.

Sie schob die Lampe näher zu ihm und musterte sein Gesicht.

»Vermutlich habe ich schon einmal besser ausgesehen.«

»Du siehst aus, als ob du in einen Kampf verwickelt warst.«

»Das war ich.« Er musste ihr von Cuddy erzählen. Und das würde er – morgen. Nachdem er eine Gelegenheit hatte, das Notizbuch durchzusehen und zu entscheiden, was als Nächstes zu tun war. Seine einzige Option schien darin zu bestehen, Beaumont Tower zu verlassen. »Kann ich dir morgen davon berichten?«

Sie sah ihn für einen Augenblick unverwandt an und ihre

dunklen, kaffeebraunen Augen verengten sich leicht vor Besorgnis. »Ja.«

Mit geschürzten Lippen tauchte sie den Lappen in das Wasser und machte sich daran, die Schnittwunde seitlich an seinem Gesicht zu reinigen. Sie verlief direkt vor seinem Ohr und erstreckte sich von der Schläfe bis zum Kiefer.

»Werde ich eine Narbe zurückbehalten?«

»Vielleicht. Es ist nicht sehr tief – du hast Glück gehabt.« Sie hielt in ihrem Tun inne, als er zuckte. »Entschuldigung«, murmelte sie.

»Entschuldige dich nicht. Ich weiß deine Behandlung sehr zu schätzen.«

»Du brauchst eine Heilsalbe oder einen Wundumschlag. Ich habe etwas in meinem Zimmer, das ich für Beaus Kratzer und Schrammen benutze. Du bist genauso schlimm wie ein Sechsjähriger«, murmelte sie.

Er konnte ein Grinsen nicht unterdrücken. Es bezog sich nicht auf das, was sie gesagt hatte, sondern die Komplizenschaft, die sich zwischen ihnen entspann, als sie seine Wunden versorgte.

Noch einmal feuchtete sie den Lappen an und spülte das getrocknete Blut aus den Fasern, ehe sie sich erneut seiner Verletzung zuwandte. »Tut es weh?«

»Nicht so sehr wie meine Hand.«

»Deine Hand?« Sie sah auf seine Hand herab, die auf seinem Oberschenkel ruhte. »Zeig sie mir.«

Er wickelte die Krawatte von seiner linken Hand und drehte die Handfläche nach oben, um den Schnitt zu zeigen. »Es ist nicht sehr tief – ich glaube nicht, dass es genäht werden muss.«

»Ich würde dich ja fragen, wie du das beurteilen kannst, aber ich nehme an, dass du viele Male verwundet worden bist.« Forschend sah sie ihm ins Gesicht. »So viele Geheimnisse.« Die Worte waren so sanft, doch sie trafen ihn hart wie ein Geschoss, das über das Wasser dahinflog, und ließen die Frequenz seines Herzschlags himmelhoch steigen.

Sie schlug den Blick nieder, um sich auf seine Verletzung zu konzentrieren und durchfeuchtete den Lappen noch einmal, ehe sie seine Hand vorsichtig umfasste und das getrocknete Blut abwischte. »Du willst mir nicht sagen, wo du in den vergangenen sechs Jahren gewesen bist. Du willst mir nicht sagen, wo du heute Abend gewesen bist. Du willst mir nicht sagen, wer dir das angetan hat.« Sie verfiel erneut in Schweigen, während sie die Reinigung der Wunde beendete.

Als sie den Lappen in das Waschbecken fallen ließ, zog sie ihre Hand unter der seinen nicht fort. Einmal mehr sah sie ihm in die Augen und in dem flackernden Glimmen der Lampe erkannte er ihre Besorgnis und Verletzlichkeit. Und noch etwas anderes, was er nicht benennen konnte.

»Ich weiß, dass du nicht Rufus bist.«

Sein Herz war versucht, aus seiner Brust zu springen und wahrscheinlich wäre es losgerannt, wenn es gekonnt hätte. Stattdessen war es in ihm gefangen und pochte in einem wilden Rhythmus, der wie ein Trommelwirbel in seinem Kopf widerklang.

Er versuchte, sich eine Antwort einfallen zu lassen, aber es gab einfach keine.

»Wirst du fortgehen?«, fragte sie.

»Jetzt?«

Ihr Blick war von dunkler Intensität, als sie seinen suchte. »Jemals. Du bist nicht mein Ehemann. Ich weiß nicht, was du hier tust oder was du willst.«

»Ich würde dich nie verletzen. Oder Beau.«

»Irgendwie weiß ich das. Aber hast du vor, fortzugehen?«

Er verstand, was sie unausgesprochen ließ – dass sein Weggehen sie verletzen *würde*. »Nein. Nicht, wenn du mich nicht darum bittest.« Die Worte schockierten ihn bis ins

Mark, aber nie in seinem Leben hatte er etwas ehrlicher gemeint.

Ihre Hand fühlte sich warm und weich um seine an. Es war kaum eine Berührung, sondern etwas, das aus der Notwendigkeit entstanden war, als sie die Wunde gesäubert hatte. Doch dann legte sie ihre freie Hand an sein Gesicht und zog mit den Fingerspitzen die Konturen der Schnittwunde nach.

Atemlos wartete er, dass sie verlangen würde, zu erfahren, wer er war und warum er hier war. Stattdessen sah sie ihm bloß in die Augen und erst dann verstand er diese unbekannte Emotion, die in ihrem Blick verborgen war.

Verlangen.

Sein Körper straffte sich wie elektrisiert zur Antwort und schrie mit jeder Faser nach ihr. Doch er unternahm nichts. Es genügte offenbar, denn sie beugte sich herab und presste ihre Lippen auf seine.

Der Kontakt durchzuckte ihn wie ein Lichtblitz über dem Meer und tauchte alles in einen funkelnden, wundersamen Glanz. Als ihr Mund sich sanft über seinen bewegte, wurde das Gefühl intensiver und heizte ihn auf eine unglaubliche Temperatur auf.

Sie hielt ihn mit einer Hand seitlich am Kopf, während sie die Lippen auf seine legte. Er gab sich Mühe, sich zurückzuhalten und es ihr zu überlassen, den Kuss zu dirigieren. Letztendlich war er ihr Werk.

Er schloss die Augen und sehnte sich danach, sie um die Taille zu packen und auf seinen Schoß zu ziehen, um mit seiner Zunge in ihren Mund zu dringen und sie zu schmecken, sie zu erobern, ihr zu zeigen, wie sehr er sie begehrte. Aber er tat nichts davon. Er hielt den Atem an, als sie ihn weich und unschuldig küsste.

Kurz.

Sie zog sich zurück und als er die Augen aufschlug, stellte

er fest, dass sie ihn eingehend ansah. »Ich weiß ehrlich gesagt nicht, wie man küsst. War das schön?«

Sie ... Was? Ihm war bereits viele Male in den Sinn gekommen, ihren Ehemann zu verprügeln und wünschte, er könnte genau das jetzt tun. Nachdem er ihn für seine Dummheit ausgeschimpft hätte. Wie konnte Rufus mit diesem wunderschönen, edelmütigen und starken Geschöpf verheiratet gewesen sein, ohne sie bis zur Besinnungslosigkeit küssen zu wollen?

»Es war sehr schön«, antwortete er. »Meiner Meinung nach. Noch wichtiger ist allerdings deine Meinung, weil du den Kuss eingeleitet hast. Denkst du, dass es schön war?«

Sie zog die Brauen zusammen. »Hätte ich das nicht tun sollen?«

»Ich bin eigentlich ziemlich froh, dass du es getan hast. In der Tat darfst du das immer machen, wenn dir danach ist.«

Ein zarter Hauch von Rosa legte sich auf ihre Wangen. »Ich denke, es war angenehm. Aber ... Ist da noch mehr? Ich weiß, da ist ... Ich will nur –« Mit einem Schaudern verstummte sie.

Er wollte sie fragen, was sie wusste, aber fürchtete, dass er für den Rest seines Lebens hinter ihrem Ehemann herjagen würde, um ihm Schlimmeres anzutun, als ihn nur zu verprügeln. »Ja, da gibt es noch mehr. Wenn du möchtest, dass ich es dir irgendwann einmal zeige, werde ich das tun.«

»Willst du es mir jetzt zeigen?«

Sein Körper schrie zur Antwort und es juckte ihn in den Fingern, sie zu halten, und sein Schaft versteifte sich vor Verlangen.

»Ich bin nicht sicher, ob das die beste Idee ist. Es ist spät –«

»Und du bist verletzt.« Sie wandte den Blick ab. »Ich hätte nicht fragen sollen. Es tut mir leid.«

Sie fing an, sich umzudrehen und er legte eine Hand um ihre Taille, um ihre Bewegung aufzuhalten.

»Das muss es nicht. Ich bin froh, dass du gefragt hast.« Er spreizte die Hand seitlich über ihren Morgenrock und legte die Finger um ihren unteren Rücken. »Komm her.«

Sie schwenkte wieder zu ihm zurück und mit seiner anderen Hand dirigierte er sie, sich auf sein Knie zu setzen. Ihr Haar hing in einem einzelnen Zopf herab, der über ihre linke Schulter gelegt war. Er berührte die Flechte und ließ seine Fingerspitzen und den Daumen über die weichen Wülste ihrer dunklen Locken streichen. In seiner Liebkosung immer höher steigend erreichte er ihr Gesicht, wo er mit der Daumenkuppe an ihrem Kiefer entlangstrich.

»Möchtest du, dass ich dich küsse? Dich wirklich küsse?«

Sie nickte – den Blick mit seinem verschlungen.

Sie war so kompetent, so intelligent und solch eine unerschütterliche Frau, die ihren Sohn allein aufzog und Herzogin solch eines großen Besitzes war. Und dennoch fühlte er sich demütig von ihrer Unschuld und Naivität. Er wollte das nicht verpfuschen.

Langsam legte er die Hand um ihren Hals und zog ihr den Kopf sanft nach unten. Er teilte die Lippen ein wenig, als er ihren Mund an seinen heranführte. Sie schloss die Augen und er die seinen. Sanft küsste er sie und nahm sich die Zeit, ihre Haut zu erforschen und ihre Reaktion einzuschätzen.

Er behielt einen sanften Druck auf ihrem Rücken bei und hielt sie in sicherem Griff auf seinem Schoß, während er seine freie Hand benutzte, um ihr sanft den Nacken zu massieren.

Allmählich fing er an, seine Lippen auf ihren zu bewegen, um ihr zu zeigen, dass Küssen abwechslungsreich und experimentell sein konnte. Nach einem Augenblick traf seine Zunge zart auf ihre Haut und entlockte ihr ein leises

Keuchen. Sie zog sich ein wenig zurück und gleich nachdem er die Augen öffnete, schlug sie die ihren auf.

»Vielleicht ist das genug.«

»Nein, das war schön. Ich war nur … überrascht. Ich hatte den Teil mit der Zunge ganz vergessen.«

Er konnte sich die grässliche Weise, in der Rufus sie geküsst haben musste, nur vorstellen. Kit kämpfte zwischen dem Gedanken, seiner Begierde Einhalt zu gebieten und seinem Wunsch, ihr zu zeigen, dass nicht alle Männer Tiere waren und sie dies genießen konnte.

»Es hat mir gefallen.« Sie wackelte ein bisschen auf seinem Schoß und sein Schaft versteifte sich daraufhin noch ein wenig mehr, wenn das noch möglich war. »Ich glaube dir, dass du dafür sorgst, dass ich den Teil mit der Zunge genieße.«

Sie vertraute ihm. Er konnte sie nicht abweisen. Und er konnte dies nicht verderben.

»Wenn du mich berühren willst, kannst du das gern tun. Mit deinen Händen«, stellte er klar.

Sie legte die Hände um seinen Nacken. »So etwa?«

»Wie auch immer du willst. Es existiert keine falsche Art, wie du mich berühren könntest, da bin ich ziemlich sicher.«

Ihre Augen wurden dunkler und in diesem Moment wusste er, dass sie an all die schlimmen Möglichkeiten dachte, wie sie berührt worden war.

»Oh, Verity, meine Liebste.« Der Kosename kam ihm wie von selbst über die Lippen. »Ich werde nicht zulassen, dass dir irgendetwas Schlechtes passiert – oder Beau. Ich würde dich mit meinem Leben beschützen.«

»Küss mich. Ich möchte alle anderen Küsse außer deinen vergessen.«

Mit beiden Händen umfasste Kit ihre Taille und hob sie von seinem Schoß, als er sich vom Stuhl erhob. Ein Ausdruck der Enttäuschung flackerte über ihr Gesicht. Sie dachte, er hätte die Absicht, sie abzuweisen. Nichts könnte seinem Plan ferner liegen.

Er legte die Hand um ihr Gesicht, um genau das zu tun, worum sie ihn gebeten hatte, und alle anderen Erinnerungen zu verbannen. »Von diesem Augenblick an wirst du nur an meine Lippen auf deinen denken. An meine Zunge in deinem Mund. An deine Zunge in meinem. An unsere Münder, wie sie sich bewegen und zusammen tanzen und einander Vergnügen bereiten. Nichts als Vergnügen.«

Er blickte sie eindringlich an und zog sie fest an seine Brust, als sein Mund sich auf ihren herabsenkte. Dieses Mal bewegte er sich zielstrebig und seine Lippen verschmolzen mit den ihren, während er den Kopf schief hielt, um sich besser mit ihr zu verbinden.

Als er die Zunge dieses Mal über den Spalt zwischen ihren Lippen gleiten ließ, öffnete sie sie ein wenig. Er drang vorsichtig und voller Ehrfurcht in sie und seine Zunge stieß gegen ihre. Er streichelte ihren Rücken, während er sie leidenschaftlich an sich presste. Seine Hände arbeiteten im Einklang mit seinem Mund, um ihren Körper in einen Zustand der Wonne zu locken.

Sie legte die Arme um seinen Nacken und ihre Finger gruben sich in das bloße Fleisch unter dem Hemdkragen. Die Begierde wallte in ihm auf, aber er behielt sich unter Kontrolle.

Alles war von seiner Kontrolle … seiner Beherrschung abhängig.

Er bog ihren Rücken ein wenig zurück und sie musste sich an ihm festhalten. Er erhob eine Hand, um ihren Nacken zu stützen, als er die Zunge tief in ihren Mund stieß. Dann zog er sich zurück und gewährte ihnen beiden eine kurze Atempause, ehe er sie zum nächsten Kuss zu sich heranzog. Sie stöhnte leise in seinen Mund und reckte ihr

Gesicht zu seinem empor und ihre Brüste schmiegten sich warm und weich an seinen Oberkörper.

Immer weiter küsste er sie – stieß vor und zog sich zurück und hielt sie die ganze Zeit, als ob sie das kostbarste Gut wäre, das er je besessen hatte.

Sie krümmte die Finger um seinen Hemdkragen und zog an dem Stoff, sodass er in sein Fleisch schnitt. Ihr Körper rieb sich an ihm und ihr Becken kreiste unter seinem.

Das Bett war so nahe …

Er zog sich ein letztes Mal zurück und brachte sie in eine gerade, aufrechte Position. Er konnte dies nicht so weitergehen lassen. Er würde sich, sobald sie gegangen war, selbst befriedigen müssen.

»War ich erfolgreich?« Er hätte nicht fragen sollen, aber falls er versagt hätte, würde er einwenden, es noch einmal versuchen zu müssen. Jedenfalls hoffte er das.

»Sehr. Vielleicht zu sehr.« Ihre Lippen formten sich zu einem schwachen Lächeln und seine Knie wurden weich. Sie löste die Hände von seinem Nacken und ließ sie sinken, als sie einen winzigen Schritt zurücktrat. »Vielen Dank. Ich sollte zu Bett gehen.« Sie trat einen weiteren Schritt zurück.

»Das ist wahrscheinlich klug.«

Ihre Augen weiteten sich kurz und sie schüttelte den Kopf. »Ich muss die Wundsalbe holen. Warte hier.«

Er wollte ihr sagen, dass sie sie am Morgen auftragen würden, aber er wusste, dass er mit diesem Einwand nicht gegen sie ankam. Sie war die Herrscherin dieser Burg und das gefiel ihm so.

In ihrer Abwesenheit kühlte seine Leidenschaft ab, was zum Teil seiner Vernunft zu verdanken war, die seinem Körper befahl, sich verdammt nochmal zu beruhigen. Er zog den Brief und das Notizbuch aus seinen Kleidern hervor und verstaute beides in einer Kommodenschublade.

Bei ihrer Rückkehr trug sie die Salbe auf und verband

dann seine Hand mit einer Bandage. »Ich werde den Verband morgen wechseln. Wir werden Beau sagen, dass du einen Unfall im Holzschuppen hattest. Ein Stück Holz ist gesplittert und hat dich im Gesicht und auch an der Hand verletzt.«

Das war eine weitaus bessere Ausrede als das, was Kit sich ausgedacht hatte. »Ich hatte sagen wollen, dass ich die Treppe hinuntergefallen bin. Deine Geschichte ist meinem Stolz weit weniger abträglich.«

Sie lachte und sein Verlangen rührte sich erneut. Alles an ihr weckte seine Lust auf sie. Leidenschaftlich.

Sie nahm die Schüssel und den blutigen Lappen.

»Du musst das nicht nehmen.«

»Ich möchte nicht, dass das Zimmermädchen es morgen findet. Es ist in Ordnung. Das ist die Aufgabe der Mütter – nicht, dass ich deine Mutter wäre.«

Er zuckte zusammen. »Das niemals, bitte.«

»Nein, niemals das«, stimmte sie leise zu und ihr Blick war auf seinen Mund fixiert.

Und plötzlich war sein Schaft wieder in voller Bereitschaft. »Du solltest besser gehen«, krächzte er.

Sie antwortete mit einem knappen Nicken. »Gute Nacht. Schlaf gut.« Dann wandte sie sich um und ging zur Tür, die sie bei ihrer Rückkehr mit der Medizin nur angelehnt gelassen hatte.

Er war ihr gefolgt und hielt ihr die Tür auf, als sie über die Schwelle trat. »Schlaf gut, Verity.«

Sie drehte sich um und sah ihn über die Schulter an und er dachte, dass sie vielleicht etwas sagen würde. Schließlich drehte sie den Kopf wieder nach vorn und ging auf ihr Zimmer am Ende des Korridors zu. Er sah ihr nach, bis die Tür sich hinter ihr geschlossen hatte. Dann kehrte er in sein eigenes Zimmer zurück und zog die Tür ins Schloss, worauf er unmittelbar gegen das Holz gelehnt zusammenbrach.

Nun, das war eine ereignisreiche Nacht. Er fühlte sich im höchsten Maße über die Information alarmiert, dass jemand anderer Kenntnis davon hatte, dass er nicht der Herzog war.

Und jetzt wusste er, dass auch Verity das nicht glaubte. Er würde sein Leben darauf verwetten, dass nicht sie diejenige gewesen war, die es Cuddy erzählt hatte – das ergab angesichts des Zeitpunkts von Cuddys Weggang und der Natur ihrer Beziehung zu ihrem früheren Verwalter keinen Sinn.

Und damit musste es zwangsläufig eine dritte Person geben, die über Kits Lüge im Bilde war. Er musste diese Person finden und sicherstellen, dass sie das Geheimnis für sich behielt. Denn er hatte ehrlich gemeint, was er ihr gesagt hatte – er würde nicht gehen. Nicht jetzt. Nicht, wenn sie es nicht von ihm wünschte und vielleicht würde sich das ändern, sobald sie erfuhr, wer er wirklich war und warum er sich überhaupt als Rufus ausgegeben hatte. Er musste ihr die Wahrheit sagen und wahrscheinlich besser früher als später. Er fuhr bei dem Gedanken zusammen, dass sie ihn wirklich hinauswerfen könnte und er es verdient hätte.

Doch bis sie das tat, würde er alles tun, um dieses Geheimnis zu hüten.

# CHAPTER 12

Beinahe jeden Morgen kam Beau nach dem Aufwachen in Veritys Schlafzimmer. Manchmal war es sehr früh und manchmal später, aber die Gewohnheit war die gleiche. Er trat ein und wenn sie noch im Bett war, kletterte er zu ihr hinein. Wenn sie bereits mitten bei ihrer Morgentoilette war, setzte er sich zu ihr, während ihre Zofe ihr half, sich für den Tag zurecht zu machen. Eines Tages, vielleicht schon bald, würde es ihm peinlich werden, sie in halb bekleidetem Zustand zu sehen. Dann würde er wahrscheinlich einfach in ihrem Zimmer warten. Bis er zur Schule ging. Wie sie diesen Tag fürchtete.

Doch heute war dieser Tag noch nicht gekommen und er setzte sich auf einen Stuhl in ihrem Ankleidebereich, von dem seine Beine herabbaumelten, als er ungeduldig mit den Füßen zappelte. »Können wir heute wieder ein Picknick machen?«, fragte er.

Verity sah auf den Nieselregen, der an ihr Fenster schlug. »Ich glaube nicht. Es regnet leider.«

Beau stieß die Luft aus. »Wir könnten es im Haus abhalten.«

Ja, das konnten sie vermutlich. Ihre Zofe legte letzte Hand an Veritys Frisur an und sie wandte sich zu ihrem Sohn um. »Du hast einen sehr kreativen Verstand. Bist du bereit für das Frühstück?«

Er schwang sich vom Stuhl und stürmte durch ihr privates Wohnzimmer auf die Treppe zu, die neben der Küche mündete. Von dort folgte sie ihm den kurzen Korridor entlang zu einem kleinen Speisezimmer. Kurz nach Rufus' Rückkehr hatten sie sich angewöhnt, ihr Frühstück dort einzunehmen.

Der Klang von Beaus Schrei ließ sie in das Zimmer eilen, wo sie sofort den Grund für das Entsetzen ihres Sohnes erkannte. Rufus – oder wer immer er war – war bereits in all seiner angeschlagenen Pracht anwesend. Beim Anblick des dunklen, violetten Blutergusses, der sich auf seiner Wange abzeichnete, zuckte sie zusammen. Und natürlich war da auch der lange Schnitt auf der anderen Seite seines Gesichts, der verborgen blieb, wenn er sich in einem bestimmten Winkel hielt.

»Papa, was ist passiert?«

Sie hatte erwartet, dass es sie stören würde, wenn Beau diesen Mann – diesen offiziell bestätigten Fremden – Papa nannte. Schockierenderweise tat es das nicht.

»Ich fürchte, ich hatte einen kleinen Unfall im Holzschuppen. Aber es geht mir gut. Komm, setz dich zu mir und ich werde dir davon erzählen.«

Beau setzte sich auf seinen gewohnten Stuhl am Tisch, während Rufus sich auf seinem angestammten Platz niederließ. Verity trat an die Anrichte und servierte ihrem Sohn seinen Teller.

»Es geht dir wirklich gut?«, fragte Beau mit zweifelnder Stimme.

»Durchaus. Es ist tatsächlich relativ lustig.« Er setzte ein selbstironisches Lächeln auf. »Ich habe versucht, ein Stück

Holz zu spalten und es ist auf eine überaus spektakuläre Weise gesplittert. Ein Brocken hat mein Gesicht hier aufgeschlitzt.« Er zeigte auf den Schnitt, der seitlich an seinem Gesicht verlief. »Und ein anderes Stück hat mir die Hand aufgeschnitten.« Er hielt seine verbundene linke Hand in die Höhe.

»Das klingt nicht sehr lustig«, erklärte Beau.

»Nicht besonders, aber das was als Nächstes passierte, ist wirklich spaßig. Weißt du, ich war so überrascht, dass ich herumgewirbelt bin, um noch mehr Verletzungen zu entgehen. Aber dabei habe ich das Gleichgewicht verloren und bin recht heftig gegen die Wand hinter mir geschlagen. Daher stammt dieser bezaubernde Bluterguss.« Er tippte vorsichtig an seine Wange. »Ich bin froh, dass du nicht dabei warst, oder deine Mutter, weil dies bislang der würdeloseste Augenblick meines Lebens gewesen ist.«

Beau machte große Augen, aber dann kniff er sie vor Belustigung zusammen, als er kichern musste. »Ich wünschte, ich wäre dabei gewesen, um es zu sehen. Ich hätte mich natürlich auch um dich gekümmert.«

Verity stellte den Teller vor Beau hin und angesichts der Besorgnis, die er für den Mann an den Tag legte, den er für seinen Vater hielt, schwoll ihr Herz vor Stolz an. Und was ihn anbelangte … Voller Erstaunen, mit welcher Leichtigkeit er diese Geschichte erzählen konnte, die sie erfunden hatte, und wie er sie zu etwas Amüsantem und Liebenswertem verwoben hatte, um damit Beaus Ängste im Hinblick auf das Ereignis zu zerstreuen, drehte Verity ihm den Kopf zu. Er war mit einem Wort, wundervoll.

»Soll ich dir dein Frühstück servieren?«, fragte sie.

Sein Blick spiegelte seine aufflackernde Überraschung wider. »Vielen Dank. Ich nehme –«

»Ich weiß, was du gern isst.« Sie lächelte ihn an, als sie ihm Fleischpastete, geräucherten Hering, Schinken und zwei

Brötchen, eines mit Butter und eines mit Marmelade servierte.

Als sie den Teller vor ihm abstellte, sah er mit Anerkennung von der Auswahl darauf zu ihr auf. »Du kennst meine Vorlieben.« Und dann verweilte sein Blick auf ihrem Mund und die Bedeutung war klar – er würde sie gern küssen.

Nun, gut, denn sie hatte ihn überaus gern geküsst. Sie kannte absolut nichts, was sie damit hätte vergleichen können, doch die Empfindungen von Freude und Genuss und überwältigender Hitze hatten sie beinahe bis zum Morgen wachgehalten. Sie sollte müde und lethargisch sein, doch stattdessen war sie aufgeregt und voller Energie, ihrem Tag entgegenzutreten. *Ihm* entgegenzutreten.

Sie hielt den Blick noch einen weiteren Moment auf seinen Mund gerichtet und rief sich dabei das Gefühl seiner Lippen auf ihren in Erinnerung, von seiner Zunge in ihrem Mund, die alle möglichen verrückten Dinge anstellte, von seinen Händen auf ihr, wie sie ein Feuer anfachten, das ohne ihr Wissen tief in ihrem Inneren wohnte.

Sie wandte sich abrupt ab und füllte sich ihr eigenes Frühstück auf einen Teller, ehe sie rasch an den Tisch zurückkehrte, um es zu verzehren.

»Papa, ich möchte heute ein Picknick im Haus machen, weil es regnet. Können wir das?« Beau schob sich ein Brötchen in den Mund.

»Nicht so viel auf einmal, Beau«, mahnte Rufus, ehe Verity dazu kam, denn sie kaute gerade. Mühelos übernahm er die Rolle eines fürsorglichen Vaters. Wer war dieser Mann? Hatte er noch andere Kinder? Es hatte den Anschein, als ob das so sein musste, denn unerklärlicherweise war er ein ausgezeichneter Vater und dennoch konnte sie sich nicht vorstellen, dass er sie verlassen würde. Ihr kam ein entsetzlicher Gedanke: Was, wenn er eine Familie gehabt und sie durch eine Tragödie verloren hatte? Bei dieser Vorstellung stockte ihr der Atem. »Ein Picknick im Haus ist eine geniale Idee«, bemerkte er und lenkte ihre Aufmerksamkeit wieder in die Gegenwart zurück. »Allerdings werde ich heute den ganzen Tag am anderen Ende des Besitzes beschäftigt sein. Dort ist eine reparaturbedürftige Brücke, die Thomas und ich inspizieren müssen.«

Verity schluckte einen Bissen Schinken hinunter. »Über der Schlucht, wo der Bach durchführt?«

Rufus nickte, während er ein Stück Hering abschnitt. »Sie wird keinen Winter mehr überstehen und eine Handvoll unserer Pächter benutzen sie regelmäßig.«

»Wirst du sie reparieren, Papa?«, fragte Beau.

»Das könnte ich, oder die Pächter können es selbst tun. Thomas und ich werden den Schaden beurteilen und ich werde das Material bereitstellen.«

Du kümmerst sich sehr gut um den Besitz«, stellte Beau fest. »ich werde das auch einmal tun.«

»Fang mit deinen Ziegen an. Musst du Jane heute melken?«, fragte Rufus.

»Heute nicht. Jeden zweiten Tag hat Mr. Maynard gesagt.«

Rufus sah ihn anerkennend an, woraufhin Beau strahlte. »Du lernst sehr gut.«

Verity konnte ihr Leben in diesem Augenblick kaum fassen. Dieser Mann hatte sich kaum vor einem Monat hier eingeschlichen und war solch ein wesentlicher Teil ihrer Familie geworden. Er konnte nicht fortgehen. Und wenngleich er beteuerte, das nicht zu tun, fürchtete sie, dass es dazu kommen würde. Warum war er überhaupt hier?

*Ist das von Bedeutung?*, fragte eine Stimme in ihrem Kopf.

Rufus erkundigte sich bei Beau, was er heute mit seinem Tutor lernen würde und bald waren sie mit dem Frühstück fertig. Beau widerstrebte es, zum Unterricht nach oben zu gehen, aber er machte sich auf den Weg und ließ Verity mit Rufus allein. Wieder einmal.

Sie erhoben sich vom Tisch und er griff nach seinem Hut, der auf einem langen, schmalen Tisch vor dem Fenster lag. »Ich gehe los, um mich mit Thomas zu treffen.«

Sie umrundete den Tisch zu der Stelle, wo er stand. »Lass mich einmal sehen.« Sie hob eine Hand, aber sie berührte ihn nicht, bis ihre Blicke sich verbanden, und schweigend fragte sie, ob das in Ordnung war.

Er antwortete ihr mit einem leichten Nicken, und sie berührte ihn sanft am Kiefer, wobei sie seinen Kopf ein wenig zur Seite drehte, sodass das Licht, das durch das Fenster ins Zimmer schien, auf seine blau unterlaufene Wange fiel.

Sie zuckte zusammen. »Schmerzt es?«

»Ein bisschen, ja.«

»Etwas Eis würde helfen. Ich lasse welches aus dem Eishaus holen, wenn du möchtest.«

»Das ist nicht nötig, aber vielen Dank. Ich habe heute Morgen eine kalte Kompresse aufgelegt und das hat die Sache offenbar verbessert.«

»Es ist ziemlich grauenvoll. Kein Wunder, dass Beau so entsetzt war.« Mit einigem Widerstreben zog sie ihre Hand zurück.

»Ich bedauere das außerordentlich.«

Sie schüttelte den Kopf. »Tu das nicht. Es war wundervoll, was du ihm erzählt hast. Wie machst du das?«

»Wie mache ich was?«

»Genau zu wissen, was du zu ihm sagen musst?«

Er sah sie mit leichtem Unbehagen an und sein Blick schweifte kurz ab, während er schulterzuckend antwortete: »Ich denke nicht darüber nach.«

Sie sah zu ihm auf und sie freute sich, dass seine Augen grün und nicht haselnussbraun waren, wie sie hätten sein sollen. »Und ich kann nicht damit aufhören.« Darüber nachzudenken – über *ihn*.

Er lenkte seinen Blick wieder zurück zu ihr und der Moment zwischen ihnen zog sich in die Länge, bis er seinen Hut aufsetzte und den Augenkontakt abbrach. »Ich sollte gehen.«

»Du hast gesagt, dass du mir erzählen würdest, was passiert ist.«

Er sah zum Fenster hinaus. Es hatte aufgehört zu regnen, aber der Himmel war grau und düster. Dann sah er sie wieder an. »Das werde ich, aber jetzt gerade kann ich das nicht. Heute Abend?«

»Nachdem Beau eingeschlafen ist. Komm in mein Boudoir.«

Die Einladung hing zwischen ihnen. Sie hätten sich leicht in seinem Arbeitszimmer oder im Rittersaal treffen können, die beide weit von einem Schlafzimmer entfernt lagen. Wohingegen sich ihr Boudoir im Bereich ihrer Privatgemächer befand. Wo die Versuchung nahe war.

Er nickte und dann wandte er sich zum Gehen, wobei er nahe genug an ihr vorbeiging, dass sie den Luftzug und die Hitze spüren konnte, die er in seinem Kielwasser hinterließ.

Sie schloss die Augen und nahm an, dass dies der längste Tag ihres gesamten Lebens werden würde.

~

Dies war der längste Tag, an den Kit sich in seinem Leben erinnern konnte. Könnte dies an dem unaufhörlichen Regen gelegen haben, der ihn bis auf die Knochen durchgekühlt und genötigt hatte, vor dem Abendessen ein Bad zu nehmen? Oder war es die Frustration angesichts der Frage, wie sich die Brücke wiederaufbauen ließe? Vielleicht war es der Stein, den sein Pferd sich in den Huf getreten hatte, was ihren Rückweg zur Burg in die Länge gezogen hatte.

Nein, es war einzig Verity und der Umstand, dass sie in ihrem privaten Wohnzimmer auf ihn wartete, und sie ihn dorthin *eingeladen* hatte.

Beau, der neben Kit lag, seufzte im Schlaf, denn er war eingeschlummert, während Kit ihm *Robinson Crusoe* vorgelesen hatte. Sie waren fast fertig mit dem Buch, aber der Junge hatte es einfach nicht geschafft, die Augen offenzuhalten.

Kit legte das Buch auf den Nachttisch neben Beaus Bett, aber er stand nicht auf. Denn wenn er das tat, musste er Verity aufsuchen. Nicht, dass er sich nicht darauf freute, das zu tun. Im Gegenteil, er hatte sich den gesamten Tag nach der bevorstehenden Begegnung verzehrt. Wie könnte er auch anders nach dem gestrigen Abend?

Es ging natürlich um weit mehr als die Küsse, die sie ausgetauscht hatten – und das allein wäre bereits genug, um ihn aus er Ruhe zu bringen. Doch seitdem hatten ihre Worte seine Gedanken gleichermaßen, wenn nicht mehr, beherrscht.

Sie wusste, dass er nicht Rufus war. Und noch dazu schien sie sich nicht daran zu *stören*. Nein, was sie am meisten beschäftigte, war die Frage, ob er wieder fortgehen würde.

Ihre Frage hatte ihn erschreckt. Ihn geängstigt. Ihn bis ins Mark erschüttert. Er hatte behauptet, dass er nicht vorhatte zu gehen, was eine reine Lüge gewesen war.

Bis zu jenem Moment.

Bis er die Sehnsucht in ihrer Stimme wahrgenommen hatte und die böse Ahnung, was sein Fortgehen, für Beau bedeuten würde. Das konnte er nicht tun.

Und was zum Teufel bedeutete das? Er hatte den gesamten Tag damit verbracht, sich diese Frage zu stellen und die Antwort war immer die gleiche: Kein Schiff, kein Piratenleben, kein Christopher Powell mehr. Er hatte eingewilligt, Rufus Beaumont, Herzog von Blackburn, Ehemann, Vater, Grundbesitzer und Mitglied im House of Lords zu sein.

All das war genau, was er sich immer gewünscht hatte, oder etwa nicht?

Das war einmal so gewesen. Als dreizehnjähriger Junge, als sein Vater ihn hierhergebracht und ihm das Leben gezeigt hatte, das er hätte haben können, wären da nicht die Umstände seiner illegitimen Geburt gewesen. Es hatte sich wie eine Verspottung angefühlt – komm und schau dir an, was du nie haben kannst. Er war zur See gegangen und hatte nie zurückgeschaut ... und sich ganz sicher nie vorgestellt, dass er eines Tages als Herzog hier sein würde.

Mit einer Ehefrau und einem Sohn.

Er sah zu Beau hinüber und verspürte einen Sog der Liebe, der so stark und sicher war, um ihm bewusst zu machen, dass sein Leben für immer anders war. In nur wenigen, kurzen Wochen hatte er etwas gefunden, ohne sich je bewusst gewesen zu sein, überhaupt danach gesucht zu haben – ein Heim, Familie, Liebe.

Und dies galt nicht nur für diesen lieben Jungen, sondern ebenso für seine Mutter. Er war so unbeschreiblich in sie verliebt, und er hatte den Verdacht, es fast vom ersten Tag an gewesen zu sein. Sie war eine außergewöhnliche Frau – mit Würde, Kraft und mehr Mut als viele der Männer, denen er auf seinen Reisen begegnet war.

Und dennoch wurde diese Freude von dem Wissen überschattet, dass irgendjemand dort draußen wusste, dass er nicht der Herzog war. Dieser Jemand könnte diese idyllische Situation um sie herum leicht zum Einstürzen bringen. Das konnte er nicht geschehen lassen. Die einzige Möglichkeit, die ihm in den Sinn kam, um dies zu verhindern, bestand darin, formell als Herzog anerkannt zu werden. Was bedeutete, dass er tun musste, was er zu vermeiden gehofft hatte — er würde nach London gehen müssen, um seinen Sitz im House of Lords einzunehmen. Dies konnte er jetzt nicht vermeiden, nicht, wenn er beabsichtigte, diese Rolle für den Rest seines Lebens voll und ganz anzunehmen.

Zuerst würde er allerdings seiner Frau antworten müssen, um sich absolut zu vergewissern, dass sie das auch wollte. Selbst wenn er wollte, dass die Welt seine Lügen glaubte, musste sie die Wahrheit erfahren. Sie wusste bereits über den wichtigsten Teil Bescheid und sie hatte verdient, den Rest zu hören.

Kit beugte sich vor, um Beau einen Kuss auf das Haupt zu hauchen und dann erhob er sich vom Bett. Er zog die Bettdecke zurecht und Beau drehte sich zur Seite, um sich tiefer in die Bettwäsche zu kuscheln.

Mit einem Lächeln wandte Kit sich um und ging hinaus, wobei er die Tür leise hinter sich ins Schloss zog. Ehe er zu Beau gegangen war, hatte er seinen Frack und die Krawatte abgelegt und nun überlegte er kurz, ob er die Kleidungsstücke holen sollte, bevor er Verity aufsuchte. Warum? Sie hatte seine Wunden versorgt, sie hatte ihn geküsst und jetzt hatte sie ihn in ihr Boudoir eingeladen. Vergessen war die restliche Kleidung.

Er schritt bis ans Ende des Korridors, wo die Tür zu ihrem Zimmer nur angelehnt war. Er klopfte leise und wartete auf eine Antwort. Als er nach einem Augenblick keine vernahm, stieß er die Tür auf. Das Schlafzimmer schien leer zu sein. Besser ausgedrückt, von Verity oder einem anderen Menschen verwaist. Eine der Katzen schlief am Fußende des enormen Bettes.

Das Bett beherrschte das Zimmer. Groß, mit Vorhängen, die an jedem Pfosten befestigt waren, bestand es aus geschnitztem Holz. Er erkannte das Beaumont Wappen am

Fußende. Sein Vater hatte ihm das Familienemblem stolz bei seinem Besuch gezeigt. Er hatte einen Teil davon – das Blau und Gelb, das nicht Bestandteil der Schnitzarbeit des Bettes war – für seine Flagge übernommen. Er hatte den aufrechtstehenden Löwen ausgelassen, der das Herz der Schnitzerei darstellte.

»Ich dachte, ich hätte dich gehört.«

Beim Geräusch von Veritys Stimme wandte er sich um und schwenkte nach rechts, wo sie in der Tür zu ihrem Boudoir stand. Sie trug einen Morgenrock mit Blumenmuster, der sich eng an ihren Oberkörper schmiegte, aber aus ihren unteren Rundungen ein Geheimnis machte, das er sehnlichst enthüllen wollte. Er schritt auf sie zu. »Vergib mir bitte meinen Aufzug. Ich habe Beau vorgelesen.«

»Ich weiß.« Natürlich tat sie das. Sie hatte die beiden zurückgelassen, nachdem sie ihrem Sohn einen Gute-Nacht-Kuss gegeben hatte. »Habt ihr das Buch zu Ende gelesen?«

Verneinend schüttelte er den Kopf. »Er ist nach eineinhalb Seiten eingeschlafen.«

Sie lachte leise und durch das sanfte Geräusch fühlte sich der Augenblick noch intimer an. Weil sie diesen Jungen teilten – eine Liebe für diesen Jungen. Nie hatte er sich mehr wie ein Eindringling gefühlt. Er hatte sich in ihre Leben gestohlen und sich einen Platz darin für sich selbst erobert, ob sie nun wollten oder nicht. All das war eine Lüge.

Und jetzt war der Augenblick der Wahrheit. »Gestern Abend habe ich Cuddy aufgesucht, um ihn zur Rede zu stellen.«

Sofort spannte sie sich an und ihre Schultern zogen sich zusammen, während sie die Hände vor sich zusammenschlug. »Bitte setz dich.« Sie zeigte auf die Chaiselongue in der Ecke am Fenster und nahm selbst in einem Sessel Platz, der in einem Winkel in der Nähe stand. Besorgnis zeichnete ihr Gesicht. »Ihr habt gekämpft?«

»Cuddy hat mich angegriffen, nachdem ich ihn der Veruntreuung beschuldigt habe.«

Sie zuckte zusammen. »Ganz offensichtlich bist du imstande gewesen, dich zu verteidigen.«

»Ja, aber es tut mir leid, dass Cuddy es auf Mord abgesehen hatte. Ich hatte keine andere Wahl, als mich selbst zu verteidigen.« Sie riss die Augen auf, als die Erkenntnis sie überkam. »Ist er tot?««

Kits Inneres krampfte sich zusammen. »Ja, es tut mir leid.«

Sie hob eine Hand an ihren Mund und drehte den Kopf zu dem schwarzen Fenster. Nach einer Weile sah sie zurück zu ihm. »Was hast du getan? Ich meine, hast du den Konstabler informiert?«

Er holte tief Luft. »Ich habe es erwogen. Allerdings hatte Cuddy angedeutet, zu wissen, dass ich nicht Rufus bin.«

Ihre Gesichtszüge, die sich kaum zu einer düsteren Akzeptanz beruhigt hatten, brachten abermals ihren Schock zum Ausdruck. »Wie?«

»Ich weiß es nicht. Aber er behauptete, nicht der Einzige zu sein.« Er nagelte sie mit einem unverhohlenen Blick fest. »Ich habe den Konstabler nicht geholt, weil ich die Aufmerksamkeit nicht auf mich lenken wollte. Verity, es ist Zeit, dass ich dir die Wahrheit sage. Die ganze Wahrheit.«

Sie nickte leicht. »Ich weiß.«

Er konnte ihre Anspannung über die Entfernung zwischen ihnen fühlen, aber er wagte nicht, näher zu rücken. Sie würde ihn möglicherweise in wenigen Minuten vor die Tür setzen.

»Ich sollte am Anfang beginnen«, sagte er. »Mit meinen Eltern – John und Helena Powell. John war ein Vikar in Poulton. Während meines Heranwachsens habe ich viel Zeit damit verbracht, den Arbeitern an den Docks des Flusses Wyre zuzusehen. Und natürlich den Schiffen, die mit Waren beladen einliefen. Dort habe ich mich in Schiffe und das Meer verliebt.«

»Bist du zwangsverpflichtet worden?«, fragte sie.

»Nein. Als ich fünfzehn Jahre alt war, bin ich aus eigenem Antrieb gegangen.«

Sie schnappte leise nach Luft. »So jung.«

»Nicht so jung wie andere.«

»Warst du dann bei der Marine?«

Er formte die Lippen zu einem kleinen Lächeln. »In gewisser Weise. Ich hatte Kaperbriefe.«

Abermals spiegelte ihr Ausdruck Überraschung wider, allerdings zusammen mit etwas anderem. Vielleicht einem Anflug von Bewunderung. »Das klingt gefährlich. Hast du es genossen?«

»Wahrscheinlich mehr, als ein Mann sollte. Es war so anders als das Vikariat, wo ich aufgewachsen war. Aber ich wollte es. Vor allem, nach dem Tod meiner Mutter.«

»Wie alt warst du?«, fragte sie leise.

»Acht. Es hat meinen Vater zugrunde gerichtet. Sie ist im Kindbett gestorben – es war ihr fünfter Versuch, ein Kind auf die Welt zu bringen. Sie waren allesamt fehlgeschlagen.«

»Mit Ausnahme von dir.«

Er schüttelte den Kopf. »Ich war nicht ihr Blut. Ich wurde zu ihnen gegeben, damit sie mich großziehen.«

Ein weiteres Mal blitze die Überraschung in ihrem Blick auf. »Warum?«

Die nächste Enthüllung würde den Schock noch vertiefen. Dessen war er sich sicher. »Weil ich ein uneheliches Kind war. Augustus Beaumonts uneheliches Kind, um genau zu sein.«

Verity schnappte nach Luft und fuhr sich mit einer Hand an den Mund. »Deshalb siehst du Rufus so ähnlich.«

»Es ist in der Tat ein bisschen mehr als das. Rufus war mein Cousin, ja, aber er war auch mein Halbbruder. Ich bin der Spross seiner Mutter und seines Onkels – ein Kind, das im Ehebruch empfangen und in Scham fortgeschickt worden war.«

Ihr klappte der Kiefer herunter. »Es tut mir so leid.«

Kit sehnte sich danach, aufzustehen und herumzugehen, um einen Teil der angestauten Energie freizulassen, die in ihm aufwallte. Aber sie war voll und ganz auf ihn fixiert und er wollte sich nicht bewegen. »Als ich dreizehn war, hatte der Herzog – Augustus – um meine Anwesenheit gebeten. Seine Frau war einige Monate zuvor gestorben und er hatte nur drei Töchter, die alle geheiratet hatten. Er wollte den Sohn kennenlernen, den er gezeugt hatte.«

»Du bist *hierher* gekommen?«

»Für einen Sommer.« Beim Sprechen rieb er sich mit den Handflächen über die Oberschenkel. »Der Vikar ließ mich nur widerstrebend gehen, aber niemand widersprach einem Herzog, und schon gar nicht, wenn dieser Herzog der leibliche Vater deines Kindes war und für seinen Unterhalt aufgekommen war.«

»Ich bin nicht überrascht zu hören, dass Augustus für dich gesorgt hat«, entgegnete sie und gestattete sich, ein kleines Lächeln, das über ihre Lippen huschte. »Er war ein gütiger Mann.«

Kits Muskeln spannten sich an und seine Lippen verzogen sich. »Er war ein selbstsüchtiger Schnösel.«

Verity erschrak über die Vehemenz in seiner Stimme. »Warum sagst du das? Er war mir gegenüber immer gütig.«

»Das freut mich für dich, aber das war er zu mir nicht. Er hat mich hierher eingeladen und mir das Leben gezeigt, das ich hätte haben können, wenn ich unter legitimen Umständen zur Welt gekommen wäre. Er hatte versprochen, mich zur Schule zu schicken und für meine Zukunft zu sorgen. Ich habe ihn gefragt, ob ich bleiben könnte – irgendwo auf dem Besitz. Es war mir gleichgültig wo, oder in welcher Funktion. Ich wollte nur zu diesem Ort gehören, zu seiner Geschichte und meinem Geburtsrecht.« Er blickte zum Fenster. »Er erklärte, seine neue Frau würde im Herbst eintreffen und sie wollte sein uneheliches Kind nicht in der Nähe haben. Ich habe von Whist erfahren, dass sie selbst zwei Söhne hatte und noch im geburtsfähigen Alter war. Augustus hoffte, seinen eigenen Erben zu zeugen, und wie du weißt, ist es ihm gelungen.«

Ihr klappte der Kiefer herunter. »Du hast Whist kennengelernt?«

Er nickte und entgegnete ihren Blick. »Ich habe mir Sorgen gemacht, ob er mich erkennen würde, aber Gott sei Dank ist meine Ähnlichkeit mit Rufus offenbar stark genug.«

»Sie ist wirklich sehr verblüffend. Aber jetzt, da ich die Wahrheit kenne, kann ich die subtilen Unterschiede sehen.« Sie schüttelte den Kopf. »Ich verstehe nicht, warum Augustus dich hierher eingeladen hatte. Wollte er dich verspotten? Das klingt nicht nach dem Augustus, den ich kannte.«

»Ehrlich gesagt weiß ich das auch nicht. Ich kann mir nur vorstellen, dass er neugierig auf mich war und sich sehnlichst einen Sohn gewünscht hatte. Was ich allerdings weiß, ist die Tatsache, dass die Unterstützung für meinen Vater ein Ende fand, sobald er im darauffolgenden Jahr seinen Sohn hatte. Als er Augustus schrieb, um nach dem Grund dafür zu fragen, und sich versichern wollte, dass er weiterhin für meine Ausbildung aufkommen würde, wurde er ignoriert. Als ich fünfzehn wurde und ich nach Liverpool ging, um auf einem Schiff anzuheuern, habe ich nicht mehr zurückgeschaut. Fünfzehn Jahre lang nicht.«

»Warum bist du jetzt zurückgekehrt?«

»Ich brauchte ein Schiff.«

»Warst du Kapitän?«

»Das war ich. Bis mein Schiff abgebrannt ist. Es ist merkwürdig, zu denken, dass ein Schiff Feuer fangen und auf dem

Wasser abbrennen kann, aber genau das ist passiert. Jetzt liegt es auf dem Meeresgrund in der Karibik.«

»Neulich Abend, als du von Feuer und Wasser gesprochen hast … Jetzt verstehe ich.« Sie fuhr zusammen und ihr Blick wurde traurig. »Du vermisst dieses Leben. Du bist nicht hergekommen, um zu bleiben.«

Beim Anblick der Enttäuschung in ihren Augen fühlte er sich zerrissen, aber er schuldete ihr die Wahrheit. »Nein, das bin ich nicht. Ich war in der Absicht gekommen, etwas Wertvolles an mich zu nehmen, damit ich ein neues Schiff kaufen kann. Das war das Mindeste, was Augustus für mich tun konnte. Aber ich fand heraus, dass er gestorben war, und auch mein Vater.« Er holte tief Luft und fuhr fort. »Als ich erfuhr, dass Augustus tot war und der neue Duke vermisst wurde, beschloss ich, herzukommen und etwas an mich zu nehmen.«

Die Enttäuschung in ihrem Blick wandelte sich in Ungläubigkeit. »Du hattest die Absicht, den Besitz zu bestehlen. Wie Cuddy.«

Obwohl die Emotion in ihm wütete, behielt er den ruhigen Tonfall seiner Stimme bei. »Ja. Aber als ich in Blackburn ankam, hat mich jemand für Rufus gehalten und ich konnte mir die Gelegenheit nicht entgehen lassen.«

»Also hast du so getan, als ob du er wärst.« Ihre Geringschätzung brannte sich in ihn. »Es ist ziemlich arrogant von dir, zu glauben, damit davonzukommen.«

Ja, das war es. »Ich wusste genug über Beaumont Tower und dachte, ich könnte bei dem Rest einfach improvisieren.«

Nach der langen Zeit unbeweglichen Sitzens löste Verity die ineinander verschlungenen Hände voneinander und presste die ausgestreckten Handflächen gegen ihre Knie. »Du dachtest, es wäre leicht, so zu tun, als wärst du mein Ehemann?«

Er hatte ihre Wut voll und ganz verdient. »Ich hatte nicht

geplant, sehr lange hierzubleiben und ich dachte, ich könnte tun, was zu tun wäre, um etwas Wertvolles zu finden und es zu nehmen – etwas, was du nicht vermissen würdest. Ich habe mir wirklich Mühe geben wollen, ein rücksichtsvoller Dieb zu sein.« Er versuchte, ein bisschen Humor in die Sache zu bringen, um die Atmosphäre aufzuhellen. Aber das hätte er nicht tun sollen. Ihr Blick wurde finster und sie runzelte die Stirn.

»Du hast einen Betrug begangen.« Ihre Augen loderten vor Feuer und ihr Tonfall war wie Eis. »Du gibst dich aus persönlicher Gewinnsucht für jemanden aus, der du nicht bist. Und du hast nicht nur mich und die Bediensteten und die Pächter mit deinen Lügen umgarnt, sondern du hast einen Jungen in die Irre geführt. Erklär mir das – wenn du kannst.«

# CHAPTER 13

Veritys Herz pochte wild in ihrer Brust. Was hatte sie erwartet? Dass er sich als Rufus ausgegeben hatte, weil er ihr und dem Besitz helfen wollte? Nein, das war nach seinem eigenen Eingeständnis nicht sein Motiv gewesen, aber das war genau, was er getan hatte. Er hatte auch ein unschuldiges Kind darin verwickelt.

»Ich habe nichts von Beau gewusst«, entgegnete er leise mit reumütiger Stimme. »Ich habe keine Entschuldigung, aber ich möchte sagen, dass es mir zu denken gegeben hat. Ich hatte beabsichtigt, weniger als eine Woche hierzubleiben, wenn alles gut verliefe. Beau hatte allerdings sofort mein Herz erobert.« Ein warmer Ausdruck trat in seinen Blick und er beugte sich ein bisschen vor. »Ich fürchte, meine Pläne, nur kurze Zeit zu bleiben, um mir zu nehmen, was ich für den Erwerb meines Schiffes brauchte, sind in den Hintergrund getreten, als ich vollständig eingetaucht bin … hier. In den Besitz«, fügte er hinzu.

»Und in unsere Familie.« Sie war zwischen ihrer Wut über seine Waghalsigkeit und eigennützige Motivation und der Freude und Zufriedenheit, die er nach Beaumont Tower gebracht hatte, hin- und hergerissen. »Du hast mich in eine schreckliche Lage gebracht. Ich sollte dich verabscheuen.« Ihre Stimme war leise vor Zorn und Verletztheit.

»Das solltest du und es tut mir leid, was ich getan habe – mit dir und mit Beau. Ich habe nie die Absicht gehabt, ihm oder dir Leid zuzufügen, und zu denken, dass du …« Er erhob sich und durchmaß das Zimmer mit seinen Schritten. Als er sich umdrehte, war das Grün seiner Augen lebendiger als je zuvor und sein Auftritt war noch nie offener und ernsthafter gewesen.

»Ich bin nicht stolz auf meine Motive, aber ich bedauere nicht eine einzige Sache. Ich kann nicht. Nicht, weil es mich zu dir und Beau geführt hat. Ich habe mich in euch beide verliebt und dass ich zufällig im Besitz eines Titels bin, der mir nie hätte zufallen sollen, und den ich mir so verzweifelt gewünscht hatte, ist eine glückliche Fügung. Ich werde tun, was immer nötig ist, um all das zu behalten.« Er schritt auf sie zu und sein Gesicht spiegelte seine feste Entschlossenheit wider. »Das Herzogtum, Beau, *dich*. Ich werde nichts davon loslassen.«

Sie sträubte sich und wollte sich nicht von seinen Worten der Liebe mitreißen lassen, ganz gleich, wie glorreich sie klangen. »Sogar einen Mann umbringen, der dein Geheimnis kannte?«

Er schluckte und sein Kehlkopf bewegte sich, als er einen stetigen und eingehenden Augenkontakt mit ihr hielt. »Deshalb habe ich Cuddy nicht umgebracht. Es war entweder er oder ich und ich habe eine Aversion gegen das Sterben.«

Sie rief sich ihre Unterhaltung von gestern Abend in Erinnerung. »Es scheint, als ob du dich viele Male dagegen hast wehren müssen. Wie viele Männer hast du umgebracht?« Nicht für einen Augenblick dachte sie, dass Cuddy der Einzige war. Kit war während Kriegszeiten Kapitän auf einem Kaperschiff gewesen.

»Zu viele, um sie zu zählen. Was ich auch nicht will. Ich habe allgemein versucht, sie aus meinen Gedanken zu verbannen. Aber du solltest wissen, dass jeder mich betroffen hat. Ich habe das nicht unbeschwert oder ohne Reue getan.« Und dennoch sprach er mühelos darüber, als sei dies ein Teil seiner selbst. Was es ihrer Vermutung nach auch war.

Sie war froh, von seinem Bedauern zu hören, aber die Angelegenheit war längst nicht vorbei. »Der Konstabler wird wahrscheinlich Cuddys Tod untersuchen. Was werden wir in dieser Hinsicht unternehmen?«

Er hielt inne und sah sie scharf an. »Du hast wir gesagt.«

Das hatte sie. Obwohl sie wütend war, würde sie ihn nicht hinauswerfen. Er hatte gesagt, in sie und Beau verliebt zu sein. Sie wusste, dass Beau diese Empfindung erwiderte. Tat sie es? Sie war noch nicht bereit, sich dieser Emotion zu stellen, nicht wenn so viele andere Dinge ihr Gehirn verstopften.

»Das habe ich. Du bist jetzt ein Teil dieser Familie. Aber ich bin nicht sicher, dass ich dir vertraue und das muss ich – wegen Beau.«

»Dann sollte ich so ehrlich sein, wie ich kann. Ich wusste, dass ich dir die Wahrheit sagen musste. Ich hatte einfach nicht gewusst, wie ich das bewerkstelligen sollte. Als du sagtest, du wüsstest, dass ich nicht Rufus bin … Es war ein Geschenk und ich weise Geschenke nicht zurück.«

Weil er ihrer Vermutung nach nur sehr wenige erhalten hatte. Nun, das hatte sie auch nicht – bis auf Beau. Und ihn.

Mit Entschlossenheit und Gutherzigkeit war er in ihre Leben getreten … und auch einem großen Enthusiasmus für den Besitz sowie überraschenderweise für die Vaterschaft. Er hatte Verity Freiraum gewährt und ihr Ehrerbietung und Respekt entgegengebracht. Das waren Geschenke, die sie noch nie erhalten hatte. Sie wollte ihm glauben. Sie wollte *an* ihn glauben …

»Das tue ich auch nicht«, erklärte sie und bewegte sich auf ihn zu. »Und ich werde jetzt nicht damit anfangen.«

Ihm stockte der Atem und sie sah zu, wie sich die Muskulatur seines Kiefers anspannte. »Was meinst du?« Die Frage war leise und tief, und kaum hörbar.

»Du sagtest, du würdest tun, was immer du musst, um das Herzogtum und Beau und … mich zu behalten. Das hast du bereits getan, indem du dich ganz und gar offenbart hast.« Die Worte seiner Liebe kamen ihr in den Sinn. Auch das wollte sie. »Ich bitte dich nur, dass du ehrlich und offen mit mir und Beau bist.«

»Willst du ihm die Wahrheit über mich sagen?«

»Das müssen wir. Im Laufe der Zeit. Ich denke nicht, dass es ihm etwas ausmacht – er liebt *dich*.« War es wichtig, dass dieser Mann in Wahrheit sein Onkel war? Oder Cousin. Sie hätte sich wirklich keinen besseren Vater für Beau wünschen können.

»Nicht so sehr, wie ich ihn liebe.« Die wilde Entschlossenheit seiner Behauptung schnürte ihr die Kehle zu.

Sie drohte, in Tränen auszubrechen, aber sie blinzelte sie zurück. »Genauso fühlen Eltern sich.« Soviel wusste sie jedenfalls. Wie fühlte es sich an, eine Ehefrau zu sein, eine Partnerin, eine Freundin und eine Geliebte? Sie war nicht so selbstsicher, aber sie lernte es. Sie trat näher, bis sie sich fast berührten.

»Zeig mir, wie es sich anfühlt, eine Ehefrau zu sein.«

Auf seine Berührung gefasst, oder von ihm geküsst zu werden, war sie überrascht, als er in einer Haltung reinster Fürbitte auf die Knie sank. »Eine Ehefrau sollte geehrt werden.« Er nahm ihre Hand und küsste ihren Handrücken. »Angebetet.« Er drehte ihre Hand herum und küsste ihre Handfläche. »Bewundert.«

Von seinen Worten wurde ihr ganz warm und sie erfüllten sie mit Hoffnung und Leidenschaft. »Gestern

Abend habe ich mich gefragt, ob du uns verlassen würdest. Wenn du deinen Platz beanspruchen willst, verstehe ich das so, dass du die Absicht hast, dich zu verpflichten – deinem Titel, dem Besitz, Beau und mir gegenüber.«

Er sah zu ihr auf und sein Blick war voller Emotion. »Das habe ich.«

Sie berührte sein Gesicht. »Ich kenne noch nicht einmal deinen Namen.««

»Kit«, antwortete er leise und formte die Lippen dabei zu einem Lächeln, bei dem ihr ganz flau im Magen wurde. »Ich heiße Kit.«

»Du siehst wie ein Kit aus.« Sie liebkoste seine Wange und fuhr mit dem Daumen über die raue Kante, wo sein Bart zu sprießen begann. »Ich möchte die Vergangenheit vergessen und die Zukunft begrüßen, die du Beau und mir geschenkt hast. Ich habe noch nie irgendetwas … Angenehmes erlebt. Es war eine Offenbarung gestern Abend. Ich wünsche mir, dass du mehr tust, als mich einfach nur küssen. Wirst du das?«

Er erhob sich vor ihr, um sie um die Taille zu fassen, und seine Berührung drang heiß durch die dürftigen Stoffschichten ihres Morgenrocks und Nachthemds. »Ich werde alles tun, worum du mich bittest, und ich werde aufhören, wenn du entscheidest, dass du das von mir möchtest. Verity«, flüsterte er. »Dein Name bedeutet Wahrheit und die wünsche ich mir zwischen uns. Ich gelobe, langsam vorzugehen und Sorge zu tragen, dass du jederzeit zufrieden bist. Vertraust du mir, das zu tun?«

»Das tue ich.« Verity legte die Arme um Kits Nacken und presste sich an ihn, als sein Mund auf ihren herabsank.

Gestern Abend hatte er sie gelehrt, dass Küsse schön und wunderbar sein konnten – verführerisch und erfüllend. Er hatte in ihr den Wunsch nach so viel mehr geweckt. Sie wusste, was anschließend noch passieren konnte, und wie furchtbar es gewesen war. Aber mit Kit würde es anders und wundervoll sein, so wie alles mit ihm.

Genau wie gestern Abend ging er langsam vor und sein Mund verschmolz mit ihrem. Eigentlich fand sie es zu langsam. Etwas in ihrem Inneren war am Zerbersten, und wollte endlich freigelassen werden und sie war mehr als bereit. Sie neigte den Kopf und schob ihre Zunge tief in seinen Mund und sie betete, es richtig zu machen.

Das tat sie offensichtlich, denn er stöhnte leise, als sich sein Griff um ihre Hand anspannte und seine Finger mit einem Bedürfnis drückten, das ihrem eigenen entsprach. Sie steuerte rückwärts auf die Chaiselongue zu und zog ihn mit sich. Durch die Bewegung wurde ihr Kuss kurz unterbrochen und sie tauschten einen leidenschaftlichen Blick aus, als sie sich mit dem Rücken auf die Chaiselongue legte.

Er folgte ihr und legte sich auf sie. Sein Gewicht war warm und köstlich. Dies war eine Empfindung, von der sie nicht einmal gewusst hatte, dass sie ihr fehlte. Einfach nur gehalten und geküsst und berührt zu werden, erfüllte sie mit Freude.

Er bewegte die Hand an ihrem Hals entlang und seine Handfläche streifte ihre Haut, gefolgt von seinen Fingerspitzen, die eine Spur atemloser Begierde hinterließen. Seine Liebkosung setzte sich über ihr Schlüsselbein fort, bis er die Handfläche auf ihre Brust legte.

Mit einem leisen Keuchen brach sie den Kuss ab. Als sie sich seiner Hand entgegendrängte, küsste er sie erneut und sein Mund forderte den ihren mit heißer Beharrlichkeit ein. Von all den Körperstellen, die er liebkoste, strahlte ihre Lust aus und sammelte sich tief in ihrem Bauch, ehe sich diese geballte Empfindung zwischen ihren Beinen bemerkbar machte. Instinktiv spreizte sie die Beine und lud ihn ein, sich dazwischen zu legen.

Er schob sein Gewicht zurecht und plötzlich war sie sich

seiner Präsenz dort unten bewusst. Sein Schaft war groß und fest und er presste sich auf intime Weise an sie. Ein Splitter ihrer alten Furcht durchfuhr sie, doch sie verbannte die Erinnerungen an Abscheu und Schmerz.

*Vertrau ihm.*

Das tat sie. Sie packte ihn an der Hüfte und presste ihn fest an sich. Ihre andere Hand legte sie um seinen Kopf und vergrub die Finger in seinem Haar.

Er ließ die Hand am Saum ihres Morgenrocks entlanggleiten und bewegte sich auf ihre Brust zu, bis er sie umspannte. Was als sanfte Liebkosung begann, wurde fester und fordernder, als er ihren Mund mit dem seinen in Besitz nahm und seine Hüften gegen ihr Becken zu kreisen begannen.

Ja, *das* war, was sie sich wünschte. Sie erwiderte seinen Kuss und bog sich ihm entgegen. Er ließ von ihrer Brust ab und sie spürte, wie er an der Schärpe um ihre Taille nestelte. Er hob sich ein wenig an und schob das Kleidungsstück auseinander. Dann war seine Hand wieder zurück auf ihrer Brust und mit den Fingern neckte er ihre Brustwarze, die nun nur noch von einer dünnen, lästigen Lage Musselin von ihm getrennt war. Er legte die Lippen darauf und bearbeitete den Stoff mit der Zunge. Das Material klebte an ihrer Brustwarze und er saugte sie durch den Stoff. Sie umfasste seinen Hinterkopf und stöhnte auf.

Das Verlangen pulsierte zwischen ihren Schenkeln und sie hob die Hüften auf der Suche nach mehr Druck. Er rieb sich an ihr, um ihrer Bitte nachzukommen. Sein Schaft presste sich an ihr Geschlecht und löste damit einen Rausch der Wollust aus, der ihren gesamten Körper erfasste.

»Bitte Kit.« Sie war nicht sicher, worum sie ihn bat, aber sie brauchte etwas.

Er rollte sich an ihre Seite und bei dem Verlust seines

Gewichts und dem Druck zwischen ihren Beinen, stöhnte sie vor Enttäuschung auf.

»Shh«, flüsterte er an ihrer Brust. Er zupfte am Halsausschnitt ihres Nachthemdes und zog es über ihre Brust herab. Es spannte an ihrem Nacken, aber es tat nicht weh. Nicht, dass sie noch irgendwelche Schmerzen wahrgenommen hätte, sobald sich sein Mund über ihre bloße Brust legte. Mit den Lippen und der Zunge neckte und traktierte er sie, während er die andere Hand an ihrem Bein empor bewegte und dabei ihr Nachthemd bis zur Taille hinaufschob.

Die kalte Luft strich ihr über die Oberschenkel und ihre Mitte. Doch dann war seine Hand dort und seine Finger strichen über ihr Schamhaar. Er zog die Konturen ihrer Öffnung nach und machte sie wild vor Verlangen.

»*Kit.*« Wieder war sie keineswegs sicher, was sie wollte, aber es hatte damit zu tun, dass er sie dort berührte.

Dann tat er es.

Zuerst war es ganz sanft und er fuhr mit den Fingerspitzen über die Erhebungen ihrer Haut. Er streichelte und drückte mit seinen Fingern und verführte sie zu noch größerer Leidenschaft. Dann fand er mit dem Daumen diese Stelle, die ihr solches Vergnügen verschafft hatte, als er sich zwischen ihren Beinen auf sie gelegt hatte. Dort hatte sein Schaft gelegen und sich bewegt, und eine Reibung verursacht, die sie sehnlichst noch einmal fühlen wollte.

Genau in dem Moment, als sie auf der Suche nach seiner Reibung an ihr, mit den Hüften zu kreisen begann, glitt er mit dem Finger in ihre Öffnung. Sie schrie auf, denn sie war überrascht, aber sie jubilierte auch bei der Empfindung, wie er sie erfüllte.

Das war nicht vergleichbar mit ihren früheren Erfahrungen. Es war gekonnt und nicht plump, es war raffiniert und nicht grob.

Er saugte heftig an ihrer Brustwarze und dann streifte er

mit den Zähnen über das Fleisch. Sie konnte nicht stillhalten. Ihr Körper wand sich unter seinem und nach mehr drängend, bewegte sie die Hände auf ihm. Sie hob sich von der Chaiselongue und ihre Hüften kreisten zwischen dem Polster und seiner Liebkosung. Er bewegte die Hand schneller, streichelte ihre Haut und dann füllte er sie erneut. Er drang mehrere Male in sie vor und dann zog er sich zurück und neckte sie von außen und beförderte sie damit in einen Wirbel verzweifelten Verlangens.

Als er abermals in sie eindrang, benutzte er zwei Finger – oder das dachte sie jedenfalls. Sie fing an, sich zu verlieren. Sie wusste einfach nur, dass es mehr war – beeindruckend mehr – und sie hob sich seinen Stößen entgegen.

Er verband seinen Mund zu einem innigen, stimulierenden Kuss mit ihrem, der sich feucht und heiß anfühlte, und irgendwie nachahmte, was er mit ihrem Geschlecht machte. Er zog sich zurück und raunte: »Komm für mich, Verity. Lass dich gehen. Verstehst du?«

Sie schüttelte den Kopf und ihre Sinne waren wie rasend, während ihr Körper zu verstehen versuchte, was er meinte.

»Du wirst zerbersten – von einer Lust, die du dir nie vorgestellt hast. Du bist so kurz davor. Ich kann es fühlen. Gib dich mir einfach hin. Konzentriere dich auf mich, wie ich dich hier berühre.« Er drückte auf diese Stelle oberhalb ihres Geschlechts, die sich so gut anfühlte. »Und auf meine Finger in dir. Ich weiß, dass du dich mehr bewegen willst. Gib dich der Bewegung hin. Erhebe dich und nimm mich tief in deinem Inneren auf.« Seine Worte entflammten sie, als er in sie stieß, sie ausfüllte. Sie fing an, zu verstehen. Dieses Gefühl, das sich in ihr aufbaute, erreichte einen Höhepunkt. Sie konnte es ebenfalls fühlen. Sie *war* nahe dran, was immer das bedeutete.

Und dann wusste sie es.

Er kniff ihre Brustwarze, während er die Finger gleichzeitig tief in sie stieß. Was immer sie zusammenhielt, barst schlicht und einfach. Sie war kein ganzer Mensch mehr. Sie war sich nicht einmal sicher, ob sie noch Verity war. Und das wollte sie auch nicht. Sie war ein Durcheinander von Empfindungen und Lust und da war nichts außer Ekstase und Freude.

Ihr Körper bedurfte einer ganzen Weile, ehe er anfing, sich zu beruhigen. Sie schlug die Augen auf und blickte in sein Gesicht, das von seinem eigenen ungestillten Verlangen angespannt war. Rufus hatte sich immer sein Vergnügen verschafft, was er stets mit seinen Ausrufen der Befriedigung und dem Verspritzen seines Samens bewiesen hatte.

»Ich sollte gehen«, sagte er.

Sie liebkoste sein Gesicht, und vorsichtig strich sie mit dem Daumen über seinen Bluterguss. »Bitte tue es nicht. Komm in mein Bett.«

Scharf sog er die Luft ein. »Verity, ich will die Gelegenheit nicht ausnutzen.«

Sie sah ihn aus schmalen Augen an. »Ich fordere dich auf. Bitte. Nutze die Gelegenheit.«

Auf seinem Gesicht zeigte sich ein Lächeln und ihr Herz tat einen Sprung dabei. Allmählich fing sie an, die Liebe voll und ganz zu begreifen, die ihre Cousine für ihren Ehemann empfand. Nicht, dass sie diesen Mann liebte – noch nicht jedenfalls. Aber aus so vielen Gründen wollte sie sehnlich zu Ende zu bringen, was sie angefangen hatten.

»Du hast so viel getan, um eine schmerzvolle Vergangenheit auszuradieren, und wie ich vermute, ohne das überhaupt bemerkt zu haben. Heute Abend gibst du mir einen Vorgeschmack darauf, wie eine Ehe wirklich sein kann, und ich möchte dich bitten, die Lektion zu Ende zu bringen.«

»Ich weiß überhaupt nichts über die Ehe.«

»Dann eben über Sex. Es scheint, als wüsstest du eine ganze Menge darüber.« Sie erlitt einen überraschenden Anfall von Eifersucht, als sie daran dachte, wie es dazu gekommen sein mochte.

Er rollte sich von der Chaiselongue und erhob sich. Die Enttäuschung brodelte in ihrem Inneren. Aber nur für einen Augenblick.

Er bot ihr seine Hand. »Mylady.«

Sie schenkte ihm ein halbes Lächeln und auch ihre Hand. »Ich bin eine Herzogin. Es heißt ›Euer Gnaden‹.«

Er half ihr auf und zog sie an seine Brust, wobei er einen Arm um ihre Taille legte. »Ich habe, *meine* Lady gemeint. Du bist *mein.* Heute Abend.« Während seines Kusses wand er ihren Zopf um seine Hand und bog ihr den Kopf in den Nacken, um ihren Mund mit seinem zu verschlingen.

Sie fühlte sich ungeschützt und verletzlich und unbeschreiblich erregt. Die Befriedigung, die sie noch vor wenigen Augenblicken empfunden hatte, verblasste hinter dem Anschwellen ihrer Begierde, die von solcher Heftigkeit war, dass ihr die Beine zitterten.

Er schwang sie in seine Arme und trug sie zum Schlafzimmer. Anstatt sie auf das Bett zu legen, stellte er sie daneben ab und schob ihr sofort darauf den Morgenrock über die Schultern.

Sie streifte das Kleidungsstück ab und ließ es zu Boden fallen. Er war im Begriff, ihr das Nachthemd auszuziehen, doch sie wünschte ihn sich im gleichen Zustand der Blöße. Sie legte die Hände an die Knopfleiste seiner Weste und knöpfte sie mit flinken Bewegungen ihrer Finger auf. Er schob ihr Nachthemd zu ihren Hüften hinauf und streifte dabei mit seinen Händen über ihr bloßes Fleisch, während sie beschäftigt war und er wartete geduldig, bis sie ihre Aufgabe beendet hatte.

Sie hatte Schwierigkeiten, die Empfindungen zu ignorieren, die seine Berührung auslösten, und konzentrierte sich darauf, die Weste über seine Schultern zu schieben. Er musste ihr Nachthemd loslassen, um ihr zu ermöglichen, ihm das Kleidungsstück auszuziehen. Anstatt ihr Nachthemd wieder nach oben zu schieben, zog er sein Hemd aus dem Hosenbund und schleuderte es über seinen Kopf, womit er seinen Oberkörper entblößte.

Dabei zog er eine sandfarbene Augenbraue hoch. »Ist das besser?«

»Bedeutend besser.« Sie betrachtete seinen Oberkörper. Er besaß weit weniger Körperbehaarung als Rufus und – genau wie sein Haupthaar – war es auch von einem helleren Farbton. Und das konnte sie nicht mit dem Umstand entschuldigen, dass er zu viel Sonnenlicht ausgesetzt war. Es sei denn, er lief ohne Hemd auf dem Schiff herum … Diese Vorstellung war allerdings unbeschreiblich verführerisch.

Allerdings war all das gar nicht wichtig. Sie akzeptierte, dass dieser Mann nicht Rufus war. Sie war sogar begeistert darüber. Dann bemerkte sie die Narben.

Eine befand sich fast in der Mitte seines Oberkörpers und sie war vielleicht fünf Zentimeter lang. Eine andere, übler aussehende, zeigte sich an seiner rechten Schulter und sie maß etwa zehn Zentimeter. Eine Reihe kleiner, roter Punkte zog sich über seinen Bauch an seinem Rippenbogen entlang. Eine besonders lange Narbe von mindestens sechzehn Zentimetern erstreckte sich von seinem linken Schlüsselbein und verschwand in seiner Armbeuge.

Sie zog den Verlauf dieser alten Verletzung mit den Fingerspitzen nach. »Was ist passiert?«

»Ein Kampf während des Krieges.«

»Du scheinst viele Kämpfe erlebt zu haben.«

»Ja.«

Sie wollte ihn fragen, was ihn dazu getrieben hatte, aber vielleicht hatten ihm nicht viele Wahlmöglichkeiten zur Verfügung gestanden. So unerbittlich ihr Leben auch gewesen war, hatte sie Privilegien genossen. Ganz eindeutig hatte er das nicht.

Und dennoch würde man glauben, dass er für dieses Leben geboren war. Er hielt sich, wie es sich für einen Herzog geziemte und ganz bestimmt wusste er sich auszudrücken. Sie würde seine Intelligenz gegen Rufus' oder die irgendeines anderen Edelmannes setzen, den sie kannte. Tatsächlich schlug er sich recht gut gegen Simon.

»Hast du dich sattgesehen? «, fragte er.

Sie war keineswegs sicher, ob sie je dazu imstande wäre. Er war eine einzige Masse aus Muskeln und Sehnen. Sie ließ ihre Handflächen über seine Haut gleiten, um sich jede einzelne Fläche, jede Ausbuchtung und jede Narbe einzuprägen. Es war leicht, ihn sich vorzustellen, wie er auf einen Schiffsmast kletterte oder in einer Schlacht kämpfte.

Unverhohlene Lust flammte in seinem Blick auf, während er sie ansah. Sie erschauderte angesichts seiner machtvollen Begierde und der kraftvollen Wucht ihrer eigenen, die als Antwort auf seine in ihr aufstieg.

Wieder küsste er sie und schmeckte sie mit seiner Zunge und den Lippen. Er war nun vertraut, was dies nur noch süßer machte. Er hob die Hände und legte sie um ihre Brüste, um sie zu massieren und zu drücken, und dann zupfte er zart an ihrer Brustwarze. Diese Empfindung schoss auf direktem Wege in die Tiefen ihrer Weiblichkeit.

Sie griff an seine Hose und nachdem sie tastend auf seinen Schritt gestoßen war, knöpfte sie ihn ebenso flink auf wie seine Weste, aber vielleicht mit ein wenig mehr Dringlichkeit. Ihre Fingerknöchel streiften bei ihrer Tätigkeit über seinen Schaft. Als sein Schritt endlich offen war, führte sie eine Hand in seine Unterwäsche und fand seinen Schaft. Er stöhnte, als er nach vorn in ihre Hand stieß.

Hier war ein weiterer Hinweis dafür, dass Kit nicht ihr Ehemann war. Sie konnte feststellen, dass er … größer war.

Länger, mit mehr Umfang. Sie stellte sich vor, wie sich das anfühlen musste und entschied, nicht darüber nachdenken oder mit dem vergleichen zu wollen, was sie kannte. Der ganze Sinn des heutigen Abends bestand darin, diese Erinnerungen zu verbannen und sie durch etwas weitaus Besseres zu ersetzen.

Die Finger fest um seinen Schaft gelegt, streichelte sie ihn vom Ansatz bis zur Spitze und dann wieder zurück. Wie man das machte, wusste sie zumindest.

Kit ließ den Kopf an ihre Brust sinken und hielt sie an seinen Mund gedrückt, während er daran leckte und saugte. Mit ihren Fingern presste sie ihn vielleicht ein wenig zu fest, denn er keuchte an ihrer Brust auf.

Sie lockerte ihren Griff. »Entschuldigung.«

»Nein, hör nicht auf«, krächzte er.

Dann mochte er es also. Wagemutig packte sie ihn fester, als sie ihre Hand über seine Haut schob. Er bewegte sich im Einklang mit ihrem Streicheln und das erinnerte sie an die Art und Weise, wie seine Finger in sie gedrungen waren. Bald würde sein Schaft das Gleiche tun und sie stellte fest, dass sie nicht mehr länger warten wollte.

Sie lehnte sich zurück und fühlte die Matratze an ihrem bloßen Hintern. »Kit«, drängte sie und zupfte sanft an seinem Schaft.

»Ja, meine Liebste? « Sein Kosename ließ sie vor Verlangen erschaudern.

»Ich würde gern –« Sie schrie auf, als er ihre Brustwarze kniff und sie dann heftig saugte. »Ich möchte dich in mir haben.«

»Das möchte ich auch gern.« Er richtete sich auf und dann entledigte er sich seiner restlichen Bekleidung. Als er seine Hose und die Unterwäsche ablegte, hob sich sein Schaft lang und steif und seine Hoden zeichneten sich straff und rund darunter ab. Ja, er war weitaus größer als Rufus.

»Du siehst sehr … groß aus.«

Er streichelte sie zwischen ihren Beinen. »Und du bist sehr feucht. Ich denke nicht, dass es da ein Problem geben wird.«

Für einen Augenblick neckte er ihr Fleisch und presste seine Finger an ihren Schlitz und dann schob er sie hinein. Sie umklammerte seine Schultern, als ihre Beine nachzugeben drohten. Er schien zu verstehen, denn er hob sie auf das Bett und dann kletterte er neben sie.

Er führte die Hand zu ihrem Geschlecht zurück, als er sich über sie beugte und an ihrer Brustwarze leckte. »Bist du hier schon einmal geküsst worden? « Er schob seine Finger über ihre Schamlippen. »Ich vermute nicht, aber ich möchte nicht mutmaßen.«

»Nein. Ich habe überhaupt noch nie daran gedacht.« Was wahrscheinlich töricht war, denn Rufus hatte sie gezwungen, seinen Schaft in ihren Mund zu nehmen – was sie verabscheut hatte.

»Und dein nichtsnutziger Ehemann offenbar auch nicht. Ich bin allerdings nicht nichtsnutzig und wenn wir nicht in Eile sind, unsere Erlösung zu finden, werde ich dir zeigen, wie lustvoll das sein kann.«

Der Gedanke an seinen Mund und seine Zunge auf ihrem Geschlecht war gleichzeitig erschreckend und erregend. Und ihr kam der schockierende Gedanke, dass es ihr vielleicht gefallen könnte, Kits Schaft in ihren Mund zu nehmen.

Er lachte leise an ihrer Brust und seine Finger tauchten in sie. »Ich kann fühlen, dass diese Vorstellung dich erregt. Jetzt bist du noch feuchter.«

Kit rollte sich auf sie. »Spreize die Beine.«

Sie bewegte sich unter ihm und tat, was er verlangte, und dann wartete sie atemlos auf sein Eindringen.

»Führe mich, Verity«, bat er heiser. »Nimm meinen

Schaft und führe ihn in dich hinein. Sei dabei so langsam oder schnell, wie du möchtest.«

Seine Worte erregten sie noch mehr und fachten ihre Begierde zu noch größerer Vehemenz an. Sie nahm seinen Schaft mit einer Hand und öffnete die Schenkel, um ihn zu empfangen. Seine Spitze stieß sanft an ihre Öffnung und bereits in diesem Moment hatte die beginnende Ekstase ihren Körper erfasst.

Sie drängte ihn tiefer und hob sich vom Bett, um ihm entgegenzukommen. Aber es war immer noch zu langsam. »Du musst dich –« Sie war nicht sicher. »*Bewegen.*«

»So etwa? « Er drang mit einem kraftvollen Stoß in sie und erfüllte sie so vollständig, dass sie die Lichter hinter ihren Augenlidern blitzen sah, die sie zugedrückt hatte.

Sie umfasste seine Rückseite und fühlte die Anspannung seiner Muskulatur und die samtige Weichheit seiner Haut. »*Ja.* Hör nicht auf. Bitte.«

Er stützte eine Hand nahe ihrem Kopf auf und legte die andere auf ihre Hüfte, um sie festzuhalten, als er sich zurückzog und dann wieder vorstieß. »Heb deine Beine.« Er dirigierte sie, um ihr zu zeigen, was er meinte. Er glitt sogar noch etwas tiefer in sie und berührte etwas in ihrem Inneren, und vor lauter Vergnügen dabei hätte sie am liebsten geweint. Sie hielt ihn fest, als er mit harten und sicheren Stößen in sie drang – wieder und wieder. Sie presste die Fersen in seinen Rücken und bog sich seinen Stößen entgegen, bis sie aufschrie, als die Reibung sie tiefer und tiefer in ein dunkles, leidenschaftliches Verlangen trieb.

Er grub die Finger in ihr Fleisch und dann hob er seine andere Hand, um ihr eine Haarsträhne aus dem Gesicht zu streichen, ehe er seine Lippen besitzergreifend auf die ihren legte. Er schluckte ihre Schreie und ihre Bewegungen wurden fieberhafter. Die Lust, die sich vorhin in ihrem Boudoir aufgebaut hatte, war im Vergleich mit dieser hier gar nichts.

Sie fühlte sich wie auf einen Wellenkamm gehoben oder stellte sich zumindest vor, wie sich das anfühlen musste.

Seine Zähne verfingen sich an ihre Lippen, als er den Kuss abbrach. »Komm für mich, Verity. *Komm.*«

Sie wusste jetzt, was das bedeutete und gab sich der Erlösung hin. Ihre Muskeln krampften sich um ihn zusammen und er schrie auf, als er hart und tief in sie stieß. Welle über Welle der Ekstase brach über sie herein. Sie war vor Freude wie von Sinnen und wünschte sich, dass es niemals endete.

Nach und nach wurde er langsamer und küsste sie zärtlich, als ihre Welt allmählich wieder verschwommene Konturen annahm. Sie erwiderte seine Liebkosung und ihre Beine entspannten sich um ihn. Nach einigen Augenblicken zog er sich aus ihr zurück und rückte an ihre Seite.

»Jetzt sollte ich gehen«, murmelte er, ehe er ihr einen Kuss auf die Schulter gab.

Sie drehte den Kopf, um ihn anzuschauen. »Ich möchte, dass du bleibst.«

Er blickte sie an und ihre Augen kommunizierten auf eine Weise, wie ihre Münder vielleicht nicht konnten. Jedenfalls noch nicht. Er formte die Lippen zu diesem Lächeln, das ihren Herzschlag ins Stocken brachte, und das sie so liebgewonnen hatte. »Wenn du darauf bestehst.«

»Das tue ich.« Sie zog die Bettdecke zurück und schlüpfte in das Bett, wobei sie die Laken hochhielt, damit er sich zu ihr legen konnte.

Das tat er und schob seinen Körper neben ihren, wo er sich an sie schmiegte. Er küsste ihren Haaransatz, ihre Schläfe, ihre Stirn. »Schlaf meine Liebste.«

Das tat sie – und nie war ihr Schlaf tiefer gewesen.

# CHAPTER 14

Als Kit erwachte, kroch das Licht gerade unter den Vorhängen hindurch. Er brauchte einen Moment, bis ihm wieder einfiel, wo er war – und warum. Er lag auf der Seite und Verity hatte sich an ihn geschmiegt, wobei ihr Rücken gegen seinen Oberkörper drückte. Sie war warm und weich und er lächelte bei dem Glück, dass ihm zuteil geworden war.

Aber es war so zerbrechlich. Seine Heiterkeit verblasste ein bisschen, was ihn nur entschlossener machte, das festzuhalten, was er gefunden hatte. Würde sie ihn gewähren lassen? Es hatte den Anschein, als ob sie beide dasselbe wollten – die Familie erhalten, zu der sie geworden waren. Und dennoch standen ihnen so viele Dinge im Wege. Sie sollten sich nach London begeben, sodass er offiziell als Herzog anerkannt würde.

Er versuchte, sich vorzustellen, wie das sein würde – Bälle und Festlichkeiten und Clubs. Vermutlich war er bereits Mitglied dort. Hoffentlich würde irgendjemand wissen, in welchen … Er wusste von den Geschäftsbüchern, dass Rufus kein Haus in London unterhalten hatte, aber andererseits war er vor seinem Verschwinden auch nur sehr kurze Zeit Herzog gewesen. Der vorige Herzog – Kits Vater – hatte, gemäß den Einträgen eines gepachtet. Das schien eine merkwürdige Situation für einen Herzog, aber was wusste Kit schon?

Er sog den süßen Veilchenduft ein, der aus Veritys Haar aufstieg. Der Zopf war noch immer intakt, doch mehrere Strähnen hatten sich daraus gelöst. Er sehnte sich danach, die Haarmähne aufzulösen und mit seinen Fingern durch die seidigen Locken zu kämmen.

Was hielt ihn davon ab? Sie müsste den Zopf beim Aufwachen ohnehin lösen. Jedenfalls dachte er das, denn er hatte sie nie mit einem Zopf gesehen, außer wenn sie sich bettfertig machte.

Er löste das Band an der Spitze und legte es neben sich. Dann fuhr er mit den Fingern vorsichtig durch den Zopf und löste die einzelnen Strähnen mit Sorgfalt und Genuss. Sie rührte sich in seinen Armen und seufzte leise, als sie den Rücken an ihn presste.

Der Kontakt ihrer Rückseite mit seinem Schaft versetzte ihn in volle Erregung. Er kam mit dem Entflechten ihres Haars zum Ende und vergrub sein Gesicht in den dunklen Locken.

»Was tust du?«, fragte sie mit leiser Stimme, die noch schwer von Schlaf war.

»Ich ergötze mich an dir.« Seine Lippen fanden ihren Nacken und er küsste sie wiederholt, während er über ihre Haut wanderte und ihr Schaudern fühlte.

»Es ist sehr schmeichelhaft, das zu sagen.«

Er hob eine Hand an ihre Brust und legte sie um diese warme Rundung, ehe er dazu überging, ihre Brustwarze mit seinen Fingern und dem Daumen zu necken. »Und was wird meine Schmeichelei mir einbringen?«

Sie keuchte leise, als sie ihren Hintern an ihm rieb.

»Nichts. Ich gebe mich nicht für schöne Worte weg. Aber weil ich weiß, dass du ein Mann von mehr als nur hübschen Worten bist –« Ihre Bemerkung ging in ein weiteres Keuchen über, als er seine Hand über ihren Bauch wandern ließ und sie zwischen den Wölbungen ihrer Schamlippen streichelte.

»Manchmal ziehe ich es vor, überhaupt nicht zu reden«, murmelte er an ihrem Nacken, ehe er an ihrer Haut saugte. Er führte die Finger in ihre Scheide und fühlte, wie sie sich um ihn herum anspannte. Sie war so empfänglich – heiß und feucht und eifrig. Er könnte genau jetzt in sie gleiten.

Er schob die Lippen an ihr Ohr. »Ist das in Ordnung?«

»Nein.«

Er brachte seine Hand zum Stillstand und zog sich langsam zurück.

Sie drehte sich in seinen Armen. »Hör nicht auf. Es ist mehr als in Ordnung. Aber es ist auch nicht genug.« Sie schüttelte den Kopf. »Ich bin schrecklich in dieser Sache.«

»Das ist nicht wahr.« Er küsste sie und lächelte an ihrem Mund. »Du bist wundervoll in dieser Sache.«

Sie sah ihm in die Augen und ihre Iris war dunkel. »Das wäre ich gern. Zeig es mir.« Sie rollte ihn auf den Rücken und schob sich auf seinen Oberkörper, wobei sie ihre gespreizten Hände über seine Brustwarzen legte.

Als sie ihn berührte, verdammt, als sie ihn mit diesem halb verführerischen, halb fragenden Lächeln ansah, war es, als ob er wieder ein junger Kerl wäre, der noch keine Frau kennengelernt hatte. Als wäre er ein Mann, der zu lange ohne Frau gewesen war, und dieses Gefühl war ihm vertraut. Er war mit vielen Frauen zusammen gewesen, die den Durst nach langer Dürre gestillt hatten. Verity war vollkommen anders.

Sie hob den Kopf, um ihre Lippen auf seine zu legen. »Kann ich … auf dir sein, so wie jetzt? «

»Du kannst sein, wo immer du willst.« Er erwiderte ihren

Kuss und ihre Lippen und Zungen verfingen sich zu einem herrlichen Gewirr. Er löste sich von ihr und legte die Hände um ihre Taille. »Es ist am einfachsten, wenn du dich aufsetzt.«

Sie hob sich von seinem Oberkörper und setzte sich mit gespreizten Beinen auf seine Hüften. »So etwa?«

»Ja, genauso.« Er konnte nicht umhin, auf ihre Brüste zu starren, und zu verfolgen, wie sie hin- und her schwangen, sobald sie sich bewegte. Sie waren prall mit kecken dunklen, rosa-braunen Brustwarzen und sie schlugen ihn voll und ganz in ihren Bann.

»Kit.«

Er vernahm den Argwohn in ihrer Stimme und sah ruck-artig zu ihrem Gesicht auf. »Mmm?«

»Ist es wirklich leichter für mich, oben zu sitzen oder ziehst du einfach diese Aussicht vor?« Sie sah ihn mit hochge-zogenen Augenbrauen an, als sie die Hände um die Unter-seite ihrer Brüste legte.

Du lieber Gott, aber der Anblick von ihr, wie sie sich selbst berührte, war beinahe sein Verhängnis. »Es ist, ähm, beides.« Seine Stimme klang angespannt, als ob er sich mitten in einem Gewittersturm an einem Schiffsmast fest-hielt. »Könntest du das, ähm, weiter tun?«

»Was? « Sie streichelte sich und bewegte ihre Brüste. »Das?«

Das Blut rauschte in seinen Schaft. »Ja. Genau das. Und vielleicht kannst du noch deine Brustwarzen berühren. Wenn das nicht zu viel Umstände macht.«

Sie errötete und zögerte, ehe sie die Daumen und Zeige-finger über jeder Knospe zusammendrückte. »So etwa?«

»Gut, ja. Und zieh noch ein bisschen daran.«

Das tat sie und sie zog an ihrer Haut, um dann inne-zuhalten.

Er kämpfte, um tief Luft zu holen und schaffte es einfach

nicht. »Fühlt sich das gut an?« Er erkannte kaum den Klang seiner eigenen gequälten Stimme wieder.

»Ja, aber nicht so gut wie bei dir.« In ihrem Tonfall schwang ebenfalls ein tiefes bis heiseres Krächzen mit. »Aber so, wie du mich ansiehst …«

Er streckte den Arm aus und legte die Hand in ihren Nacken, um sie zu einem sengenden Kuss mit geöffneten Lippen herabzuziehen. Saugend und leckend verschlang er ihren Mund in einem Versuch, seine rasende Lust zu befriedigen. Sie erwiderte seinen Kuss mit der gleichen Hingabe und Inbrunst, bis er fürchtete, dass er vielleicht bersten würde.

Mit einem scharfen Keuchen zog er sich zurück. »Verity, ich werde meinen Samen verspritzen, wenn wir nicht anfangen.«

»Zeig es mir«, wiederholte sie.

Noch einmal legte er die Hände um ihre Taille und dirigierte sie noch ein Stück zurück. »Erhebe dich über meinen Schaft.« Als sie es tat, packte er sein Geschlecht am Ansatz und führte die Spitze in ihre feuchte Scheide. »Jetzt lässt du dich langsam herabsinken.«

Sie stützte ihre Hände auf seinem Oberkörper ab und er sah zu, wie sie über ihn niederkam, und ihn auf köstliche Weise Zentimeter für Zentimeter tiefer in sich aufnahm. Ihre Scheide schmiegte sich eng um ihn und umschloss ihn mit einer dunklen, überwältigenden Samtigkeit. Als sie voll auf ihm saß, stöhnte er und legte die Hand wieder an ihre Taille.

Ohne Führung fing sie an, sich auf und ab zu bewegen — erst langsam und dann immer schneller. Ihre Brüste lockten ihn und er konnte nicht widerstehen, die Hand nach diesen Rundungen auszustrecken. Er massierte sie und verführte ihre Brustwarzen mit den Fingern, sich zu steifen, harten Spitzen zusammenzuziehen. Begierig, sie zu fühlen, schob er eine Hand unter ihrem Arm hindurch zu ihrer Rückseite und drängte sie nach vorn.

Sie sank herab und veränderte den Winkel ihrer Verbindung. Sobald er nahe genug war, hob er sich vom Kissen und nahm ihre Brustwarze in den Mund. Er küsste sie und saugte daran und sie fing an, sich schneller auf ihm zu bewegen.

Aus ihrem Mund drangen Schreie der Verzückung und Erwartung, als er sie leckte. Sie bewegte ihren Körper über ihm auf und ab, wobei sie ihn tief in sich aufnahm und sich dann beinahe vollständig zurückzog, nur um wieder von vorn zu beginnen. Sie legte an Tempo zu, während ihre Muskeln arbeiteten und er konnte spüren, dass sie kurz vor ihrer Erlösung stand.

Dann blieb die Welt für einen winzigen Augenblick stehen. Sie setzte sich leicht zurück und zog ihre Brust aus seinem Mund. Ihre Hand schloss sich um seine Hoden er zuckte vor Verlangen zusammen. Sein Höhepunkt hatte sich aufgebaut, aber jetzt brach er über ihn herein. Er packte ihre Hüften und drang vor Begierde wie von Sinnen in sie ein. Sie schrie auf und ihr Stöhnen erfüllte das Zimmer, als sie ihm Stoß für Stoß entgegenkam. Sie stieß auf ihn herab und er erlöste sich mit einem letzten Schrei der Ekstase.

Sie fiel nach vorn und brach auf seinem Oberkörper zusammen, während sie, so wie er, heftig und stoßweise atmete. Er liebkoste ihren Rücken und strich ihr Haar glatt, als er sich zurück zu voller Bewusstheit kämpfte.

Nach einigen Minuten rutschte sie an seine Seite und er zog sie fest an sich. Sie legte den Kopf an seine Schulter und Kit glaubte nicht, dass er sich je zufriedener gefühlt hatte. Aber er wusste, dass es nicht von Dauer sein konnte. Nicht, bis sie nicht die vor ihnen liegenden Hindernisse überwunden hatten.

Mit Bedauern durchbrach er ihren Schleier der Glückseligkeit. »Ich muss dir erzählen, was ich bei Cuddy gefunden habe.« Er hatte das Notizbuch noch einmal durchgesehen, nachdem sie ihn neulich Abend verlassen hatte.

Sie legte die Hand auf seine Brust und hob den Kopf, um ihn anzuschauen. »Was ist es?«

»Cuddy hatte ein Notizbuch geführt, in dem er seine Unterschlagungen eingetragen hatte – Belege für das, was er gestohlen hatte und die Zahlungen an viele Empfänger.«

Sie machte große Augen, weil sie entweder alarmiert oder interessiert oder beides war. »An wen?«

»Ich weiß es nicht. Die Beträge stehen neben Buchstaben oder Zahlen oder – in einem Fall – einem Symbol.«

Sie runzelte die Stirn. »Was für eine Art von Symbol?«

»Ein auf der Seite liegendes Kreuz.«

»Er kann das Geld nicht einer Kirche gegeben haben«, höhnte sie und legte den Kopf wieder an Kits Schulter. »Ich bin nicht sicher, ob er je zum Gottesdienst gegangen ist.«

»Ich bezweifele das auch, aber was weiß ich schon von Cuddy? Ich wünschte, ich hätte ihn zum Reden bringen können. Ich habe noch eine andere Sache gefunden – einen Brief deines Vaters. Darin versprach er ihm, die Angelegenheit mit seiner Entlassung in die Hand zu nehmen und trug ihm auf, in Blackburn zu bleiben.«

Verity schnaubte und Kit musste bei diesem wenig eleganten Ton, der da über ihre Lippen kam, ein Lachen unterdrücken. »Von all den wichtigtuerischen Dingen, die er sagen könnte … Aber natürlich würde er Cuddy sagen, sich darum zu kümmern. Ich glaube wirklich, dass er denkt, Cuddy müsste sich ihm gegenüber verantworten.«

Und deshalb fragte Kit sich, ob ihr Vater nicht jemand war, der in diese Veruntreuung verwickelt war. Das war ein weiterer Grund, warum er nach London gehen wollte – um ihren Vater zur Rede zu stellen. »Unter Berücksichtigung der Verbindung und Beteiligung deines Vaters mit Cuddy, wäre da der Gedanke weit hergeholt, dass er von der Veruntreuung gewusst haben könnte?«

Verity versteifte sich, aber nur für einen Augenblick. »Das wäre … erschütternd. Darf ich das Notizbuch und den Brief meines Vaters sehen? «

»Natürlich. Ich würde dein Urteil sehr zu schätzen wissen.« Er küsste sie auf den Kopf und streichelte ihren Arm. Er war nicht bereit, ihren Kokon bereits zu verlassen. Er genoss es, sie ohne Geheimisse und Lügen kennenzulernen. »Wie bist du dazu gekommen, Rufus zu heiraten?«

Sie holte tief Luft und zögerte, doch nur für einen Augenblick. »Wir waren zu einer Hausparty hier eingeladen – ich war gerade neunzehn. Mein Vater hat stets Einladungen für uns beschafft, in der Hoffnung, dass ein wichtiger Adliger auf mich aufmerksam würde.«

»Und du hast Rufus' Aufmerksamkeit erregt.« Kit hatte keine Schwierigkeiten, das zu glauben. Er würde sie unter allen anderen Frauen der Welt auswählen.

Sie nickte. »Offensichtlich. Es war eine entsetzliche Hausparty – damals fiel Augustus' Sohn in den Teich und ertrank. Rufus hatte versucht, ihn zu retten, aber es war zu spät.« Sie runzelte kurz die Stirn und ihr Ausdruck wurde nachdenklich. »Eigentlich ist es das einzige Mal, an das ich mich erinnern kann, wo Rufus Anteilnahme und Fürsorge gezeigt hat. Augustus war am Boden zerstört und Rufus hatte sich die größte Mühe gegeben, ihn zu trösten. Ich erinnere mich daran, welchen Eindruck das auf mich gemacht hatte und das war auch der Grund, warum ich seinen Heiratsantrag angenommen hatte. Er hatte mich um eine Wartezeit von sechs Monate gebeten, damit die Familie die Trauerperiode einhalten konnte. Ich war über die Verschiebung natürlich mehr als glücklich – oder zumindest erleichtert. Ich kannte ihn nicht einmal, aber aufgrund meiner Beobachtungen freute ich mich darauf. Mein Vater war überglücklich.« Sie sah zu Kit auf. »Es war ein Befreiungsschlag – dass ich den Erben eines Herzogtums heiraten sollte. Im Rückblick frage ich mich, ob mein Vater irgendeine erpresserische Methode zur Anwendung gebracht hatte, um diese Verbindung herbeizuführen.«

Ihre Erwähnung des Wortes Erpressung trieb Kit einen eisigen Schauder über das Rückgrat. Sein Verdacht in Bezug auf ihren Vater schien plötzlich glaubhafter. »Warum glaubst du das? «

»Es war für meinen Vater ungeheuer wichtig, dass ich eine gute Partie machte. Er sehnte sich so sehr nach einem Titel und tat alles, was in seiner Macht stand, um mich für die Bewerber attraktiv zu machen – er verschaffte mir Tutoren, Lektionen in Benehmen, Tanzunterricht. Ohne etwas Begünstigendes anbieten zu können, wie könnte er da den nächsten Erben eines Herzogtums überzeugen, mich zu heiraten?«

»Überzeugung wäre nicht erforderlich, wenn ich der Bräutigam wäre. Ein Blick auf dich und ich wäre verloren. Einen Tag mit dir und ich wäre versklavt. Ein ganzes Leben mit dir wäre nicht genug.« Er konnte spüren, wie sie erschauderte.

Sie wandte das Gesicht so, dass sie zu ihm aufsah und ihre Augen strahlten vor Begierde. *»Kit.«*

Trotz ihrer früheren Aktivität versteifte sich sein Schaft erneut. »Ist es nicht möglich, dass Rufus dich gesehen und sich in dich verliebt hatte?«

»Es ist möglich, vermute ich, und es ist ganz bestimmt das, was ich zu jener Zeit glaubte. Er hatte seinen wahren Charakter erst nach unserer Heirat offenbart. Auf der Hausparty schien er ein bisschen distanziert, aber das änderte sich, nachdem Godwin gestorben war. Wir waren nicht mehr lange dortgeblieben, aber soweit ich das erkennen konnte, war er sehr betroffen.«

»Du sagst, er war distanziert – hatte er dir im Laufe der Party nicht den Hof gemacht?«

»Nicht direkt. Wir haben ein paarmal getanzt und an einem Abend habe ich beim Dinner neben ihm gesessen. Aber nachdem sich die Tragödie ereignet hatte, schien er sich zu mir hingezogen zu fühlen.« Sie runzelte die Stirn. »Das ist mir vorher nie bewusst geworden.«

»Vielleicht war er auf der Suche nach Trost und du warst freundlich zu ihm. Ich kann mir zumindest vorstellen, dass du das warst.«

»Du bist so süß.« Sie beugte sich vor und küsste ihn. »Ich erinnere mich daran, dass mein Vater mich ermunterte, ihn zu trösten.«

Irgendetwas daran fühlte sich für Kit falsch an. »Mit Godwins Tod wurde Rufus der voraussichtliche Erbe.«

»Ja.«

»Und du sagst, Godwin sei ertrunken. Hatte irgendjemand das beobachtet?«

Die Stirn gerunzelt setzte sie abermals eine nachdenkliche Miene auf. »Nein. Die Gentlemen waren zu einem Ausritt unterwegs und Rufus war mit ihm zurückgeblieben, weil er eine Pause brauchte. Er hatte dem Jungen etwas Auslauf gelassen, und als er nicht zurückgekehrt war, hatte Rufus ihn im Teich ertrunken aufgefunden.«

Ihm fiel ihre Angst wieder ein, die sie am Tag ihres Picknicks dort gehabt hatte. »Du hast dich daran erinnert, als wir mit Beau am Teich waren.«

»Ja, aber ich wollte nichts sagen, nicht vor Beau.«

Das konnte er verstehen. »Also war die einzige Person, die definitiv sagen konnte, was mit Godwin passiert war, genau die, welche direkt vom Tode des Jungen begünstigt wäre. Wie zweckdienlich.«

Verity machte große Augen, als sie sich in eine sitzende

Position aufrappelte. »Du glaubst, Rufus hatte ihn umgebracht?«

Unschlüssig zuckte Kit mit den Schultern. »Ich denke, es ist unmöglich zu wissen. Wo war dein Vater während der ganzen Zeit? War er auf diesem Ausritt?«

»Das war er, und jetzt erinnere ich mich, dass irgendjemand gefragt hatte, wo er gewesen sei, denn er war ganz hinten geritten – Augustus wollte wissen, ob irgendjemand etwas gesehen oder gehört hätte. Mein Vater hatte behauptet, nichts mitbekommen zu haben.« Sie blinzelte ihn an. »Du denkst, er war irgendwie darin verwickelt?«

»Ich weiß nicht, was ich denken soll, aber all das klingt sehr verdächtig … genauso wie Augustus' plötzliche Hinfälligkeit vor seinem Tode. Er hatte meinem Vater vor seinem Ableben einen Brief geschrieben – der neue Vikar hat ihn mir zusammen mit einigen anderen Dingen übergeben, als ich ihn bei meiner Rückkehr aufgesucht hatte.«

»Es ist schön, dass er einige Dinge deines Vaters aufbewahrt hat.«

Kit nickte, doch seine Gedanken waren bei dem Brief. »Er beschrieb darin seinen Kummer über den Verlust seines Sohnes und sein Bedauern, nicht mehr für mich getan zu haben. Er sagte, nicht mehr lange Zeit auf der Welt zu haben, und dass er nicht gehen wollte. Und auch, dass er seinen neuen Erben nicht mochte und sich mich an seiner statt wünschte.«

Ihr Blick wurde mitfühlend. »Mit einer Befürwortung dieser Art ist es kein Wunder, dass du bleiben willst.«

»Es klang nicht nach dem Brief eines Mannes, der an seinem Kummer zugrunde ging – er wollte leben.« Wieder fragte Kit sich, ob sich etwas Schändliches ereignet hatte, aber er zweifelte, dies je wirklich zu erfahren.

»Kit, ich denke, wir sollten nach London gehen, damit

du im House of Lords vorsprechen kannst und als Herzog anerkannt wirst.«

Kit setzte sich auf und versuchte, sich auf ihr Gesicht, anstatt der Rundungen ihrer Brüste zu konzentrieren. »Tust du das?«

»Das müssen wir, wenn wir unsere Familie erhalten wollen.«

Ihm stockte der Atem. »Das möchtest du? «

»Mehr als alles andere.« Er griff nach ihr, aber sie hielt ihn auf Abstand, indem sie die Hand hob. »Ich will dich nicht verlieren und dieser Gefahr bin ich solange ausgesetzt, bis du als Herzog anerkannt bist. Sobald du den Titel hast, wird niemand ihn dir mehr wegnehmen können.«

»Du bist schrecklich zuversichtlich.« Er wünschte, er wäre es.

Ihr Blick wurde milder, doch er drückte die Tapferkeit aus, die er so sehr an ihr zu bewundern gelernt hatte. »Ich habe nichts anderes. Ich bin festen Willens, dass wir eine Familie sein werden.«

Ihre mutige Erklärung war zusammen mit ihrem Eifer das Entzückendste, was ihm je zu Ohren gekommen war. »Ich liebe dich.« Er umklammerte ihren Hinterkopf und zog sie zu einem innigen, langanhaltenden Kuss zu sich heran.

Sie wich ruckartig zurück und sah ihn erschrocken an. »Wie spät ist es? « Hektisch sah sie zur Uhr auf dem Kaminsims. »Ich bin überrascht, dass Beau noch nicht gekommen ist.« Sie sprang aus dem Bett. »Du solltest dich säubern und etwas anziehen.«

Sie verließ das Zimmer und kehrte kurze Zeit später mit einem Nachthemd bekleidet zurück, als er gerade sein Hemd über den Kopf zog.

Beau kam ins Zimmer, als Kit gerade mit knapper Not seine Hose angezogen hatte. Beau starrte ihn an und blinzelte, als ob er gerade aufgewacht war – was Kit auch vermutete – und dann sah er zu Verity, die neben dem Bett stand und ebenso schuldbewusst dreinblickte, wie Kit sich fühlte. Oder vielleicht war das seine Einbildung.

»Papa? « Beau wandte ihm erneut seine Aufmerksamkeit zu. »Was tust du hier? « Er musterte Kits Aufzug. »Hast du hier geschlafen? «

Kit blinzelte und war nicht sicher, was er sagen sollte. Er sah zu Verity hinüber, die einen Blick in seine Richtung warf.

Sie rettete ihn vor einer Antwort. »Ja, Papa hat hier geschlafen.«

Beau kam auf ihn zu. »Hast du Angst gehabt, Papa? Das passiert mir manchmal.«

«Nein, ich war –« Er war nicht ganz sicher, was er sagen sollte, aber in diesem Fall entschied er, dass er nicht lügen wollte. Was im Grunde ironisch war, da es in dieser Situation mehr als akzeptabel wäre, das zu tun. »Ich wollte deine Mutter küssen.«

Beaus Gesichtsausdruck des völligen Desinteresses brachte Kit beinahe zum Lachen. »Weil du das nicht gern vor den Leuten tust.«

Ein leises Lachen stahl sich über Kits Lippen. Er konnte es nicht unterdrücken. »Anscheinend.« In Wahrheit würde er Verity küssen, wo immer sie es ihm gestatten würde.

»Ich bin hungrig. Können wir jetzt Frühstücken gehen?«, fragte Beau.

»Ja«, antwortete Verity. »Kleiden wir uns an.« Sie sah zu Kit hinüber, der seine restlichen Kleidungsstücke zusammensammelte. Seine Schuhe standen nahe am Bett, genau genommen direkt neben Verity. Er ging hinüber, um sie über die Füße zu ziehen, und sie wandte sich ihm zu, wobei ihr Blick sich mit seinem verband. Sie teilte die Lippen und sein Körper rührte sich erneut.

Ohne nachzudenken senkte er den Kopf zu ihr herab

und küsste sie. Der Kuss war kurz, aber verführerisch und ein Versprechen darauf, was noch kommen würde.

Vorausgesetzt es lief nichts schief, ehe er Herzog wurde.

~

Nachdem sie den ganzen Tag mit den Vorbereitungen für ihre Abreise nach London zugebracht hatte, wünschte Verity Beau eine gute Nacht, während Kit dem Jungen vorzulesen begann. Einen Augenblick lang sah sie den beiden zu – das Herz von Liebe erfüllt – bevor sie sich abwandte, um zu ihrem Zimmer zu gehen. Es war eine Menge Arbeit gewesen, aber sie konnten am folgenden Morgen in zwei Kutschen abfahren. Die erste würde Beau, Kit und sie befördern und die zweite Beaus Tutor und ihre Zofe. Sie hatte einen Brief an Simon und Diana gesandt und sie über ihre Ankunft informiert. Die beiden würden erfreut sein, sie in ihrem Stadthaus in Mayfair willkommen zu heißen.

Infolge der exzessiven Geschäftigkeit des Tages hatte sie Kit seit dem Morgen weder gesehen noch mit ihm gesprochen. Sie hatten sich so viel zu sagen, so viel übereinander zu lernen. Sie sehnte sich danach, dass ihr gemeinsames Leben wirklich beginnen konnte. Sie fühlte sich aber auch beklommen, vor allem wegen Cuddys Tod und der Frage, ob Kit dafür zur Rechenschaft gezogen würde. Sicherlich würde er das nicht, denn er hatte sich ja selbst verteidigt. Vielleicht sollten sie den Konstabler aufsuchen.

Ja, das *sollten* sie, aber sie fürchtete, das zu tun, bevor er nicht im House of Lords zum Herzog deklariert wurde.

Sie stieg ins Bett, um dort auf Kit zu warten. Er war noch nicht in ihr Zimmer umgesiedelt, aber sie hatten vor, den Umzug gleich nach ihrer Rückkehr vorzunehmen. Sie wollte keine weitere Nacht mehr ohne ihn verbringen.

Offenbar hatte sie die Arbeit des Tages erschöpft, denn sie schlief ein und wachte nicht auf, bis sich die Sonnenstrahlen unter den Vorhängen ins Zimmer stahlen. Blinzelnd spürte sie etwas Warmes an ihrem Rücken und lächelte. Sie rollte sich zu Kit herum, um ihn anzuschauen, und war überrascht, dass er die Augen geöffnet und seine dunklen Pupillen auf sie fixiert hatte.

»Guten Morgen«, wünschte er ihr leise und seine tiefe Stimme glitt seidig über sie hinweg wie warmes Badewasser.

Mit den Fingerspitzen zog sie eine Spur an einer Seite seines Gesichts entlang und dann setzte sie ihre Wanderung über seinen Kiefer fort. »Warum hast du mich gestern Abend nicht aufgeweckt?«

»Du hast fest geschlafen und ehrlich gesagt warst du zu schön, um dich zu wecken.«

Sie liebkoste seine Schulter. »Ich wünschte, du hättest es getan.«

Er berührte sie unter der Bettdecke und streichelte ihre Hüfte. »Ich kann dich jetzt erwecken, wenn du möchtest.«

Sie formte die Lippen zu einem verführerischen Lächeln. »Das möchte ich gern.«

Den Blick fest mit ihrem verbunden, dirigierte er sie in Rückenlage und schob sich über sie, während er ihren Mund mit einem zärtlichen, aber sengenden Kuss in Besitz nahm. Er brachte sie ganz außer Atem, als er sich an ihrem Körper hinabbewegte und ihr Nachthemd nach oben schob. Er verschwand unter der Bettdecke und küsste ihre Hüfte. Sie keuchte auf und schloss die Augen, während sie den Kopf zurück auf das Kissen sinken ließ.

Er ließ seine Lippen über ihre Haut streifen, während er seine Hand auf die Locken zwischen ihren Beinen legte. Instinktiv öffnete sie die Schenkel und wusste, was er beabsichtigte ... Er hatte ihr gesagt, was er tun wollte.

Er kitzelte sie mit seinem Atem an ihren Schamlippen,

kurz bevor er sie dort mit den Fingerspitzen streichelte. Sie erschauderte, als die Begierde in ihrem Bauch aufwallte und sich tief in ihrem Becken festsetzte.

Mit einem leisen Stöhnen legte sie eine Hand auf seinen Kopf, um sich zu beruhigen. Sie wurde von einer pulsierenden Erwartungsfreude erfasst, als die Empfindungen in ihrem Körper aufflammten. Dann küsste er sie dort und seine Lippen neckten und saugten sie sanft. Ihre Wollust keimte auf und sie schob die Bettdecke beiseite, womit sie seinen Kopf zwischen ihren Schenkeln entblößte. Sie vergrub die Hände in seinem Haar. Seine Berührungen waren zart und liebevoll, als er sie mit dem Mund und den Fingern neckte.

Und dann hörte er auf zu spielen.

Er packte sie an den Hüften und leckte über ihre Scheide, und die Hinzunahme seiner Zunge änderte alles. Das wundervoll Dekadente wandelte sich nun zu etwas Dunklem und Erotischen, und das ihr innewohnende Verlangen loderte zu einer tiefen und verzweifelten Lust auf alles auf, was dieser Mann ihr geben würde.

Sie packte ihn am Kopf, als er die Zunge in sie stieß. Mit seinem Daumen drückte und streichelte er sie, während seine Fingerspitzen sich auf erregende Weise in ihren Hintern gruben.

Unbarmherzig in seinem Bestreben ihr Vergnügen zu verschaffen, ersetzte er die Zunge durch seine Finger und drang in sie, während er an dieser Knospe oberhalb ihres Geschlechts saugte. Sie schrie auf, als eine Welle der Ekstase über sie hinwegschwemmte, aber sie war noch nicht bereit, loszulassen. Noch nicht ganz. Nicht, wenn all das, was er tat, sich so gut anfühlte. Abwechselnd quälte er sie mit dem Mund und den Fingern und als sie anfing, die Hüften zu bewegen, wurde sein Angriff heftiger und schneller. Sie fühlte sich vollkommen schamlos und nach mehr bittend hob sie sich seinem Mund entgegen.

Er liebkoste ihren Hintern, womit er sie antrieb, sich zu bewegen und fieberhaft arbeitete er, um sie zu ihrer Erlösung zu geleiten.

Die Lust stieg wie eine Spirale in ihr auf und lastete schwer auf ihrer Brust, als ihre Muskeln sich allmählich zusammenzogen. Die Kontrolle, die sie gerade noch so besaß, entschlüpfte ihr und brach in tausend Stücke, und sie explodierte in einer Sturzflut, als sie um seine Finger kam und er seine Zunge in ihr erhitztes Fleisch senkte.

Er erhob sich und legte sich auf sie. Sie schlang die Hände um seinen Nacken und ihre Handflächen glitten über seine warme Haut. Er senkte den Kopf, um sie zu küssen und sein Mund war offen und feucht, als er drängend mit seiner Zunge nach der ihren tastete. Sie schmeckte sich selbst und schwelgte in dieser neuen Intimität.

Er zog sich zurück und als sie die Augen aufschlug, erkannte sie, dass er mit der gleichen Intensität auf sie herabsah, mit der er vorhin zu ihr aufgesehen hatte. »Du *bist* meine Frau. In jeder Weise, Verity. Ich würde um jeden Preis um dich kämpfen.«

Diese Verkündung raubte ihr den Atem und die Emotion schnürte ihr die Kehle zu. Sie schluckte schwer, liebkoste seinen Nacken und drehte seinen Kopf zu sich herum. »Du musst nicht kämpfen – Ich bin Dein.«

# CHAPTER 15

Noch einmal nahm Kit ihren Mund in Besitz und legte Herz und Seele in seinen Kuss. Jetzt, da es keine Geheimnisse mehr zwischen ihnen gab, fühlte er sich so frei wie seit Jahrzehnten nicht mehr. Vielleicht wie noch nie zuvor in seinem gesamten Leben.

Weil – wie er erkannte – Liebe das bewirken konnte. In einem Moment vermochte sie zu verletzen und einen bis an den Siedepunkt zu treiben und im nächsten könnte man vor Freude platzen. Es war ein Tumult und er wollte ihn jeden verdammten Tag seines Lebens mit ihr erleben.

Ihre Hand legte sich um seinen steifen Schaft und er stöhnte in ihren Mund. Begierig, ihre Hitze zu finden, bewegten sich seine Hüften wie von selbst vorwärts. Sie wusste es und dirigierte ihn zu ihrer Scheide. Er drang in sie und sein Schaft glitt geschmeidig in ihre feuchten Tiefen.

Er wollte langsam vorgehen, ihre Verbindung auskosten, aber er vermochte es nicht. Er war zu überwältigt von seiner Emotion und seinem Verlangen. Er legte die Hand an die Unterseite ihres Kiefers und seine Finger verhakten sich hinter ihrem Ohr, als er seinen Mund von ihrem löste.

»Ich kann nicht«, krächzte er. »Ich kann nicht langsam vorgehen.«

Mit flatternden Lidern schlug sie die Augen auf und er sah, wie sich sein eigenes Verlangen in ihren erdigen Tiefen widerspiegelte. »Tu es nicht.«

Er packte sie fest, aber mit großer Achtsamkeit, als er in sie drang. Sie schlang die Beine um seinen Körper und fuhr mit den Fingernägeln über seinen Rücken hinab, ohne den Augenkontakt zu unterbrechen. Ihre Lider verengten sich zu Schlitzen, doch sie beobachtete ihn – die Lippen leicht geöffnet.

Er konnte den Blick nicht abwenden. Dieser Augenblick zwischen ihnen war zu machtvoll. »Gott, du fühlst dich so –« Ihm fiel kein passendes Wort ein, um zu beschreiben, was er empfand.

Ihre Hände gruben sich in seinen Hintern, als sie die Hüften hob, um seinen Stößen entgegenzukommen. »Fester. Bitte. Schneller. Es ist nur –« Sie unterbrach sich mit einem leisen Stöhnen und ihre Augenlider flatterten.

Kit ließ sich gehen und drang in einem schnellen Rhythmus kraftvoll in sie. Ihre Muskeln spannten sich um ihn an und er wusste, dass ihr Orgasmus kurz bevorstand. Er strich mit dem Daumen über ihre Lippen und schob ihn ihr in den Mund, wo er über das Zahnfleisch ihres Unterkiefers strich.

Sie packte ihn mit den Zähnen und dann saugte sie daran, während sie sich um seinen Schaft festsog. Sie schrie auf und er legte die Hand wieder in ihren Nacken, als er mit einer erstaunlichen Wucht kam.

Kit stieß immer wieder tief in sie hinein, während sie sich ihm entgegenbäumte und ihre Körper sich in herrlichem Einklang bewegten, als sie den Gipfel ihrer Lust gemeinsam erreichten. Er konnte sich an keinen befriedigenderen – oder ehrfürchtigeren – Augenblick in seinem gesamten Leben erinnern.

Schließlich wurden sie langsamer und ihre Bewegungen kamen zu einem Stillstand, während ihr Atem sich von einem lautem, stoßweisen Keuchen bis zu einem nahezu normalen Tempo beruhigte. Er brach auf ihr zusammen, aber als er Anstalten machte, zur Seite zu rücken, klammerte sie sich an ihn. »Beweg dich nicht. Bitte.« Flüchtig streifte er mit den Lippen über ihre Stirn. »Bewegen. Nicht bewegen. Du bist schon ein bisschen eine Autokratin.«

Sie sah ihn mit einem anzüglichen Lächeln an. »Und vergiss das bloß nicht.«

Er lachte an ihrer Schläfe. Ihr Haar war gelöst, was ihm, wie sie wusste, gefiel. Hatte sie es absichtlich so gelassen? Er hoffte es.

Mit ihren Fingerspitzen zog sie kleine Kreise über seinen Lenden. »Jetzt kannst du dich bewegen. Aber nicht zu weit.«

Mit einem Schmunzeln rückte er an ihre Seite. Er nahm zwei Kissen, die er hinter seinen Kopf schob, und erhob sich dann in eine halb sitzende Position. Sie schmiegte sich an ihn und legte eine Hand auf seinen Oberkörper, wo sie erneut in kreisenden Bewegungen über seine Haut strich.

Er gab ihr einen flüchtigen Kuss auf die Stirn. »Wann hast du gewusst, dass ich nicht Rufus bin?«

»Fast sofort, denke ich. Ich wusste es nicht *mit Bestimmtheit*, aber du warst einfach zu anders. Er war … barbarisch, und ich vermute, dass du nicht eine einzige grausame Faser in deinem Körper hast.«

Er versteifte sich, als sie barbarisch sagte. »Wie?« Ihm ging auf, dass sie diese Frage auf verschiedene Weise interpretieren konnte, doch sie antwortete, wie er sich erhofft hatte – mit der Information, die er wissen *musste*.

»Es hat mit Kleinigkeiten angefangen – er machte sich in Taten und Handlungen über mich lustig. Die körperliche

Erniedrigung begann in unserer Hochzeitsnacht. Er war ein Untier im Schlafzimmer, aber häufig hatte er sich bis zu einem Grad von, ähm, Unvermögen betrunken. Zum Schluss wurde auch das mir angelastet.« Sie presste die Hände flach auf seine Brust und er konnte ihren Pulsschlag in den Handgelenken fühlen. Gleichmäßig und stark, wie sie hatte sein müssen, um mit diesem Ungeheuer zu leben.

»Hat er dich verletzt?«

»Körperlich? « Sie nickte leicht. »Manchmal. Aber er zog es vor, mich auf andere Weise zu quälen – er ließ mich die ganze Nacht in einer Ecke stehen und ihm beim Schlafen zusehen. Ich habe über all die Möglichkeiten sinniert, wie er zu Tode kommen könnte.« Sie hatte die Hand auf seiner Brust zu einer Faust geballt und Kit legte seine darüber, um sie mitfühlend zu drücken.

»Er kann dir nie wieder wehtun.«

Sie entspannte sich und ihre Hand legte sich wieder flach auf seine Brust. »Dann ist er nach London gegangen und kurz danach habe ich festgestellt, dass ich mit Beau schwanger war. Ich hatte Angst um das Kind und erwog, davonzulaufen.«

Kits Herz krampfte sich zusammen und er sehnte sich danach, Rufus Beaumont zu finden und ihn umzubringen, wenn er nicht bereits tot wäre. Er hoffte um des Mannes willen, dass dem so war, denn Kit würde es weder schnell noch angenehm für ihn machen.

»Aber dann ist er verschwunden«, erklärte sie und stieß seufzend die Luft aus. »Es war wie eine Erleichterung. Monatelang, vielleicht Jahre hatte ich Angst, dass er wiederkehren würde, aber schließlich haben wir – Beau und ich – zu einem angenehmen Alltag gefunden.«

Sie musste bei seiner Ankunft entsetzt gewesen sein. »Es tut mir so leid wegen der Bedrängnis, in die ich dich gebracht habe, als ich hier aufgetaucht bin«, erklärte er und streichelte über ihren Rücken und die Schulter. »Wenn ich die Wahrheit gekannt hätte, hätte ich nicht versucht, er zu sein.«

»Jetzt weißt du, warum es schwer zu glauben war, dass du Rufus bist. Du warst in jeder Weise so anders. Alle haben das bemerkt.«

»Weiß noch irgendjemand auf Beaumont Tower es – definitiv, meine ich? «

Sie sah zu ihm auf. »Nicht, dass ich wüsste. Ich habe niemandem gesagt, dass du Kit bist. Hat irgendjemand eine Bemerkung gemacht?«

»Nein, aber ich frage mich, wen Cuddy mit seiner Behauptung gemeint hatte, dass noch jemand über mein Geheimnis Bescheid wüsste.«

Sie schob sich in eine aufrechtsitzende Position hoch und ihr Gesicht war sorgengefurcht. »Das ist ein Problem. So auch der Konstabler. Was werden wir ihm sagen?«

Kit stieß die Luft aus. Er hatte das mit Sicherheit verdorben. »Ich hätte einfach die Wahrheit sagen sollen.« Sicherlich würde der Konstabler dem Bericht eines Herzogs über den Vorfall Glauben schenken. Kit musste sich daran erinnern, dass er der Herzog *war*, und sich verdammt noch mal auch so benehmen. »Es war unglaublich selbstsüchtig.«

Sie legte eine Hand an sein Gesicht und ihre Berührung fühlte sich zart an. »Es ist schwer, nicht selbstsüchtig zu sein, wenn wir beide einfach nur dieses Glück bewahren wollen, das wir gefunden haben.« Gott, sie verstand. »Ich möchte das auch nicht verlieren.«

Er drehte den Kopf und küsste ihre Handfläche. »Das werden wir nicht. Wenn der Konstabler kommt, werde ich mir etwas ausdenken.« Er wollte nicht, dass sie sich darüber Sorgen machte.

Sie schenkte ihm ein zuversichtliches Lächeln, das ihre Augen nicht ganz erreichte. »In ein paar Stunden werden wir sowieso auf unserem Weg nach London sein. Ich bezweifele, dass wir mit ihm sprechen müssen.«

Sie war, natürlich, im Irrtum.

Trotz ihrer großen Anstrengungen bei den Vorbereitungen am Vortag, war es bereits später Vormittag, ehe die Kutschen für die Abreise nach London bereit waren. Beau war völlig aus dem Häuschen, als sie die Kutsche mit Dingen beluden, mit denen er sich auf der Reise beschäftigen konnte. Verity versuchte, nicht an den Moment zu denken, wenn er der Beengtheit des Vehikels müde wurde. Gerade, als sie ihm beim Einsteigen half, machte ihr Herz bei dem Anblick des unerwarteten Besuchers, der in den Hof ritt, einen erschrockenen Satz.

Der Konstabler.

Er parierte sein Pferd nahe der Kutschen zum Halten durch und stieg ab. Ein Stallknecht eilte herbei, um ihm die Zügel aus der Hand zu nehmen, und der Konstabler bedankte sich mit einem Nicken.

Verity rückte näher an Kit heran, der neben ihr stand. »Das ist der Konstabler, Mr. Jeffers.«

Kit berührte ihren Arm. »Mach dir keine Sorgen. Und lass dir vor ihm ganz bestimmt nicht anmerken, dass du dir Sorgen machst. Kenne ich ihn? « Er sprach mit einer Stimme, die kaum lauter als ein Flüstern war.

»Ja, aber nicht gut. Benimm dich einfach, als würdest du ihn kennen.«

»Sollte ich … mich normal benehmen?« Sie hatten zuvor besprochen, ob er sich in London anders benehmen sollte. Obwohl Rufus sich nur kurze Zeit dort aufgehalten hatte, könnte er angesichts seines generellen Gebarens einen Eindruck von Überheblichkeit und Verachtung hinterlassen haben. Sie waren zu dem Schluss gekommen, dass er sein musste, wer er war ... und das war nicht Rufus. In diesem Zusammenhang würde er sich wahrscheinlich noch eine ganze Weile entschuldigen müssen.

»Benimm dich so, wie du bist. Wie wir es vorhin besprochen haben.«

»Richtig.« Er holte tief Luft und lächelte, als der Konstabler sich näherte. »Guten Morgen, Mr. Jeffers. Ich würde ja sagen, ich sei erfreut, Sie zu sehen, aber ich denke, dass Sie in einer unangenehmen Sache hier sind.«

Jeffers, ein Mann von mindestens fünfzig Jahren mit einem pockenvernarbten Gesicht und einem freundlichen Lächeln, verbeugte sich. »Guten Morgen, Euer Gnaden.« Er vollführte die gleiche Geste vor Verity. »Euer Gnaden.«

»Es tat uns leid, von Cuddys Tod zu erfahren«, erklärte Verity.

»Ja, ja, es war so ein Schock für Blackburn«, bemerkte Jeffers. »Ich weiß, dass Mr. Strader bis vor kurzem hier angestellt war. Haben Sie irgendeine Vorstellung, wer ihm vielleicht schaden wollte?« Er sah zwischen Verity und Kit hin und her, aber sein Blick legte sich auf Kit fest.

»Keine, fürchte ich, aber andererseits bin ich auch erst seit etwa einem Monat wieder zuhause.«

»Es gehen Gerüchte um, dass Ihr zwangsverpflichtet worden wart, aber ich kann mir nicht vorstellen, wie das möglich sein sollte.« Er schmunzelte, doch in seinem Tonfall schwang ein Anflug von Unbehagen mit.

»In diesem Fall sind die Gerüchte richtig«, erklärte Kit gleichmütig. »Ich habe die vergangenen sechseinhalb Jahre auf See verbracht und ich bin froh, endlich festen Boden unter den Füßen zu haben.«

Verity wusste, dass das nicht stimmte. Tatsächlich hegte sie den Verdacht, dass er sein Schiff und das Segeln mehr vermisste, als ihm bewusst war. Es ging ihm nicht darum, ein

Kapitän zu sein – wenigstens dachte sie nicht, dass dem so war. Sie nahm an, dass sein Führungseifer mit seiner Rolle als Herzog und der Leitung eines Besitzes erfüllt war. Und er war so gut darin. Stolz wallte in ihrer Brust auf, als sie ihm einen verstohlenen Blick zuwarf.

»Ich wette, dass Ihr das seid«, antwortete Jeffers. »Und ich bin sicher, dass alle hier … froh sind, Euch zurückzuhaben.« Sein leichtes Zögern, ehe er das Wort »froh« aussprach, war Verity nicht entgangen.

»In Wirklichkeit sind wir mehr als froh«, erklärte sie und hakte sich bei Kit unter. »Seine Gnaden ist ziemlich verändert zurückgekehrt.«

Jeffers schien es nun leicht unbehaglich zumute zu sein, doch nichtsdestotrotz brachte er ein Lächeln zustande. »Wie wundervoll. Nun, falls Euch irgendetwas in Bezug auf Mr. Strader einfällt, werdet Ihr mich hoffentlich informieren.«

»Tatsächlich sollte ich Sie in Kenntnis setzen, dass wir glauben, dass er Einnahmen des Besitzes veruntreut hat«, erklärte Kit und schockierte Verity mit seiner Offenheit. »Deshalb habe ich ihn entlassen. Die Durchsicht der Kontobücher hat Diskrepanzen zutage gefördert.«

Der Konstabler kniff die grauen Augen zusammen und seine Augenbraue runzelte sich. Er nickte mehrere Male. »Ich verstehe. Ich verstehe. Ich muss sagen, ich bin nicht vollkommen überrascht, das zu hören. Mr. Straders Ruf in der Stadt war wenig erfreulich, vor allem, seit er aus Eurem Dienst entlassen wurde. Mir ist zu Ohren gekommen, dass er sich im Sheep's Head regelmäßig mit ein paar Schurken getroffen hatte.«

Interessiert beugte sich Kit ein wenig vor. »Darf ich fragen, wer? Ich würde liebend gern wenigstens einen Teil der Gelder zurückbekommen, die Cuddy entwendet hat. Vielleicht könnten diese Männer behilflich sein.«

»Ich bezweifele das – sie schienen von niederer Klasse zu

sein. Das hat zumindest Thompson – der Barkeeper im Sheep's Head – behauptet. Er sagte, sie hätten sich etwa einmal im Quartal mit ihm getroffen. Oh, und sie waren nicht von hier, also viel Glück, sie zu finden.«

»Hat Thompson gewusst, woher sie kamen?«

»Anhand ihres Akzents tippte er auf London.« Jeffers stieß ein leises Lachen aus. »Ich kann mir allerdings nicht vorstellen, dass Ihr sie dort finden werdet.«

Kits Lächeln, das er zur Antwort gab, war mild und kurz. »Nein, ich kann mir nicht vorstellen, das fertigzubringen. Trotzdem vielen Dank für die Information. Halten Sie es für möglich, dass diese Männer etwas mit Cuddys Tod zu tun haben?«

Jeffers strich sich über das Kinn. »Es ist vermutlich möglich, aber Thompson sagte, sie wären vor etwa einer Woche in der Stadt gewesen. Er bezweifelte, dass sie so bald schon zurück wären – er beharrte hartnäckig darauf, dass sie etwa einmal im Quartal auftauchten.«

Beau steckte den Kopf aus dem Fenster der Kutsche. »Fahren wir los oder nicht?« Er sah zu dem Konstabler hinüber, aber er schien sich nicht zu kümmern, dass sie einen Besucher hatten.

Wieder schmunzelte Jeffers. »Da ist aber jemand eifrig, sich auf den Weg zu machen.«

Verity sah Beau mit schmalen Augen an, aber dann lächelte sie. »Ja, wir werden nach London fahren. Er ist noch nie dort gewesen.«

Beau grinste. »Ich werde ins Museum gehen und Eis essen und den Tower von London besichtigen!«

Der Konstabler sah zu den Kutschen. »Das klingt wie eine wundervolle Reise. Ich wünsche Euch viel Spaß.« Er wandte seine Aufmerksamkeit wieder Verity und Kit zu. »Ich werde mich dann auf den Weg machen. Vielen Dank für das Gespräch. Ich wünsche Euch eine sichere Reise.«

»Vielen Dank, Jeffers.« Kit ergriff die Hand des Mannes und schüttelte sie, worauf die Überraschung in dessen Blick aufblitzte.

Mit einem Nicken hielt Jeffers seine Hand. »Vielen Dank, Euer Gnaden.« Er verbeugte sich noch einmal vor Verity, ehe er sich umdrehte und zu seinem Pferd zurückging.

Verity wartete, bis er auf dem Weg durch das Tor war, ehe sie ihren Arm von Kit zurückzog und sich zu ihm umdrehte. »Warum hast du ihm von der Unterschlagung erzählt?«, fragte sie leise.

»Weil er es leicht von Thomas herausfinden könnte.« Sein Blick verband sich mit ihrem. »Ich hätte ihm die Wahrheit darüber gesagt, Cuddy umgebracht zu haben, aber ich weiß, wie gern du nach London willst.«

Sie beugte sich zu ihm. »Damit du Herzog wirst und unsere Familie in Sicherheit ist.«

Er ließ den Kopf zu ihr herabsinken und küsste sie.

»Jetzt küsst ihr euch zu *viel*«, jammerte Beau. »Können wir *losfahren*?«

Verity spürte noch, wie Kit an ihrem Mund lächelte, doch ihr Ausbruch in Gelächter trennte sie voneinander. »Ja, wir können fahren.« Mit einem Übermaß an Emotion sah sie zu Kit auf – und sie war keineswegs sicher, wie sie einen Teil davon benennen sollte, also tat sie es nicht. »Nach London, wo alle Welt den wiederaufgetauchten Herzog von Blackburn willkommen heißen wird.«

»Nach London«, pflichtete Kit ihr leise bei, eh er ihr in die Kutsche half.

Sie konnte kaum erwarten, dorthin zu kommen.

# CHAPTER 16

Es war eine Woche, die sich wie ein Monat anfühlte und Kit freute sich nicht gerade auf die Rückreise – zumindest nicht gleich. So eine lange Strecke mit einem energiegeladenen, sechsjährigen Jungen zu reisen, hatte sich als anstrengend, aber auch behaglich herausgestellt. Abend für Abend rollte Beau sich zwischen Kit und Verity zusammen und war auf der Stelle eingeschlafen … und obwohl Kit keine Intimitäten mit seiner Frau austauschen konnte, war er nicht imstande, sich über diesen Mangel zu ärgern, wenn der daraus resultierende Familiensinn und Verbindung eine andere Art von Intimität waren, die sich sowohl als unerwartet, als auch unbeschreiblich erfüllend herausstellte.

Und er konnte wahrscheinlich auch nicht behaupten, dass überhaupt keine Intimität sexueller Natur zwischen ihnen stattgefunden hätte. Sie hatten in einem dunklen Winkel im Stall einen eher kurzen Liebesakt zustande gebracht, während Beau mit seinem Kindermädchen im Gasthaus war. Kit lächelte bei der Erinnerung und freute sich darauf, Verity diesen Abend für sich zu haben.

Hoffentlich würde es Beau nichts ausmachen, bei Tante Diana und Onkel Simon in seinem eigenen Zimmer zu schlafen.

Es war gerade nach der Mittagszeit an ihrem achten Reisetag, als die Kutsche auf der Upper Brook Street zum Halten kam. Kit versuchte, die prachtvollen Stadthäuser, welche die Straße säumten, nicht anzustarren. Er wusste, dass Simon ausnehmend wohlhabend war, aber dies war eine Ebene von Eleganz und Prestige, die Kit noch nie zu Gesicht bekommen hatte.

*Willkommen in deiner Welt.*

Beau tappte ungeduldig mit dem Fuß auf, als sie darauf warteten, dass der Diener die Tür öffnete. Längst hatten sie den Versuch aufgegeben, ihn zum Warten zu bewegen, bis seine Mutter zuerst ausgestiegen war. Im Gegenteil *wollten* sie ihn so schnell wie möglich aus der Kutsche haben.

Er sprang in dem Augenblick los, in dem die Stufen angebracht waren. Kit folgte ihm und half Verity beim Aussteigen. Sie sah ihn mit einer Hitze an, die anzudeuten schien, dass ihre Gedanken wahrscheinlich die gleiche Richtung wie seine genommen hatten. Er zog ihre Hand fest an seinen Oberkörper, nachdem sie die Stufen herabgeschritten war. »Bald«, murmelte er.

Sie grinste und dann drehte sie den Kopf dem Stadthaus zu, wo sich die Tür bereits geöffnet hatte, und Simon nun mit Diana auf die Schwelle trat.

Sie umarmten und begrüßten sich, und bald war Beau mit ihrem Butler unterwegs, um das Haus zu erkunden. Randolph war ein jüngerer Geselle, der erklärte, vier jüngere Brüder zu haben, was ihn in die Lage versetzte, mit Lord Preston fertig zu werden. Er hatte in der Tat eifrig gewirkt, diese Aufgabe zu übernehmen.

Simon und Diana begleiteten Kit und Verity in den Salon, wo die Haushälterin Erfrischungen servierte.

»Würde es Euch etwas ausmachen, wenn wir die Tür schließen?«, fragte Verity.

Kit spannte sich an. Sie hatten die Notwendigkeit besprochen, dieses Gespräch zu führen, aber er war dennoch nervös. Verity wollte ihre Cousine, die ihre beste Freundin und Vertraute war, nicht über Kits wahre Identität anlügen und Kit konnte ihr einfach nichts abschlagen. Er war mit einem Wort, liebestrunken.

»Überhaupt nicht«, erklärte Simon, der sich erhob, um die Tür zu schließen. Mit einer Miene, die eifrige Neugier ausdrückte, nahm er seinen Platz wieder ein. »Obwohl mein Interesse jetzt hochgradig angestachelt ist.«

Verity setzte sich neben ihre Cousine auf das Sofa, während Kit und Simon sie über einen niedrigen Tisch hinweg von ein paar Sesseln her ansahen. Sie wandte sich Diana zu. »Wir wollen euch etwas erzählen – etwas sehr Wichtiges und sehr Geheimes. Wir wollen euch nicht in eine prekäre Situation bringen, aber das ist eine Sache, die ich nicht vor euch geheim halten könnte.« Sie sah zu Simon hinüber. »Und ich weiß, dass Diana das Bedürfnis hätte, es dir anzuvertrauen.«

Simon tauschte einen liebevollen Blick mit seiner Frau aus. »Ich würde ihr sagen, dass sie es nicht tun müsste, aber das würde überhaupt keinen Unterschied machen.«

Das provozierte Kit zu einem Lachen. Er war neu in diesem Ehegeschäft, aber er wusste bereits, dass der Versuch, seine Frau zu leiten, nicht gut ausgehen würde.

»Und deshalb erzählen wir es euch beiden«, verkündete Verity. Sie holte tief Luft und legte die Handflächen flach in ihren Schoß. Sie sah zögernd zu Kit hinüber. »Es gibt einfach keinen einfachen Weg, das zu sagen.«

Kit sah von Simon zu Diana und wieder zurück. »Ich bin nicht Rufus.«

»Oh, Gott sei Dank.« Diana schlug sich die Hand vor

den Mund und dann lachte sie. Und dann sprang es über. Zuerst zu Verity und dann zu Simon und zuletzt zu Kit, der wirklich nicht wusste, warum das so amüsant war, doch in diesem Moment dachte er, dass nichts je lustiger gewesen war.

Schließlich erstarb ihr Gelächter allmählich und Kit kam wieder zu Atem. Er sah zu Diana. »Du bist froh?«

»Oh ja. Rufus war grauenhaft. Und du bist es überhaupt nicht. Es hat alles keinen Sinn ergeben. Und ehrlich gesagt ist dies weitaus angenehmer.«

»Wer zum Teufel bist du dann? «, verlangte Simon zu erfahren. »Ähm, es tut mir leid. Ich nehme an, dass du uns das wohl erzählen willst. Oder nicht?«, fügte er lahm hinzu.

»Natürlich wollen wir es euch erzählen«, entgegnete Verity. »Kit ist Rufus´ Cousin – der illegitime Sohn von Augustus Beaumont. Kit ist die Kurzform für Christopher – einer von Augustus´ Namen.«

»Es ist auch einer von Beaus«, merkte Diana an. Ihr Blick fiel auf Kit und wurde weich. »Wie schön.«

»Ja«, stimmte Verity zu. Sie hatte die Namen am ersten Abend ihrer Reise zur Sprache gebracht, nachdem Beau eingeschlafen war. Sie hatte bemerkt, wie sehr es ihr gefiel, dass ihr Sohn seinen Namen trug … seinen wahren Namen. Dass sie von Beau als *ihren* gemeinsamen Sohn sprach, hatte ihn mit Freude erfüllt.

»Deshalb siehst du ihm so ähnlich «, stellte Simon fest. »Ihr seid recht nah verwandt.«

Es war sogar noch näher als das, doch sie hatten entschieden, den Umstand, dass er Rufus´ Halbbruder war, nicht preiszugeben. Sie sahen keinen Vorteil darin, den Seitensprung von Kits Mutter publik zu machen.

»Und damit fängt die Ähnlichkeit an und hört auch schon wieder auf«, erklärte Verity fest. »Kit ist nicht im Geringsten wie Rufus.«

»Das würde ich ganz bestimmt auch nicht sagen«, entgegnete Diana.

»Nun, ich kannte ihn nicht, aber ich habe einiges gehört und lasst euch gesagt sein, dass es nichts Gutes war.« Simon runzelte die Stirn. »Bereite dich auf jegliche Art von Empfang vor, jetzt da du hier bist. Die meisten sind begierig, dich zu sehen und wollen die Geschichte über dein Verschwinden zu hören bekommen. Ich hoffe, du hast dir etwas Gutes ausgedacht.«

»Etwas über die Zwangsverpflichtung hinaus? «, fragte Kit. »Das ist der Grund, den ich angeführt habe, und der Einzige, den ich glaube, für wahr verkaufen zu können.«

»Während der Zeit, die wir zusammen verbracht haben, hatte es den Anschein, als ob du auf einem Schiff gewesen wärst«, erwiderte Simon.

»Kapitän auf einem Kaperschiff, um genau zu sein«, erklärte Verity mit eindeutigem Stolz in der Stimme.

Simon drehte sich ruckartig zu Kit. »Zum Teufel, was du nicht sagst! Ich will alles darüber hören.«

Kit schmunzelte. »Es ist wahrscheinlich nicht so spektakulär, wie es klingt.« Oh, Teile davon waren es – das Meer, das Kommando, die Kameradschaft an Bord, der Siegestaumel. Dies waren Dinge, die er vermisste. Die Themse war nicht weit. Er sehnte sich danach, zu den Docks zu gehen und die Schiffe wenigstens anzusehen.

»Ich bin sicher, dass es nicht so unspektakulär ist, wie du mich glauben machen willst.« Simon warf seiner Frau ein listiges Lächeln zu. »Aber das werden wir später im Club besprechen.«

Diana verdrehte die Augen. »Während ihr das tut, kann Verity mir alles darüber erzählen, warum Kit so getan hat, als ob er Rufus wäre.«

»Es ist kein Geheimnis – nicht für dich jedenfalls«, antwortete Kit. »Ich brauchte ein neues Schiff, nachdem meines abgebrannt war. Ich hatte vor, meinen Vater – Augustus – um die Finanzierung zu bitten. Als ich erfuhr, dass er tot war, beschloss ich, mir einfach zu nehmen, was er mir einst versprochen hatte.«

»Es ist eine ziemlich lange und verwickelte Geschichte«, bemerkte Verity.

Simon sah mit unsicherem Blick zwischen Verity und Kit hin und her. »Wisst ihr, was in Wirklichkeit mit Rufus passiert ist?«

Kit tauschte einen Blick mit Verity aus, bevor er Simon mit einem ziemlich grimmigen Stirnrunzeln ansah. »Nein, und ich habe den Verdacht, dass wir es nie herausfinden werden.«

»Ich fühle mich entsetzlich das zu sagen, aber ich hoffe, dass er vermisst bleibt«, erklärte Diana mit einem leichten Schaudern. »Ich wünsche ihm nichts Schlechtes, aber es wäre besser für alle, wenn er nicht zurückkehrt.«

Kit vermutete, dass der Mann tot war, aber das sagte er nicht. Er stellte allerdings fest, dass er sich über die Umstände Gedanken machte. War er auf seinem Weg nach Hause von London in Schwierigkeiten geraten? Hatte er einen Unfall erlitten? Diese Überlegungen würden ihn nachts nicht um den Schlaf bringen, aber es wäre schön zu wissen und wenn auch nur, um die Angelegenheit für Verity und Beau aus der Welt zu schaffen.

Verity lächelte strahlend und Kit fragte sich, ob es wirklich aufrichtig gemeint war. »Vielleicht sollten wir unsere Energie im Augenblick darauf konzentrieren, wie wir Kit, ähm, Rufus wieder in die Gesellschaft einführen.«

Simon griff nach einem Stück Kuchen. »Fast jeder, mit dem ich mich unterhalten habe, ist begierig, dich im House of Lords anzuerkennen, aber sie möchten eine Gelegenheit haben, dich zu treffen. Zu diesem Zweck müssen wir uns so viel wie möglich zeigen. Ich weiß, dass du müde bist, aber weil heute ein kürzerer Reisetag war, habe ich mich gefragt, ob ihr bereit seid, euch heute Abend in der Gesellschaft zu zeigen. Wir könnten mit einem Ball beginnen und dann würde ich dich mit zu Brooks' nehmen.

»Bin ich Mitglied dort?«, fragte Kit.

»Ja.« Simon runzelte die Stirn und dann sah er seine Frau an. »Ich denke, Kit benötigt eine schnelle Durchsicht des Debrett's.«

Verity fuhr sich mit der Hand an den Mund, während sie große Augen machte. »Ich hätte daran denken sollen.«

»Es ist schon in Ordnung«, versicherte Diana ihr. »Wir werden das schon schaffen.«

Kit sah zu Diana. »Wenn du mir einfach das Buch gibst, werde ich es lesen.«

»Er ist ein schneller Leser«, erklärte Verity. »Wahrscheinlich hat er es in einer Stunde verschlungen. Oder weniger.«

»Aber wirst du den Inhalt auch in Erinnerung behalten?«

Nie war Kit für seine besondere Fähigkeit dankbarer, sich etwas Gelesenes zu merken. »Als ob es ein Bild in meinem Kopf wäre.«

Simon stieß die Luft aus. »Verdammt praktisch.«

Diana erhob sich. »Ich werde das Buch holen.«

Verity schloss sich ihr an. »Und ich sollte nach Beau sehen.«

Kit und Simon sprangen auf, als die Frauen Arm in Arm aus dem Zimmer gingen. Über die Schulter hinweg warf Verity Kit ein Lächeln zu. Er freute sich darauf, sie später in ihrem Schlafzimmer vorzufinden.

»Es scheint ganz sicher so, als bekäme dir die Ehe recht gut«, erklärte Simon. »Allerdings bin ich selbst auch ein großer Befürworter des Ehestandes.«

»Verity übertrifft bei weitem alles, was ich mir unter einer Ehe vorgestellt habe. Sie und Beau bedeuten mir alles.« Er blickte Simon in die Augen. »Ich werde alles tun, um sie zu schützen – und das, was wir haben.«

»Dein Geheimnis ist hier sicher.« Simon packte Kits Bizeps mit dem festen, kurzen Griff eines Freundes. »Du bist jetzt Teil der Familie.«

Kit in makelloser Abendkleidung war wohl das Erregendste, was Verity je zu Gesicht bekommen hatte. Es schien, als sei sie mit dieser Einschätzung nicht allein, denn fast jede Frau im Ballsaal warf immer wieder verstohlene Blicke in seine Richtung. Allerdings waren einige der Frauen nicht verstohlen. Sie starrten unverhohlen und sprachen ganz offensichtlich mit ihren Begleitern über ihn.

Vor kurzem waren sie und Kit in den Saal getreten und für einen Moment war – mit Ausnahme der Musik, die in der entgegengesetzten Ecke gespielt wurde – der gesamte Saal verstummt, doch fast unmittelbar hatten die Unterhaltungen wieder eingesetzt, und es war offensichtlich, dass sie beide das Hauptgesprächsthema waren. Alle waren erpicht darauf, den lang verschollenen Herzog von Blackburn zu sehen. Sie war keineswegs sicher, ob sie selbst überhaupt zur Kenntnis genommen wurde.

Sie waren zusammen mit Simon und Diana eingetroffen, die mit einem gelegentlichen Nicken und Lächeln begrüßt wurden. Auf ihrem Weg zu einer Seite des Ballsaals klopfte Simon Kit auf die Schulter. »Willkommen in London, wo die Bekanntheit die beste Währung ist. Und gerade jetzt bist du der reichste Mann im Saal. Ich kann nicht sagen, dass es mir leidtut, diese Ehre weiterzugeben.«

Diana sah Verity mit einem entschuldigenden Blick an,

aber Verity schüttelte den Kopf. »Ich bin froh, die Aufmerksamkeit von dir abzulenken.«

»Was habe ich verpasst? «, fragte Kit.

»Ich bin der ruinierte Herzog, erinnerst du dich? «, antwortete Simon. »Außerdem war meine entzückende Frau vorher mit meinem besten Freund verlobt. Es war ein kleiner Skandal, als sie beide andere Partner heirateten.« Sein Blick wanderte konzentriert über den Ballsaal. »Ah, hier kommen Nick und Violet bereits.«

Verity, die ihre Hand noch immer unter Kits Arm gehakt hatte, drückte ihn. »Du begreifst, warum die Gesellschaft sie im Blick hatte.«

»Das, und die Eskapaden, die über diesen anderen Kameraden kursieren.« Simon sah zu Diana. »Den betörenden Herzog? «

Diana nickte. »Es war keine langweilige Saison gewesen, soviel steht fest.«

Nick und Violet kamen lächelnd näher und Violet beugte sich hinüber, um Diana auf die Wange zu küssen.

»Gestatte mir, dir meinen liebsten Freund, den Herzog von Kilve vorzustellen«, verkündete Simon. »Obwohl ich dir die Erlaubnis erteile, ihn Nick zu nennen, ob ihm das nun gefällt oder nicht. Nick, das ist der Herzog von Blackburn.«

Kit bot Nick die Hand zur Begrüßung und Verity ließ endlich seinen Arm los. Das hätte sie schon längst tun sollen, aber sie verspürte den Wunsch, allen im Saal demonstrativ zu zeigen, dass er zu *ihr* gehörte.

»Ich bin erfreut, Sie kennenzulernen«, bemerkte Kit.

»Das ist meine Frau Violet. Wenn Sie mich Nick nennen, sind sie am besten auch mit ihr auf der gleichen vertrauten Ebene.«

Violet ergriff Veritys Hand. »Ich habe von Diana so viel über Sie gehört. Es fühlt sich an, als ob ich Sie bereits kenne.«

»Sie hat mir auch von Ihnen erzählt«, entgegnete Verity. »Ich bin so froh, dass Diana so eine gute Freundin hier in London hat.«

»Sie hat mehrere«, gab Violet zurück.« Nicht jeder hier ist oberflächlich oder unfreundlich. Und wir werden sicherstellen, Sie vor denen zu warnen, die es sind.« Sie zwinkerte Verity verschwörerisch zu.

Verity war erfreut, Verbündete in solch einer fremden Umgebung zu finden. Im Laufe der nächsten halben Stunde lernten sie mehrere Menschen kennen, und schon bald schwirrte ihr der Kopf von den vielen Namen und Gesichtern, bei denen sie sich nicht sicher war, ob sie sie überhaupt in Erinnerung behalten konnte.

Irgendwie hatten sie sich in zwei Gruppen aufgeteilt, mit den Frauen in der einen und den Männern in der anderen. Der letzte Ankömmling, der zu ihrer Gruppe stieß, war die bezaubernde Herzogin von Kendal. Etwa zehn Jahre älter als Verity, war sie charmant und gutherzig und offensichtlich besaß sie ausgezeichnete Verbindungen. »Nun, Herzogin«, bemerkte sie an Verity gewandt. »Sie müssen dem Klatsch und den Gerüchten keine Beachtung schenken. Derzeit kursieren so einige über Sie und Blackburn, aber vor allem über Blackburn.«

Veritys Schläfe pochte. »Was wird gemunkelt? Nicht, weil es mich interessiert, aber weil es besser ist, vorgewarnt zu sein.«

»Das ist wahr«, stimmte Diana zu.

Die Herzogin von Kendal sah Verity mit einem aufmunternden Lächeln an. »Denken Sie daran, es sind nur Gerüchte. Obwohl Blackburns früherer Besuch hier in London nur kurz war, hatte er sich offensichtlich einen gehörigen *Ruf* eingehandelt.«

Verity konnte sich gut vorstellen, was das sein konnte – wahrscheinlich Trinken und vielleicht Glücksspiele. War er womöglich gewalttätig geworden? »Bevor er vermisst wurde, war er, ähm, anders.«

»Um es noch einmal zu betonen, schenken Sie der Sache nicht viel Beachtung, aber wenn Sie bemerken, dass so viele Frauen ihn hier anstarren, wissen Sie jetzt, warum.«

Verity konnte nicht widerstehen, einen schnellen Blick auf ihn zu werfen und wurde sofort von einer Anziehung zu ihm erfasst. »Weil er unbeschreiblich gutaussehend ist?«

Diana tauschte einen Blick mit der Herzogin von Kendal aus. »Ich denke, Nora meinte etwas Spezifisches, das seinen Ruf angeht. Ich glaube, sie meinte, dass er Affären hatte.«

»Affären ist vielleicht eine zu formelle Bezeichnung«, entgegnete Nora leise. »Er war für ein reichlich lockeres Benehmen bekannt. Wenn ich Sie wäre, würde ich mich eindeutig von Mrs. Walthrope fernhalten.«

Also war Rufus neben all seinen anderen Lastern auch noch ein Schwerenöter gewesen. »Warum? «

»Sie erzählt jedem, der sich hinreißen lässt, ihr zuzuhören, dass der Herzog und sie eine ausschweifende Affäre hatten, und sie sich schon darauf freut, sie wieder aufleben zu lassen.« Nora seufzte. »Es tut mir leid. Wie ich sagte, ist es besser, vorgewarnt zu sein.«

»Ich weiß es sehr zu schätzen, darüber Bescheid zu wissen, vielen Dank. Und Rufus wird das auch.«

»Sie werden mich doch hoffentlich Nora nennen«, sagte sie mit einem Lächeln. »Bitte lassen Sie mich wissen, wie ich Ihnen helfen kann. Ich freue mich darauf, sie in unserem Kreis willkommen zu heißen.«

Diana berührte Verity leicht am Arm. »Simon hat sich gut mit dem Schwager der Herzogin, dem Grafen von Knighton angefreundet, als wir in die Stadt gekommen sind. Also habe ich mich natürlich mit der Gräfin und ihrer Schwester Nora angefreundet. Wie Violet schon bemerkte, gibt es jede Menge liebenswürdiger Menschen.«

»In der Tat, jetzt muss ich aber los«, sagte Nora heiter. »Ich habe meiner Schwester versprochen, mich im Ruheraum mit ihr zu treffen. Ich werde Sie ganz sicher mit Jo bekannt machen – Sie werden sie sehr mögen.« Mit einem freundlichen Nicken ging sie davon.

Diana beugte sich vor und flüsterte. »Vielleicht solltest du mit Kit tanzen – um allen zu zeigen, was für ein glückliches Paar ihr seid. Entschuldigung, *Rufus.*«

Verity war nicht sicher, ob Kit tanzen konnte. Sie wechselte ihren Standort, um die Lücke zwischen den beiden Gruppen zu schließen und trat an seine Seite, wo sie ihm bedeutete, dass er sich herabbeugen sollte, damit sie ihm etwas ins Ohr sagen konnte. »Diana hat vorgeschlagen, dass wir tanzen sollten. Weißt du, wie das geht?«

Er zuckte zusammen. »Nein. Du kannst es mir morgen beibringen. Heute Abend kein Tanz.«

Sie nickte und dachte, dass sie ihm unmöglich an einem einzigen Tag die Beherrschung des Tanzens beibringen konnte, aber andererseits hatte Kit sich bei fast allem, was er ausprobierte, als geschickt erwiesen, einschließlich der Leistung, den Debrett's vorhin praktisch auswendig gelernt zu haben. Wie sonst könnte ein Freibeuter andererseits so überzeugend als Herzog durchgehen?

»Nun gut, aber halte zu einer Dame namens Mrs. Walthorpe Abstand.«

Leicht alarmiert richtete er den Blick auf sie. »Warum?«

»Vertrau mir einfach. Ich werde es dir später erklären.« Wenn Verity zufällig auf Mrs. Walthorpe treffen würde, würde sie der Gesellschaft möglicherweise einen weiteren Anlass zu Klatsch liefern. Sie war nicht sicher, ob sie ihre Zunge in Bezug auf Mrs. Walthorpes Erwartungen in Hinsicht auf ihren Ehemann im Zaum halten könnte – hinsichtlich darauf, dass sie nie erfüllt würden.

Veritys Blick fiel auf die nächste Person, die in ihre Richtung kam, und sie erstarrte für einen Moment. Sie klammerte sich an Kits Ärmel. »Mein Vater kommt. Sorge dafür, dass du dich wie ein Mistkerl benimmst.«

»Ich dachte, ich sollte mich so benehmen, wie ich bin.«

»Ja, das auch. Aber du musst meinen Vater auf eine andere Art als all die anderen überzeugen. Bei den meisten Leuten ist das bloße herzogliche Gebaren schon ausreichend, um sie soweit einzuschüchtern, dass sie einfach glauben, du seist wirklich, wer du bist – es hat bei allen auf Beaumont Tower funktioniert. Aber mein Vater kennt Rufus besser als die meisten. Er wird es merken, so wie ich.« Sie verkrampfte sich, als er sich näherte und erinnerte sich schnell, hinzuzufügen: »Nenne ihn Horatio.«

Und dann war er da, sein langes, schmales Gesicht zu einem Lächeln verkniffen. »Guten Abend, Tochter. Ich bin vor kurzem eingetroffen und habe gehört, dass du hier bist.« Er wandte seine Aufmerksamkeit Kit zu. »Und hier ist nach so vielen Jahren mein Schwiegersohn. Ich hoffe, du vergibst mir, dass ich nicht nach Beaumont Tower gekommen bin, um dich willkommen zu heißen. Es ist eine überaus lange Reise und die Saison ist solch ein Trubel.« Er lachte, während er mit seiner juwelengeschmückten wedelte.

Kit erwiderte ein laues Lächeln. »Guten Abend, Horatio. Wie nett von dir, dass du herübergekommen bist, um uns zu begrüßen.«

»Selbst wenn du nicht zur Familie gehörtest, hätte ich es einfach tun müssen – du bist das Ereignis des Abends. Und wahrscheinlich mindestens für die nächste Woche.« Er brachte seine Worte mit einem Frohlocken hervor, bei dem Verity die Zähne zusammenbiss.

»Ich bin sicher, dass es sehr befriedigend für dich ist, im Mittelpunkt des Klatsches zu stehen«, bemerkte sie etwas zu liebenswürdig.

Er verengte die Augen ein wenig, aber er reagierte nicht

auf ihren Spott. Stattdessen wandte er seine Aufmerksamkeit Kit zu. »Du hast dich verändert, Rufus. Bist du während deiner Abwesenheit gewachsen?«

»Ich habe hart auf einem Schiff auf hoher See gearbeitet. Ich bin kräftiger, ja.« Kit behielt seinen Tonfall so gleichmütig wie möglich und seinen Blick eher kalt und ausdruckslos. Er beherrschte ganz bestimmt die herzogliche Einschüchterung.

»Ein Schiff? Also, dann sind die Gerüchte wahr – du bist zwangsverpflichtet worden?« Veritys Vater sagte dies mit beträchtlichem Unglauben. »Die Frechheit von jemandem, einen Herzog zu entführen. Man fragt sich, wie sie es geschafft haben, so etwas zu tun.«

»Du wärst überrascht, wozu Kriminelle fähig sind.« Kit zog eine Augenbraue hoch. »Oder vielleicht auch nicht. Zweifelsohne hast du davon gehört, dass ich Cuddy entlassen habe.«

»Du sprichst von Kriminellen und dann erwähnst du Cuddy – weil er umgebracht wurde?« Er blinzelte Kit an, doch sein Blick war hart und Verity fragte sich, ob irgendeine Art von Kommunikation zwischen den Männern stattfand. »Was für eine Tragödie. Ich hoffe, sie finden den Schuldigen, wer immer das getan hat.« Er zuckte mit den Schultern, als er zu Verity hinübersah. »Was für ein makabres Thema für solch einen schönen Abend. Verzeih uns, meine Liebe. Komm, Rufus, lass uns gehen, damit wir uns unterhalten können, ohne die weibliche Empfindsamkeit zu beleidigen.«

Ein Gefühl der Angst stieg in Verity auf, als Kit zu ihr herübersah.

»Weil es unser erster Abend in London ist, bin ich nicht sicher, ob ich Verity von der Seite weichen möchte.«

Für einen Moment wurde der Blick ihres Vaters schmal, als er Kit argwöhnisch musterte, ehe er daraufhin anerkennend nickte. »Du hast dich mehr als nur in deiner äußeren

Erscheinung geändert. Es hat einmal eine Zeit gegeben, da hast du es vorgezogen, lieber sonst irgendwo als bei meiner Tochter zu sein. Ich bin froh zu sehen, dass deine Zeit in Abwesenheit dir den Fehler in deinem Benehmen aufgezeigt hat.«

Verity starrte ihren Vater an und konnte kaum glauben, dass er solche Dinge in ihrem Beisein sagte. Sie konnte ihre Reaktion nicht zügeln. »*Vater.*«

Er bedachte sie mit einem kurzen, entschuldigenden Lächeln. »Oh, es tut mir leid, Liebes. Aber ich sorge mich um dich und es ist am besten für Rufus, wenn er rundheraus erfährt, dass ich seinen Unsinn nicht dulden werde.«

*Unsinn.* Entsprach dies der Vorstellung ihres Vaters über Rufus' Art und Weise, wie er Verity behandelt hatte? Jetzt war sie im Stillen schockiert.

Ihr Vater blinzelte Kit an. »Bereit, Rufus?«

Kit warf ihr einen weiteren Blick zu und sie nickte unmerklich. Er sollte gehen. Nicht zu gehen würde nur den Argwohn ihres Vaters wecken und sie fürchtete, dass dieser bereits geweckt war.

»Ich werde bald zurück sein«, erklärte Kit und beugte sich vor, um ihr einen Kuss auf die Schläfe zu hauchen.

Sie sah den beiden nach, als sie davongingen und bemühte sich, das Gefühl böser Vorahnung im Zaum zu halten.

~

Böse Erwartungen und Besorgnis überkamen Kit, als er Horatio aus dem Ballsaal folgte. »Wohin gehen wir?«

Horatio sah mit einem wichtigtuerischen, schmallippingen Lächeln über seine Schulter. »Wir werden ein kleines Gespräch führen – von Vater zu Sohn.«

»Du bist nicht mein Vater«, erklärte Kit. Unabhängig davon, wie die Beziehung des Mannes zu Rufus ausgesehen haben mochte, würde er heute Abend neue Regeln festlegen. Angefangen damit, Verity nicht aufzuregen.

»Annähernd genug, seit deiner gestorben ist. Und dann hast du Augustus verloren, der ein bisschen wie ein Ersatzvater war, nicht wahr? « Horatio stieß eine Tür auf, die in ein kleines Wohnzimmer führte. Es war verwaist, aber dank ein paar Wandlampen, einer Laterne und einem schwachen Feuer im Kamin hinlänglich beleuchtet. Er hielt die Tür auf und bedeutete Kit, ihm voran zu gehen. »Nach dir.«

Kit sah ihn misstrauisch an, als er an ihm vorbei in das Zimmer trat. Das Geräusch des sich im Schloss drehenden Schlüssels ließ Kit herumfahren. »Du schließt die Tür ab?«

»Ich glaube nicht, dass wir gestört werden wollen. Oder belauscht. Ich fürchte, ich muss ein ziemlich brisantes Thema mit dir besprechen.«

Kits Schultern krümmten sich unter seiner Anspannung. Ihre Unterhaltung im Ballsaal war von einem Unterton begleitet gewesen – Kit hatte Kriminelle erwähnt und dann Cuddy, und Horatio hatte mit Cuddys Ermordung geantwortet. Nicht seinem Tod, sondern seiner Ermordung. Kit hatte sich bereits über Horatios Beteiligung an Cuddys Unterschlagung Gedanken gemacht und dies wuchs nun zu einem vollwertigen und gewichtigen Verdacht an.

Horatio trat an das Feuer, wo er eine Figur auf dem Kaminsims zu betrachten schien. »Lass mich zuerst sagen, wie erfreut ich bin, festzustellen, dass du dich in Bezug auf meine Tochter scheinbar sehr geändert hast. Das ist ausgezeichnet, denn ich wollte dich nicht gern daran erinnern müssen, wie wichtig es ist, sie nicht in Verlegenheit zu bringen, wie du es bei deinem letzten Aufenthalt hier getan hast. Ich werde mich nicht darin einmischen, was du in deinem eigenen Heim tust, aber hier in London musst du dich angemessen benehmen. Wenn du Affären haben willst, dann sei diskret. Und trinke oder spiele um Gottes Willen nicht exzessiv.« Er drehte sich herum und zog die Nase kraus, als wäre er gerade in Pferdemist getreten. Er wirkte wie ein arroganter Prinz in einem brokatbesetzten Frack, mit einer diamantbesetzten Anstecknadel, die an der Schleife seiner Krawatte befestigt war und den einzelnen, aber recht beachtlichen Juwelen, die er an der beiden Händen trug. Wie verdammt konnte der zweite Sohn eines Baronets sich solch einen Aufzug leisten?

Weil er einen gewinnbringenden Besitz bestahl.

»Zweitens, und noch wichtiger, möchte ich, jetzt da du wieder da bist, darum bitten, dass du die Überweisung der Bezüge wieder einsetzt, mit denen du dich bei der Heirat meiner Tochter einverstanden erklärt hast.«

*Mist.* Womit hatte Rufus sich einverstanden erklärt? Hatte Horatio ihn wirklich erpresst, Verity zu heiraten? Es klang ganz bestimmt danach. Kit musste so tun, als wüsste er davon. »Das werde ich nicht tun.«

Horatio runzelte die Stirn. »Wir hatten eine Vereinbarung. Ich weiß Dinge. Dinge, die du nicht öffentlich machen willst.«

Und da war es also. »Ich weiß auch, dass du und Cuddy im Laufe der vergangenen sechseinhalb Jahre Tausende von Beaumont Tower unterschlagen habt. Und ich habe Beweise.«

Die Augen des älteren Mannes verengten sich zu dunklen, stecknadelgroßen Punkten. »Das ist bedauernswert. Ich verstehe, dass wir beide Geheimnisse hüten, die wir lieber im Verborgenen wissen möchten. Ich würde allerdings einwenden, dass deines um einiges verdammenswerter ist. Du bist nicht der Herzog von Blackburn und ich kann das auch beweisen.«

Steifen Schrittes trat Kit auf ihn zu und blieb wenige

Schritte vor ihm stehen, als der Mann langsam zurückzuweichen begann.

»Wie zum Teufel könntest du das? Es sei denn, du weißt, wo er ist.« Kit sah keinen Sinn darin, die Maskerade aufrecht zu erhalten. Sie waren längst darüber hinaus. Dieser Mann besaß andere, schädigende Informationen über Rufus, die nichts damit zu tun hatten, dass Kit nicht der Herzog war. Es hatte den Anschein, als könnte er ihn in seiner eigenen Identität als Kit oder als Rufus überführen. So oder so war er verdammt.

»Das tue ich nicht, aber Cuddy hatte herausgefunden, dass du nicht Rufus bist und obwohl unsere Verbindung nur kurze Zeit Bestand hat, stimme ich mit ihm überein. Ich kann allerdings nicht verstehen, wie du meine Tochter hinters Licht geführt hast. Ich habe sie für klüger gehalten, aber vielleicht war sie auch einfach nur erleichtert, jemand anderen als diesen Schurken zu haben, sodass es ihr gleichgültig ist. Ich kann nicht sagen, dass ich ihr einen Vorwurf mache.«

Die lässige Art, in der er sich über Veritys Qualen und Leiden ausließ, verleitete Kit beinahe dazu, ihn zu schlagen. »Was immer bei dieser Sache herauskommt, hast du nicht von ihr zu sprechen. Sie verabscheut dich und ich kann den Grund dafür unschwer erkennen.«

Horatio wich beleidigt zurück und er machte den Mund auf. »Sie ist meine Tochter. Natürlich werde ich über sie sprechen. Aber ich bin froh, dass sie dir wichtig genug ist, um dich beschützend zu verhalten.« Er legte den Kopf schief. »Im Grunde kann ich sogar erkennen, dass du sie sehr gern hast. Also willige einfach in das Arrangement ein – es funktioniert für uns beide gut. Du hast meine Tochter und ich lebe in der Art und Weise weiter, wie mir zusteht.«

»Zusteht!« Kit spie das Wort aus. »Dir steht zu, ersäuft und gevierteilt zu werden, weil du deine Tochter deinen eigenen Zwecken geopfert hast. Sogar jetzt bist du gewillt, sie mir – einem Fremden – gegen Geld anzubieten. Du weißt nicht, wer ich bin oder wozu ich fähig bin.«

»Zu Mord, wie es scheint«, entgegnete er leise. »Ja, ich bin überzeugt, dass du Cuddy umgebracht hast, vor allem, weil du von unserem Komplott wusstest. Und ich weiß genau, wer du bist. Du siehst viel zu sehr wie Augustus Beaumont aus und ich wusste, dass irgendwo ein Bastard von ihm herumschwirrte.« Er ließ es so klingen, als sei Kit ein überaus lästiges Insekt. »Ist es wirklich in deinem Sinne, dass ganz England von dem Umstand erfährt, dass Verity einen unehelichen Sohn als Ersatz für ihren vermissten Ehemann in ihrem Bett akzeptiert?«

Unfähig, sich noch einen weiteren Augenblick zurückzuhalten, machte Kit einen Satz nach vorn und packte Horatio an seinen Frackaufschlägen. Seine Finger zerknautschen den teuren Stoff, als er den Mann bis wenige Zentimeter vor sein Gesicht heranzog. »Wie kannst du behaupten, dass Veritys Glück dir wichtig ist, während du gleichzeitig drohst, ihr Leben zu ruinieren? Du bist abscheulich.« Kit ließ mit einem wütenden Ruck von ihm ab und Horatio taumelte rückwärts, bis er gegen den Kaminsims stieß. Wenn diese vorstehende Holzbarriere nicht gewesen wäre, wäre er vielleicht hintenüber in den Kamin gekippt oder zumindest gegen die Feuerstelle gestoßen, wenn nicht hineingefallen. Wie schade.

Horatio richtete sich auf, rückte seine Garderobe zurecht und strich sich glättend über seinen zerknitterten Frack. »Du benimmst dich besser, was meine Tochter anbelangt, aber wie ich sehe bist du genauso ein Rohling.« Er räusperte sich, und von Kits kaum gezügelter Gewalt scheinbar unbeeindruckt, blickte er ihm gelassen in die Augen. »Dir sind hier die Hände gebunden. Willst du jetzt Herzog sein oder nicht? Sogar ohne den Ehrenpreis, in Form von meiner Tochter, gelangst du zu einem mächtigen Titel und wie du sagst, einem gewinnbringenden Besitz. Ich wage zu behaupten, dass du die Vergütung kaum vermissen wirst, die du mir zukommen lässt.«

»Natürlich werden wir sie verdammt noch mal vermissen. Wie glaubst du, habe ich wohl die Unterschlagung aufgedeckt? Und eher schnell, möchte ich hinzufügen. Es gilt, viele Verbesserungen vorzunehmen, die ignoriert worden sind, und Pächter, die Unterstützung bedürfen. Aber du verstehst nichts davon, weil es dich nicht betrifft. Und hör auf, sie deine Tochter zu nennen. Sie bedeutet dir nichts.« Wie Kit sich danach sehnte, diese Arroganz mit einem Streich vom Gesicht des Mannes zu löschen.

»Sie ist allerdings dein ein und alles. Was wird es werden?«

Wilder Zorn wütete in Kit. »Ich werde mich nicht erpressen lassen.«

»Betrachte es nicht so. Es ist ein gegenseitiges vorteilhaftes Arrangement.«

Kit konnte nicht anders, als nach der definitiven Bestätigung für seine vielen Verdächtigungen zu bohren. »Wie diejenige, die du mit Rufus bei seiner Heirat mit Verity geschlossen hast? Was hattest du gegen ihn in der Hand? Hatte er meinen Halbbruder Godwin umgebracht?«

Horatio krauste die Nase, als ob er an Riechsalz riechen würde. »Lass uns die alten Geschichten nicht noch einmal aufwärmen. All das ist unwichtig. Du bist nicht Rufus. Aber du *kannst* es sein. Willige in den Handel ein, den ich dir anbiete. Die Alternative würde Verity zerschmettern und dich wahrscheinlich wegen Betrug, wenn nicht Schlimmerem ins Gefängnis bringen.«

Die Wände schienen auf Kit einzustürzen. »Verity wird niemals einwilligen, dir Mittel von unserem Besitz zukommen zu lassen.«

»Also sagst du es ihr eben nicht. Ich bin in Bezug auf

deine Qualitäten, was Vertuschungen anbelangt, außerordentlich zuversichtlich. Mit Ausnahme von mir und Cuddy scheinst du mit deiner Maskerade beachtlichen Erfolg zu haben. Du musst nur den Vertrag unterzeichnen, den ich dir morgen zukommen lasse, dem Lordkanzler die Hand schütteln und deinen Platz in den Reihen der Lords einnehmen. Dann wirst du für immer der Herzog von Blackburn sein.«

»Bis du beschließt, die Bedingungen zu ändern«, spie Kit aus.

»Ganz und gar nicht, und deshalb wird es einen Vertrag geben. Ich werde von jetzt an bis zu meinem Tode bezeugen, dass du der wahre und ehrenwerte Herzog von Blackburn bist.«

Natürlich wollte er das schriftlich festhalten, damit Kit es nicht widerrufen konnte, sobald er seinen Sitz eingenommen hatte. Ohne diesen Vertrag stünde das Wort eines Herzogs gegen das eines kriecherischen gesellschaftlichen Emporkömmlings. Kit erkannte, dass sie sich ähnlich waren – sie beide wollten etwas sein, was sie nicht waren. Horatio wollte wohlhabend und wichtig sein, während Kit das Herzogtum und alles damit verbundene begehrte – vor allem Verity. Die ihn ebenfalls – verzweifelt – als Herzog wollte. Plötzlich hasste er sich.

Weil er gezwungen war, diesen verdammten Handel einzugehen.

»Du bist ein selbstsüchtiger Mistkerl, Horatio. Aber um Veritys willen werde ich deine Bedingungen akzeptieren. Schick den Vertrag und stelle sicher, das Folgende einzufügen: Du wirst Beaumont Tower nicht besuchen oder auf andere Weise mit Verity Kontakt aufnehmen, es sei denn, ich erteile dir die Erlaubnis dazu. Hast du verstanden?«

Horatio schürzte die Lippen und Kit sehnte sich danach, diesen pathetischen Ausdruck auf dem Gesicht des Mannes für immer auszulöschen.

Niedergeschlagen stieß er die Luft aus. »Das muss ich vermutlich.«

Kit drehte sich um und verließ das Zimmer, ehe er womöglich noch der Gewalt nachgab, die in seinem Inneren tobte. Als er den Ballsaal erreichte, wäre er beinahe mit Simon zusammengestoßen.

»Oh, da bist du ja«, stellte Simon fest. »Ich war gerade auf dem Weg, um dich vor Veritys Vater zu retten.« Er sah an Kit vorbei. »Wo wart ihr?«

Kit ignorierte die Frage. »Ich habe genug für einen Abend.«

»Ja, ich finde Bälle sehr langwierig. Lass uns in den Club gehen.«

»Nein. Nicht heute Abend. Ich bin von der Reise müde.« Er war ganz und gar nicht müde. In Wahrheit wäre er froh gewesen, hätte er in genau dieser Minute in See stechen können.

»Natürlich. Ich verstehe. Komm, holen wir die Frauen.« Er machte kehrt und sie gingen in den Ballsaal zurück, wo Kit seinen besten Auftritt bis jetzt darbot – den eines Mannes, der nicht beabsichtigte, die Person, die er am meisten auf dieser Welt liebte, ein ganzes Leben lang anzulügen.

Nachdem sie nach Beau gesehen hatte, der im Zimmer neben ihrem und Kits fest schlief, öffnete Verity die Tür und fand Kit ins Feuer starrend vor. Sein Gesichtsausdruck war nichtssagend, doch sein Körper war verkrampft – die Schultern waren hochgezogen und die Nackenmuskulatur fest angespannt.

Seit sie den Ball verlassen hatten, war er still gewesen und als sie ihn bei ihrer Rückkehr im Stadthaus daraufhin angesprochen hatte, hatte er dies seiner Erschöpfung zugeschrieben. Weil sie selbst recht matt war, hatte sie seine Antwort nicht in Frage gestellt. Jetzt fragte sie sich allerdings, ob die Unterhaltung mit ihrem Vater seine Stimmung beeinträchtigt hatte. Sie würde ihm keinen Vorwurf machen, wenn dem so wäre.

Er wandte den Kopf, als sie die Tür mit einem leisen Klicken hinter sich zuzog. Er trug einen seidenen Hausmantel, den er in der Zeit übergezogen hatte, als sie nach Beau sah. »Wie geht es ihm?«

»Er schläft tief und fest«, antwortete sie und zog den Gürtel fest, der ihren Morgenrock zusammenhielt.

»Gut. Wir sollten vielleicht das Gleiche tun.« Er wandte sich dem Bett zu und sie wusste, dass ihm irgendetwas Sorgen bereitete. Den ganzen Tag lang hatten sie Blicke und Berührungen ausgetauscht, die wie ein Versprechen darauf schienen, ihre Intimität jetzt wieder aufleben zu lassen, da Beau nicht mehr in ihrem Bett schlief.

Sie war überzeugter denn je, dass ihr Vater die Schuld daran trug. »Was ist mit meinem Vater passiert?«

»Er ist ein Arsch.« Die Vehemenz seiner Antwort überraschte sie, jedoch war sie andererseits über seine Beurteilung auch nicht überrascht.

»Ja. Was hat er gesagt?«

»Er hat mir dafür gedankt, anders zu sein und ein besserer Ehemann – und er erklärte, dass du ihm sehr am Herzen liegst. Das ist allerdings nichts als dummes Palaver.« Er zuckte zusammen. »Entschuldigung. Er *sollte* dich gernhaben.«

Sie umrundete das Bett und trat vor ihn, um ihm die Hand auf die Brust zu legen, die in dem V-förmigen Ausschnitt des Hausmantels entblößt war. »Er sollte, aber er tut es nicht. Ich habe nicht die geringsten Illusionen darüber. Es tut mir leid, dass du Zeit allein mit ihm verbringen musstest.«

»Es ist in Ordnung. So Gott will, werde ich das nie wieder tun müssen.«

»Das wäre wundervoll«, entgegnete sie und lächelte sanft. »Dann hat er geglaubt, dass du Rufus bist?«

»Anscheinend. Wir sollten aber auf der Hut sein.« Er blickte auf sie herab und zog die Augen dabei ein wenig zusammen. »Du wolltest mir von Mrs. Walthorpe erzählen.«

Verity gab einen wenig eleganten Laut von sich und schloss kurz die Augen. »Offensichtlich hatte Rufus eine Affäre mit ihr, als er hier nach London gekommen war, und sie hofft, diese Verbindung wieder aufleben zu lassen. Also sei auf der Hut.«

Er legte ihr den Arm um die Taille und zog sie an sich. »Es wird langsam offensichtlich, dass ich meine Liebe zu dir und meine Ergebenheit vom Dachfirst eines jeden Gebäudes in Mayfair werde verkünden müssen. Oder vielleicht sollte ich dich einfach vor aller Augen lieben, sodass jeder sicher sein kann, dass mein Herz – und mein Körper – dir gehören und nur dir allein.«

»*Kit.*« Die Vorstellung von ihm, wie er sich zuerst laut Gehör verschaffte, und sie dann vor der gesamten feinen Gesellschaft in die Arme nahm, war sowohl erschreckend als auch erregend. »Du kannst beides nicht tun.«

»Nein? Was kann ich dann tun, um allen zu beweisen, dass ich Dein bin?«

»Es ist mir nicht wichtig, dass alle es wissen.« Das entsprach nicht ganz der Wahrheit – sie wollte, dass die Mrs. Walthorpes der feinen Gesellschaft es ganz bestimmt wüssten. »Es ist nur wichtig, dass *ich* es weiß.«

»Und tust du das?«

Sie sah ihn aus schmalen Augen an und schob den Hausmantel von seinen Schultern. Scharf sog sie die Luft ein, als sie erkannte, dass er vollkommen nackt darunter war. »Ich weiß bestimmt, dass du mir – so umwerfend du auch in deiner Abendgarderobe aussiehst – einfach so wie jetzt, noch viel besser gefällst.« Sie legte die Handfläche nun flach auf seine Brust und ging langsam um ihn herum zu seiner Rückseite. Sie ließ ihre Hand über seine Schulter gleiten und dann an seinem Schulterblatt hinab, bis sie seine Lenden streichelte. Sie senkte die Hand noch weiter und legte sie auf seinen glatten Hintern, ein Körperteil, den sie nie als attraktiv erachtet hatte, doch scheinbar konnte sie, so wie jetzt, nicht aufhören, ihn anzusehen oder zu berühren, wenn sie die Gelegenheit dazu bekam.

Sie ließ ihre Hand über seine Hüfte wandern, als sie wieder zu seiner Vorderseite zurückkehrte. Sie behielt ihre Hand dort unten und führte sie an seine Hoden, wo sie ihn liebkoste.

»Verity.« Seine Stimme war tief und dunkel – beinahe ein Knurren.

»Ich weiß, dass du mich glücklicher machst, als ich je gewesen bin, und ich weiß, dass ich stolz bin, deine Herzogin zu sein. Du hast dem Titel und Beaumont Tower Ehre und Integrität zurückgegeben. Augustus wäre ebenfalls stolz.«

Er legte die Hand um ihr Gesicht, um sie zu küssen, und mit den Lippen und seiner Zunge nahm er sie mit einer Wildheit in Besitz, die sich in ihre Seele brannte. Es war ein sehr langer Augenblick, ehe er nach Luft schnappte. »Ich liebe dich.«

»Ich liebe dich auch.« Es war das erste Mal, dass sie es laut aussprach, obwohl sie dieses Gefühl für ihn schon lange hegte. Furcht – diesen Traum zu verlieren – hatte sie schweigen lassen, doch nun verspürte sie keine Angst mehr.

Er sah ihr in die Augen und mit seinen Fingerspitzen streichelte er über ihr Gesicht. »Gott, ich weiß nicht, was ich je getan habe, um dich zu verdienen. Ich bin nicht ganz sicher, ob ich das tue.«

Sie klammerte sich an seinen Nacken und zog ihn nach unten, damit er sie nochmals küsste. »Wir haben einander verdient.«

Seine Finger gruben sich in ihre Hüften und zogen ihr Becken dicht an seines, als ihre Münder aufeinandertrafen und sich miteinander verbanden. Sie rieb sich an ihm – auf der Suche nach dem Gefühl seines Schafts an ihrem Geschlecht.

Mit einem Ruck riss er ihren Morgenrock auf und schob ihr den Stoff von den Schultern. Auf ein Nachthemd hatte sie in weiser Vorausahnung verzichtet, da es nur ein Hindernis gewesen wäre, eines zu tragen.

Er hob die Hände und legte sie um ihre bloßen Brüste und seine Daumen streiften über die vor Erregung steil aufgerichteten Brustwarzen, als das Gefühl der Lust ihr wie eine Spirale bis ins Mark fuhr. Sie kribbelte überall – von ihrem Mund angefangen, indem seine Zunge mit der ihren tanzte, über ihre Brüste, wo er ihr Fleisch neckte, bis zu ihrer Mitte, wo sie verzweifelt von ihm berührt werden wollte.

Vielleicht, weil er ihr Verlangen spürte, zog er mit einer Hand eine Spur bis zum Ansatz zwischen ihren Schenkeln und streichelte über ihr erhitztes Fleisch, womit er ein Stöhnen auslöste, das tief aus ihrer Kehle aufstieg. Er stieß einen Finger in sie und sie packte ihn fester, als sie die Beine spreizte. Er riss seinen Mund von ihrem los und legte sie mit einem Schwung auf das Bett. Er folgte ihr und sein Mund schloss sich hart um ihre Brust, als er seine Finger in sie drängte. Sie stöhnte und schloss die Augen, während sie die Hand suchend nach seinem Schaft ausstreckte und ihn umfasste. Er war heiß und hart und so köstlich glatt. Sie zog ihn zu sich, denn sie war mehr als bereit, ihn in sich aufzunehmen.

Er zögerte nicht und sein Schaft fand ihre Scheide in hastiger und eifriger Leidenschaft. Er stieß in sie hinein und füllte sie vollständig aus. Sie schlang die Beine um ihn, als die Lust über sie hereinbrach und sie auf ihren Höhepunkt zutrieb.

Sie krallte die Finger in seinen Hintern und presste sein Fleisch, während er tief in ihren Körper stieß. Mit einem Aufschrei trieb sie ihn zu härteren und schnelleren Stößen, kurz bevor er abermals ihre Lippen in Besitz nahm. Sie waren gleichzeitig bemüht, sich zu küssen, zu Atem zu kommen und einander zum Höhepunkt und darüber hinaus zu treiben.

Die Ekstase brach in Wellen über Verity herein. Sie bewegte sich im Gleichklang mit ihm und wünschte sich, dass diese Empfindung niemals endete. Als sie anfing abzuebben, wurde sie erneut in die dunkle Schwüle der Leidenschaft zurückgeschleudert, während sie den Gipfel der Lust gemeinsam mit ihm erklomm.

Stoß für Stoß erfüllte er sie mit Verzückung und Liebe. Als sie abermals kam, schrie sie seinen Namen wieder und wieder heraus, während diese beinahe unerträgliche Empfindung sie mit sich fortriss.

Er drang ein letztes Mal kraftvoll in sie ein und schrie auf, ehe er auf ihr zusammenbrach. Sie hielt ihn fest an sich gedrückt und küsste seine Wange, seine Schläfe, seine Lippen.

Er rollte sich auf die Seite und nahm sie mit sich, wobei er sie fest an seine Brust drückte, während er mit seiner Hand über ihren Rücken streichelte. »Ich gelobe dir, mein Leben der Aufgabe zu widmen, dich und Beau glücklich zu machen. Nichts anderes ist mir wichtig.«

Sie lauschte auf das starke Pochen seines Herzschlags, das sich zu einem gleichmäßigen, besänftigenden Rhythmus beruhigte. Als sie in den Schlaf sank, dachte sie, dass sie sich noch nie sicherer, beschützter und geliebter gefühlt hatte.

Kit wachte ruckartig auf. Seine Haut war schweißgebadet, sein Herz pochte. Nachdem er einen Großteil der Nacht an den Betthimmel gestarrt hatte, musste er irgendwann eingeschlafen sein. Für eine Weile – jedenfalls lange genug, um zu träumen.

Nein, um einen Albtraum zu haben.

Darin war er zum verlogenen Herzog geworden, ein Mann, der seiner geliebten Frau Dinge verheimlichte. Ein

Mann, der zu sein Kit sich nicht überwinden konnte. Er hatte sich unter dem Schatten der Täuschung auf diese wundersame Reise begeben, aber er hatte geschworen, ehrlich zu Verity zu sein, und beim Teufel, das würde er auch wahr machen.

Er wartete, bis sein Puls sich ein wenig beruhigt hatte, und sein Körper zur Ruhe gekommen war. Als er wieder tief Luft holen konnte, kroch er aus dem Bett und suchte nach seinem Hausmantel. Er zog ihn über und kehrte zum Bett zurück, wo Verity schlief.

Besser gesagt, wo sie geschlafen hatte. Sie setzte sich auf, strich sich das Haar aus dem Gesicht und blinzelte ihn an. »Du bist ziemlich früh wach«, bemerkte sie mit einer Stimme, die noch ganz rau vom Schlaf war.

In dieser Nacht hatte er viele Dinge begriffen: Er liebte Verity und Beau. Er würde alles tun, um sie zu beschützen. Er wollte ihren Vater in Flammen aufgehen sehen. Und er konnte den Vertrag nicht unterschreiben und sie noch einmal anlügen.

Er bewegte sich auf das Bett zu, setzte sich auf die Kante am Fußende und drehte den Oberkörper in ihre Richtung. »Ich habe dir nicht alles über meine Besprechung mit deinem Vater gestern Abend erzählt.«

»Aber du wirst es mir jetzt erzählen.« In ihrem plötzlich wachsamen Blick schwang der Anflug einer Frage mit.

»Ja, ich habe dir versprochen, ehrlich zu sein und es tut mir leid, dass ich das gestern Abend nicht gewesen bin. Ich dachte, ich würde versuchen, dich vor den Machenschaften deines Vaters zu schützen, aber du bist stark genug, um es zu erfahren – und du solltest es wissen. Du hast jedes Recht dazu.«

Sie wurde ein wenig blass. »Du beunruhigst mich.«

Wie Kit ihre Verängstigung verabscheute – verdammt sei ihr Vater. Und verdammt sei er selbst, ihr Leben zu verkomplizieren. »Er ist die andere Person, die weiß, dass ich nicht Rufus bin.«

»Wie?«

»Er behauptete, Cuddy hätte es ihm erzählt, also muss ich annehmen, dass er meine Täuschung durchschaut hatte. An dem Abend, als ich Cuddy aufgesucht hatte, hat dieser meiner Meinung nach allerdings den Eindruck erweckt, als ob jemand es ihm erzählt hätte. Ich muss vermuten, dass dein Vater es irgendwie wusste, ohne mich überhaupt getroffen zu haben. Wie ist das möglich?« Kit hatte eine Idee, insbesondere, seit Horatio erklärt hatte, er könne *beweisen*, dass Kit nicht der Herzog von Blackburn war.

»Es ist nicht möglich.« Sie machte große Augen. »Es sei denn, er weiß, was mit Rufus passiert ist.« Ihr Kiefer erschlaffte für einen Augenblick. »Wie kann das sein?«

Kit schüttelte den Kopf und seine Gedanken verschwammen. »Ich weiß es nicht, aber ich habe die Absicht, es herauszufinden.«

Sie waren beide für einen Moment still. Schließlich durchbrach sie das Schweigen. »Was hat mein Vater vor?«

»Er verlangt, dass ich die Bezahlung der Vergütung fortsetzte, mit der Rufus sich bei eurer Heirat einverstanden erklärt hatte.«

Sie riss die Augen auf. »Rufus hatte ihm eine Vergütung bezahlt?«

»Offensichtlich. Jetzt soll ich einen Vertrag unterzeichnen, der ihm eine lebenslängliche Rente zubilligt. Im Austausch wird er bezeugen, dass ich der Herzog von Blackburn bin.«

Ihr Blick füllte sich mit Abscheu. »Und wenn du das nicht tust?«

»Dann wird er allen erzählen, wer ich wirklich bin – Augustus Bastard – und dass du mich überaus bereitwillig als Ersatz für deinen Ehemann willkommen geheißen hast. Er ist absolut ekelerregend.« Kit machte sich nicht die Mühe, den giftigen Zorn zu unterdrücken, den er in sich spürte.

»Wirklich«, stimmte sie finster zu und ließ den Blick durch das Zimmer schweifen, bevor sie ihn wieder ansah. »Es tut mir leid, aber ich weigere mich, ihm Geld zu geben.«

»Gut.«

Sie zwinkerte vor Überraschung. »Was ist mit dem Herzogtum? Es sollte deines sein. Ich möchte, dass es deines ist.«

Traurig schüttelte er den Kopf. »Aber das ist es nicht. Und wenn ich es annehme, werde ich der verlogene Herzog sein. Das kann ich dir oder Beau nicht antun. Wir müssen ihm die Wahrheit sagen und ich kann ihn nicht bitten, sie geheim zu halten. Abgesehen davon gehört der Titel ihm. Sobald Rufus offiziell für tot erklärt ist, wird Beau – und das sollte er – der Herzog von Blackburn sein.«

Feine Linien überzogen ihr Gesicht, als die Resignation in ihren Blick trat und er wusste, dass sie einverstanden war. »Was willst du tun?«

»Abgesehen davon, die Wahrheit zu erklären, dass ich Kapitän Christopher Powell bin, weiß ich es nicht genau. Es ist davon abhängig, was dein Vater tun wird, wenn wir ihm erklären, dass wir uns nicht von ihm erpressen lassen. Er ist daran gewöhnt, zu bekommen, was er will, denke ich.« Obwohl Kit keinen definitiven Beweis für seine Unterschlagung besaß, war er sich dessen sicher. Und jetzt war da auch noch die Sache mit Rufus´ Verschwinden und die Frage, ob Horatio eine Rolle dabei gespielt hatte.

»Können wir ihm nicht einfach drohen, ihn wegen Unterschlagung festnehmen zu lassen?«

»Würdest du das deinem eigenen Vater antun wollen?«

Ihr Blick wurde dunkel. »Er hat sich eines Verbrechens schuldig gemacht – und zwar, mich zu bestehlen. Er könnte auch Schlimmeres auf dem Gewissen haben«, antwortete sie leise. »Was ist, wenn er etwas mit Rufus' Verschwinden zu tun hatte?«

Kit bewegte sich ein Stück vorwärts, um ihre Hand zu ergreifen und er verabscheute die Angst in ihrem Blick. »All das tut mir so leid.«

»Ich mag meinen Vater nicht sehr – oder ehrlich gesagt überhaupt nicht. Aber ich habe mir nie vorgestellt, dass er eines echten Verbrechens schuldig wäre. Und wofür? Damit er ein extravagantes Leben führen und sich seinen Eintritt in die Gesellschaft kaufen kann? Wohlstand und Ansehen waren schon immer seine Leidenschaft gewesen.«

Wenn Kit diesen Mann nicht buchstäblich verachten würde, hätte er ihn bemitleidet. »Wir können jetzt gerade nichts davon beweisen.«

Das Kinn gereckt, sah sie ihn mit einem harten Ausdruck in den Augen an. »Das müssen wir. Ich werde ihm nicht gestatten, mein Leben noch länger zu beeinträchtigen, Kit.«

Gott, wie sehr er sie liebte. »Du bist wunderschön, wenn du in Rage bist.«

Sie legte den Kopf schief und presste die Lippen flach aufeinander, womit sie ihm ein leises Lachen entlockte. »Entschuldigung«, murmelte er. »Ich werde mich mit Simon besprechen, wie wir vorgehen können. Wir haben vielleicht nicht die Beweise, die wir brauchen, aber möglicherweise kann Simon helfen, den Code in Cuddys Notizbuch zu entziffern.« Das horizontale Kreuz, die Zahl zweiundzwanzig und den Buchstaben G.

Sie nickte enthusiastisch. »Das ist eine ausgezeichnete Idee. Es muss eine Möglichkeit geben, meinen Vater für die Unterschlagung festzunageln. Sollen wir persönlich zu ihm gehen, um ihm zu sagen, dass wir uns nicht erpressen lassen?« Sie presste die Lippen aufeinander. »Bei nochmaligen Nachdenken möchte ich ihn nicht sehen. Hast du nicht gesagt, dass er dir einen Vertrag schickt?« Auf sein Nicken hin fuhr sie fort. »Lass ihn uns mit einer Nachricht zurück-schicken, in der wir erklären, ihm nicht einen Penny zu geben.«

Er neigte den Kopf. »Ich beuge mich deinem Urteil.« Sein Tonfall war unbeschwert, aber jetzt sah er sie ernst an. »Verity, ich möchte, dass du die Entscheidungen in dieser Sache triffst. Dir ist viel zu viel gestohlen worden – von deinem Vater, von Rufus, von mir.«

Sie zog an seiner Hand und er rückte auf dem Bett ein Stück näher zu ihr. »Du hast überhaupt nichts genommen – du hast mir und Beau so viel gegeben.«

»Ich möchte euch beiden den Himmel auf Erden schenken, wenn du mich lässt.«

Sie lächelte sanft. »Das wünsche ich mir von dir.« Sie warf sich nach vorn und als er sie auffing, zog er sie eng an sich, den Blick auf ihr Gesicht gerichtet.

»Da ist noch eine Sache. Ich erwarte, des Betrugs ange-zeigt zu werden – dafür, einen Herzog verkörpert zu haben. Dein Vater wird diese Anklage sicherlich vorbringen.«

Sie holte nicht einmal Luft, ehe sie entgegnete: »Ich werde sagen, dass du das nur getan hast, um mich, Beau und Beaumont Tower vor den Verbrechen meines Vaters zu schützen. Wenn nicht wegen dir, hätten wir die Unterschla-gung nicht entdeckt.«

»Das müssen wir erst beweisen.«

»Das werden wir«, erklärte sie fest. »Du musst an deinem Optimismus arbeiten.«

Er lachte und zog sie an sich. »Wie du immer noch eine Fülle davon in dir haben kannst, ist mir ein Rätsel.«

Sie schlang die Arme um seinen Nacken und schmiegte sich an seine Brust. »Ich rechne es dir zu. Du bist aus dem Nichts gekommen und hast Beau und mir etwas gegeben, was wir nie hatten – Liebe und eine Familie.«

Er empfand genau das Gleiche. »Nein, du hast das mir gegeben.«

Sie lachte leise. »Wir haben es uns einander geschenkt.« Dann küsste sie ihn und ihre Lippen verschmolzen mit seinen und vertrieben die Angst, die in seinem Inneren tobte. Sie hielt sich an ihm fest, als sie sich auf die Matratze fallen ließ und riss ihn mit sich. Ihre Augen waren dunkel vor Liebe und Lust. »Alles wird gut werden. Du wirst schon sehen.«

Das wollte er, aber im Augenblick hatte er nur Anklagen wegen Betrugs und das drohende Bild einer Gefängniszelle vor Augen. »Wir müssen Beweise für die Verbrechen deines Vaters finden.«

Sie sah mit einem beruhigenden Blick zu ihm auf. »Das werden wir. Er ist schuldig und die Wahrheit wird gewinnen.«

Kit wollte ihr glauben, doch damit ging die Furcht einher, dass auch er schuldig war.

~

Der Vertrag traf am folgenden Tag ein, während Kit und Verity mit Beau im Park waren. Sobald sie in Simons und Dianas Stadthaus zurückkehrten, übergab Randolph ihnen einen Umschlag und Verity und er tauschten einen wissenden Blick aus. Sie begaben sich nach oben in ihr Wohnzimmer und verfassten prompt eine Nachricht, in der sie Horatio mitteilten, dass sie den Vertrag verbrannt hatten.

Dann verbrannten sie den Vertrag.

Als Simon an diesem Nachmittag nach Hause kam, bat Kit, ob er ihn in seinem Arbeitszimmer sprechen könnte. Nachdem er das Notizbuch von oben geholt hatte, setzte Kit Simon über alles in Kenntnis, was bislang passiert war.

Jetzt saß Simon hinter seinem Schreibtisch und hatte die

Augen vor Abscheu weit aufgerissen. »Ihr Vater ist ein wahrer Hurensohn. Aber ich sollte nicht überrascht sein. Dianas Vater ist genau gleich und die beiden *sind* Brüder.« Er stieß einen nahezu giftigen Fluch aus. »Es ist meiner Meinung nach unglaublich, wie zwei derart verabscheuungswürdige Männer solch wundervolle Frauen gezeugt haben können.«

»Jetzt erkennst du, warum ich dich bitten möchte, mir bei meiner Suche nach Beweisen zu helfen, die ihn ein für alle Mal aus unseren Leben fernhalten werden.«

»Ich kann das begreifen, in Ordnung. Ich wünschte nur, ich könnte mit Dianas Vater ebenso verfahren. Nicht, dass er versucht hat, mit uns zu kommunizieren, seit ich ihn damals im Januar auf Lyndhurst hinausgeworfen habe.«

Kit schlug das Notizbuch auf und legte es vor Simon hin. »Begegnest du ihm hier in London überhaupt?«

»Nein, aber ich stelle mir vor, dass er versucht, mir klar aus dem Weg zu gehen. Wenn er klug ist, wird er das tun, und ehrlich gesagt bin ich mir nicht sicher, ob er klug ist. Vielleicht hat er einfach nur Glück.« Simon zog das Notizbuch näher. »Wollen wir einmal sehen, wie wir vielleicht beweisen können, dass *dieser* Kingman ein Schurke von krimineller Güte ist.« Er studierte die Einträge einen Augenblick und mit gerunzelter Stirn blätterte er langsam ein paar Seiten um. »Dieser CS ist dein Verwalter?«

»Cuthbert Strader, ja. Damit bleibt das zweiundzwanzig G und dieses sonderbare, horizontale Kreuz.«

»Er hat das Geld vermutlich nicht der Kirche gegeben?«, fragte Simon ironisch.

»Wir haben diese Möglichkeit verworfen«, entgegnete Kit mit einem halben Lächeln.

»Ausgezeichnet.« Simon wandte seinen Blick wieder dem Notizbuch zu und runzelte die Stirn. »Die Beträge für die zweiundzwanzig G sind überall höher und schwanken.

Wohingegen die Beträge für den Verwalter und das Kreuzsymbol sich nicht zu ändern scheinen.«

»Ja, und die Bezahlungen an das Kreuz beginnen erst mehrere Monate, nachdem Cuddy eingestellt worden ist.«

»Das sollte uns etwas mitteilen«, entgegnete Simon und hob noch einmal den Blick. »Was sagt uns das?«

»Wenn es eine Erpressung ist, hat sie irgendwann nach Rufus' Verschwinden angefangen. Ich frage mich, ob die beiden irgendwie miteinander in Verbindung stehen.«

Simon setzte sich in seinem Sessel zurück. »Wie sollen wir das untersuchen?«

Kit seufzte. »*Das* versuche ich, herauszufinden.«

Ein Tumult in der Eingangshallte lenkte Simons Aufmerksamkeit auf die Tür. »Ich frage mich, was da bloß los ist?«

Die Tür öffnete sich nach einem Klopfen und Simons junger Butler trat mit blassem Gesicht ein. »Ich bedauere, Euch belästigen zu müssen, Euer Gnaden, aber leider sind Schutzmänner aus der Bow Street in der Halle.«

Simon erhob sich. »Schutzmänner? Weshalb zum Teufel?«

Kit sackte der Magen nach unten, obwohl er sich von seinem Stuhl erhob. »Ich wage zu sagen, dass sie wegen mir gekommen sind.«

Der Butler wandte sich mit seinem erschrockenen Gesichtsausdruck Kit zu. »Eure Vermutung ist korrekt, Euer Gnaden. Ich habe ihnen gesagt, dass Ihr beschäftigt seid.«

Kit brachte ein Lachen zustande. »Das hat sie nicht besonders interessiert, kann ich mir vorstellen.«

Randolph schüttelte den Kopf. »Nein, Sir.«

»Dann gehen wir«, erklärte Kit resigniert.

Simon lief schnell um den Schreibtisch herum und packte Kit am Arm, als dieser auf die Tür zuging. »Du kannst nicht beabsichtigen, mit ihnen zu gehen?«

»Was sonst könnte ich tun? Ich werde keine Szene machen und schon gar nicht, Beau das mitansehen lassen. Erlaube mir, stillschweigend mit ihnen zu gehen. Sprich mit Verity und löse das verdammte Rätsel des Notizbuchs. Ich bin sicher, dass Horatio dahintersteckt. Es ist wichtiger denn je, dass wir seine Verbrechen ans Licht bringen.« Kit hatte nicht einmal eine Chance, ihn über Horatios eventuelle Beteiligung an Rufus' Verschwinden in Kenntnis zu setzen. »Frag Verity nach der möglichen Verbindung zwischen ihrem Vater und Rufus' Verschwinden.«

Simon machte große Augen. »Das ist eine grausame Geschichte. Er runzelte die Stirn. »Es gefällt mir nicht, dass du gehst.«

»Mir auch nicht. Versammle die Truppen und arbeite schnell, bitte.« Kit trat in die Eingangshalle und wurde von den Schutzmännern höflich empfangen. Einer der beiden war ein großer, muskulöser Kamerad mit einem rötlichen Hautton, wohingegen der andere schlanker, mit einer langen Nase und ahnungsvollem Blick war. »Guten Tag. Ich habe erfahren, dass Sie wegen mir gekommen sind.«

Der Schlankere blickte ihn finster an. »Sie sind des Betruges angeklagt – Sie haben einen Herzog verkörpert – und des Mordes.«

Kit war auf Ersteres gefasst gewesen, aber nicht auf Letzteres. »Des Mordes? An wem?«, fragte er und war über den ruhigen Klang seiner Stimme überrascht.

»Cuthbert Strader und Seine Gnaden, der Herzog von Blackburn.«

Heiliger Himmel. Dann wollte ihm Horatio also an die Kehle gehen. Und Kit war plötzlich todsicher, dass er etwas mit Rufus' Verschwinden zu tun hatte.

Kit wandte sich an Simon. »Er will Geld – er wird versuchen, es von Verity zu bekommen. Benutze das, um ihn aufzuscheuchen.«

Simon nickte heftig.

»Sie kommen freiwillig mit?«, erkundigte sich der muskulöse Schutzmann.

Kit nahm seinen Hut und die Handschuhe von Randolph, als ob es sich bloß um einen weiteren Ausflug anstatt des Abtransportes zur Polizeistation in der Bow Street handelte. »Ja, gehen wir.« Er setzte den Hut auf den Kopf und mit einem letzten Blick zu Simon zog er seine Handschuhe an. »Sag ihr, sie soll sich keine Sorgen machen.«

Simon schüttelte den Kopf. »Das wird sie.«

»Ich weiß.« Und damit marschierte Kit hinaus, als ob er über die Planke geschickt werden sollte.

# CHAPTER 18

Verity, die neben Diana im Salon saß, konnte nicht aufhören zu zittern, während Simon vier Gäste willkommen hieß – Nick, Bran Crowther, Earl of Knighton; Titus St. John, Herzog von Kendal und Daniel Carlyle, Viscount Carlyle. Simon stellte die letzten drei vor und endete mit Lord Carlyle, einem eher großgewachsenen Gentleman mit stahlharten, blaugrauen Augen und dichtem, dunklem Haar. »Wir haben Glück, dass Bran sich mit Daniel angefreundet hat, der bis er vor kurzem seinen Titel erbte, ein Konstabler war.«

»Was für ein Zufall«, erklärte Diana munter, während sie Veritys Hand drückte.

»Ich habe ihnen allen erzählt, was passiert ist«, gab Simon bekannt, und hatte dabei die Hand um Cuddys Notizbuch geklammert. Er sah Verity mit einem vielsagenden Blick an. »Alles, einschließlich der Wahrheit über Kits Identität.«

Sie waren übereingekommen, dass das notwendig war. Es bestand kein Anlass, dieses Geheimnis zu wahren, nicht wenn Kit ohnehin darauf vorbereitet gewesen war, es publik zu machen. Sie und Kit hatten dennoch nicht festlegen können, wie die Dinge sich abspielen würden – es war keine Zeit geblieben. Aber sie hatte gemeint, was sie gesagt hatte: Ihr war einfach nur an ihm gelegen.

Verity richtete den Blick auf Lord Carlyle, der in einem Sessel nahe dem Sofa Platz genommen hatte. »Sie kennen alle Anklagen gegen ihn?«

»Ja. Die Mordanschuldigungen sind natürlich am besorgniserregendsten. Gehe ich allerdings richtig in der Annahme, dass er den Betrug begangen hat?«

Verity schüttelte den Kopf. »Nicht genau. Er hat so getan, als sei er mein Ehemann, damit wir den Verbrechen meines Vaters auf die Spur kommen konnten.« Nun war es an ihr, zu lügen und das würde sie für den Zusammenhalt und Schutz ihrer Familie bereitwillig tun.

»Also hat er nie versucht, Anspruch auf das Herzogtum zu erheben?«, fragte Carlyle und warf einen Seitenblick zu Simon.

»Nein.« Die Lüge brannte sengend auf ihrer Zunge, aber sie kümmerte sich nicht weiter darum.

»Das hat er nicht«, bekräftigte Simon. Bevor er Hilfe von diesen Männern erbeten hatte, hatte Verity ein Gespräch mit ihm und Diana geführt, und er hatte gelobt, alles zu tun, was nötig war, um Kit vor dem Gefängnis zu bewahren – oder vor Schlimmerem. Sie waren, wie er sagte, eine Familie.

Carlyle nickte. »Dann sollte das auch kein Problem sein. Wissen Sie, ob Mr. Kingman im Besitz von Beweisen ist, dass Mr. Powell einen dieser Männer umgebracht hat?«

»Kapitän Powell«, korrigierte Verity sanft. »Er hat sein eigenes Schiff befehligt. Nein, ich kann nicht glauben, dass er das hat.« Aber weil Kit Cuddy umgebracht *hatte*, fürchtete sie, dass es möglich war. Oh, warum war er nicht auf direktem Wege zum Konstabler gegangen? Sie kannte den Grund und sie befahl sich, sich nicht weiter an Dingen aufzureiben, die sie sowieso nicht ändern konnte. »Wenn wir beweisen können, dass er meinen Besitz bestohlen hat, könnte er die Anklage vielleicht fallen lassen.«

Lord Carlyle zog die Augenbrauen hoch. »Sie haben vor, ihn unter Druck zu setzen? Da kann ich nicht mitmachen.«

»Natürlich nicht«, antwortete sie. »Aber wenn ich die kriminellen Aktivitäten meines Vaters beweisen kann, können wir vielleicht darlegen, dass er versucht hat, sie zu vertuschen, indem er Kit fälschlicherweise beschuldigt hat. Da ist noch etwas.« Sie holte tief Luft. »Wir haben den Verdacht, dass mein Vater etwas mit dem Verschwinden meines Ehemannes vor beinahe sieben Jahren zu tun hat.«

»Ich verstehe.« Lord Carlyle tippte sich mit einem Finger an das Kinn. »Ihr Vater beschuldigt Kapitän Powell, den Herzog von Blackburn umgebracht zu haben. Es ist für einen Mann nicht unüblich, einen anderen für etwas anzuklagen, dessen er selbst schuldig ist. Ich habe das viele Male erlebt.«

Diana stieß ein leises Keuchen aus und Verity drückte ihr mitfühlend die Hand.

»Lassen Sie uns dann den Beweis finden, den wir brauchen«, erklärte Lord Carlyle. »Darf ich dieses Notizbuch einmal sehen?«

Simon schlug das Notizbuch auf und übergab es ihm. »Wir wissen, wer CS ist.«

Der frühere Konstabler studierte das Notizbuch. »Das horizontale Kreuz ist wahrscheinlich das Symbol für Die Blades, eine Verbrecherbande, die der Mittel- und Oberschicht Gefälligkeiten erfüllt – für einen Preis.« Er blätterte einige Seiten durch. »Dies sind vierteljährliche Zahlungen in gleicher Höhe an sie. Das sieht für mich nach einer Erpressung aus.« Er sah zu Simon auf. »Ist das richtig?«

»Genau das vermuten wir. Aber wir wussten nicht, wofür das Kreuz stand.«

»Ich entschuldige mich«, bemerkte Lord Carlyle mit einem schwachen Lächeln. »Ich hätte es nicht wie Sie als

Kreuz bezeichnen sollen. Es ist ein Schwert. Wenn es ein Kreuz wäre, stünde es vertikal. Und der längere der beiden Striche ist etwas länger als Ihr übliches Kreuz.

Verity fragte sich nun, warum sie eigentlich überhaupt gedacht hatten, dass es ein Kreuz war. Hatten sie etwas Offensichtliches bei der zweiundzwanzig und dem G übersehen? Sie dachte angestrengt nach und als die Erkenntnis sie überkam, fuhr sie sich mit der Hand an die Stirn. »Der letzte Code ist die Adresse meines Vaters. 22 Grafton Street. Durch Sie ist mir noch etwas eingefallen.« Auf ihrer Reise von Beaumont Tower hatten sie und Kit über die beiden Männer aus London gesprochen, die Cuddy regelmäßig besucht hatten. Er hatte den Verdacht, dass sie gekommen waren, um das Geld einzutreiben, das in dem Notizbuch aufgeführt war. Sie erhob sich vom Sofa, da eine angespannte Erregung in ihrem Inneren pulsierte. »Einmal im Vierteljahr waren zwei Männer aus London gekommen, die Cuddy besuchten. Kit dachte, dass sie vielleicht die Zahlungen eingetrieben hätten. Vielleicht waren sie von dieser Blades Bande.«

»Es ist möglich«, bemerkte Lord Carlyle. »Das würde eine starke Verbindung darstellen. Allerdings wäre das Ganze sogar noch besser, wenn wir aufdecken könnten, wofür diese Zahlungen an die Blades und an Cuddy gedacht waren. Sie sind gleichbleibend.« Er sah sie mit einem vielsagenden Blick an. »Vierteljährlich, in der Tat, was auf ein Erpressungsschema hinzudeuten scheint. Wissen Sie etwas über die Grundlage für diese Erpressung?«

Sie schüttelte den Kopf.« Ich bin nicht sicher, ob Cuddy irgendjemanden erpresst hat. Ich denke, es war einfach seine Gratifikation, aber ich bezweifele, ob wir das je erfahren werden, da er tot ist.« Sie zuckte innerlich zusammen. Kit wurde für seinen Tod angeklagt und dessen war er schuldig, obwohl es in Notwehr geschehen war. Was sollten sie in dieser Sache bloß unternehmen? Angestrengt ignorierte sie eine frische Attacke ihrer Angst. »Ich weiß nichts von den Blades. Außer, dass sie vielleicht jedes Vierteljahr nach Blackburn gekommen sind.«

»Ich denke, ich weiß es«, verkündete Simon. »Die Zahlungen an die Blades haben eingesetzt, nachdem der Herzog verschwunden war. Kit glaubt, es könnte etwas damit zu tun haben. Und wenn dein Vater ebenfalls Geld erhalten hatte und irgendwie an Rufus' Verschwinden beteiligt war, ist das alles ein bisschen zu zufällig, oder?«

Verity hatte das Gefühl, als würde der Boden unter ihren Füßen verdampfen. Diana war zusammen mit ihr aufgestanden und als sie jetzt Veritys Bedrängnis spürte, legte sie ihr einen Arm um die Taille.

»Was müssen wir tun, um Kit zu befreien?«, fragte Verity, während die Furcht in ihrem Inneren rumorte.

»Wir müssen herausfinden, wofür dein Vater bezahlte, um es geheim zu halten – wenn sich tatsächlich erweist, dass er das getan hat.«

Verity war sich dessen sicher. Und sie wurde sich immer sicherer, dass die Sache etwas mit Rufus zu tun hatte. »Ich weiß, dass es so ist. Wie würde mein Vater überhaupt wissen, wie man solche Leute anheuert?«

»Das geschieht oft über Bedienstete«, erklärte Lord Carlyle. »Diese Leute können eine Verbindung zu kriminellen Kreisen haben. Um die Angelegenheit voranzutreiben, wäre es für uns am besten, die Angestellten Ihres Vaters zu verhören.«

»Haben Sie Zeit, uns dabei zu unterstützen? Bitte, ich bin außerordentlich verzweifelt.« Verity hasste es, um etwas bitten zu müssen, aber sie würde tun, was immer nötig war.

Lord Carlyle lächelte. »Natürlich. Wir werden Ihren Vater allerdings beschäftigen müssen.«

Nachdenklich verengte Verity ihren Blick. »Ich werde

ihm sofort eine Nachricht schicken und ihn bitten, herzukommen.«

»Sie sind eine kluge Frau, Euer Gnaden«, bemerkte Lord Carlyle. »Machen Sie ihn glauben, dass er gewonnen hat. Vielleicht können Sie ihn sogar dazu bringen, seine Verbrechen zu gestehen.«

Verity bezweifelte das, aber oh, sie würde es versuchen. »Bitte, retten Sie einfach Kit. Beau und ich brauchen ihn zurück.«

~

Während Diana versprach, Beau im Obergeschoss zu beschäftigen, wartete Verity ungeduldig auf das Eintreffen ihres Vaters. Nach einer Weile, die ihr wie eine Ewigkeit vorkam, führte Randolph ihn in den Salon. Er sah ebenso selbstgefällig und provozierend aus, wie immer. Nein, diese Wirkung war sogar noch stärker. Und dann runzelte er die Stirn und glättete seinen gesamten Ausdruck, als ob er seine Gesichtszüge von seinem Antlitz ausradieren wollte. Sie hätte bei seiner Übertreibung gelacht, wenn sie nicht aufgelöst gewesen wäre.

»Guten Tag, Vater. Vielen Dank für dein Kommen. Sollen wir uns setzen?« Sie zitterte noch immer, allerdings nicht mehr so stark wie vorhin. Sie hatten einen Plan und so Gott wollte, würde er reibungslos aufgehen. Sie musste nur ihren Teil dazu tun.

»Wie großherzig von dir, meine Liebe«, entgegnete er vorsichtig und beäugte sie skeptisch. Er setzte sich in einen brokatbezogenen Sessel, während Verity auf dem Sofa Platz nahm. »Ich hatte erwartet, dass du mich beschimpfen würdest.«

Sie verschränkte die Hände in der Hoffnung, dass er das schwache Zittern nicht wahrnehmen würde. »Das wollte ich, aber ich stelle fest, dass ich jetzt anders über Kit denke. Ich begreife, dass er mich benutzt hat und dass ich Beau seinen Machenschaften ausgeliefert habe.« Diese Lügen kamen ihr leicht über die Lippen, als sie sich anstrengte, ihren Vater zu umgarnen.

»Das ist richtig. Es tut mir so leid.« Allerdings unterstützte nichts an seinem hochnäsigen Gebaren diesen Gefühlsausdruck.

»Und dennoch möchte ich nicht, dass er gehenkt wird. Ich glaube nicht, dass er Rufus umgebracht hat – warum sollte er sechseinhalb Jahre mit seiner Rückkehr warten, um Anspruch auf den Titel zu erheben?«

Ihr Vater schien dies für einen Augenblick zu erwägen. »Ich habe mich auch darüber gewundert, aber ich bezweifele, dass wir es je herausfinden werden. Er wird sowieso niemals die Wahrheit sagen. Ich bin so froh, dass du zur Besinnung gekommen bist. Und nun, da wir dieses grässliche Thema hinter uns gebracht haben, lass uns über die Zukunft sprechen.«

Sie konnte nicht so tun, als wüsste sie nichts über seine Forderung nach finanziellen Mitteln – nicht nach der Antwort, die Kit ihm gestern geschickt hatte. »Du möchtest erfahren, ob ich dir einen Zuschuss vom Besitz zugestehe.«

»Es ist nur gerecht, meine Liebe. Wie sollte ich sonst leben?«

*Deinen Verhältnissen entsprechend wäre ein guter Anfang.* Sie zwang sich zu einem Lächeln, das so spröde war, dass sie fürchtete, ihr Gesicht könnte vielleicht auseinanderbröckeln. »Ja, nun, ich glaube, du könntest deine Ausgaben ein wenig kürzen. Das Geld, dass du aus dem Besitz abgeleitet hast, fehlte sehr und im Laufe der vergangenen sieben Jahre, seit du Rufus überredet hast, Cuddy einzustellen, sind viele Dinge ignoriert worden.«

Er kniff die Augen zusammen und Verity wusste, dass sie

sich auf einer Gratwanderung befand. »Rufus war mehr als froh, meinen Rat anzunehmen. Und mir Mittel zuzugestehen. *Er* hat mir einen Zuschuss bezahlt.«

»Hat er das? Leider wusste ich nichts über seine Arrangements.«

Er schniefte. »Vermutlich könnte ich mit ein bisschen weniger auskommen als derzeit.«

»Ich bin nicht sicher, was du mit ein bisschen meinst, aber ich werde dir den Betrag bezahlen, der in Cuddys Notizbuch neben dem horizontalen Kreuz eingetragen ist.«

Er hustete und schüttelte den Kopf. »Nein, nein, das ist nicht annähernd genug. Das wird kaum meine … Gläubiger befriedigen.«

Sie legte den Kopf schief und machte einen unverfrorenen Vorstoß. »Ich habe mich gefragt, wofür diese Beträge waren. Das CS stand offensichtlich für Cuddy, aber ich bin verwirrt, was die anderen beiden anbelangt. Vermutlich steht eines davon für das, was er dir bezahlt hat?«

Er lächelte breit und winkte mit der Hand ab. »Mach dir darüber jetzt keine Gedanken. Es ist unwichtig. Wenn du mir einfach den doppelten Betrag neben dem horizontalen Kreuz bezahlst, wird das in Ordnung sein.«

Sie runzelte die Stirn. »Das könnte eine Belastung sein. Ich werde mit Thomas reden müssen.«

Die Lippen geschürzt beugte ihr Vater sich vor. »Ich verlange diesen Betrag, Verity. Wenn du möchtest, dass ich versuche, diesen Schwindler vor dem Strang zu bewahren, wirst du dem zustimmen müssen.«

Sie blinzelte ihn an und täuschte eine Aura von Naivität vor. »Könntest du das? Dann muss ich vermutlich deinen Bedingungen zustimmen. Danke, Vater.«

Sie warf einen Blick auf die Uhr und dachte, dass sie nicht annähernd genügend Zeit gehabt hatten. Wie konnte sie ihn beschäftigen? Sie erhob sich abrupt und sah ihn mit

einem nichtssagenden Lächeln an, das hoffentlich ihren Hass
vertuschte.

»Ich denke, ich brauche etwas Erfreuliches, um meine
Stimmung zu verbessern. Ich weiß, wie gern du einkaufen
gehst. Sollen wir in die Bond Street fahren?«

Er starrte sie an. »Du möchtest einkaufen? Mit mir?«

»Es sei denn, du möchtest das lieber nicht. Ich würde
gern etwas Besonderes finden, um Beau zu überraschen. Ich
würde ihn einladen, uns zu begleiten, aber er ist bei seinem
Tutor. Ich hoffe, du nimmst mir nicht übel, dass ich ihn
nicht unterbrochen habe, um herunterzukommen und dir
Guten Tag zu sagen.« Sie glaubte nicht, dass es ihren Vater
auf die eine oder die andere Weise kümmerte, und sie wollte
Beau nie wieder seiner Gegenwart aussetzen.

»Ich bin nur überrascht.« Er erhob sich von seinem Stuhl
und strich seinen Frack glatt. »Wir können meinen
Einspänner nehmen.«

Sie biss sich auf die Zunge, ehe sie noch fragen konnte,
was Beaumont Tower außerdem für ihn finanziert hatte.
»Ausgezeichnet. Ich werde nur meinen Hut und die Handschuhe holen und dich dann in der Eingangshalle treffen.«
Sie rauschte aus dem Salon und eilte die Treppe hinauf, wo
sie auf Diana stieß und ihr rasch berichtete, was sich zuge-
tragen hatte.

»Ich lasse sie in der Bond Street nach dir suchen, wenn
sie fertig sind«, erklärte Diana. »Mach dir keine Sorgen um
Beau«, bemerkte sie leise und warf einen verstohlenen Blick
in die Richtung, wo er saß und ein Bild malte. »Ich werde
mich gut um ihn kümmern.«

Verity berührte sie an der Hand. »Ich weiß, das wirst du.«

»Wer hätte gedacht, dass von unseren Vätern deiner
derjenige sein würde, der ein Verbrechen begeht?« Diana
schüttelte ungläubig den Kopf. »Ich hätte immer auf meinen
gewettet.«

Verity küsste Beau zum Abschied, huschte die Treppe wieder hinunter und, unten angekommen, trat sie ihrem Vater mit einem aufgesetzten Lächeln und einem Angstgefühl im Bauch entgegen.

~

Der kräftigere der beiden Schutzmänner aus der Bow Street öffnete die Tür der Kutsche. »Steigen Sie aus.«

Kit blinzelte im hellen Sonnenlicht, als er auf die Straße trat. »Wo sind wir?«

»Vor der Residenz von Mr. Horatio Kingman.«

Kit schwenkte herum und betrachtete die reizvolle Fassade des Stadthauses. Die Nummer zweiundzwanzig starrte ihn plakativ von der Ziegelmauer an und plötzlich war ihm der Code im Notizbuch klar. Er musste annehmen, dass Verity, seine kluge Liebste, darauf gekommen war.

»Warum haben Sie mich hierhergebracht?« Sie hatten ihm, als sie ihn in die Kabine der Kutsche verfrachtet hatten, auf seine Frage nur geantwortet, dass seine Anwesenheit woanders erforderlich wäre.

»Ihr Tag scheint sich zum Besseren zu wenden«, bemerkte der kräftigere der beiden Schutzmänner geheimnisvoll, während er Kit zur Eingangstür führte, die rasch von einem Butler geöffnet wurde, der sie hereinbat.

»Folgen Sie mir«, forderte der Butler sie nervös auf, als er sie durch das schmale Haus zum rückwärtigen Bereich führte, wo eine Tür sich zu einer Steinterrasse öffnete. Dahinter lag ein quadratisches Fleckchen Garten, das sich augenblicklich in einem Zustand der Unordnung befand, da nicht weniger als vier Edelmänner die Erde umgruben.

Simon sah von der Stelle auf, wo er seine Schaufel schwang und grinste. »Der siegreiche Held kehrt zurück.«

»Ich bin kein Held.« Kit sah seine Begleiter fragend an, denn noch immer war er verwirrt darüber, was hier gespielt wurde. »Warum bin ich hier?«

»Wir werden das Erklären Lord Carlyle überlassen.« Der schlankere Schutzmann zeigte auf einen eher großen Mann, der etwas abseits am Rande des Gartens stand.

Kit schob sich näher zu Simon. »Was tust du in Horatios Garten?«

»Ich grabe nach einem Schatz«, antwortete Simon. »Erlaube mir, dir Lord Carlyle vorzustellen, ein früherer Konstabler, der uns heute großzügigerweise seine Hilfe angeboten hat. Du schuldest ihm eine ganze Menge.«

Kit schwenkte zum Rande des Gartens herum, wo Carlyle mit einem anderen Mann stand. Nach seiner Kleidung zu urteilen, schien es sich um einen Stallknecht zu handeln. Er wirkte mit seinem niedergeschlagenen Blick und den zusammengesackten Schultern auch ziemlich resigniert.

»Wir graben natürlich nicht nach Schätzen«, erklärte Carlyle gleichmütig. »Wir exhumieren den Leichnam von Rufus Beaumont.«

Kit sog die Luft ein und drehte den Kopf zum … Grab um. »Wie können Sie wissen, dass er hier ist?«

Carlyle deutete auf den Mann neben ihm. »Das ist Luton. Mr. Kingmans erster Stallknecht. Vor sechseinhalb Jahren hatte er arrangiert, dass eine kriminelle Organisation, die sich The Blades nennen und deren Symbol wir im Notizbuch Ihres früheren Verwalters gefunden haben, den Herzog von Blackburn einschüchtern sollte. Es scheint, dass Mr. Kingman das wüste Benehmen des Mannes nicht behagt hatte und er dafür hatte sorgen wollen, dass dieser sein Gebaren änderte.«

Kit konnte Horatios Motivation verstehen, aber er wollte die Absicht des Mannes klarstellen. »Ihn einschüchtern oder ihn umbringen?«

»Offenbar hatte das Ziel daraus bestanden, ihn einzuschüchtern, aber laut Luton behaupten die Blades, dass er seine Meinung geändert und sie damals gebeten hatte, ihn umzubringen. Seitdem haben sie Geld von Mr. Kingman erpresst.«

»Warum sollten sie ihn hier vergraben?« Kit vermutete, dass er die Antwort kannte, aber er wollte die ganze Geschichte von Carlyle hören.

»Um Mr. Kingmans Mitarbeit sicherzustellen. Wenn er ihre Forderungen nicht erfüllte, müssten sie der Obrigkeit nur seinen Garten als Beweis für das Verbrechen des Mannes melden. Und wie ich erklärt habe, hatte er ein Motiv.«

»Ich hatte auch ein Motiv.« Kit zeigte auf den Stallknecht. »Wird die Aussage dieses Mannes ausreichen?«

»Ich denke schon. Und deshalb habe ich die Schutzmänner gebeten, Sie hierher zu bringen. Sie können den Herzog nicht umgebracht haben. Sie sind noch nie in London gewesen, oder?«

Kit schüttelte den Kopf. »Das war ich nicht.«

Mit tränenerfüllten Augen hob der Stallknecht den Kopf. »Ich werde tun, was immer nötig ist. Ich habe nie jemanden verletzten wollen. Ich habe nur Mr. Kingmans Befehlen Folge geleistet.« Er wandte sich an Carlyle. »Ich bin mit Sicherheit ein toter Mann, wenn mein Cousin es herausfindet.«

»Sein Cousin ist einer von den Blades«, erklärte Carlyle. Er presste die Lippen aufeinander und wandte sich an den Stallknecht. »Sie haben Ihren Teil für sie geleistet. Erklären Sie, dass Kingman verhaftet wurde – denn ich rechne damit, dass dies bei seinem Eintreffen geschieht – und dass die Zahlungen eingestellt sind. Das ist nicht Ihr Fehler und das wird das Ende der Sache sein. Und dann treten Sie nicht mehr in Kontakt mit ihnen. Ich würde sogar vorschlagen, dass Sie sich nach einer Anstellung außerhalb von London umsehen.«

»Ja, Mylord«, antwortete der Stallknecht mit einem enthusiastischen Nicken.

Kit sah Carlyle an. »Wenn Kingman eintrifft … Wo ist er?«

»In der Bond Street mit seiner Tochter. Wir haben einen seiner Diener geschickt, um sie dort abzuholen.«

Die Angst setzte sich in Kits Magengrube fest. Obwohl Kingman selbst keine Gewalt verübt hatte, war der Mann offensichtlich abscheulicher Verbrechen fähig, und Kit hasste es, Verity in seiner Gesellschaft zu wissen.

Carlyle schien ihm seine Befürchtungen anzusehen, denn er lächelte aufmunternd. »Ich denke, Ihrer Gnaden geht es gut. Sie war durchaus bereit, ihren Vater in die Irre zu führen, um Sie zu beschützen.«

Kit schwoll das Herz, obwohl seine Befürchtungen anhielten. »Was ist mit den anderen Anklagen gegen mich?«

»Ich habe erfahren, dass kein Betrug stattgefunden hat, dass Sie nie versucht haben, Anspruch auf das Herzogtum zu erheben. Sie haben einfach Ihre Gnaden und den Besitz beschützt.«

»Ja.« Kit konnte kaum glauben, dass Veritys Plan funktioniert hatte, aber andererseits war sie auch außergewöhnlich klug.

Carlyle legte den Kopf schief. »Was den anderen Mord anbelangt … Haben Sie ihn begangen?«

Kit wollte lügen – verdammt, er musste lügen. Aber die Worte wollten sich nicht formen. Ebenso wenig wie er damals einfach die Wahrheit hatte herausbringen können, nachdem er den Mann versehentlich umgebracht hatte. »Ich habe ihn nicht umgebracht. Wir haben gekämpft.«

»Ich verstehe.«

»Ich habe ihn aufgesucht, um Beweise für seine Verbrechen zu sammeln. Er hat mich angegriffen und ich habe mich verteidigt.« Kit zuckte zusammen. »Ich bedauere, was passierte ist, aber es war Cuddy, der versucht hat, mich umzubringen. Ich bedauere auch, den Konstabler nicht zur rechten Zeit informiert zu haben.«

»Wir werden eine Lösung finden«, erklärte Lord Carlyle. »Auf gewisse Weise scheint sich alles zu fügen. Ich bezweifele, dass Ihnen irgendeine Schuld zur Last gelegt werden wird.«

»Ich habe etwas gefunden.«

Kit wandte sich bei dem Ruf einer der Männer um. Der Sprecher war der Herzog von Kendal. Er beugte sich herab und hob etwas vom Boden auf. Kit eilte an seine Seite.

»Es sieht wie ein Siegelring aus«, stellte der Herzog fest. »Erkennen Sie ihn?« Er ließ das Schmuckstück in Kits Handfläche fallen.

Das strahlende Nachmittagslicht glitzerte auf dem Gold. Kit hielt den Ring hoch und wusste sofort, was es war. »Das war der Ring meines Vaters. Das herzogliche Siegel.«

»Ich habe einen Knochen gefunden«, verkündete Nick grimmig.

»Was hat all das zu bedeuten?« Der Klang von Horatio Kingmans Stimme lenkte die Aufmerksamkeit aller Anwesenden auf die Tür zum Haus. Während sie sich ihm zuwandten, verlor sein Gesicht jeden Anflug von Farbe. Er klammerte sich an den Türrahmen, als Verity an ihm vorbei ins Freie eilte.

Sie rannte direkt in Kits Arme und er zog sie eng an sich, um sie auf die Stirn zu küssen, und war so froh, sie sicher und unversehrt in seinen Armen zu halten. Sie berührte sein Gesicht und sah in seine Augen. »Bist du wohlauf?«

Er ballte seine Hand mit dem Ring seines Vaters darin zu einer Faust. »Mir ist es noch nie besser gegangen.«

Sie zog eine dunkle Augenbraue hoch. »Nie?«

Ein Lächeln huschte über seine Lippen. »Vielleicht nicht

nie, aber das hier ist ein vergleichsweise wundervoller Augenblick.«

Lord Carlyle, die Hände hinter dem Rücken verschränkt, wandte sich Horatio zu und verkündete in einem autoritären Ton: »Mr. Kingman, Sie werden des Mordes an Rufus Beaumont, Herzog von Blackburn beschuldigt.«

»Ich habe es nicht getan! Er war es!« Er zeigte mit wilden Handbewegungen auf Kit. »Er wollte Anspruch auf den Titel seines Vaters erheben! Er ist ein Bastard! Er hat das Motiv!«

Kit trat ein paar Schritte auf ihn zu und Verity blieb dicht an seiner Seite, den Arm um seine Taille geschlungen. »So wie du, Horatio. Obwohl deine Absichten vielleicht gut begründet gewesen sein mögen, hast du dich entschieden, mit den falschen Leuten Geschäfte zu machen. Und darüber hinaus hast du auch die falschen Leute bedroht.«

»Was war sein Motiv?«, fragte Verity.

Kit sah auf sie herab. »Er wollte Rufus bewegen, sich mehr in herzoglicher Manier zu benehmen, und als dieser sich weigerte, heuerte Horatio Banditen an, die ihn einschüchtern sollten, damit er sich anständig aufführte. Es herrscht eine gewisse Unstimmigkeit, ob er von ihnen verlangte, Rufus umzubringen oder ob sie ihn bloß einschüchtern sollten.«

Horatios Augen wirkten riesig in seinem blassen Gesicht. »Ich wollte nicht, dass er stirbt. Aber du solltest froh sein, dass es so gekommen ist – Rufus war ein Mörder. Er hatte Godwin beim Ertrinken zugesehen, sodass er den Titel erben konnte, und den Herzog hatte er vergiftet, wovon ich überzeugt bin, und damit auf der Hausparty angefangen.«

Verity schnappte nach Luft. »Und trotzdem hast du nichts unternommen. Du hast vielleicht niemanden direkt getötet, aber du hast dich schrecklicher Dinge schuldig gemacht.«

Carlyle räusperte sich. »Unabhängig davon, was passiert

ist, wird die Entdeckung des Leichnams in seinem Garten ein schlechtes Licht auf ihn werfen.« Er sah zu Kit auf. »Und Sie können beweisen, dass er Geld unterschlagen hat – das allein würde ihn an den Galgen liefern.«

»Nein!«, schrie Horatio. Er hob die Hände und bedeckte sein Gesicht, als er den Kopf sinken ließ und die Schluchzer seinen Körper durchrüttelten.

Verity legte die Stirn in Falten und schüttelte den Kopf. »Ich möchte nicht, dass er hängt.«

Carlyles Blick war von Sympathie gefärbt. »Wir können um Gnade bitten und ersuchen, dass er stattdessen verschickt wird, aber das wird der Richter entscheiden. Bringen Sie ihn in die Bow Street, meine Herren.«

Die Schutzmänner, die in der Nähe des Hauses herumlungerten, nachdem sie Kit in den Garten geführt hatten, nahmen einen immer noch schluchzenden Horatio an den Armen und zerrten ihn zurück durch das Haus.

»Was ist mit den Blades?« fragte Kit, der spürte, wie Verity sich versteifte, als sie sich langsam wieder zum Garten umdrehte.

»Wir versuchen stets, sie wegen dem einen oder anderen Verbrechen festzunehmen«, erklärte Carlyle. »Besser ausgedrückt, bemühen *sie* sich darum. Es ist nicht mehr meine Aufgabe.« Er nickte Verity zu. »Ich bedauere den Ausgang, den diese Sache genommen hat.«

Verity schmiegte sich näher an Kit und erschauderte. »Ich weiß nicht, was ich sagen soll.«

Kit hielt sie eng an sich gedrückt. »Du musst gar nichts sagen. Dies ist eine ganze Menge, um es zu begreifen. Ich bin nicht sicher, ob ich das schon voll und ganz tue.«

»Was graben sie dort aus?«, fragte sie. »Ist … er es?«

Kit wich ein Stück zurück, um seine Hand zu öffnen und zeigte ihr den Ring. »Titus hat dies gefunden. Er hat meinem Vater gehört.«

»Ich erkenne ihn. Rufus hatte ihn nach Augustus' Tod getragen.« Sie sah zum Garten. »Also ist er wirklich hier?«

»Ja.« Er bot ihr keinerlei Beileid an, weil er nicht glaubte, dass sie es wollte. »Bist du traurig?«

»Nein. Ich bin erleichtert, es zu wissen und ich hoffe, dass er seinen Frieden hat. Wir sollten ihn nach Beaumont Tower zurückbringen und ihn dort anständig begraben. Für Beau.«

Oh Gott, Beau. Was würden sie ihm erzählen?

»Ich stimme zu. Ich … ich weiß nicht, was ich ihm sagen soll.«

Sie drehte sich in seinen Armen um und sah zu ihm auf. »Über seinen Vater?«

»Über ihn, über mich, über alles davon.«

»Wir werden ihm nicht alles auf einmal erzählen.« Sie runzelte die Stirn. »Ich denke, ich möchte ihn so schnell wie möglich nach Hause bringen.«

»Nicht, bevor wir nicht mit ihm ins Museum gegangen sind und bei Gunter's waren und den Tower besichtigt haben. Er wird am Boden zerstört sein, wenn wir das nicht tun.«

»Ich werde auch am Boden zerstört sein«, erklärte sie. »Ich habe mich so darauf gefreut, all das zu tun. Als eine Familie.«

Trotz der Ereignisse des Tages brachte das Gefühl von Hoffnung und Frieden Kit zum Lächeln. »Und ich wollte dich so gern ins Theater ausführen.«

Sie erwiderte sein Lächeln. »Das wirst du. Eines Tages.«

Simon trat an den Rand des Gartens und lehnte sich auf seine Schaufel. »Das wird jetzt sogar noch ein größerer Skandal. Nick, ich denke, der Fokus ist nun wahrscheinlich permanent von uns genommen.« Er zuckte zusammen und zog den Kopf ein. »Entschuldigung, vielleicht war das zu früh.«

Verity überraschte Kit mit ihrem Lachen. »Nein, und du hast recht. Wir werden unsere Besichtigungstour abschließen und so bald wie möglich unterwegs sein.«

»Wir könnten sogar einen noch größeren Skandal verursachen, indem wir heiraten«, schlug Kit leise vor.

Sie sah zu ihm auf und ihre Augen leuchteten. »Ja, bitte. Je eher, umso besser.«

»Sobald wir zuhause sind«, gelobte Kit.

»Zuhause. Mir gefällt, wie das klingt.« Sie runzelte leicht die Stirn. »Passt es dir, dass es auf dem Land ist?«

»Zuhause ist bei dir und Beau, wo auch immer das ist. Dir gehört mein Herz und meine ganze Seele und ich möchte sie niemals wieder zurück.«

Sie reckte sich ihm entgegen und legte ihre Lippen auf seine. »Gut, weil du sie nicht haben kannst.«

*September 1818*

Die warme Sonne weckte Verity aus ihrem Nickerchen auf der Decke. Sie blinzelte, als sie sich von dem Kissen erhob, dass Kit ihr liebevoll gebracht hatte und sah auf den Teich hinaus, wo Beau das Boot ruderte. Selbst aus dieser Distanz konnte sie erkennen, wie schwer er arbeitete, um es wieder zurück zum Anleger zu bewegen.

Es war ein glückseliger Anblick – ihr Sohn und ihr Ehemann gemeinsam in fröhlicher Aktivität. Kit hatte den Sommer mit dem Bau des Bootsstegs zugebracht und Beau das Schwimmen gelehrt. Er hatte auch Verity unterrichtet, aber sie mochte es nicht, so wie Beau, den Kopf unterzutauchen. Sie kam zu dem Schluss, dass er teilweise ein Fisch sein musste.

Und jetzt, da ihr Bauch mit Kits Kind, das in ihr heranwuchs, immer größer wurde, war es ihr weitaus lieber, ein

Nickerchen zu machen. Damals mit Beau war es genauso gewesen, doch das hartnäckige Bedürfnis zu schlafen hatte irgendwann nachgelassen und sie ahnte, dass die Zeit wohl gekommen war, denn sie hatte seit einigen Tagen kein Verlangen nach einem Nickerchen mehr verspürt. Heute allerdings, mit der Sonne, den Vögeln und dem allgemeinen Gefühl der Zufriedenheit, war sie ganz einfach in den Schlaf geglitten.

Das Boot stieß an den Steg und Beau sprang heraus, um es an der Seite zu vertäuen, wie Kit es ihn gelehrt hatte. Er hatte in den vergangenen Monaten so viel von seinem Vater gelernt.

Und ja, Kit war sein Vater in jedem Sinn dieses Wortes.

Beau die Wahrheit zu eröffnen war gut verlaufen. Er war traurig gewesen, zu erfahren, dass sein richtiger Vater tot war, aber froh, dass sie ihn nach Hause überführten. Sie hatten entschieden, ihm nichts von der Beteiligung seines Großvaters zu erzählen. Eines Tages würde er es erfahren, aber noch nicht jetzt. Und er hatte ihn nie mehr wiedergesehen, denn Horatio war bereits auf seinem Weg nach Australien auf einem Sträflingsschiff, nachdem Verity – per Brief – um diese Bestrafung ersucht hatte, anstatt ihn zu hängen.

Simon hatte recht behalten – der darauffolgende Skandal war enorm gewesen. Alle Welt redete über den schockierenden Fund des Herzogs von Blackburn im Garten seines Schwiegervaters. Die Leute kämpften darum, einen Blick auf die verwitwete Herzogin und den Mann zu werfen, der sich als Herzog ausgeben hatte. Dass er das mit der Absicht getan hatte, ihren Vater bloßzustellen, war ein besonders köstlicher Leckerbissen für den allgemeinen Klatsch, von dem es reichlich zu genießen gab.

Nachdem ihre Besichtigungstour im Eiltempo von anderthalb Tagen erledigt war, hatten Verity und Kit Beau, der nun Herzog von Blackburn war, von London fortgebracht. Seinen Sitz im House of Lords würde er viele Jahre lang noch nicht einnehmen und damit bestand für sie keine Notwendigkeit, bald wieder nach London zurückzukehren.

Der Skandal in Blackburn war weitaus geringer, obwohl sie überall, wohin sie auch gingen, Aufmerksamkeit auf sich zogen. Das Personal in Beaumont Tower und die Pächter, störten sich nicht besonders daran, dass Kit Kapitän Powell und nicht Seine Gnaden war. In der Tat hatten einige gesagt, froh zu sein, dass er nicht der Herzog war. Bis auf den letzten Mann, einschließlich Thomas, freuten sie sich über Veritys offensichtliches Glück.

So hatten sie sich in ein idyllisches, friedliches Dasein eingewöhnt, und ihre Familie würde ein neues Mitglied bekommen, das für den kommenden Frühling erwartet wurde. In der Zwischenzeit würden sie in einigen Tagen nach Lyndhurst aufbrechen, damit Verity Diana bei der Geburt beistehen konnte. Nick und Violet würden ebenfalls dort sein und auch Violet erwartete ein Kind, das um Neujahr zur Welt kommen sollte.

Beau sauste über den Bootssteg und rannte zur Decke. »Hast du zugesehen oder hast du die ganze Zeit geschlafen?«

»Nicht die ganze Zeit. Ich habe gesehen, wie du sehr gekonnt zum Steg zurückgerudert bist und dann das Boot vertäut hast. Du bist sehr geschickt geworden.«

Seine kleine Brust blähte sich und er sah zu Kit, der hinter ihm herankam. »Danke. Papa sagt das auch.«

»Du bist von Natur aus ein Seemann«, erklärte Kit, und drückte kurz Beaus Schulter, ehe er sich neben Verity auf die Decke setzte.

»Ich kann es kaum erwarten, mit dem Boot aufs Meer zu fahren, wenn wir Tante Diana und Onkel Simon besuchen!«

Sie hatten einen Abstecher nach Southampton geplant, wo sie für ein paar Tage mit dem Boot zur Isle of Wight fahren würden. Kit war unbeschreiblich aufgeregt und Verity freute sich furchtbar darauf, ihn in seinem Element zu sehen.

Mit einem Grinsen drehte Kit den Kopf in Beaus Richtung. »Vielleicht können wir deine Mutter überzeugen, dass wir ein Schiff brauchen.« Er zwinkerte Verity zu.

»Papa, wir sind hier auf Beaumont Tower viel zu beschäftigt für so etwas.« Beau klang, als wäre er sechsunddreißig anstatt sechs und sowohl Verity als auch Kit brachen in Gelächter aus. Beau sah zwischen ihnen hin und her. »Was ist daran so komisch?«

Verity schaffte es, Luft zu holen. »Nichts, Liebling. Du bist einfach nur unbeschreiblich wunderbar. Möchtest du ein Stück Kuchen? Es ist noch welcher im Korb.« Sie deutete mit dem Kopf auf den Picknickkorb, der am Rand der Decke stand.

»Ja, bitte. Ich will nur kurz nach dem Vogelnest dort drüben sehen. Ich vermute, dass sie bald in den Süden fliegen werden.« Er ging zum Korb hinüber, fand zwei Stück Kuchen und fing an zu kauen, als er das kleine Stück von der Decke zum Nest ging, um nach seinen gefiederten Freunden zu sehen.

»Eines Tages werden wir einen Vogel im Haus haben«, erklärte Kit. »Merke dir meine Worte.«

Verity seufzte, als sie sich auf das Kissen zurücklegte und zu den Wolken aufsah, die den klaren, blauen Himmel entlangzogen. »Wahrscheinlich.«

Ein Schatten fiel auf sie, als Kit sich über sie beugte und ihr einen Kuss auf die Lippen gab. »Fühlst du dich wohl?«

Die Morgenstunden konnten eine Herausforderung sein, aber gegen Nachmittag ging es ihr normalerweise gut. »Ja, danke.«

»Und hast du Beau wirklich zugesehen oder hast du geschlafen?«

Sie lachte leise und gab ihm einen Klaps auf den Arm.

»Ich würde dich nie anlügen – nicht so, wie du mich angelogen hast.«

»Autsch.« Er ließ sich neben ihr auf den Rücken fallen. »Das war ein direkter Schlag.«

Sie rollte sich an seine Seite und schob sich dicht an ihn, wobei sie ihm eine Hand auf die Brust legte. »Ich necke dich nur.«

Er lächelte zu ihr auf und seine grünen Augen glänzten im Sonnenlicht. »Ich weiß.«

»Ich liebe dich.«

»Auch das weiß ich.« Er legte seine Hand um ihren Nacken und zog sie zu einem kurzen, aber innigen Kuss an sich, bei dem ihr ganz flau im Magen wurde.

Als sie sich zurückzog, war sie ein bisschen außer Atem. »Wir sollten aufhören, ehe Beau sich über uns lustig macht.«

»Wahrscheinlich, aber du bist unwiderstehlich.« Wieder küsste er sie und seine Lippen verweilten, bis sie Beau husten hörten.

Verity setzte sich auf und sah zu ihrem Sohn hinüber, der in Richtung der Decke schlenderte. »Bist du bereit, zum Haus zurückzukehren? Es ist fast Zeit für deine Nachmittagsstunden mit Mr. Deacon.«

Beau seufzte mit Bedauern auf. »Ja, wenn wir müssen.«

Kit half Verity beim Aufstehen und legte dann die Decke zusammen. Er hatte die schlechte Angewohnheit angenommen, sich zu weigern, sie außer ihrem Kind irgendetwas tragen zu lassen, also schleppte er die Decke, das Kissen und den Korb, während sie beide Beau zwischen sich an den Händen hielten. Genauso liefen sie immer zusammen auf dem Besitz umher.

»Wo wird mein Brüderchen laufen, wenn wir zusammen gehen?«, fragte Beau.

»Dein Schwesterchen wird laufen, wo immer es ihr

beliebt, und wir ihr erlauben«, entgegnete Kit, der wie Simon überzeugt war, dass er eine Tochter haben würde.

Verity war es egal, ob es ein Mädchen oder Junge würde. Sie freute sich einfach, noch ein Kind zu bekommen und dieses Mal mit einem Mann, den sie liebte. »Dein Geschwisterchen kann das entscheiden. Aber für eine Zeitlang werde ich sie tragen oder sie kann auf Papas Schultern reiten.«

»So wie ich manchmal?«

Kit nickte. »Ja, aber du wirst langsam zu groß und zu schwer.«

Als sie beim Haus ankamen, ging Beau widerstrebend die Treppe hinauf, während Kit den Korb in die Küche und die Decke in die Wäscherei brachte. Er traf Verity oben in ihrem Boudoir, wo sie einen Brief von Diana las.

»Oh, du bist beschäftigt«, bemerkte er und drehte sich zum Gehen um.

»Für dich niemals.« Sie erhob sich von ihrem Stuhl und durchquerte das Zimmer. »Ich habe mir mein gesamtes Leben gewünscht, meine Tage mit jemandem wie dir zu teilen, und ich bin für jeden Augenblick dankbar.«

»Nicht so dankbar wie ich es bin. Und bevor du noch darüber streiten willst, bin ich bereit, es zu beweisen. Gleich jetzt.« Er warf ihr ein verführerisches, suggestives Lächeln zu, das ihr Verlangen anfachte.

Sie glitt mit ihren Händen über seinen Frack und schlang sie um seinen Nacken. »Dann tu das.«

**Versäumen Sie nicht die nächste romantische Erzählung von Den Unberührbaren – Der betörende Herzog – mit einem poetischen Helden und einer geologisch ambitionierten Heldin in den Hauptrollen einer schwindelerregenden Geschichte über eine Freundschaft, die zu Liebe wird!**

Möchten Sie erfahren, wann mein nächstes Buch verfügbar ist? Sie können sich für meinen Deutscher Newsletter anmelden, mir auf Amazon.de folgen und meine Facebook-Seite liken. Alle Newsletter-Abonnenten erhalten exklusive Bonus-Geschichten, die sonst nirgends erhältlich sind, unter anderem auch die einleitende Vorgeschichte zur Buchreihe ***Der Phönix Club***.

Rezensionen helfen anderen, Bücher zu finden, die für sie geeignet sind. Ich schätze alle Bewertungen, ob positiv oder negativ. Ich hoffe, dass Sie erwägen werden, eine Bewertung bei Ihrem bevorzugten der Seite Ihres bevorzugten Internet-Netzwerkes abzugeben.

Ich mag meine Leser so sehr. Danke!

**Sind Sie an weiterer Regency-Romantik interessiert? Schauen Sie sich meine anderen historischen Serien an:**

### *Die Unberührbaren: Die Prätendenten*

In der faszinierenden Welt der Unberührbaren spielend, handelt die Saga von einem Geschwistertrio, die sich darin auszeichnen, sich als jemand auszugeben, der sie nicht sind. Werden ein unerschrockene Bow Street Ermittler, ein niedergeschmetterter Viscount und eine desillusionierte Dame der feinen Gesellschaft es schaffen, ihre Geheimnisse zu lüften?

### *Regeln für Halunken*

Als eine junge Lady ruiniert wird, schwören ihre Freundinnen, dass keine von ihnen sich jemals wieder von einem Herzensbrecher umgarnen lässt. Sie werden dem Charme eines jeden Gentleman widerstehen, selbst – und vor allem – wenn dies bedeutet, sich damit den Ruf zu erwerben,

unmöglich zu erobern zu sein. Es braucht schon
außergewöhnliche Herzensbrecher, um ihre Regeln zu
brechen ..._

### Der Phönix Club
Die exklusivste Einladung der feinen Gesellschaft ...

Willkommen im Phönix Club, in dem Londons
waghalsigste, anrüchigste und intriganteste Ladys und
Gentlemen Skandale, Erlösung und eine zweite Chance
finden.

### Die Bräute von Marrywell
Kommen Sie nach Marrywell, im schönen England, denn
hier findet schon seit Hunderten von Jahren alljährlich das
Maifest zur Partnerfindung statt, bei dem hoffnungsvolle
Romantiker zusammenkommen. Die Herzöge und
Halunken des Regency-Zeitalters begegnen hier
temperamentvollen und bezaubernden Ladys, die ihnen ihre
Herzen stehlen könnten.

### Chroniken der Ehestiftung
Der Pfad der wahren Liebe verläuft niemals geradlinig.
Manchmal ist eine Hausparty zur Ehestiftung vonnöten.
Wenn Paare sich auf einer Hausparty kennenlernen, ereignen
sich provokative Flirts, heimliche Rendezvous und
Verliebtheit im Überfluss.

### Ruchlose Geheimnisse und Skandale
Sechs unglaubliche Geschichten, die sich in den glamourösen
Ballsälen Londons und den herrlichen Landschaften
Englands abspielen.

### Die Liebe ist überall

Herzerwärmende Nacherzählungen klassischer
Weihnachtsgeschichten im Regency-Stil, die in einem
gemütlichen Dorf spielen und von drei Geschwistern und
dem besten Geschenk von allen handeln: der Liebe.

### *Der Club der verruchten Herzöge*

Sechs Bücher, geschrieben von meiner besten Freundin, der
New York Times Bestseller-Autorin Erica Ridley, und mir.
Lernen Sie die unvergesslichen Männer von Londons
berüchtigtster Taverne, dem Verruchten Herzog, kennen.
Verführerisch attraktiv, mit Charme und Witz im Überfluss,
wird eine Nacht mit diesen Wüstlingen und Filous nie genug
sein ...

Diese Geschichte zu schreiben hat sich als kompliziert und herausfordernd herausgestellt, woran die Fragen, was beim Verschwinden eines Herzogs passiert, keinen geringen Anteil hatten. Ich habe viele Nachforschungen angestellt, um herauszufinden, was geschehen würde, wenn jemand nach dem Verschwinden des Trägers des Titels Anspruch darauf erhebt und jemand anderer der Erbe desselben ist (es wurde alles viel einfacher, sobald Rufus tot gefunden worden war). Es bleibt eine breite Grauzone und ich habe eingebracht, was ich nach meinen besten Möglichkeiten in Erfahrung habe bringen können. Etwaige Fehler sind meine eigenen.

Beaumont Tower basiert auf Hoghton Tower, das in der Nähe der eigentlichen Stadt Blackburn in Lancashire, England gelegen ist. Der Grundriss ist nahezu identisch, wobei ich allerdings für eine gewisse Privatsphäre einige Schlafzimmer eingefügt habe und auch den Namen des Königssaales in den Rittersaal geändert habe, um ihn nicht mit der Königshalle zu verwechseln. Es war eine große Freude, Beaumont Tower so vollständig vor Augen sehen zu können. Ich hoffe, Sie werden sich die Bilder von Hoghton Tower ansehen und sich Beau vorstellen, wie er in den Gärten spielt, während Kit und Verity glücklich sind.

Ungehörig: Das Mündel des Earls

Leidenschaftlich: Eine zweite Chance für das Eheglück

Intolerabel: Die Schwester des besten Freundes

Unschicklich: Eine Vernunftehe

Unmöglich: Eine Schöne und ein Scheusal im Liebesglück

Unwiderstehlich: Eine Scheinehe mit dem Spion

Untadelig: Eine geheime, verbotene Affäre

Unersättlich: Der geläuterte Lebemann und die unwillige Debütantin

### Regeln für Halunken

Falls der Herzog es wagt

Frohsinn für den mürrischen Baron

Wenn der Viscount lockt

Wie es dem Grafen beliebt

Bis der Wüstling kapituliert

### Chroniken der Ehestiftung

Unerwartetes Weihnachtsglück

Der verstockte Herzog

Ein Earl als Junggeselle

Der ausgerissene Viscount

Die unechte Witwe

### Die Bräute von Marrywell

Ein Herzog wird verzaubert

Erbin dringend gebraucht

Die Heiratsvermittlerin und der Marquess

### Die Liebe ist überall

*(eine Regency Weihnachtstrilogie)*

Der Earl mit dem flammendroten Haar

Das Geschenk des Marquess

Eine Freude für den Herzog

**Ruchlose Geheimnisse und Skandale**

Ihr ruchloses Temperament

Sein ruchloses Herz

Die Verführung des Halunken

Verliebt in eine Diebin

Die Schöne und der Halunke

Einmal Halunke, immer Halunke

**Der Club der verruchten Herzöge**

Eine Nacht zum Verführen by Erica Ridley

Eine Nacht der Hingabe by Darcy Burke

Eine Nacht aus Leidenschaft by Erica Ridley

Eine Nacht des Skandals by Darcy Burke

Eine Nacht zum Erinnern by Erica Ridley

Eine Nacht der Versuchung by Darcy Burke

Darcy Burke ist die USA Today Bestsellerautorin für sexy, emotionale, historische und zeitgenössische Romantik. Darcy schrieb ihr erstes Buch im Alter von 11 Jahren - mit einem Happy End - über einen männlichen Schwan, der von der Magie abhängig war, und einen weiblichen Schwan, der ihn liebte, mit nicht sehr gelungenen Illustrationen. Schließen Sie sich ihr an newsletter!

Darcy, die in Oregon an der Westküste der Vereinigten Staaten geboren wurde, lebt am Rande des Wine Country mit ihrem auf der Gitarre spielenden Ehemann und ihren beiden ausgelassenen Kindern, die das Schreiben geerbt zu haben scheinen. Sie sind eine nach Katzen verrückte Familie mit zwei bengalischen Katzen, einer kleinen, familienfreund- lichen Katze, die nach einer Frucht benannt ist, und einer älteren, geretteten Maine Coon, die der Meister der Kühle und der fünf-Uhr-morgens-Serenade ist. In ihrer ›Freizeit‹ ist Darcy eine regelmäßige ehrenamtliche Mitarbeiterin, die in einem 12-stufigen Programm eingeschrieben ist, in dem man lernt, ›Nein‹ zu sagen, aber sie muss immer wieder von vorne anfangen. Ihre Lieblingsplätze sind Disneyland und das Labor Day Wochenende in The Gorge. Besuchen Sie Darcy online unter https://www.darcyburke.de.

facebook.com/darcyburkefans

instagram.com/darcyburkeauthor

pinterest.com/darcyburkewrites

goodreads.com/darcyburke

IMPRESSUM


Deutsche Erstausgabe von:
Darcy E. Burke Publishing
Zealous Quill Press
13500 SW Pacific Hwy., Ste. 58-419
Tigard, OR, 97223
USA

Für die Originalausgabe:
Copyright © THE DUKE OF LIES, 2018 by Darcy Burke,
All rights reserved.

Für die deutschsprachige Ausgabe:
Copyright © 2020 by Petra Gorschboth
Redaktion: Nicole Wszalek
Umschlaggestaltung: Dar Albert, Wicked Smart Designs.

ISBN: 9781637261552

www.darcyburke.de

www.ingramcontent.com/pod-product-compliance
Lightning Source LLC
Chambersburg PA
CBHW050516110726
47899CB00005B/1484